Bangalô 2, Hotel Beverly Hills

Obras da autora publicadas pela Record

Acidente
Agora e sempre
A águia solitária
Álbum de família
Amar de novo
Um amor conquistado
Amor sem igual
O anel de noivado
O anjo da guarda
Ânsia de viver
O apelo do amor
Asas
O baile
O beijo
O brilho da estrela
O brilho de sua luz
Caleidoscópio
A casa
Casa forte
A casa na rua Esperança
O casamento
O chalé
Cinco dias em Paris
Desaparecido
Um desconhecido
Desencontros
Doces momentos
Ecos
Entrega especial
O fantasma
Final de verão
Forças irresistíveis
Galope de amor
Graça infinita
Honra silenciosa
Imagem no espelho

Impossível
As irmãs
Jogo do namoro
Joias
A jornada
Klone e eu
Um longo caminho para casa
Maldade
Meio amargo
Mensagem de Saigon
Mergulho no escuro
Milagre
Momentos de paixão
Um mundo que mudou
Passageiros da ilusão
Pôr do sol em Saint-Tropez
Porto seguro
Preces atendidas
O preço do amor
O presente
O rancho
Recomeços
Relembrança
Resgate
O segredo de uma promessa
Segredos de amor
Segredos do passado
Segunda chance
Solteirões convictos
Sua Alteza Real
Tudo pela vida
Uma só vez na vida
Vale a pena viver
A ventura de amar
Zoya

DANIELLE STEEL

Bangalô 2, Hotel Beverly Hills

Tradução de
VERA WHATELY

1ª edição

EDITORA RECORD
RIO DE JANEIRO • SÃO PAULO
2015

CIP-BRASIL. CATALOGAÇÃO NA FONTE
SINDICATO NACIONAL DOS EDITORES DE LIVROS, RJ

Steel, Danielle, 1947-

S826b   Bangalô 2, Hotel Beverly Hills / Danielle Steel; tradução de Vera Whately. – 1. ed. – Rio de Janeiro: Record, 2015.

Tradução de: Bungalow 2
ISBN 978-85-01-09658-6

1. Ficção americana. I. Whately, Vera. II. Título.

CDD: 813
14-18349   CDU: 821.111(73)-3

Título original em inglês:
BUNGALOW 2

Copyright © 2007 by Danielle Steel

Todos os direitos reservados, incluindo os direitos de reprodução total ou parcial em qualquer forma.

Texto revisado segundo o novo Acordo Ortográfico da Língua Portuguesa.

Todos os direitos reservados. Proibida a reprodução, no todo ou em parte, através de quaisquer meios. Os direitos morais da autora foram assegurados.

Imagens de capa: Ralf Juergen Kraft © Shutterstock
Vilainecrevette © Shutterstock

Direitos exclusivos de publicação em língua portuguesa somente para o Brasil adquiridos pela
EDITORA RECORD LTDA.
Rua Argentina, 171 – Rio de Janeiro, RJ – 20921-380 – Tel.: 2585-2000, que se reserva a propriedade literária desta tradução.

Impresso no Brasil

ISBN 978-85-01-09658-6

Seja um leitor preferencial Record.
Cadastre-se e receba informações sobre nossos lançamentos e nossas promoções.

Atendimento e venda direta ao leitor:
mdireto@record.com.br ou (21) 2585-2002.

EDITORA AFILIADA

Para Beatie, Trevor, Todd, Nick, Sam,
Victoria, Vanessa, Maxx e Zara,
meus filhos maravilhosos,
que há anos aturam minha
carreira de escritora,
comemoram minhas vitórias
e me apoiam nos momentos de
dificuldade e de derrotas.
Sou apenas uma peça na tapeçaria que
é nossa família.
Vocês são minha razão de existir,
e juntos formamos uma valiosa equipe,
completa, por causa de e graças a
VOCÊS.

Amo vocês com todo o meu coração,
Mamãe / d.s.

E, quando o filme termina,
a vida começa.

Capítulo 1

Era um dia lindo e quente de julho no Condado de Marin, do outro lado da ponte Golden Gate, em São Francisco. Tanya Harris andava pela cozinha organizando sua vida da forma extremamente ordeira que lhe era peculiar. Ela gostava de tudo arrumado, em seu devido lugar, e de ter tudo sob controle. Adorava planejar, e por isso raramente tinha de comprar alguma coisa de última hora ou se esquecia de fazer algo. Apreciava uma vida eficiente e previsível. Era uma mulher pequena, ágil e em boa forma; não parecia de jeito algum ter 42 anos. Seu marido, Peter, tinha 46. Trabalhava em um renomado escritório de advocacia em São Francisco e não se importava em atravessar a ponte todos os dias para voltar para a casa que ficava em Ross — um subúrbio próspero, seguro e altamente cobiçado. Eles tinham se mudado do centro havia dezesseis anos porque as escolas em Ross eram excelentes, as melhores do condado.

Tanya e Peter tinham três filhos. Jason, já com 18 anos, sairia de casa no fim de agosto para ir para a universidade, a Universidade da Califórnia em Santa Barbara. Embora ele estivesse contando os dias, Tanya sabia que sentiria muito a falta do filho. O casal tinha também as gêmeas Megan e Molly, que haviam acabado de fazer 17 anos.

Tanya amara cada momento dos últimos dezoito anos, nos quais se dedicara aos filhos em tempo integral. Adorava ser dona de casa. Ela nunca considerou sua vida um fardo ou monótona. Revezar-se com as outras mães para levar as crianças ao colégio nunca lhe pareceu algo insuportável. Ao contrário de outras mães, que se queixavam constantemente, ela gostava de deixar os filhos na escola, pegá-los no fim do dia e levá-los ao clube de escoteiros. Além disso, fora presidente da associação de pais da escola durante anos. Orguihava-se de fazer tudo que podia pelos filhos e achava agradável ir aos jogos de beisebol e de basquete de Jason e de participar das atividades das meninas. O filho pertencia à equipe do colégio e pretendia entrar para o time de basquete ou tênis da UCSB.

As duas irmãs mais novas, Megan e Molly, eram gêmeas bivitelinas, tão diferentes uma da outra quanto a noite e o dia. Megan era pequena e loira como a mãe. Fora uma ginasta de nível olímpico no início da adolescência e só desistira de participar das competições nacionais ao perceber que os treinos estavam interferindo nos estudos. Molly era alta, magra e se parecia com o pai, com cabelos castanho-escuros e pernas compridas. Era a única da família que nunca havia participado de competições esportivas. Ela gostava de música, artes e fotografia, e era criativa e independente. Aos 17 anos, as gêmeas estavam entrando no último ano do ensino médio. Megan pretendia entrar para a Universidade de Berkeley, como a mãe, ou talvez para a UC em Santa Barbara. Molly pensava em se mudar para a Costa Leste ou entrar para uma faculdade na Califórnia onde pudesse desenvolver suas habilidades artísticas. Estava considerando seriamente a Universidade do Sul da Califórnia, em Los Angeles, se ficasse na Costa Oeste. Embora as gêmeas fossem muito amigas, não queriam de forma alguma cursar a mesma universidade. Elas estudaram no mesmo colégio e na mesma turma tanto no ensino fundamental quanto no médio, e agora estavam prontas para tomar seus próprios rumos. Os pais achavam que era uma atitude saudável, e Peter encorajava Molly a considerar as faculdades da Ivy League, pois suas notas eram boas o suficiente. Ele acreditava que a filha se sairia bem em um ambiente acadêmico de alto nível. Molly pensou na Universidade Brown, onde poderia montar seu próprio currículo em fotografia, ou talvez na escola de cinema da USC. Os três Harris sempre foram alunos excepcionais.

Tanya se orgulhava dos filhos, amava o marido e gostava da vida que levava, feliz no casamento de vinte anos. O tempo havia voado desde que ela se casara com Peter, logo após terminar a faculdade. Na época, ele tinha acabado de se formar na escola de direito de Stanford e fora contratado para o mesmo escritório de advocacia em que ainda trabalhava. Quase tudo na vida dos dois acontecera conforme o planejado. Não tiveram grandes sustos, surpresas ou decepções no casamento nem traumas com os filhos enquanto atravessavam a adolescência. Tanya e Peter apreciavam passar bastante tempo na companhia dos três. Não tinham arrependimentos e sabiam quão sortudos eram. Tanya ajudava em um abrigo para moradores de rua no centro uma vez por semana e levava as meninas junto sempre que podia e que os horários delas permitiam. As duas tinham atividades extracurriculares e faziam serviços comunitários pela escola. Peter gostava de brincar, dizendo que eles eram uns chatos com rotinas mais que previsíveis. Tanya se orgulhava de manter as coisas assim. Era uma vida completamente confortável e segura.

Sua infância não fora tão tranquila e calma, por isso ela amava manter a vida organizada. Talvez algumas pessoas considerassem seu relacionamento com Peter sem graça e excessivamente controlado, mas Tanya e o marido gostavam de viver assim. A juventude e a adolescência de Peter foram semelhantes à vida que ele e Tanya davam para os filhos, um mundo aparentemente perfeito. Já a infância de Tanya havia sido difícil, solitária e até assustadora. Seu pai era alcoólico e se divorciara de sua mãe quando Tanya tinha 3 anos. Depois do divórcio, ela o vira poucas vezes. Ele morrera quando ela estava com 14 anos. Sua mãe havia trabalhado muito, como assistente de um advogado, para mantê-la nas melhores escolas. Ela morrera pouco depois que as gêmeas nasceram, e Tanya não tinha irmãos. Como seus pais também foram filhos únicos, sua família consistia apenas em Peter, Jason e as gêmeas. Eles eram o centro de seu mundo, e ela valorizava cada momento que passavam juntos. Mesmo após vinte anos de casamento, toda noite ficava louca para Peter voltar logo. Ela adorava falar sobre o que tinha feito durante o dia, contava histórias das crianças e ouvia o que ele tinha a dizer sobre seu trabalho. Ainda achava os casos e as experiências jurídicas do marido fascinantes, e também gostava de falar sobre seu próprio trabalho. Peter sempre se mostrava entusiasmado e a encorajava a seguir em suas atividades.

Tanya havia se tornado escritora freelancer quando se formara na faculdade e manteve a atividade durante o casamento. Amava escrever porque se sentia realizada, ganhava algum dinheiro e trabalhava em casa, sem interferir no cuidado com os filhos. Como consequência, tinha quase uma vida dupla. Mãe, esposa e dona de casa dedicada durante o dia, e escritora freelancer determinada à noite. Sempre dizia que escrever era tão essencial quanto respirar. Era uma ocupação perfeita, e seus artigos e histórias foram recebidos com entusiasmo pela crítica ao longo dos anos. Peter dizia ter um imenso orgulho dela e parecia apoiar seu trabalho, mas, de tempos em tempos, queixava-se de ela trabalhar até altas horas da noite, indo dormir tarde. Ainda assim, dava valor ao fato de que a atividade não interferia no cuidado com os filhos e na dedicação a ele. Tanya era uma dessas raras mulheres talentosas que ainda colocava, e sempre colocaria, a família em primeiro lugar.

Seu primeiro livro consistira em uma série de ensaios, a maioria sobre questões femininas. Tinha sido publicado por uma pequena editora do Condado de Marin no fim da década de 1980 e resenhado basicamente por feministas desconhecidas, que aprovavam suas teorias, seus tópicos e suas ideias. Não se tratava de um livro feminista, mas era consciente e independente, o tipo de coisa que se espera de uma jovem escritora. O segundo livro, publicado quando ela completara 40 anos, dois anos antes e dezoito anos depois da sua primeira publicação, fora uma antologia de contos lançada por uma grande editora e havia recebido uma crítica ótima no *The New York Times Book Review*. Tanya ficara bastante animada.

Nesse meio-tempo, seus textos foram publicados em revistas literárias, aparecendo muitas vezes na *New Yorker*. Ela escrevera ensaios, artigos e contos para várias revistas ao longo dos anos. Seu volume de trabalho era consistente e prolífico. Quando necessário, ela dormia pouco, e, às vezes, nada. A julgar pela venda de sua antologia de contos, Tanya era apreciada tanto por leitores comuns quanto por uma elite literária. Diversos escritores famosos e respeitados enviaram cartas elogiosas e teceram comentários favoráveis a respeito de seu trabalho nos jornais. Como tudo que fazia, ela escrevia de forma meticulosa. Havia conseguido cuidar da família e manter sua atividade literária em dia. Nesses vinte anos, reservava um tempo para escrever diariamente e se mantinha aplicada e altamente disciplinada, abandonando suas manhãs de trabalho apenas durante as férias escolares ou quando as crianças ficavam doentes. Nessas ocasiões, os filhos vinham em primeiro lugar. Afora isso, nada a fazia parar de escrever. Nas horas que passava longe de Peter e das crianças, escrevia compulsivamente. Não atendia ao telefone, desligava o celular e começava a escrever depois da segunda xícara de chá, assim que os filhos saíam para o colégio.

Também gostava de escrever em um viés mais comercial, que era mais lucrativo, algo que Peter também respeitava. Escrevera alguns artigos para jornais locais do condado e às vezes editoriais para o *Chronicle*. Apreciava escrever histórias engraçadas e tinha muito jeito para comédias espirituosas. De tempos em tempos, escrevia algum pastelão sobre a vida como mãe e dona de casa, descrevendo situações com seus filhos. Peter achava que esses eram seus melhores textos.

Sua melhor fonte de renda era escrever roteiros para novelas exibidas em rede nacional, se comparado ao pagamento que recebia pelos artigos e ensaios. Produziu muitos ao longo dos anos. Não tinham grande valor literário, nem ela possuía essa pretensão, mas o pagamento era muito bom, e os produtores para os quais trabalhava gostavam de seu estilo e a chamavam com frequência. Tanya não se orgulhava desses roteiros, mas gostava do dinheiro que recebia, assim como Peter. Em geral, fazia cerca de doze roteiros por ano, o que lhe rendera uma grande Mercedes, em que cabe toda a família, e o aluguel de um mês de uma casa em Lake Tahoe aonde iam todos os anos. Peter era grato por sua colaboração com as mensalidades das escolas dos filhos. Com esse trabalho mais comercial, ela fizera um pé-de-meia. Escrevera também algumas minisséries em parceria, antes de o mercado de minisséries e filmes para televisão ser invadido pelos reality shows. Agora não havia mais interesse por esse tipo de produção, então lhe restavam somente as novelas como trabalho regular. Seu agente pedia pelo menos um roteiro por mês, às vezes mais. Ela fazia tudo em poucos dias, trabalhando até tarde enquanto a família dormia. Tinha sorte por não precisar de muitas horas de sono, para a felicidade de seu agente. Nunca recebera um valor astronômico por seu trabalho, mas produzia com regularidade durante muitos anos.

Era, em essência, uma dona de casa e escritora com energia e talento, uma combinação que funcionava bem.

Ao longo dos anos, sua escrita se manteve constante, satisfatória e lucrativa, e Tanya planejava escrever mais conforme os filhos crescessem. Seu único sonho ainda não realizado era fazer um roteiro de cinema. Tinha insistido com seu agente, mas o trabalho na televisão praticamente impedia que fosse convidada para escrever um. Havia pouca ou nenhuma semelhança entre televisão e cinema. Ela ficava irritada porque sabia ser capaz de escrever roteiros para o cinema, mas nunca fora chamada e já não tinha certeza se um dia seria. Esperava essa oportunidade havia vinte anos. Nesse meio-tempo, estava feliz com o que escrevia. O sistema que criara com tanto sucesso funcionava bem para a família. Seu fluxo de trabalho nunca parou durante toda a sua carreira. Era algo que fazia com as mãos nas costas enquanto cuidava da família, atendendo a todas as suas necessidades. Peter sempre dizia que ela era uma mulher incrível, maravilhosa como mãe e esposa. Isso significava muito mais que as resenhas elogiosas de seus livros. A família permaneceu como uma prioridade absoluta desde que se casou e teve filhos. A seu ver, tinha feito a escolha certa, mesmo que isso implicasse em recusar um trabalho ou outro, o que raramente acontecia. Quase sempre dava um jeito de conciliar suas atividades e se orgulhava disso. Nunca decepcionara Peter, os filhos ou as pessoas que solicitavam seus textos.

Nesse dia, estava diante do computador, com uma xícara de chá ao lado, revisando o rascunho de um conto que havia começado no dia anterior, quando o telefone tocou. Ela ouviu a secretária eletrônica atender. Jason passara a noite em São Francisco, as meninas tinham saído com as amigas, e Peter estava no escritório havia muito tempo, preparando-se para um julgamento na semana seguinte. Tanya tinha a manhã para trabalhar, o que era raro quando os filhos não estavam no colégio. Ela escrevia muito menos durante as férias de verão. Era muito difícil se concentrar quando os filhos estavam em casa. Porém, tivera uma ideia para um novo conto, que martelava em sua cabeça havia dias. Estava mergulhada na ideia quando percebeu que seu agente deixava uma mensagem na secretária eletrônica. Tanya atravessou rapidamente a cozinha para atendê-lo. Sabia que todas as novelas para as quais escrevia não estavam em produção no momento, então era improvável que fosse um pedido para mais um roteiro. Talvez um artigo para uma revista ou um pedido da *The New Yorker*.

Atendeu o telefone pouco antes de o agente desligar, pedindo que ela lhe telefonasse. Ele era um agente literário experiente de Nova York, que a representava havia quinze anos. A agência tinha também um escritório em Hollywood, que lhe mandava uma boa quantidade de trabalho, tanto quanto o escritório em Nova York, às vezes até mais. Tanya amava todos os diferentes aspectos de seu trabalho e se manteve obstinada e persistente em relação à sua carreira durante os anos em que criara os filhos. Eles se orgulhavam da mãe e às vezes assistiam às suas novelas, embora dissessem, brincando, que eram muito piegas. Ainda assim, gabavam-se com os amigos. Era muito importante para Tanya que Peter e os filhos respeitassem o que fazia. Ela gostava de saber que era boa no trabalho sem sacrificar os afazeres familiares. Havia uma placa na parede de seu escritório que dizia "O que a noite tem a ver com o sono?".

— Achei que você estivesse escrevendo — disse o agente quando ela atendeu. O nome dele era Walter Drucker, mas todos o chamavam de Walt.

— Estava mesmo — confirmou ela, sentando-se em um banco alto perto do telefone. A cozinha era o ponto nevrálgico da casa, e Tanya a usava como escritório. O computador ficava em um canto, ao lado de dois armários apinhados de seus trabalhos. — Quais são as novidades? Estou trabalhando em um conto novo. Acho que poderá fazer parte de uma trilogia.

Walt admirava o fato de Tanya ser tão profissional e responsável. Ele sabia o quanto os filhos eram importantes para ela, mas, mesmo assim, sempre cumpria os prazos. Era responsável com o trabalho e com tudo que fazia. Era um prazer lidar com Tanya. Ele nunca precisou inventar desculpas por ela ter perdido um prazo, esquecido uma história, entrado em um programa de reabilitação ou estragado um roteiro. Tanya era uma escritora nata, uma boa escritora. Uma verdadeira profissional. Tinha talento, energia e foco. Ele apreciava seu trabalho; embora não adorasse contos, achava os textos dela muito bons, pois sempre acontecia uma reviravolta interessante, uma surpresa. Havia alguma coisa original e inusitada em seu trabalho. Quando o leitor menos esperava, ela dava à história uma virada ou um fim fantástico. As comédias eram seu estilo preferido. Às vezes, Tanya o fazia chorar de rir.

— Tenho um trabalho para você — avisou ele, em um tom vago e um tanto misterioso. Ainda pensando no conto que escrevia, Tanya não estava concentrada no que ele dizia.

— Hum... Não pode ser uma novela, pois elas estão em hiato até o mês que vem, graças a Deus. Não tive nenhuma ideia decente até ontem. Ando muito ocupada com as crianças. Vamos para Tahoe na semana que vem, e lá tenho que ser cozinheira, motorista, secretária e empregada.

Ela se encarregava de todo o trabalho doméstico quando estavam em Lake Tahoe enquanto os outros nadavam, praticavam esqui aquático e se divertiam. Chegara à conclusão de que não havia outro jeito. Os filhos levavam amigos, e, por mais que ela pedisse, implorasse ou ameaçasse, ninguém a ajudava. A essa altura, já se acostumara. Quanto mais velhos ficavam, menos os filhos ajudavam em casa. Peter não era muito diferente. Quando ia para Lake Tahoe, gostava de relaxar e não queria lavar pratos ou roupas nem arrumar a cama. Tanya aceitava isso como um dos poucos aspectos negativos de sua vida. E sabia que tinha sorte se esse era o maior aspecto negativo de sua vida. Muita, muita sorte. Orgulhava-se de cuidar de sua família e não lhe passava pela cabeça contratar alguém para ajudar. Era perfeccionista por natureza, e cuidar dos filhos em todos os aspectos era uma fonte de grande orgulho.

— Que tipo de trabalho? — perguntou, concentrando-se finalmente no que Walt dizia.

— Um roteiro baseado em um livro de Jane Barney, best-seller no ano passado. Você conhece. Chama-se *Mantra*. Foi o mais vendido durante umas nove milhões de semanas. Douglas Wayne comprou os direitos do filme e precisa de alguém que faça o roteiro.

— Precisa? De mim? A autora não vai escrever o roteiro?

— Aparentemente, não. Ela nunca fez uma adaptação e não quer estragar as coisas. Ela tem o direito de interferir, mas não quer escrever o roteiro. Tem compromissos demais com sua editora, um novo livro que será publicado no outono e uma turnê de divulgação em setembro. Não está disponível nem interessada em fazer essa adaptação. E Douglas gosta do seu trabalho. Ao que parece, ele é viciado em uma de suas novelas. Quer conversar com você sobre isso e disse que perdeu muitas tardes grudado na televisão por sua causa. Acha que você é responsável pelo sucesso da novela, mas não sei o que ele quis dizer com isso. Não contei a Wayne que você escreve novelas entre uma atividade e outra com as crianças ou quando elas estão dormindo.

— É para televisão? — perguntou ela, certa de que sim, embora parecesse estranho Douglas Wayne trabalhar para a televisão.

Wayne era um produtor de cinema, e não dava para imaginá-lo fazendo um filme para televisão nem o colocando no ar. Apesar de ser muito popular, esse mercado estava parado. Os produtores estavam muito mais interessados em mostrar pessoas comuns abandonadas em ilhas desertas ou em colocar câmeras ocultas para flagrar traições. Reality shows com celebridades, como *The Osbournes*, eram o *crème de la crème* da televisão. Em outro programa, o sobrinho de uma amiga havia ganhado 50 mil dólares por manter a menor pressão arterial enquanto um jacaré se debatia perto de sua cabeça. Era uma forma de ganhar a vida, mas não para Tanya. Reality shows não precisam de roteiros.

— Desde quando Douglas Wayne está trabalhando com televisão? — Ele era um dos maiores produtores de Hollywood, e a autora era mundialmente conhecida. *Mantra* era um livro forte e triste que ganhara o National Book Award de melhor obra de ficção.

— Wayne não está trabalhando com televisão — retrucou Walt, calmamente.

Quanto mais importante o projeto, mais relaxado ele parecia, embora não estivesse realmente calmo. A voz de Walt estava sonolenta. Era meio-dia em Nova York. Ele sairia para almoçar a qualquer momento. Tinha pouco trabalho no escritório e fazia muitos negócios durante as refeições. Muitas vezes, estava em um restaurante quando Tanya ligava, sempre com pessoas importantes, fossem editores, autores, produtores ou atores.

— Não é para televisão. É para o cinema. Um filme importante. Estavam procurando um escritor conhecido. — Não era o caso dela. Tanya era respeitada, mas não era uma escritora conhecida. Considerava-se apenas estável, confiável e constante. — Mas ele quer você. Wayne adora seus roteiros para novelas. Diz que são os melhores, muito acima dos outros. E ama suas comédias. Acho que ele lê tudo que você publica na *New Yorker*. Parece ser um grande fã.

— Sou uma grande fã dele também — declarou Tanya, com sinceridade. Ela vira todos os filmes dele. Como isso podia estar acontecendo? Douglas Wayne gostava de seu trabalho e queria que ela escrevesse um roteiro para ele? Meu Deus! Era bom demais para ser verdade.

— Agora que sabemos que um admira o trabalho do outro, vou falar sobre o filme. O orçamento ficará entre 80 e 100 milhões de dólares. Três grandes atores. Um diretor premiado pela Academia. Nenhuma filmagem em locação estranha. O filme todo será rodado em Los Angeles. Seu nome aparecerá nos créditos, obviamente. A pré-produção tem início em setembro. O filme começa a ser rodado em 5 de novembro e calculam que a filmagem vá durar uns cinco meses, a não ser que haja imprevistos. Depois, mais seis a oito semanas de pós-produção. Com sorte e um roteiro decente, que sei que você pode fazer, o filme vai acabar ganhando um Oscar. — Walt fazia Tanya ver seu sonho ser realizado, o sonho de qualquer um que escrevesse para Hollywood. Ambos sabiam que não tinha como ficar melhor. Ela sonhara com isso a vida inteira.

— Então eu sento aqui, escrevo meu roteiro e mando para eles? Simples assim? — perguntou ela, sorrindo de orelha a orelha.

Era o que fazia com seus roteiros para novela; os diretores faziam adaptações conforme desejavam, mas grande parte de seu material era usada. Tanya escrevia roteiros que agradavam, então os produtores sempre queriam mais. Os índices de audiência disparavam astronomicamente. Ela dava resultado.

— Não é tão fácil assim — respondeu Walt, rindo. — Esqueço que você nunca escreveu para cinema. Não, minha querida, você não vai poder trabalhar em casa nas horas vagas, quando não estiver levando seus filhos para a escola e seu cachorro para o veterinário.

Ele sabia como era o dia a dia de Tanya havia quinze anos. Sempre achou incrível que ela tivesse uma vida tão comum e que se orgulhasse de ser uma dona de casa em Marin ao mesmo tempo que mantinha uma produção literária excelente e constante. Walt sempre trazia trabalho para ela, e Tanya conseguia fazer tudo. A carreira dela era bastante sólida e promissora; as resenhas que faziam de seus trabalhos eram melhores do que muitos autores recebiam. Daí o interesse de Douglas Wayne. Ele dissera que a queria a qualquer preço, o que era incrível, pois Tanya nunca escrevera um roteiro cinematográfico. A qualidade de seu trabalho era excelente, mas, como nunca havia escrito para o cinema, estava recebendo um voto de confiança e tanto por parte de Wayne. Tanya se sentiu muito envaidecida.

— Douglas Wayne disse que queria um nome novo. Alguém que entendesse o livro e que não estivesse trabalhando em Hollywood há vinte anos. — Walt quase caiu da cadeira quando recebera o telefonema, assim como Tanya estava quase caindo da cadeira agora. — Você vai ter que morar em Los Angeles. Poderá voltar para casa na maioria dos fins de semana, pelo menos durante a pré-produção e a pós-produção. Vai ter todas as suas despesas pagas durante as filmagens. Uma casa ou um apartamento, se você preferir, ou um bangalô no Hotel Beverly Hills. — Por fim, Walt falou quanto estavam pensando em pagar pelo roteiro. Fez-se silêncio do outro lado da linha.

— Você está brincando comigo? — perguntou ela, desconfiada.

Não era possível que ele estivesse falando sério. Durante toda a sua carreira, nunca recebera tanto. Era mais que Peter ganhava em dois anos de trabalho como advogado, e ele era sócio em uma firma importante.

— Não estou brincando — respondeu Walt, sorrindo.

Estava feliz por ela. Tanya era uma ótima escritora e daria conta do recado, mesmo sendo sua primeira experiência no cinema. Era talentosa e profissional. A grande dúvida era se estaria disposta a morar em Los Angeles durante nove meses. Na opinião de Walt, nenhuma mulher era tão dedicada ao marido e aos filhos a ponto de recusar uma oferta como essa. Uma chance assim vinha uma vez na vida, e Tanya sabia disso. Nunca sonhara que tal oferta pudesse acontecer e não sabia o que fazer. Já havia desistido do sonho de escrever para o cinema, contentando-se com novelas, artigos, contos e editoriais, mas agora seu sonho lhe era oferecido em uma bandeja de prata. Tanya quase chorou.

— Há quinze anos você me diz que é isso que quer fazer. Essa é sua chance de mostrar seu trabalho. Sei que você consegue. Aceite, menina... Você nunca mais terá uma oferta assim. Wayne estava pensando em três outros escritores, um deles com dois prêmios na Academia, mas ele quer um nome novo. E quer uma resposta ainda essa semana, Tanya. Se você não aceitar, ele vai precisar garantir um dos outros em breve. Acho que você não pode perder essa oportunidade. Se realmente leva a sério seu trabalho, essa chance pode colocá-la em evidência para sempre. Um negócio como esse transforma um hobby em uma grande carreira.

— Eu não escrevo por hobby — interveio ela, parecendo ofendida.

— Sei que não, mas eu não poderia sonhar com algo melhor para você nem para ninguém. Tanya, essa é sua oportunidade. Agarre-a e não deixe ninguém a tomar de você.

Ela queria dizer que sim, qualquer um diria que sim, mas não conseguia. Poderia ir dentro de um ano talvez, quando todos os filhos estivessem na universidade, mas mesmo assim não suportaria deixar Peter sozinho durante nove meses porque recebera uma proposta para escrever um roteiro de cinema em Los Angeles. Eles eram casados; ela o amava e tinha suas responsabilidades como esposa e mãe. As gêmeas ainda ficariam em casa por mais um ano. Não podia jogar tudo para o alto e partir para Los Angeles no último ano que as filhas passariam com a família. Um mês talvez, dois no máximo, mas nove nem pensar.

— Não posso — declarou ela, com a voz rouca e cheia de emoção e arrependimento. — Não posso, Walt. Ainda tenho as meninas aqui em casa. — Tanya estava quase chorando. Ao recusar a oferta, estava abrindo mão de muita coisa, mas sabia que era seu dever. Não havia escolha, não para ela. Nunca desviara sua atenção de Peter e dos filhos.

— Seus filhos não são mais crianças — comentou Walt delicadamente. — São adultos, pelo amor de Deus. Jason está indo para a faculdade. Megan e Molly já são mulheres. Elas podem cuidar de si mesmas durante a semana, e você vai estar em casa nos sábados e domingos. — Ele estava determinado a não a deixar perder a oportunidade.

— Você garante que vou ser liberada todos os fins de semana?

Tanya sabia que ele não podia dar essa garantia. O trabalho no cinema não era assim. Walt estaria mentindo se dissesse que sim. Ela não conseguia ver como poderia aceitar. Suas filhas precisavam dela durante a semana. Quem cozinharia? Quem ajudaria com os projetos escolares? Quem checaria se estavam dando conta dos deveres de casa e dos horários? Quem cuidaria deles quando ficassem doentes? Isso sem falar em namorados, compromissos, preenchimento dos formulários para admissão na faculdade e o baile de formatura na primavera. Depois de ter sido uma presença constante na vida das filhas, Tanya perderia o tão importante último ano. E Peter? Quem cuidaria dele? A família estava habituada a tê-la à disposição, não cuidando da própria vida em Los Angeles. Isso não combinava com ela. Não podia se imaginar fazendo uma coisa dessas com Peter nem depois que as meninas saíssem de casa. Não fora o combinado. O combinado era que ela seria esposa e mãe em tempo integral, realizando seu trabalho particular nos intervalos, de forma a não interferir na vida familiar e em seu cuidado com todos.

Depois de uma longa pausa, Walt respondeu em tom infeliz:

— Não posso garantir isso, mas é provável que você possa voltar para casa na maioria dos fins de semana.

— E se não puder? Você vai cuidar dos meus filhos por mim?

— Tanya, você pode contratar uma empregada com esse pagamento inacreditável. Dez, se quiser. Eles não vão pagar uma grana preta para você ficar em Marin e enviar o roteiro por e-mail. Querem que esteja a postos enquanto o filme for rodado. Faz sentido.

— Eu sei que faz. Só não sei como conciliar isso com minha vida real.

— Essa é sua vida real. É dinheiro real. É trabalho real. E é um dos filmes mais importantes de Hollywood nos dez últimos anos e talvez nos próximos dez também, com grandes nomes do cinema. Se você sonha em escrever roteiros, essa é sua chance. Uma oportunidade assim não bate duas vezes na mesma porta.

— Eu sei, eu sei — consentiu ela, em um tom de profunda infelicidade. Tanya nunca pensou que teria de fazer essa escolha. Para seus valores pessoais, era inaceitável. Em primeiro lugar, a família; depois, muito, muito depois, o trabalho, por mais que gostasse de escrever e de ganhar seu próprio dinheiro. A prioridade sempre havia sido Peter e as crianças. Sua carreira era organizada em torno deles.

— Por que você não pensa sobre isso e conversa com Peter? Podemos nos falar amanhã — sugeriu Walt, calmamente.

Ele não podia imaginar nenhum homem sensato sugerindo que a esposa recusasse tanto dinheiro e achava que Peter diria a Tanya para não perder essa chance de forma alguma. Como poderia dizer outra coisa? No mundo de Walt, simplesmente não se descartavam uma oportunidade ou um pagamento como esses. Afinal de contas, ele era um agente, não um psicólogo. Tanya nem sabia se discutiria aquilo com Peter. Achava que a decisão tinha de ser sua e que a proposta devia ser recusada, mas o convite a envaidecia e entusiasmava. Era uma oferta incrivelmente atraente.

— Eu ligo para você amanhã — disse ela, triste.

— Não fique tão deprimida. Essa é a melhor coisa que já aconteceu com você, Tanya.

— Eu sei... Desculpe... Não esperava que uma coisa dessas acontecesse. É uma decisão difícil. Meu trabalho nunca interferiu na minha vida em família. — E ela não queria que começasse a interferir agora. Não queria perder o último ano de Molly e Megan em casa. Nunca se perdoaria. Suas filhas tampouco a perdoariam, muito menos Peter. Não era justo pedir que ele cuidasse das meninas, considerando seu volume de trabalho no escritório.

— Acho que você vai conseguir conciliar bem as coisas. Pense em como será divertido trabalhar nesse filme — comentou Walt, encorajando-a em vão.

— Sim, seria divertido — disse ela, pensativa. Era um ótimo trabalho. Uma parte sua queria desesperadamente aceitar, no entanto outra parte sabia que teria de recusar.

— Pense com calma e não tome decisões precipitadas. Converse com Peter.

— Vou conversar — concordou ela, descendo do banco da cozinha. Tinha milhões de coisas para fazer naquele dia. — Ligo para você amanhã.

— Direi a eles que você está fora e volta amanhã. E, Tanya, não se cobre tanto... — pediu ele em tom de cumplicidade.

— Você é uma ótima escritora e a melhor esposa e mãe que

conheço. Um trabalho não exclui o outro. Outras pessoas conciliam as duas coisas. E seus filhos não são mais bebês.

— Eu sei — disse ela, sorrindo —, mas às vezes gosto de pensar que ainda são. Provavelmente dariam um jeito sem mim. Sou quase obsoleta.

Seus três filhos ganharam muita independência nos últimos anos do colégio, mas Tanya sabia que aquele ano seria importante para as gêmeas e para si própria. Seria a última vez que exerceria o papel de mãe em tempo integral antes que as filhas fossem para a universidade. Ainda precisava estar por perto, ou pelo menos achava que precisava, e tinha certeza de que Peter concordaria com ela. Não conseguia imaginá-lo concordando com a ideia de ela se mudar para Los Angeles durante o último ano letivo das gêmeas em casa. Escrever um roteiro cinematográfico em Hollywood era realmente uma oportunidade surpreendente, que ninguém imaginava que ela teria, muito menos a própria Tanya.

— Relaxe e aproveite. É uma honra ter alguém como Douglas Wayne escolhendo você. A maioria dos escritores não pensaria duas vezes antes de vender os filhos por um convite desses. — Porém, Walt sabia que Tanya não era assim. Era uma das coisas de que gostava nela. Tanya era uma ótima esposa, com valores familiares bons e tradicionais, mas ele esperava que ela os deixasse de lado por alguns meses. — Vou esperar sua ligação amanhã. Boa sorte com Peter.

— Obrigada — disse, desanimada. Para Tanya, não era só uma questão do que Peter esperava dela, mas das altas expectativas que criara para si mesma. Um minuto depois de desligar, ainda estava parada na cozinha, desorientada. Era muita coisa para absorver e para sua família digerir.

Permanecia parada ali, olhando para o nada e pensando, quando Jason entrou com dois amigos que encontrara na cidade.

— Você está bem, mãe?

Ele era um rapaz alto e bonito, e se tornara adulto sem que ninguém percebesse. Tinha ombros largos, voz grossa, os olhos verdes da mãe e os cabelos escuros do pai. Não era apenas lindo; mais importante que isso, era uma ótima pessoa. Nunca havia criado problemas para os pais. Era bom aluno e excelente nos esportes. Estava pensando em estudar direito, como Peter.

— É meio estranho ver você parada aí, olhando pela janela. Aconteceu alguma coisa?

— Não, só estava pensando em tudo que tenho que fazer hoje. Quais são seus planos? — perguntou, interessada no filho e tentando esquecer o convite para escrever o roteiro do filme.

— Vamos aproveitar um pouco a piscina na casa de Sally. É um trabalho difícil para uma manhã de verão, mas alguém precisa fazer isso.

Ele riu para a mãe, que ficou na ponta dos pés para beijá-lo. Sentiria muito a falta do filho depois de setembro. Detestava o fato de que Jason iria embora de casa. Amara a época em que seus filhos ainda eram pequenos. A casa ficaria vazia sem ele e seria ainda pior quando as meninas partissem no ano seguinte. Estava se agarrando aos últimos momentos que teriam, o que tornava impossível sequer considerar a oferta de Douglas Wayne. Como poderia perder esses últimos dias preciosos com seus filhos? Não poderia. Sabia que nunca se perdoaria se deixasse isso acontecer.

Jason e os amigos saíram meia hora depois. Tanya começou a andar pela cozinha. Estava tão confusa e distraída que não sabia o que estava fazendo. Sentou-se diante do computador e respondeu alguns e-mails, mas não conseguia organizar seus pensamentos. Olhava para o teclado, sem ver nada, quando as meninas entraram em casa uma hora depois, conversando animadamente e demorando a notar que a mãe estava ali.

— Oi, mãe. O que você está fazendo? Parece que está dormindo na frente do computador. Estava escrevendo?

Tanya riu e acordou de seu devaneio ao olhar para elas. Eram tão diferentes que nem pareciam irmãs, mas isso era melhor que serem confundidas uma com a outra.

— Não, em geral tento ficar acordada enquanto escrevo. — Seus planos de trabalhar em um conto naquela manhã tinham ido por água abaixo. — Não é fácil, mas eu consigo.

Ela riu e as filhas se sentaram à mesa da cozinha. Megan queria saber se poderia levar o namorado para Lake Tahoe com a família. Era uma pergunta delicada. Tanya não gostava que os filhos convidassem namorados para passar as férias com eles. Houve algumas exceções, mas ela e Peter achavam que não era uma boa ideia.

— Acho que pode ser bom ficarmos sozinhos dessa vez. Jason não vai levar ninguém nem Molly — argumentou Tanya.

— Eles não se importam. Já perguntei. — Megan encarava a mãe. Não tinha medo. Molly era muito mais tímida. Tanya sempre preferira que os filhos levassem amigos para as férias, e não alguém com quem estivessem envolvidos. Era muito mais simples, e ela era conservadora sob muitos aspectos.

— Vou conversar com seu pai — declarou, ganhando tempo para tomar mais uma decisão. De repente, tinha coisas demais em que pensar. Walt virara sua manhã de cabeça para baixo com aquele telefonema. Na verdade, virara sua vida de cabeça para baixo. No bom sentido, é claro, mas ainda assim era perturbador.

— Aconteceu alguma coisa, mãe? — perguntou Molly. — Você parece preocupada. — Ela notara o mesmo que Jason.

Tanya se sentia estranha. A ligação de Walt a abalara. Ele havia colocado em suas mãos a chance de realizar o sonho de uma vida, mas ela sabia que teria de recusar. Segundo suas regras, boas mães não abandonam os filhos no último ano do colégio nem em época alguma. Eles podiam crescer e se separar dos pais, mas nunca o oposto. A lembrança do próprio pai a abandonando veio à tona.

— Não, querida, não aconteceu nada. Eu só estava escrevendo uma história.

— Que bom. — Tanya sabia que os filhos se orgulhavam de seu trabalho, o que significava muito para ela. O respeito de Peter e dos filhos era importante. Nem podia imaginar o que eles pensariam sobre a oferta que Walt lhe fizera em nome de Douglas Wayne.

— Vocês querem almoçar?

— Não, nós vamos sair. — As meninas almoçariam com amigas em Mill Valley.

Quando saíram, meia hora depois, Tanya voltou a se sentar no banco da cozinha e olhar para o nada. Sentiu-se, pela primeira vez, dividida entre dois mundos, duas vidas: as pessoas que amava e o trabalho que sempre gostara de fazer. Antes Walt não tivesse feito a oferta. Ela se sentiu uma idiota; ao desligar o computador, limpou uma lágrima que descia pelo rosto. Enfim, saiu para executar as tarefas do dia. Estava voltando para casa quando Peter telefonou para dizer que chegaria tarde e que ela não deveria esperá-lo para jantar. Ele comeria um sanduíche no escritório.

— Como foi seu dia? — perguntou ele, carinhoso, mas com pressa. — O meu foi uma loucura.

— Meu dia foi um pouco louco também — respondeu ela vagamente, aborrecida porque ele não viria para o jantar. Queria conversar e sabia que ele estaria exausto depois da preparação para o julgamento. — A que horas pretende chegar?

— Vou tentar chegar às dez. Desculpe por não poder jantar com você. Vou trabalhar o máximo que puder com meus colegas. — Ela sabia que Peter estava afundado nos preparativos para um julgamento.

— Sem problemas.

— Você está bem? Parece distraída.

— Estou ocupada, como sempre. Nada especial.

— Os meninos estão bem?

— Saíram. Megan quer levar Ian para Tahoe. Eu disse que conversaria com você. Não acho que seja uma boa ideia. Eles vão começar a brigar no segundo dia e nos deixarão loucos.

Peter riu da descrição precisa de ocasiões anteriores com Ian. Ele tinha viajado com a família para esquiar no inverno passado e fora embora dois dias antes porque terminara o namoro com Megan. Eles reataram assim que ela voltou à cidade. Megan era conhecida na família por sua vida amorosa turbulenta. Molly ainda não tivera um namoro sério. Jason namorara a mesma menina durante todos os anos do ensino médio, mas haviam terminado nos primeiros dias do verão. Nenhum dos dois queria manter um romance a distância quando ele fosse para a universidade.

— Para mim tanto faz — comentou Peter —, mas se quiser dizer que sou contra tudo bem.

Ele sempre ficava do lado dela; os dois formavam uma frente unida, embora, como em todas as famílias, os filhos tentassem opor os pais para conseguir o que queriam. Essas tentativas quase nunca davam certo. Peter e Tanya possuíam uma ligação forte e, em geral, tinham as mesmas opiniões. Era raro discordarem a respeito de como agir com os filhos ou sobre qualquer outra coisa.

Peter tinha de atender outra ligação e disse que a veria à noite. Era sempre reconfortante falar com ele. Tanya amava trocar ideias com o marido e passar tempo com ele. Adorava até o modo como se abraçavam na cama. Nada em seu relacionamento se tornara lugar-comum ou passava despercebido. Eles tinham um casamento raro, que nunca havia sido realmente posto à prova. E ainda estavam apaixonados depois de vinte anos. Quando pensava nisso, Tanya não conseguia se imaginar vivendo sem ele. A ideia de morar em Los Angeles durante nove meses, de passar cinco noites por semana sozinha, era inconcebível. Bastava pensar nisso para se sentir solitária. Não importava quanto lhe oferecessem nem quão importante fosse o filme, o marido e os filhos eram mais importantes. Enquanto entrava na garagem de casa, percebeu que tinha tomado sua decisão. Sequer ficou triste. Talvez um pouco desapontada, mas não tinha dúvidas de que essa era a vida que queria. Não sabia se tocaria no assunto com Peter. Na manhã seguinte, bastaria telefonar para Walt e recusar a oferta. Era envaidecedor ter sido convidada, mas não poderia aceitar. Já tinha tudo que queria. Só precisava de Peter, dos filhos e da vida que levavam.

Capítulo 2

A pesar de suas melhores intenções, já passava das onze da noite quando Peter voltou para casa. Ele parecia completamente exausto e tudo que queria era tomar um banho e ir para a cama. Tanya não se importou de não terem a chance de conversar naquela noite. No fim da tarde, decidira que nem contaria a ele sobre a oferta que recebera de Douglas Wayne. Ela a recusaria. Já estava quase dormindo quando Peter deitou na cama, depois de tomar banho, e a envolveu nos braços. Ela murmurou alguma coisa com os olhos fechados e sorriu.

— Já é tarde... — murmurou, sonolenta, recostando-se nele. Peter a puxou para mais perto. Ele cheirava a sabonete e xampu. Seu cheiro era sempre maravilhoso para Tanya, mesmo quando ele acordava pela manhã. Ela se virou em seus braços e o beijou. Ele a abraçou com força por um instante. — Dia ruim? — perguntou ela, baixinho.

— Não, só longo — respondeu ele, admirando-a à luz da lua que entrava no quarto. — Desculpe por chegar tão tarde. Está tudo bem por aqui?

— Sim — disse ela sonolenta, aninhando-se alegremente nos braços dele, seu lugar favorito. Adorava terminar e começar o dia ao lado do marido. Isso nunca mudara ao longo de vinte anos. — As crianças saíram.

No verão, elas passavam o tempo todo com os amigos. Tanya sabia que as meninas dormiriam de novo na casa de uma amiga e que Jason era responsável e bom motorista. Ele raramente voltava para casa muito tarde, e Tanya se sentia à vontade para ir dormir antes que o filho chegasse. Jason sempre levava o celular, e ela sabia que podia entrar em contato com o filho a qualquer momento. Os três filhos eram sensatos e não tinham criado problemas sérios para os pais nem na adolescência.

Peter e Tanya se enroscaram um no outro e dormiram em menos de cinco minutos. Ele acordou antes dela na manhã seguinte. Enquanto ele tomava banho, Tanya escovou os dentes e desceu as escadas, enrolada em um roupão, para preparar o café da manhã do marido. No caminho, deu uma olhada no quarto de Jason e viu que o filho dormia profundamente. Não acordaria tão cedo. O café estava na mesa para Peter quando ele desceu as escadas, muito elegante em um terno cinza leve, com camisa branca e gravata escura. Pelas roupas, ela soube que ele teria de ir ao tribunal em algum momento daquele dia. Normalmente, Peter usava camisa social e calças cáqui ou até mesmo jeans, especialmente às sextas-feiras. Seu estilo era o mesmo desde que ela o conhecera. Os dois formavam um belo casal. Tanya sorriu para ele enquanto Peter andava até a mesa e se sentava para comer cereais, ovos poché, café, torradas e uma tigela de frutas. Ele gostava de tomar um bom café da manhã, e ela sempre se levantava para prepará-lo para o marido e para as crianças no período de aulas. Tinha orgulho de cuidar da família. Gostava de dizer que esse era seu trabalho diurno. Sua carreira vinha em segundo lugar.

— Você vai ao tribunal hoje... — comentou ela enquanto ele lia o jornal.

— Só um comparecimento rápido para solicitar o adiamento de um caso menos importante. O que você vai fazer hoje?

Que tal nos encontrarmos no centro da cidade para jantar? Conseguimos fazer a maior parte do trabalho ontem.

— É uma boa ideia.

Eles se encontravam para jantar pelo menos uma vez por semana. Às vezes, assistiam a um balé ou a um concerto sinfônico, porém o que mais agradava Tanya era ter uma noite calma com o marido em pequenos restaurantes ou viajar no fim de semana. Manter o romance vivo depois de vinte anos de casamento e três filhos era uma arte que praticavam com cuidado. Até então, tudo estava bem.

Peter olhou para ela do outro lado da mesa enquanto terminava o café e a examinou atenciosamente. Conhecia-a melhor que ela própria.

— O que você está escondendo de mim? — Como sempre, ele a espantou com sua percepção exata e infalível. Tanya teria se assustado se Peter já não fizesse isso há anos. Ele sempre parecia saber no que ela estava pensando.

— Que ideia! — Ela sorriu, impressionada com o que ele dissera. — O que faz você pensar que estou escondendo alguma coisa? — Tanya nunca compreendeu como ele conseguia perceber tão bem essas coisas.

— Não sei. Simplesmente sinto algo no ar, no modo como você está olhando para mim, como se tivesse uma novidade, mas não quisesse contar. Então, o que é?

— Nada. — Os dois riram quando ela respondeu. Tinha se traído. Era só uma questão de tempo até contar tudo a ele. E tinha dito a si mesma que não o faria. Nunca conseguia guardar segredos do marido, nem ele dela. Tanya o conhecia tão bem quanto Peter a conhecia. — Droga... Eu não ia contar... — confessou ela, servindo mais uma xícara de café para ele e outra de chá para si própria. Raramente comia no café da manhã, preferindo tomar apenas chá e roubar as migalhas que sobravam nos pratos dos outros. Era o suficiente. — Não é tão importante assim.

— Deve ser, se você pensou em manter segredo. Então, o que está havendo? Alguma coisa com as crianças? — Era, em geral, algo assim, alguma confissão que um dos filhos tinha feito em particular, mas que ela sempre contava ao marido. Peter era bom em guardar segredos, e ela confiava no julgamento do marido a respeito de todos os assuntos. Ele era inteligente, sensato e bondoso. Quase nunca a decepcionava.

Tanya respirou fundo e bebeu um gole de chá. Por algum motivo, era difícil contar a ele. Era mais fácil falar sobre coisas relacionadas às crianças. Tudo que lhe dizia respeito era mais difícil.

— Recebi uma ligação de Walt ontem. — Ela parou e esperou um instante antes de continuar enquanto ele a olhava com curiosidade.

— E? Devo adivinhar o que ele disse? — perguntou Peter, pacientemente. Tanya riu.

— Sim, talvez você devesse tentar.

Tanya parecia nervosa e se sentia estranha ao contar aquilo ao marido. A ideia de morar em Los Angeles durante nove meses a aterrorizava tanto que sentia culpa até mesmo ao contá-la para ele, como se tivesse feito alguma coisa errada. Havia planejado telefonar para Walt e recusar o convite assim que Peter saísse para o escritório. Queria acabar logo com tudo aquilo. Sentia-se ameaçada ao saber que o convite ainda estava de pé, como se Douglas Wayne tivesse o poder de sequestrá-la da família e da vida que amava. Sabia que era uma bobagem, mas era como se sentia. Talvez porque tivesse medo de que uma parte sua quisesse aceitar o convite e precisasse controlá-la. Sabia que a decisão era sua. Ninguém poderia decidir por ela, nem mesmo Walt ou Peter.

— Ele ligou para fazer uma proposta — explicou ela, finalmente. — Foi um convite muito envaidecedor, mas não é algo que quero fazer.

Peter não acreditou muito quando olhou nos olhos dela. Tanya não recusaria um trabalho para escrever. Depois de vinte anos juntos, ele sabia que escrever era tão importante para a esposa quanto respirar. Embora Tanya fosse muito discreta, essa necessidade era fundamental, e seu trabalho era bom. Peter sentia muito orgulho dela e um profundo respeito por seu trabalho.

— Outro livro de contos?

Ela balançou a cabeça e respirou fundo mais uma vez.

— Um filme. Para cinema. O produtor gosta do meu trabalho. Acho que é viciado em uma novela. Bem, ele ligou para Walt e os dois conversaram sobre a possibilidade de o roteiro ser escrito por mim. — Ela tentou parecer desinteressada, mas Peter a olhou com ar de espanto.

— Ele convidou você para escrever o roteiro de um filme? — Ele parecia tão chocado quanto ela ao receber a notícia. — E você não quer? É um filme pornô? — Peter não podia imaginar Tanya se recusando a escrever qualquer roteiro, a não ser que fosse um filme pornô. Escrever para o cinema era o sonho de sua vida. Ela nunca recusaria.

— Não, pelo menos acho que não. Talvez seja — brincou ela, voltando a ficar séria quando olhou para Peter. — Eu não posso aceitar.

— Por que não? Não consigo pensar em uma única razão para recusar o convite. O que aconteceu? — Peter sabia que ela estava escondendo alguma coisa.

— Não vai dar certo — respondeu com tristeza, tentando não parecer boba. Não queria que ele se sentisse mal por ela recusar. Era um sacrifício que estava mais que disposta a fazer. Na verdade, seria um sacrifício morar em Los Angeles. Tanya não queria deixar Peter e as meninas.

— Por que não vai dar certo? Pode me explicar? — Ele não sairia dali enquanto não ouvisse uma explicação e continuou sentado do outro lado da mesa da cozinha, examinando-a.

— Eu teria de morar em Los Angeles durante as filmagens e vir para casa nos fins de semana. Não vou aceitar. Todos nós sofreríamos. Não vou ficar sozinha em Los Angeles enquanto você e as meninas ficam aqui. Além do mais, é o último ano delas em casa.

— Pode ser sua última chance de fazer algo que você sempre sonhou. — Ambos sabiam que ele estava certo.

— Mesmo que seja, ainda é a chance errada. Não vou sacrificar minha família para trabalhar em um filme. Não vale a pena.

— Por que você não vem para Ross nos fins de semana? As meninas nunca estão em casa. Elas estão sempre com amigas ou praticando esportes na escola. Eu me ajeito. Cada um cozinha um dia, e você pode vir para casa nas sextas à noite e voltar para Los Angeles nas manhãs de segunda. Quão ruim pode ser? E é por apenas alguns meses, certo? — Ele estava mais que disposto a colaborar, e ouvi-lo trouxe lágrimas aos olhos de Tanya. Peter era um homem decente e sempre fora tão bom com ela. De qualquer forma, seria difícil para todos, e ela não se sentia bem em aceitar a proposta, mesmo que o marido fosse generoso o bastante para incentivá-la.

— Cinco de filmagem, dois de pré-produção e mais um ou dois de pós-produção. Serão oito a nove meses. O ano letivo inteiro. É pedir demais. Peter, eu te amo ainda mais por me deixar ir, mas não posso aceitar.

— Talvez possa — disse ele lentamente, pensando sobre o assunto. Não queria privá-la de seu maior sonho.

— Como? Não é justo com você. Eu sentiria demais a sua falta, e as meninas me matariam. Esse é o último ano delas. Preciso e quero estar aqui.

— Eu também sentiria sua falta — declarou ele com since-ridade —, mas talvez as meninas tivessem de se esforçar pela primeira vez na vida. Você está sempre aqui, pronta para fazer tudo que elas querem. Talvez um pouco de independência faça bem a elas, e a mim também. Tanya, não quero que você perca essa oportunidade. Talvez nunca tenha outra. Você não pode recusar. — Peter tinha um ar tão sério e amoroso ao falar que ela quase chorou.

— Posso recusar, sim. Assim que você sair para o trabalho, vou ligar para Walt e dizer que não aceito o convite. — Ela falou com calma e firmeza, convencida de que era a escolha certa.

— Não quero que você faça isso. Peça um tempo. Vamos conversar com as meninas. — Ele era sensato e queria chegar a uma decisão familiar a favor de Tanya, se isso fosse possível e se as meninas fossem extremamente compreensíveis. Peter esperava que fossem, para o bem da própria mãe.

— Elas vão se sentir totalmente abandonadas, e com razão. Eu estaria longe durante todo o último ano letivo delas, passando apenas os fins de semana aqui. E quem sabe se vou poder vir para casa nos fins de semana quando as filmagens começarem? Há histórias terríveis. Noites, dias, fins de semana... Jornadas que fogem do controle e filmes que estouram previsões de orçamento e de tempo. Pode levar mais tempo do que dizem.

— O orçamento é problema deles; você é problema meu. Quero que a gente arrume um jeito.

Tanya sorriu para ele, levantou-se e contornou a mesa. Envolveu-o com os braços e o beijou.

— Você é maravilhoso e eu te amo, mas, confie em mim, não vai dar certo.

— Não seja tão pessimista. Vamos pelo menos tentar. Falaremos com as meninas hoje à noite, quando voltarmos do jantar. Agora não é só um jantar, é uma comemoração. — Então, ele pensou em outra coisa. — Quanto ofereceram pelo roteiro?

Tanya sorriu brevemente, ainda chocada com a oferta, e contou ao marido. Fez-se completo silêncio na cozinha por um instante. Depois, ele assobiou.

— É melhor você aceitar. Teremos três filhos na universidade no ano que vem, mas o valor das mensalidades não é nada comparado ao que vão pagar. É uma quantia impressionante. E ainda assim você quer recusar? — Tanya assentiu. — Por nossa causa? — Ela assentiu de novo, com os braços ainda em volta dele. — Querida, você é maluca. Estou mandando você ir e se acabar de trabalhar. Talvez eu até me aposente se você tiver uma carreira vertiginosa escrevendo roteiros para cinema. — Ela ganhara decentemente como escritora até então, embora publicações literárias não pagassem muito. As novelas sempre deram um bom dinheiro. O pagamento pelo filme de Douglas Wayne era mais que bom, era fantástico, e Peter ficou mais que impressionado com a oferta.

— Eles ofereceram esse salário e o aluguel de um bangalô no Hotel Beverly Hills, de uma casa ou de um apartamento durante as filmagens, o que eu preferir. E todas as despesas pagas. — Tanya falou os nomes do diretor e dos atores, fazendo Peter assobiar de novo. Era mais que uma oportunidade de ouro, era uma chance única na vida, e ambos sabiam disso. Ele não via como a esposa poderia recusar essa oferta. Peter temia que, caso ela recusasse, fosse se arrepender e acabasse ressentindo-se dele e das filhas. Era coisa demais para abrir mão.

— Você precisa ir — incentivou ele, ainda nos braços dela. — Não vou deixá-la recusar esse convite. Talvez devêssemos nos mudar para Los Angeles por um ano.

É claro que Peter estava brincando, mas ela gostaria que fosse verdade. O fato era que não poderiam ir; ele tinha uma carreira sólida como sócio em sua firma de advocacia, e as meninas tinham o direito de terminar o colégio no lugar onde cresceram. Se alguém fosse para Los Angeles, seria ela, e sozinha. Isso era tudo o que Tanya não queria, com exceção do entusiasmo de fazer o filme, realizar seu sonho e do pagamento totalmente incrível. Nunca sacrificara sua família pela carreira, e não começaria agora.

— Não seja bobo — retrucou ela, sorrindo para o marido.

— Fico feliz em saber que eles queriam que eu escrevesse o roteiro.

— Vamos ver o que as meninas dirão à noite. Diga a Walt que está pensando sobre o assunto e... — Ele olhou para a esposa com carinho e a abraçou. — Quero que saiba que estou orgulhoso de você.

— Obrigada por ser tão compreensivo. Ainda não posso acreditar que eles me queiram... Douglas Wayne... Tenho que admitir que é bem legal.

— Muito legal — concordou ele, olhando para o relógio. Estava uma hora atrasado para o trabalho, mas por uma boa causa. — Onde você quer jantar essa noite?

— Em um lugar calmo, onde a gente possa conversar.

— Que tal o Quince? — sugeriu ele.

— Perfeito. — Era um restaurante pequeno e romântico em Pacific Heights, com ótima comida.

— Pegue um táxi. Voltamos juntos para casa. Está combinado.

Ele lhe deu um beijo de despedida alguns minutos depois. Assim que saiu, Tanya suspirou, pegou o telefone e ligou para Walt. Não sabia bem o que dizer a ele. Pensou que tivesse tomado uma decisão na noite anterior, mas pelo visto não era o caso. Não se imaginava aceitando o convite. Quando disse isso ao seu agente, ele grunhiu.

— O que posso fazer para convencer você de que não tem escolha?

— Diga a eles para filmarem aqui — respondeu ela, sentindo-se manipulada. Peter havia feito com que a oferta soasse plausível, mas, no fundo do coração, ela sabia que não podia aceitar, por mais compreensivo que o marido fosse. Achava que as filhas pensariam da mesma forma que ela. Não gostariam que sua mãe as deixasse por conta própria justamente nesse ano.

— Espero que Peter a convença, Tanya. Droga. Se ele concordou, com o que você está se preocupando? Ele não vai se divorciar de você por ir morar em Los Angeles durante nove meses.

— Nunca se sabe — comentou ela, rindo. Sabia que isso não aconteceria, mas um longo período de ausência nunca é bom para um casamento. Além do mais, amava estar com ele. Podia imaginar quão infeliz ficaria passando a semana toda longe do marido durante todos esses meses.

— Ligue para mim amanhã. Vou dizer a Doug que ainda não consegui falar com você. Quando falei isso a ele ontem, ele disse que valia a pena esperar por você. Cismou que é você quem vai escrever o roteiro.

Tanya se segurou para não dizer "Eu também". Sabia que não podia se deixar levar. Era apenas um sonho. Um sonho de uma vida inteira, é verdade. Um sonho ao qual não podia se entregar.

Voltou a trabalhar no novo conto assim que desligou o telefone. Quando Jason apareceu na cozinha, ao meio-dia, ela preparou o café da manhã dele. Os dois se sentaram e conversaram por algum tempo; no fim da tarde, as meninas voltaram para casa. Tanya não disse nada a eles a respeito do convite. Queria discutir melhor o assunto com Peter.

Às seis, começou a se arrumar para o jantar; uma hora depois, pegou um táxi para a cidade, pensando novamente no filme. De repente, sentiu-se triste com a perspectiva de sair de casa. Era como se estivesse descendo por um rio em um barco descontrolado e sem remos. Peter já estava no restaurante quando ela chegou, e o jantar foi ótimo. Não tocaram no assunto até a sobremesa. Ele disse que tinha pensado e que queria que ela aceitasse o convite. Peter queria que a família se reunisse na manhã seguinte, sábado, para conversar.

— Você deve tomar sua decisão, Tan. Nem mesmo eu posso dizer o que fazer. E não pode deixar que nossos filhos decidam por você. Eles não têm esse direito, mas você pode perguntar o que eles pensam.

— E o que você pensa?

Tanya olhou para ele com tristeza, como se estivesse a ponto de perder todos e tudo que amava. Sabia que estava sendo tola, mas era como se sentia. Seus olhos estavam marejados de lágrimas enquanto olhava para o marido, que estendeu o braço sobre a mesa e segurou sua mão.

— Você sabe o que penso, querida. Sei que é difícil, mas acho que você tem que fazer o filme. Não pelo dinheiro, embora Deus saiba que é uma quantia tentadora e que seria motivo suficiente para aceitar o convite, mas porque sempre foi seu sonho. Você está tendo uma chance. As meninas vão se acostumar, mesmo que seja difícil no começo, e eu também. Não será para sempre; são apenas alguns meses. Você não pode abrir mão dos seus sonhos, Tanya. Não quando entram pela porta e se jogam no seu colo. Algo me diz que isso era para acontecer. Nós podemos fazer isso... *Você* pode. Você deve. Nunca desista dos seus sonhos, Tan, nem mesmo por nós — respondeu ele suavemente.

— Você é o meu sonho. Desde o dia em que te conheci — disse ela gentilmente, segurando sua mão. — Não quero fazer nada que possa estragar isso. Além do mais, acho que não aguentaria ficar longe de você cinco noites por semana. — Eles tinham uma vida sexual ativa e eram muito próximos; suas vidas se entrelaçaram nos últimos vinte anos e tornaram ambos dependentes um do outro. Ela nem podia imaginar como seria um casamento de fim de semana. Simplesmente achava que um filme importante de Hollywood não era suficiente para sacrificar o relacionamento que tinham, ainda que por nove meses. Peter recebera a ideia muito melhor que ela.

— Você não vai estragar nada, sua boba — declarou ele, sorrindo para ela, enquanto o garçom colocava a conta ao seu lado. O jantar tinha sido ótimo, regado por uma excelente garrafa de vinho. Quando saíram do restaurante, Tanya parecia distraída. Estava pensando em Los Angeles e na saudade que sentiria do marido se ele realmente a convencesse a ir. Não conseguia se imaginar fazendo isso. Como poderia deixar um homem como Peter, mesmo cinco dias por semana? Nenhum roteiro cinematográfico valia isso.

Os dois deram a notícia bombástica no dia seguinte. A reação dos filhos não foi exatamente o que Tanya e Peter esperavam, embora fosse em parte previsível. Molly achou o convite feito à mãe maravilhoso e uma grande oportunidade que não podia ser perdida. Prometeu que ajudaria a cuidar do pai se Tanya fosse para Los Angeles. Jason achou incrível e perguntou se poderia passar uns dias com ela e conhecer algumas atrizes. Tanya lhe lembrou de que ele estaria na universidade, estudando durante a semana, e que ela viria para Marin nos fins de semana. O filho não parecia nem um pouco preocupado em ver a mãe deixar as meninas sozinhas com o pai em seu último ano em casa, mas Tanya tinha certeza de que, se fosse o último ano dele na escola, ele teria um ataque. Jason disse que o pai poderia cuidar das irmãs. E Megan ficou lívida. *Realmente* lívida.

— Como você pode pensar em fazer uma coisa dessas? — gritou ela para a mãe, com os olhos faiscando de raiva. A força de sua reação surpreendeu até mesmo Tanya.

— Não estou pensando, Megan. Estava planejando recusar a oferta, mas seu pai achou que devíamos conversar com vocês e ver como reagiriam. — Já tinham visto a reação de Molly.

— Vocês dois estão *malucos*? Esse é nosso último ano em casa! Onde vamos arrumar outra mãe enquanto você fica curtindo com artistas em Hollywood? — Ela falava como se Tanya tivesse dito que trabalharia durante nove meses em um bordel em Tijuana.

— Eu não estaria "curtindo" — disse Tanya com calma. — Estaria trabalhando. Teria sido uma boa oportunidade se tivesse aparecido daqui a um ano, mas, mesmo assim, eu não iria querer deixar seu pai.

— Você não liga nem um pouco para a gente? Precisamos de você aqui. Molly e eu teremos que preencher os formulários de inscrição para a faculdade. Quem nos ajudará se você não estiver aqui? Ou você não se importa, mãe? — Seus olhos estavam cheios de lágrimas, assim como os de Tanya. Era uma conversa dolorosa, e Peter resolveu intervir.

— Acho que vocês não se deram conta da honra que é para sua mãe receber esse convite. Douglas Wayne é um dos maiores produtores de cinema. — Peter listou todos os atores do filme. Jason assobiou e lembrou à mãe de que queria conhecer todos eles.

— Não conheço nenhum deles — disse Tanya. — E não sei por que estamos reunidos aqui.

Não fazia sentido perturbar os filhos com uma reunião familiar. Em sua opinião, isso só serviria para deixá-los preocupados. E para quê? Sua decisão estava tomada. Ela ficaria em casa. Apesar disso, Peter achava importante que eles soubessem sobre a oferta. Por quê? Megan dissera tudo que Tanya pensava e temia ouvir. Se aceitasse o convite, pelo menos uma filha a detestaria e, com o tempo, talvez todos a detestassem. Jason não parecia nem um pouco aborrecido. Molly, como sempre, fora generosa. Megan deixara claro que nunca a perdoaria se ela fosse para Los Angeles. Tanya acreditava nela. Peter tinha dito que ela superaria o choque e que ele estaria em casa para cuidar das filhas enquanto Tanya estivesse ausente.

— Não posso perturbar nossa família a esse ponto — declarou ela em um tom preocupado depois que os filhos saíram da cozinha. — Eles nunca me perdoarão. E, depois de algum tempo, talvez você me odeie também.

Jason lhe desejara boa sorte e dissera que esperava que ela aceitasse o convite. Molly lhe dera um abraço e dissera que estava orgulhosa. Megan saíra batendo a porta da cozinha e batera mais três portas no caminho para seu quarto.

— Ninguém vai odiar você, querida — argumentou Peter, pondo o braço em volta dos ombros dela. — Você é que talvez se odeie se deixar essa oportunidade passar. Não acho que deva esperar outro convite igual, especialmente se recusar esse.

— É claro que não — disse Tanya, calmamente. — Mas não preciso fazer um filme. Foi um sonho que tive há muitos anos. Estou contente com meus contos e novelas. — Ela ganhava dinheiro suficiente para ajudar Peter e amava seu trabalho. Não precisava nem queria mais. E a reação de Megan lhe dissera tudo que ela precisava saber.

— Você pode fazer mais que novelas, Tan. Por que não aceita a oportunidade que estão oferecendo?

— Você ouviu o que Megan disse. Não posso sacrificar minha filha por um filme. Seria muito egoísta da minha parte.

— Megan não tem o direito de pedir que você abra mão de uma coisa tão importante. Ela estará em casa comigo e vai superar isso. Nem vai notar se você ficar aqui. Ela sai com as amigas o tempo inteiro. E você poderá ajudá-la com os formulários de inscrição para a faculdade nos fins de semana.

— Peter... — disse Tanya, arregalando os olhos. — Não. Não me pressione. Agradeço pelo que tentou fazer, mas, mesmo que todos achassem a ideia maravilhosa, eu não poderia ir. Não posso nem quero deixá-los. Eu te amo. Obrigada.

— Ela se levantou e pôs os braços em volta do marido, que a abraçou.

— Você vai detestar ser uma dona de casa em Marin agora. Vai pensar todos os dias que poderia ter trabalhado em um filme que provavelmente ganhará um Oscar. Você não pode deixar as crianças tomarem essa decisão, Tanya. Quem deve decidir é você.

— Eu já decidi. Voto por ficar em casa fazendo o que tenho feito até agora, com as pessoas que amo.

— Nós amaremos você mesmo que vá para Los Angeles. Eu te amarei. E até Megan vai acabar perdoando você. Ficará muito orgulhosa. Todos ficaremos.

— Não — retrucou Tanya com firmeza quando se entreolharam por um longo tempo. — Às vezes, temos que abrir mão do que queremos porque é a coisa certa a fazer pelas pessoas que amamos.

— Eu quero que você faça esse filme — disse ele delicadamente. — Sei quão importante isso poderia ser para você. Não quero que recuse o convite por mim ou pelas crianças. Seria errado. Muito errado. Eu nunca me perdoaria se me colocasse em seu caminho.

Tanya o olhou assustada.

— E se nosso casamento for por água abaixo? Pode ser mais difícil do que pensamos. — E ela já achava que seria muito difícil.

— A não ser que você se apaixone por um ator bonitão, não vejo como isso poderia prejudicar nosso casamento, Tan. Você vê? Eu vou estar sentado aqui, esperando por você.

— Eu morreria de saudade — disse ela, com uma lágrima escorrendo pelo rosto. Sentia-se como uma criança sendo mandada para o colégio interno. Não queria deixar Peter. Amava a ideia de escrever o roteiro do filme, mas tinha medo. Há vinte anos não enfrentava o mundo sozinha.

— Eu também morreria de saudade — disse Peter com sinceridade —, mas às vezes, Tan, a gente precisa ter coragem para evoluir. Você tem o direito de fazer esse filme sem perder nada. Eu não te amaria menos. Ficaria muitíssimo orgulhoso e te amaria ainda mais.

— Estou com medo — comentou ela, baixinho, chorando e agarrada a ele. — E se eu não for capaz? Não é nenhuma novela boba. É um trabalho importante. E se eu não estiver à altura?

— Você está, querida. Eu sei que está. E espero que também saiba. É por isso que quero que você vá. Precisa abrir suas asas e voar. Você está se preparando para isso há anos. Não se prive por mim ou pelas crianças. Vá em frente — incitou ele, beijando-a com mais intensidade.

Era o maior presente que ele poderia lhe dar. Quando olhou para o marido através das lágrimas, Tanya viu que os olhos dele também estavam marejados.

— Eu te amo — declarou ela, baixinho, enquanto Peter a abraçava. — Eu te amo muito... Ah, Peter... Estou com tanto medo.

— Não tenha medo, querida. Vou esperar por você. As crianças também... Até mesmo Megan... Nós a visitaremos, e você virá para casa nos fins de semana. Se ficar presa em Los Angeles, iremos até lá. Ou pelo menos eu irei. Tudo vai terminar antes que você perceba, e vai ficar contente por ter ido.
— Era o gesto mais generoso que alguém já fizera por Tanya.

— Você é o homem mais maravilhoso do mundo, Peter Harris. Eu te amo tanto...

— Lembre-se disso quando os atores começarem a bater à sua porta.

— Eles não vão bater à minha porta — disse ela, ainda chorando —, mas, se baterem, não vou dar atenção. Nunca vou ser capaz de amar alguém como amo você.

— Nem eu — acrescentou ele, apertando-a tanto que ela quase não conseguia respirar. — Você vai fazer o filme, Tan? Vai nos deixar orgulhosos. — Ele se afastou um pouco para olhar nos olhos dela, que estavam apavorados. Tanya não disse nada. Tudo o que fez foi assentir, chorar ainda mais e se agarrar a ele como uma criança com medo de sair de casa.

Capítulo 3

Eles deram a notícia aos filhos em agosto, quando estavam em Lake Tahoe. As reações foram mais ou menos as mesmas. Molly apoiou a mãe e sentiu orgulho e Jason pareceu louco para visitá-la em Los Angeles. Megan não falou com a mãe durante três semanas, dizendo apenas, em tom venenoso, que nunca a perdoaria; toda vez que Tanya a via, a filha estava chorando. Megan falou que ser abandonada pela mãe era a pior coisa que havia acontecido em sua vida. Durante as quatro semanas que passaram em Tahoe, Tanya repetiu uma centena de vezes que ligaria para Walt e explicaria que havia mudado de ideia, mas Peter não permitiu que ela fizesse isso. Ele disse que Megan se recuperaria e que era bom que estivesse colocando a raiva para fora. Tanya se sentia uma megera toda vez que olhava para a filha e chorava quase tanto quanto ela.

As férias, no último verão antes de Jason ingressar na faculdade, foram boas e difíceis ao mesmo tempo. Seus amigos vinham da cidade para passar tempo com ele. Cada momento que Tanya passava com o filho e com Peter parecia precioso. Ela teve ótimas conversas com Molly quando saíam para caminhar. Megan evitava a família sempre que a mãe estava por perto e só voltou a falar com Tanya nos últimos dias, por pura necessidade. Na última noite das férias, eles fizeram um grande churrasco e convidaram amigos.

Depois da festa, Tanya e Peter conversaram enquanto limpavam a casa. Faltavam apenas dez dias para que ela partisse para Los Angeles. Tanya tinha dito a Douglas Wayne que só poderia ir depois que deixasse o filho na universidade. Queria estar com Peter e ajudá-lo a instalar Jason no dormitório. As meninas também iriam e voltariam com o pai para casa. Uma limusine esperaria Tanya no complexo de hotéis Santa Barbara Biltmore e a levaria para Los Angeles. As despedidas chorosas seriam lá, se Megan não a matasse antes.

Os últimos dias foram difíceis. Tanya ajudou Jason a fazer as malas e organizou tudo que ele precisaria levar: laptop, bicicleta, som, lençóis, cobertores, travesseiros, colchas, fotos da família, equipamentos de esporte, decorações para pendurar nas paredes, um abajur e um tapete. Não sabia se a afligia mais deixar Jason na faculdade ou se despedir do resto da família depois. Levaria muito menos bagagem que o filho. Não planejava fazer outra coisa a não ser trabalhar. Preparou uma bolsa a tiracolo e uma mala pequena, levando basicamente tênis de corrida, moletons e jeans. Depois de pensar muito, pegou também uma calça comprida mais arrumada, dois suéteres de caxemira e um vestido preto, caso tivesse de ir a algum evento formal com o elenco do filme. Separou um milhão de fotos dos filhos em porta-retratos para espalhá-los por seu bangalô no Hotel Beverly Hills. Já sabia que ficaria no Bangalô 2, que seria sua casa nos próximos meses. O bangalô tinha dois quartos, para que seus filhos pudessem visitá-la, um escritório modesto, uma sala de estar, uma sala de jantar e uma cozinha aconchegante, embora não pudesse se imaginar cozinhando para si própria. Não morava sozinha havia vinte anos. Não conseguia nem imaginar como seria. Peter dissera, brincando, que ela também estava indo para a faculdade.

Ele não tinha hesitado nem por um só segundo e ainda insistia que ir para Los Angeles seria uma das melhores coisas de sua vida. Ela gostaria de poder concordar. No momento, só conseguia pensar no quanto sentiria a falta dos filhos e do marido. Teria voltado atrás se não houvesse assinado o contrato e recebido um cheque. Seu agente estava em êxtase e não podia acreditar que Tanya havia agido com sensatez. Estava certo de que ela não aceitaria o convite e tinha ligado para Peter para dizer que ele fora um herói ao convencê-la e ao deixá-la ir. Walt falou que ele era um *mensch*, um homem íntegro, forte e digno, e Tanya concordou. Peter havia posto os interesses dela em primeiro lugar, até mesmo antes dos interesses da própria família, e não tinha dúvida de que ele e as meninas se sairiam bem. Peter repetira isso a Megan e a Molly inúmeras vezes. Molly havia prometido fazer tudo que podia para ajudar, embora parecesse mais chorosa e mais próxima da mãe nos últimos dias, oferecendo-se para ajudá-la a fazer as malas e a tomar as providências finais. De repente, ela passou a aproveitar a presença da mãe ao máximo, e Tanya se lembrou da infância da filha, quando as duas eram inseparáveis. Megan sempre fora mais independente. Ela não dirigiu uma só palavra à mãe durante a viagem até Santa Barbara, passando o tempo todo olhando pela janela do carro como se alguém tivesse morrido, enquanto Molly segurava sua mão.

Tanya sentiu seu coração partir ao ver sua família enchendo a van que alugaram para levar a mudança de Jason e suas duas malinhas. Ela não precisava de muita coisa, pois planejava voltar para casa nos fins de semana. Sua vizinha, Alice Weinberg, apareceu para se despedir dela e de Jason. Ela abraçou Tanya e disse que sentia muita inveja da amiga ao vê-la indo morar em Hollywood para escrever o roteiro de um filme. Elas eram amigas havia dezesseis anos. O marido de Alice morrera dois anos antes, após um ataque cardíaco durante uma partida de tênis, mas Alice se recuperara. Seus dois filhos estavam na faculdade, e ela abrira uma galeria de arte em Mill Valley. Alice disse que a galeria tinha dado algum sentido à sua vida, mas seu trabalho nem se comparava ao que Tanya estava fazendo agora. Alice era alta, magra e morena como Molly. As duas amigas se abraçaram.

— Não deixe de me ligar contando quem você conheceu lá! — exclamou Alice pela janela aberta enquanto Peter dava a partida na van lotada, que mal comportava todos.

Tanya acenou para ela quando o carro começou a se afastar. Tinham tomado muitas xícaras de chá juntas em sua cozinha desde julho, falando sobre seus planos. Alice dissera que ajudaria a cuidar das meninas, embora não passasse mais tanto tempo em casa quanto antes. Estava sempre em reuniões com artistas e ia a exposições e feiras de arte à procura de novos talentos e trabalhos. Parecia dez anos mais jovem que na época em que o marido era vivo. Havia emagrecido bastante e feito uma cirurgia na área dos olhos e mechas no cabelo. Sentia-se apavorada por estar solteira novamente, mas Tanya sabia que ela já tinha saído com dois jovens artistas. Alice ainda sentia muito a falta de Jim e dizia que nunca haveria outro homem como ele. Jim também era sócio na firma de Peter e estava com apenas 47 anos quando morreu. Alice tinha 48 anos, apenas dois a mais que Peter e seis a mais que Tanya, no entanto parecia jovial e emocionada ao acenar para eles.

— Cuide-se, Jason! — gritou Alice. — Não se esqueça de ligar para James!

Seu filho também estudava na UCSB, e sua filha estudava em Pepperdine, em Malibu. Ao vê-los partir, Alice se lembrou do dia em que seus filhos foram para a universidade. Melissa estava no último ano, e James, no segundo. Alice dissera a Jason que James o ajudaria a se adaptar ao lugar. Jason já havia entrado em contato com ele por e-mail. Contatara também seu companheiro de quarto, que se chamava George Michael Hughes e morava em Dallas, no Texas. Ele jogara lacrosse durante o ensino médio e tentaria entrar para a equipe da UCSB.

A viagem até Santa Barbara foi quente e incômoda, com os pertences de Jason empilhados entre a família. O ar-condicionado da van não funcionava, mas Tanya não se importou, sentindo-se feliz por estar com os filhos. Levaram oito horas para chegar a Santa Barbara, com duas paradas para comer. Jason estava sempre com fome, mas as meninas não pareceram se importar. Tanya não conseguiu comer nada. Estava aflita demais com a perspectiva de se separar de Jason, sabendo que pouco depois precisaria se despedir de Peter e das meninas. Sentia-se perdendo todos ao mesmo tempo, embora, como Megan disse quando chegaram ao Santa Barbara Biltmore, parecendo um bando de ciganos, eram eles que a estavam perdendo.

— Eu vou voltar para casa nos fins de semana, Meg — lembrou-lhe Tanya mais uma vez.

— Que diferença faz? — retrucou ela em tom ríspido, afastando-se.

Megan ainda não a perdoara e talvez nunca o fizesse. Tanya começou a achar que os próximos meses a marcariam pelo resto da vida, e sua culpa fez com que tolerasse todas as acusações da filha, algo que não aconteceria em outras circunstâncias. Foi um fim de semana difícil para todos, a não ser para Jason, que estava louco para começar sua vida na universidade.

A família fez check-in no hotel, jantou em um restaurante na cidade e, na manhã seguinte, comeu um *brunch* no Coral Casino, em frente ao hotel onde estavam. Jason só tinha de estar no dormitório da faculdade às duas da tarde. Assim que chegaram, ele desapareceu para procurar amigos enquanto Peter instalava seu computador e seu sistema de som e Tanya arrumava a cama, lutando contra as lágrimas. Seu menino estava saindo de casa... E, pior ainda, ela também.

Era um sentimento muito estranho, não só para ela, mas para as filhas. Elas desfizeram as malas do irmão, e, quando Jason voltou para o quarto com James Weinberg, tudo estava pronto. Por acaso, o quarto de James ficava ao lado daquele, e ele já havia apresentado Jason a umas seis meninas. Jason e a ex-namorada tinham chorado quando se despediram. Era a primeira vez que estariam sozinhos depois de um namoro de quatro anos, durante os últimos anos na escola. Ela estudaria na American University, em Washington, D.C., e prometera manter contato com ele por e-mail. Jason estava ansioso para aproveitar sua liberdade após um relacionamento tão longo, apesar de ter sentido falta da ex-namorada durante as férias de verão. Agora tudo era animador e novo para ele. Tanya achou que os dois foram incrivelmente maduros para a idade que tinham e os admirou por terem lidado bem com a situação e por se tratarem tão bem depois do término do relacionamento.

— Que tal? — perguntou Peter ao filho enquanto se preparavam para ir embora e olhavam para o quarto.

Tanya e as meninas queriam ficar mais um tempo, mas era óbvio que Jason queria que todos partissem logo. Tinha coisas a fazer, inclusive uma aula inaugural em vinte minutos e um churrasco para os calouros à noite. Ele não pareceu nada triste quando a família foi embora, deixando o quarto vazio. Mal podia esperar para embarcar em sua nova vida.

Jason parou no gramado em frente ao dormitório para se despedir de todos. Suas irmãs estavam prestes a chorar. Peter lhe deu um forte abraço. Tanya chorou e se agarrou ao filho por um momento, dizendo-lhe para ligar se precisasse de alguma coisa. Estaria a apenas uma hora e meia dali durante cinco dias por semana. Poderia ir vê-lo a qualquer momento. Ele riu.

— Não se preocupe, mãe, vou ficar bem. Vou visitar você em breve.

— Você pode dormir lá se quiser — ofereceu ela, esperançosa. Sentiria muito a falta do filho. Era o primeiro de seus bebês a sair de casa.

A família ainda ficou alguns minutos por ali, até Jason sumir acompanhado de James. Ele estava seguindo seu caminho. Lentamente, Tanya acompanhou Peter e as meninas até a van. A limusine que a levaria para Los Angeles havia seguido a van desde o hotel e estava à sua espera no estacionamento. Tanya não sabia o que dizer. Tudo o que queria fazer era abraçá-los, tocá-los. A emoção de se despedir de Jason fora quase intensa demais para ela, e agora seria ainda pior. Quase não conseguiu dizer adeus para as meninas e voltou a chorar quando Peter abriu a porta do veículo alugado.

— Não fique assim, querida. Ele vai ficar bem, e nós também — declarou Peter com carinho, pondo o braço em volta dela e puxando-a para perto enquanto as meninas olhavam para o outro lado.

A mãe nunca chorava, mas nas últimas semanas parecia não fazer outra coisa. Elas também choraram um pouco.

— Eu detesto isso. Não sei por que deixei você me convencer. Não quero escrever um roteiro idiota — reclamou ela, chorando como uma criança e recebendo uma caixa de lenços de papel de Molly.

Tanya sorriu para a filha alta e de cabelos escuros. Os garotos olhavam para elas desde que chegaram e ficaram desapontados ao ver que não eram calouras. Megan achou que a UCSB parecia ser uma ótima universidade. Para Molly, a primeira escolha era a USC.

— Você vai ficar bem — garantiu-lhe Peter de novo.

Já passava das quatro e só conseguiriam chegar a Marin à meia-noite. A viagem de Tanya para Los Angeles seria muito mais curta, no entanto tudo que ela queria era voltar para casa com a família. Pensou em viajar com eles e pegar um avião para Los Angeles na manhã seguinte, mas isso só prolongaria a agonia e ela tinha uma reunião no café da manhã, às oito horas, com Douglas Wayne e o diretor do filme. Precisaria pegar o voo às seis da manhã, o que parecia uma bobagem. Não tinha escolha senão se despedir do marido e das filhas. Despedir-se de Jason já teria sido suficientemente desgastante, mas isso era demais.

— OK, meninas — disse Peter, virando-se para as filhas. — Venham se despedir de sua mãe. É melhor irmos. — Os três a acompanharam até a limusine, na qual o motorista esperava por Tanya com ar de enfado. Parado, o carro parecia ter trezentos metros de comprimento, com luzes coloridas e um sofá interno.

— Que coisa horrível — comentou Megan, olhando o interior do carro e virando-se depois para a mãe. Ela não baixara a guarda por um momento nos últimos dois meses. Quando Tanya tentou abraçá-la, Megan a encarou com dureza e deu um passo para trás, evitando-a. Isso quase partiu o coração de Tanya. Peter olhou para a filha e balançou a cabeça, desaprovando.

— Diga tchau para sua mãe, Meg, e com educação — pediu ele, com firmeza. Estava disposto a não sair dali enquanto ela não o obedecesse. Com relutância, Megan abraçou a mãe, que continuava chorando. Tanya se despediu das filhas aos soluços e as beijou. Molly a abraçou com força e chorou também.

— Vou sentir muito sua falta, mãe — disse ela quando se abraçaram. Peter deu tapinhas nas costas das duas.

— Vamos, é só até sexta-feira. Sua mãe vai estar em casa no fim de semana — repetiu ele enquanto Megan se afastava. Não tinha nada a dizer para a mãe. Dissera tudo o que precisava durante o verão. Molly finalmente se afastou da mãe, enxugou as lágrimas e sorriu.

— Vejo você na sexta, mamãe — despediu-se ela, parecendo uma criança novamente, apesar de ser uma linda moça.

— Cuide-se, querida, e cuide também do seu pai e de Meg.

Molly saberia cuidar da família, e Tanya esperava que Alice ajudasse. Ela ligaria para a amiga à noite para contar que vira James e para lembrá-la de dar uma olhada em Peter e nas meninas. Alice tinha prometido ligar para Tanya se houvesse qualquer problema com as gêmeas ou se ficassem doentes, cansadas ou tristes. Ela era uma boa mãe e tinha jeito para lidar com adolescentes, e Tanya sabia que Molly e Megan confiavam em Alice e se sentiam bem em sua companhia. Elas praticamente cresceram na casa de Alice, com Melissa e James, embora eles fossem um pouco mais velhos. Como Peter, a amiga garantira a Tanya que as meninas ficariam bem e que em poucos dias estariam adaptadas à ausência da mãe. Além do mais, ela viria para casa nos fins de semana; não era como se Tanya estivesse indo embora para sempre ou para um lugar muito distante. Se algo acontecesse, ela poderia tomar um avião e voltar para casa em menos de duas horas. Alice prometeu dar uma olhada nas meninas sempre que pudesse e enquanto elas a aguentassem. Após se habituarem à ausência da mãe, tinha certeza de que as gêmeas voltariam às suas atividades e à convivência com as amigas. Molly e Megan tinham um carro e podiam ir aonde precisassem por conta própria. Eram meninas boas, decididas, sensatas e comportadas. Alice disse várias vezes que não havia com o que se preocupar, mas sabia que Tanya se preocuparia.

Dizer adeus às meninas foi difícil, mas se despedir de Peter foi ainda pior. Tanya se agarrou ao marido como se fosse uma criança órfã, e ele a ajudou a entrar na limusine e brincou quando viu as luzes coloridas que Megan detestara. Eram cafonas, mas achou engraçado.

— Talvez eu devesse ir para Los Angeles com você e deixar as meninas voltarem sozinhas — sugeriu ele, brincando. Ela sorriu, e Peter a beijou.

— Vou sentir muito sua falta essa noite — comentou ela.

— Cuide-se. Até sexta.

— Você vai estar tão ocupada que não terá tempo para sentir minha falta — disse ele, parecendo triste. Ao mesmo tempo, estava contente por ela ter aceitado a proposta. Queria que a experiência fosse ótima para Tanya e pretendia fazer tudo o que pudesse para que as coisas dessem certo.

— Ligue quando chegarem em casa — pediu Tanya, baixinho.

— Acho que será tarde. — A essa altura, chegariam depois de meia-noite. As despedidas tinham tomado muito tempo. Tanya mal suportava vê-los partir.

— Não importa. Só vou ficar calma quando falar com você. — Ela queria ter certeza de que chegariam bem. Não esperava dormir muito naquela primeira noite sem Peter. — Ligo para seu celular.

— Por que não relaxa e sai para nadar um pouco ou fazer uma massagem? Peça algo pelo serviço de quarto. Ah, aproveite as vantagens! Em um piscar de olhos, você vai estar cozinhando para nós novamente. Nem vai querer voltar para Marin depois de sua vida glamorosa em Beverly Hills.

— Você é minha vida glamorosa — disse ela, triste e arrependida de ter aceitado o convite para escrever o roteiro. Só conseguia pensar em quem não estaria ao seu lado em Los Angeles e no que estaria perdendo: o marido, os filhos e os bons momentos que passavam juntos.

— É melhor irmos — avisou Peter, notando que as meninas já estavam irrequietas.

Megan estava furiosa, e Molly parecia cada vez mais triste. Tanya notou o mesmo. Ela o beijou pela última vez e estendeu o braço em direção às meninas. Beijou Molly e viu Megan encará-la e se virar para a van. Havia tristeza e raiva em seu olhar, junto de uma terrível acusação de traição. Molly se sentou no banco do carona, ao lado do pai, e os três acenaram quando Peter ligou o motor. Tanya continuou no mesmo lugar, acenando, olhando-os e sentindo as lágrimas escorrendo pelo rosto. Por fim, sua família partiu. Ela continuou acenando pela janela, e a limusine saiu do estacionamento, seguindo a van de Peter. Os dois carros seguiram lado a lado em direção à via expressa; depois, Peter rumou para o norte e a limusine, para o sul. Tanya continuou acenando até perdê-los de vista. Por fim, encostou a cabeça no apoio do assento e fechou os olhos. A ausência da família era como uma dor física. Ela levou um susto ao ouvir o celular tocar e pensou que talvez Jason tivesse esquecido alguma coisa. Ela poderia voltar e chegar ao dormitório do filho em alguns minutos, caso ele precisasse de ajuda. Perguntou-se se Peter dera dinheiro suficiente a Jason. Ele tinha aberto sua primeira conta e recebido um cartão de crédito. Era o primeiro passo na vida adulta. A responsabilidade começara.

Não era Jason, e sim Molly.

— Eu te amo, mãe — declarou ela, com sua doçura característica. Não queria que a mãe ficasse triste, que a irmã continuasse zangada e que o pai se sentisse sozinho. Sempre quis fazer tudo certo para todos e sempre esteve disposta a se sacrificar. Tanya vivia dizendo que ela se parecia muito com o pai, embora tivesse uma doçura especial.

— Eu também te amo, querida. Façam uma boa viagem — disse ela em tom carinhoso.

— Você também, mãe.

Tanya conseguia ouvir a música que tocava no carro e sentiu falta de estar com eles. Seria uma bobagem ligar o rádio na limusine para ouvir a mesma música, especialmente aquele tipo de música, mas ela teve vontade de fazer exatamente isso. Já se sentia sozinha, viajando em uma solidão luxuosa. Não conseguia lembrar por que tomara essa decisão ou por que ir para Beverly Hills tinha parecido uma boa ideia para ela, Walt ou Peter. Parecia uma idiotice agora. Moraria em Hollywood para escrever o roteiro de um filme e ficaria sozinha e infeliz durante quase um ano, longe de sua vida perfeita em Ross.

— Eu ligo para você amanhã — prometeu ela. — Dê um beijo em Meg e no papai por mim. E um beijão para você.

— Para você também, mãe — respondeu Molly, desligando o telefone.

Tanya se recostou no assento, seguindo para o sul. Pensando na família, simplesmente olhou pela janela, triste demais para chorar.

Capítulo 4

Eram quase sete da noite quando a limusine chegou ao Hotel Beverly Hills e parou diante da entrada coberta. Um porteiro apareceu imediatamente para pegar as malas e para cumprimentá-la com decoro. As roupas que escolhera — jeans, camiseta e sandálias — pareceram informais demais. Meninas lindas como modelos andavam pelo saguão em shorts e sandálias de salto alto, com as unhas dos pés perfeitamente pintadas e fartos cabelos loiros. Tanya havia feito uma trança no cabelo, o que a fez se sentir deslocada e sem graça. Sua aparência de dona de casa do subúrbio parecia simples demais. Mesmo usando camisetas frente única ou transparentes, todas ali pareciam artistas de cinema glamorosas para ela, que se sentia saindo de seu quintal em Ross. E, depois da emoção de se despedir de Peter e das filhas, sentia-se atropelada por um ônibus ou virada do avesso, expressão que amava usar em seus roteiros para novelas e que lhe cabia perfeitamente agora. Deslocada. Triste. Solitária. Perdida. Sozinha.

Um funcionário pegou suas malas e lhe deu um tíquete por elas, a ser entregue na recepção. Ao chegar lá, Tanya se postou cuidadosamente atrás de um casal japonês e de algumas pessoas de Nova York enquanto o que lhe pareceu a população típica de Hollywood andava pelo saguão. Estava tão distraída que nem notou que o recepcionista a esperava.

— Ah... Desculpe — disse ela, sentindo-se como uma turista olhando ao redor. O saguão tinha sido reformado com magnificência. Ela havia almoçado ali uma ou duas vezes com os produtores de suas novelas mais lucrativas, passando o dia no hotel.

— A senhorita vai ficar conosco por muito tempo? — perguntou o rapaz quando ela se identificou. Tanya quase chorou ao ouvir a pergunta.

— Nove meses, mais ou menos — respondeu, com desânimo. O recepcionista perguntou o nome dela novamente e se desculpou imediatamente ao perceber de quem se tratava.

— É claro, Srta. Harris, sinto muito. Não percebi que era a senhorita. O Bangalô 2 está à sua disposição.

— Sra. Harris — corrigiu ela, sentindo-se perdida.

— É claro. Vou me lembrar disso. Tem o tíquete de suas bagagens?

Ela entregou o papel a ele, que saiu de trás do balcão da recepção para acompanhá-la ao bangalô. Sem entender o motivo, teve medo de conhecer o lugar. Não queria estar ali. Só queria voltar para casa. Sentiu-se como uma criança enviada para a colônia de férias. Perguntou-se se Jason sentia o mesmo em seu dormitório, mas achava que não. Ele provavelmente estava se divertindo com os colegas. Talvez muito mais que o filho, Tanya se imaginava como uma criança recém-chegada à nova escola. Pensando em Jason, acompanhou o recepcionista por uma pequena passagem cercada de vegetação e se viu em frente ao bangalô que seria sua casa até a pós-produção do filme, quando quer que fosse, mas, na pior das hipóteses, em junho. Dali a nove meses. Uma eternidade sem Peter e os filhos. Esperar nove meses por seus filhos tinha sido muito mais divertido. Agora, teria de dar à luz um roteiro.

Ao entrar na sala, notou imediatamente um vaso de flores quase tão alto quanto ela. Nunca tinha visto nada assim. Era o arranjo mais lindo que já vira, com rosas, lírios, orquídeas e flores gigantescas que sequer reconhecia e um aroma exótico que perfumava a sala. O cômodo em si parecia recém-reformado, pintado de rosa claro, com móveis confortáveis e uma televisão enorme. Depois desse cômodo, viu a sala de jantar e a pequena cozinha que tinham prometido. Assim que viu um quarto, sentiu-se como uma artista de cinema, até perceber que o outro era ainda maior, com uma cama enorme. As paredes foram pintadas com o mais pálido tom de rosa e havia móveis elegantes e um banheiro espetacular, em mármore rosa e com uma enorme jacuzzi. Havia uma pilha de toalhas, um robe felpudo com suas iniciais bordadas no bolso e uma grande cesta com cremes e cosméticos. Uma garrafa de champanhe a esperava na sala em um balde de prata com gelo. Havia uma enorme caixa com seus bombons favoritos, e Tanya se perguntou como sabiam aquilo. A geladeira também estava repleta de tudo que ela gostava. Parecia até obra de sua própria fada madrinha. Então, viu um envelope sobre a escrivaninha. Ao abri-lo, notou que a caligrafia era forte e masculina. O bilhete dizia: "Bem-vinda ao lar, Tanya. Estávamos esperando por você. Nós nos veremos no café da manhã. Douglas." Ele obviamente descobrira, de alguma forma, tudo que ela gostava, o que a fez perceber que com certeza conversara com Walt ou talvez até mesmo com Peter, ou mandara sua secretária se encarregar disso. Tudo estava perfeito. No quarto principal, havia um robe de caxemira Pratesi, com chinelos do mesmo material, exatamente do seu tamanho, também presentes de Douglas. E, para seu grande espanto, havia porta-retratos de prata com fotos de seus filhos, o que a fez concluir que tinham falado com Peter e que até pediram que ele mandasse as fotos. Ele não dissera nada que estragaria a surpresa. Eles haviam feito absolutamente tudo que podiam para que Tanya se sentisse em casa, inclusive uma enorme vasilha com M&M's e barras de Snickers e uma gaveta cheia de canetas, lápis e material de escritório, o que era conveniente. Ela trabalhara no roteiro durante dois meses, mas queria incluir alguns toques finais naquela noite, antes do encontro com Wayne e o diretor do filme no café da manhã, imaginando que eles desejariam discutir o texto. Enquanto ainda se distraía com o bangalô, suas malas chegaram e o celular tocou. Era Peter, que ainda estava na estrada.

— E, então, como é tudo por aí? — perguntou ele, em tom matreiro.

— Eles ligaram para você? Só podem ter ligado. — Walt não conhecia seus gostos tão bem quanto seu marido e seus filhos.

— Se ligaram? Eles mandaram um questionário. Não é preciso dar tantas informações nem para doar sangue. Eles queriam saber tudo, até o número que você calça. — Ele parecia contente por ela. Gostava da ideia de que Tanya estava sendo mimada. Ela merecia, e Peter queria que essa época fosse especial para a esposa. Ele estava levando a situação com amor e graciosidade.

— Ganhei um robe de caxemira com chinelos, M&M's e toda a maquiagem que uso... Meu Deus! — exclamou ela, rindo. — Ganhei até meu perfume favorito. E todas as bobagens que gosto de comer. — Era como uma caça ao tesouro, encontrando tudo que deixaram ali para ela. Sobre a cama, havia uma camisola de cetim com outro robe, e, na mesinha de cabeceira, uma pilha de livros dos autores que mais lhe agradavam. — Eu gostaria que você estivesse aqui — disse ela, soando triste novamente. — E as crianças também. Elas adorariam. Mal posso esperar até vocês virem me visitar e ver tudo isso.

— Quando quiser, querida. Será que eles vão querer o número que eu calço também? — perguntou ele, brincando.

— Deveriam. Você é um verdadeiro herói. Eu não estaria aqui se não fosse por você.

— Que bom que estão tratando você bem. Sua vida em Ross vai parecer muito simples depois de tudo isso. Talvez eu deva começar a comprar bombons e perfumes também, ou você não vai querer voltar para casa. — Mesmo brincando, ele parecia solitário. Sentia falta de Tanya, mesmo contente com as boas coisas que estavam acontecendo com ela. A separação estava sendo difícil para Peter, mesmo que levasse tudo da melhor forma possível.

— Eu queria poder voltar para casa nesse minuto — declarou ela, olhando em volta e andando de um quarto para o outro. — Trocaria tudo isso por Ross em um piscar de olhos. E você não precisa comprar nada para mim. Só preciso de você.

— Eu também, querida. Aproveite. É como ser a Cinderela por algum tempo.

— É, mas é estranho. Agora entendo por que as pessoas se tornam mimadas... É tão surreal. Todas as suas coisas preferidas por todo o lugar... Champanhe, bombons, flores... Acho que é assim que tratam artistas de cinema. Os produtores das minhas novelas nunca me trataram assim. Tive sorte por me convidarem para almoçar algumas vezes. — Ela não precisava daqueles mimos, mas era divertido descobrir tudo o que eles fizeram. — Como vai a viagem?

— Bem. As meninas estão dormindo. Desliguei o rádio e ninguém reclamou.

Tanya riu, sentindo uma pontada no coração ao imaginar a cena.

— Cuidado para não dormir também. Talvez fosse melhor ligar o rádio novamente.

— De jeito nenhum — resmungou ele. — O silêncio é tão bom. Juro que essas meninas vão ficar surdas antes de chegarem aos 21 anos. E eu acho que já estou.

— Pare em algum lugar se estiver cansado ou peça para uma das meninas dirigir.

— Eu estou bem, Tan. O que você vai fazer agora? — Ele tentava imaginá-la em sua nova vida, mas ela sabia que nem mesmo o marido conseguiria imaginar tudo aquilo. Era como viver em um filme. Tanya se sentiu muito glamorosa, ainda que estivesse vestindo camiseta e jeans, instalada como uma rainha em um bangalô do Hotel Beverly Hills.

— Não sei. Talvez tomar um banho... Na jacuzzi! — Ela deu uma risada, parecendo uma criança.

Era tudo muito mais luxuoso que a vida em Ross. O banheiro de sua casa não era reformado havia dezesseis anos. Eles viviam conversando sobre uma reforma, mas nunca faziam. O banheiro do bangalô era novo e muito mais extravagante que qualquer coisa que poderiam fazer em casa.

— Depois, vou experimentar meu robe e meus chinelos novos e pedir algo pelo serviço de quarto.

Ela não estava com fome, mas parte daquilo era divertido, principalmente toda a atenção que deram aos detalhes e os presentes extravagantes. Pouco antes, havia descoberto uma caixinha de prata com suas iniciais, cheias de clipes de papel dos seus tamanhos favoritos. Não tinham esquecido nada. O que mais lhe agradou foram as fotos de Peter e dos filhos, que a fizeram se sentir em casa. E ainda havia trazido meia dúzia de porta-retratos. Tanya arrumou as fotos perto da cama e na escrivaninha, para vê-las onde quer que estivesse.

— Estou louca para você vir me visitar. Podemos jantar no Spago ou só ficar na cama. Aliás, isso parece mais divertido.

Havia também um ótimo restaurante no hotel, no entanto o que ela mais queria era ficar na cama com Peter. Eles tinham feito amor naquela manhã e havia sido calmo e maravilhoso, como sempre. Desde o início fora assim. Ao longo dos anos, ficara ainda melhor. Tanya amava o conforto familiar de sua relação com Peter. Os dois passaram quase metade de suas vidas juntos.

— Vai ser como uma lua de mel.

Ela riu.

— Parece ótimo. Minha vida não vai ser nenhuma lua de mel essa semana. Margarita vai lavar as roupas das meninas, não é?

Tanya aumentara a carga horária da empregada quando soube que iria para Los Angeles. Margarita também prepararia o jantar das meninas em algumas noites, quando Peter estivesse ocupado, e deixaria tudo no freezer. As meninas eram boas para organizar o jantar, e Tanya não estava muito preocupada com isso, mas às vezes chegavam tarde da escola, e Peter chegava cansado demais para comer, quanto mais para cozinhar. As filhas prometeram cuidar dele nessas ocasiões. No bangalô, ela teria o serviço de quarto às suas ordens. De repente, sentiu-se mimada e culpada. Não fizera nada para merecer tanto. Era uma forma impressionante de começar a trabalhar com cinema.

— Ligo para você quando estiver em casa — prometeu Peter.

Tanya desligou o telefone e encheu a banheira. Sentiu-se melhor que antes e, por um minuto ou dois, achou aquilo divertido. Como uma criança totalmente mimada. Adoraria mostrar o apartamento para as meninas e tomar um banho com Peter na enorme jacuzzi. Eles adoravam fazer isso em casa, e a banheira ali era imensa.

Ela ficou imersa na água fumegante, com sais de banho perfumados, por mais de uma hora. Quando saiu, vestiu a camisola de cetim, o robe de caxemira rosa-claro e os chinelos. Eram nove da noite quando ligou para o serviço de quarto e pediu chá, embora suas marcas favoritas já estivessem na cozinha do bangalô. Pediu também omelete com salada verde e sentou-se em frente à televisão com sistema TiVo. O jantar chegou incrivelmente rápido. Depois de comer, desligou o aparelho e ligou o computador. Queria conferir algumas anotações que escrevera naquela semana sobre mudanças que faria no roteiro e refrescar a memória antes da reunião na manhã seguinte. Já passava da meia-noite quando parou de trabalhar. Seu roteiro estava muito bom, e ela havia mandado diversos rascunhos para Douglas e o diretor, que aparentemente gostaram. Até então, as expectativas de ambos sobre o trabalho dela tinham sido bastante razoáveis.

Após desligar o computador, Tanya se deitou. Era estranho pensar que aquela seria sua casa durante meses, embora tivessem se esforçado ao máximo para que se tornasse um lugar prazeroso. Tinham feito o possível e o impossível para que aquilo parecesse um conto de fadas. Tanya ligou a televisão novamente para esperar Peter e as meninas telefonarem. Não queria dormir enquanto não soubesse que estavam em segurança. Ligou para o marido meia-noite e meia e soube que estavam atravessando a ponte Golden Gate, a menos de meia hora de casa. A viagem tinha sido bastante rápida, e as meninas já estavam acordadas. Ao saber que passaram no McDonald's e jantaram no carro, Tanya mais uma vez se sentiu culpada por todo o luxo de sua nova moradia. Estava relaxada e confortável em uma cama enorme, em seu novo robe de caxemira rosa. Sentia-se como uma rainha, ou pelo menos uma princesa, e contou tudo para Molly quando falou com a filha ao telefone. Tanya pediu para falar com Megan também, mas ela estava conversando com as amigas no celular e não quis deixá-las esperando.

Tanya se perguntou quando Megan voltaria ao normal com ela. Os dois últimos meses foram uma agonia com toda a raiva de Megan, e até agora ela não dera sinal de fraqueza. Peter tinha certeza de que isso aconteceria em breve, mas Tanya, não. Megan era capaz de guardar rancor pelo resto da vida, e estava mais que disposta a isso. Uma vez que se sentia traída, jamais esquecia. Tinha seu próprio código ético e altas expectativas baseadas no tempo que a mãe sempre passara com ela. Essa mudança súbita e inesperada havia sido um grande choque para ela, que não a recebera bem. Sua irmã a acusara de se comportar como uma criança mimada, mas Tanya sabia que, por trás da hostilidade, Megan estava assustada e triste, por isso perdoava as palavras ríspidas da filha. Para Megan, a mãe traíra a família. Isso não era fácil para nenhuma das duas. Tanya achava que levaria um longo tempo até cair novamente nas graças da filha, se isso um dia acontecesse.

Ela conversou com Peter até ele chegar em casa e precisar desligar o carro. Mais uma vez, sentiu-se culpada por não estar com a família. Peter insistiu que ficaria tudo bem sem ela, mandou um beijo e prometeu ligar na manhã seguinte. Ela disse que lhe contaria tudo sobre a reunião. Planejava levantar às seis e meia e pediu que a telefonista a despertasse. Apagou a luz à uma e meia e ficou acordada no escuro, pensando no que a família estava fazendo. Tinha certeza de que as meninas estavam no quarto e que Peter estava comendo alguma coisa antes de dormir. Desejou estar com eles. Era tão estranho se ver em um quarto do Hotel Beverly Hills, sozinha, em uma camisola de cetim nova, como se estivesse fugindo de suas responsabilidades e obrigações. Ficou acordada por muito tempo, sentindo falta dos braços de Peter à sua volta. Fazia anos que não passavam uma noite separados, o que só acontecia nas raras ocasiões em que ele viajava a trabalho. Mesmo assim, Tanya às vezes o acompanhava. Era uma ocasião rara.

Por fim, ela pegou no sono às três da manhã, com a televisão ligada, e acordou assustada quando o telefone tocou às seis e meia. Tinha dormido pouco e estava cansada. Planejara reler algumas partes do roteiro e estar alerta antes da reunião no café da manhã. Devia se encontrar com Douglas e o diretor no Polo Lounge. Vestiu uma calça preta, camiseta e sandálias e pôs uma jaqueta jeans, do jeito que ela e suas filhas se vestiriam em Marin. Perguntou-se se as gêmeas aprovariam aquelas roupas e sentiu falta de poder consultá-las. Era um estilo básico. Ela não era atriz. Ninguém se importaria com sua aparência. Estava ali para escrever um bom roteiro, não para chamar atenção. O que importava era a qualidade do roteiro, e ela acreditava que estava muito bom. Guardou sua cópia em uma grande bolsa Prada e, no último minuto, pôs um par de brincos com pequenos brilhantes que Peter lhe dera no Natal. Ela amava esses brincos, que pareciam adequados para Los Angeles e que não usaria em uma reunião matinal em Marin. Assim que entrou no restaurante, soube que tinha feito a coisa certa. Sem os brincos se sentiria ainda mais deslocada. Olhando ao redor, sentiu algo como um soluço.

O salão estava cheio de homens importantes e lindas mulheres, com vários famosos. Havia mulheres deslumbrantes, comendo com amigas, em casais ou em pequenos grupos, e homens com colegas ou com acompanhantes quase sempre muito mais jovens. Ela notou Sharon Osbourne em um canto, tomando café da manhã com uma mulher mais nova. Ambas estavam vestidas com luxo, com grandes brilhantes nos dedos e nas orelhas. Barbara Walters estava em outra mesa com três homens. Profissionais da indústria cinematográfica ocupavam o ambiente e falava-se de negócios em quase todas as mesas. Na maior parte, parecia que ideias, contratos e dinheiro estavam sendo trocados. O cheiro de poder era forte ali. O Polo Lounge era uma concentração de pessoas bem-sucedidas, e, ao perceber isso, Tanya se sentiu claramente malvestida. Barbara Walters usava um conjunto de linho bege Chanel e pérolas. Sharon Osbourne usava um vestido preto decotado. A maioria das mulheres tinha feito plástica, enquanto as outras pareciam saídas de anúncios de Botox e colágeno. Tanya teve a sensação de ser a única mulher com um rosto natural naquele lugar e se obrigou a lembrar que estava ali pela maneira como escrevia, não por sua aparência. De qualquer forma, era difícil estar rodeada por tantas mulheres lindas e sofisticadas. Seria impossível até mesmo tentar competir ali. Tudo que podia fazer era ser ela mesma.

Tanya disse ao *maître* quem estava procurando, e, sem hesitar, ele a levou a uma mesa em um canto. Ela reconheceu Douglas Wayne imediatamente e, assim que o viu, identificou também Max Blum, o diretor do filme. Ele já havia recebido cinco prêmios da Academia. Tanya quase engasgou quando ele disse que seria uma honra trabalhar com ela e que gostava muito de seu trabalho. Depois que se sentou, descobriu que ele lera tudo que ela havia publicado na *New Yorker*, desde o início de sua carreira. Havia lido a maior parte de seus ensaios e seu livro de contos e estava revendo a maioria de suas novelas. Queria saber tudo o que pudesse sobre seu trabalho, suas ideias, seu estilo, seu *timing*, seu senso de humor e de drama e seus pontos de vista. Até então, gostara de tudo que havia lido. Max não tinha dúvida de que Douglas estava absolutamente certo quando a escolhera para escrever o roteiro do filme. A seu ver, foi uma ideia genial convidá-la. Douglas pensava da mesma forma.

Ao se aproximar da mesa, Tanya notou que Max e Douglas, que se levantaram para cumprimentá-la, pareciam ser opostos em todos os sentidos. Max era pequeno, gordo e alegre, com mais de 60 anos e uma carreira ilustre e longa em Hollywood, onde trabalhava havia quarenta anos. Era só um pouco mais alto que Tanya e tinha o rosto de um monge ou um duende de conto de fadas. Era caloroso, amável e descontraído. Usava tênis de corrida, camiseta e jeans. A palavra que se usaria para descrevê-lo é *aconchegante*. Parecia o tipo de pessoa ao lado de quem se deseja sentar, dar as mãos e contar seus segredos.

Douglas era completamente diferente. A primeira coisa em que Tanya pensou quando o viu foi que parecia um verdadeiro Gary Cooper na meia-idade. Ela sabia, por tudo que tinha lido a respeito dele, que tinha 54 anos. Era alto e magro, de rosto anguloso, olhos azuis penetrantes e cabelos grisalhos. A melhor palavra para descrevê-lo seria *frio*. Seus olhos pareciam de aço. Max tinha olhos castanhos calorosos, barba e era careca. Douglas ostentava fartos cabelos grisalhos e uma aparência perfeita. Usava calça cinza impecavelmente passada, camisa azul e um suéter de caxemira sobre os ombros. Quando olhou para baixo, Tanya notou que seus sapatos marrons eram de couro de jacaré. Tudo nele transpirava estilo e dinheiro, porém o que mais se notava era que exalava poder. Não havia dúvida de que era um homem muito importante, que parecia capaz de comprar e vender todos naquele restaurante. Quando olhou para Tanya, seus olhos a analisaram. Ela se sentiu muito mais confortável conversando sobre amenidades com Max, que se esforçava para deixá-la à vontade. Douglas parecia julgar cada pedaço dela. Era uma sensação bastante desconfortável.

— Como seus pés são pequenos — comentou ele.

Tanya não imaginava como Douglas poderia ter visto seus pés, a não ser que tivesse visão de raios X e conseguisse ver através da mesa. Não lhe ocorreu que ele tivesse estudado cuidadosamente o questionário que sua secretária enviara a Peter e a Walt antes de comprar seus presentes de boas-vindas. Ele havia visto o número que ela calçava na lista antes que comprassem os chinelos e o robe Pratesi. Fora ele quem havia decidido que deviam ser cor-de-rosa. Douglas Wayne tomava todas as decisões finais, mesmo os menores detalhes e assuntos triviais. Nada era banal para ele, que aprovara a camisola de cetim e o robe cor-de-rosa. A ordem era que comprassem uma camisola bonita, mas não sexy. Douglas sabia, por Walt e por rumores, que Tanya era casada e tinha filhos, e o agente finalmente admitira que ela quase havia recusado a oportunidade para ficar em casa cuidando das filhas gêmeas. Ele explicara que Peter a ajudara a tomar a decisão certa, mas que não tinha sido fácil. Ela não era o tipo de mulher a quem se daria uma camisola sexy. Era o tipo de mulher a ser tratada com respeito e gentileza.

— Obrigada pelos lindos presentes — agradeceu Tanya, com timidez. Os dois homens eram tão importantes que ela se sentiu intimidada e insignificante. — Tudo coube muito bem — continuou, com um sorriso cauteloso.

— Fico feliz em saber.

Tanya não sabia que cabeças rolariam se os presentes não a agradassem. Olhando para Douglas, era difícil acreditar que ele era viciado em novelas, particularmente aquelas que ela escrevia. Era mais fácil imaginá-lo ligado a uma distração mais interessante. Ela se perguntou com que frequência as pessoas diziam a ele que se parecia com Gary Cooper. Tanya não o conhecia o suficiente para fazer comentários sobre sua aparência, mas a semelhança era impressionante. Max, por sua vez, parecia cada vez mais o anãozinho Feliz que acompanhava a Branca de Neve. Tanya percebeu que Douglas não tirara os olhos dela desde que se sentara, como se ela estivesse sendo examinada sob um microscópio. Na verdade, estava mesmo sendo avaliada. Nada escapava ao olhar aguçado de Douglas Wayne. Por fim, quando começaram a falar sobre o roteiro, ele relaxou e ficou um pouco mais cordial.

De repente, ele se animou. Quando ela comentou sobre o roteiro e as mudanças que tinha feito, Douglas riu.

— Adoro quando você escreve coisas engraçadas, Tanya. Sempre consigo perceber quando foi você que escreveu o roteiro da minha novela preferida. Se começo a rir muito, sei que só pode ser um trabalho seu.

O roteiro em que estavam trabalhando não dava margem a muita graça, mas ela inseriu um toque de comicidade, e todos concordaram que funcionara. Eram inserções na medida certa, para dar graça e calor ao texto, que eram a marca registrada de seu trabalho. Mesmo quando era engraçado, o texto não se perdia e exalava o calor natural de Tanya.

Quando terminaram o café da manhã, ela percebeu que Douglas estava mais relaxado. Passou por sua cabeça que talvez fosse tímido. Toda a frieza que havia notado quando se conheceram parecia ter derretido. Como Max diria a um amigo mais tarde, com ar de espanto, ela havia feito Douglas comer na palma de sua mão. Ele estava totalmente encantado.

— Você é uma mulher fascinante — comentou ele, estudando-a novamente. — Seu agente disse que você quase recusou o convite porque não queria deixar seu marido e suas filhas, o que me pareceu uma loucura. Achei que apareceria aqui com uma conversa de abraçar a natureza, usando sandália rasteira e tranças, mas você é uma pessoa completamente sensata. — Ela era uma mulher bonita, com aparência jovem, e vestida com simplicidade. — Você nem parece ter filhos e foi inteligente o bastante para deixar sua família e tomar a decisão certa para sua carreira.

— Na verdade, não fui eu — confessou ela, ligeiramente surpresa com os comentários de Douglas. Ele não fazia cerimônia e dizia tudo que pensava. O dinheiro e o poder lhe davam esse direito. — Meu agente disse a verdade. Eu ia recusar o trabalho. Foi meu marido que tomou a decisão por mim e me convenceu a vir. Ele está em casa com as gêmeas.

— Ah, meu Deus, essa conversa é caseira demais para mim — comentou Douglas, quase estremecendo. Max concordou e sorriu.

— Que idade têm as gêmeas? — perguntou Max, interessado.

— Dezessete. São bivitelinas. E tenho um filho de 18 anos que entrou para a UCSB ontem — respondeu ela, com grande orgulho.

— Que bom! — exclamou Max, aprovando-a. — Eu também tenho duas filhas. De 32 e 35 anos. Elas moram em Nova York. Uma é advogada e a outra, psicanalista. Ambas são casadas e já me deram três netos. — Ele parecia completamente satisfeito.

— Que ótimo — disse ela, retribuindo o comentário de Max.

Então, inconscientemente, ambos se viraram para Douglas, que notou o olhar indagador de Tanya e sorriu.

— Não olhe para mim. Nunca tive filhos. Fui casado duas vezes, mas sem filhos. Não tenho nem cachorro, nem quero ter. Sempre trabalhei demais e não teria tempo para dar atenção a crianças. Acho que admiro o que quer que quase a fez ficar em casa com suas filhas em vez de escrever um roteiro para cinema, mas não posso dizer que compreendo. Para mim, há nobreza no trabalho. Pense em todas as pessoas que vão ver nosso filme, em quantas vidas vai tocar com seu roteiro, em quantas pessoas vão se lembrar do filme um dia. — Tanya achou que ele tinha uma percepção exagerada de sua própria importância, assim como da importância de Tanya e Max.

Um filho era mais importante para ela que mil filmes. Uma vida. Um ser humano no planeta se ligando a outros. Ela nunca considerara seu trabalho tão importante. Era apenas algo que gostava de fazer e que às vezes significava muito para ela, mas as crianças e Peter significavam muito mais. Teve pena de Douglas por não entender isso. Ele vivia para o trabalho. Tanya achou que faltava alguma coisa a Douglas, algum elemento humano vital que havia sido deixado de fora. Apesar disso, era um homem interessante, brilhante, de mente aguçada, mesmo que ela preferisse a tranquilidade nata de Max. Ambos eram fascinantes, e ela suspeitava de que trabalhar com eles seria empolgante, embora não tivesse ideia de quem realmente era Douglas. Ele parecia ser completamente focado, com uma chama interna que ela não entendia. Dava para ver isso nos seus olhos.

Os três conversaram sobre o roteiro durante as duas horas seguintes, enquanto Douglas explicava a Tanya o que aconteceria dali para a frente, as mudanças que queria que fossem feitas e as sutilezas que ainda queria incluir no roteiro. Ele sabia exatamente o que era necessário para fazer um filme extraordinário. Enquanto o ouvia, Tanya começou a entender como sua cabeça funcionava. Ele era o fogo, enquanto Max era muito mais gentil, moderando a intensidade do produtor. Ele trazia humanidade para o filme; Douglas contribuía com sua mente brilhante. Havia algo fascinante nele.

Eles falaram sobre o roteiro até quase meio-dia. Depois, ela voltou ao bangalô e fez anotações sobre o que conversaram. Douglas a inspirou a dar mais profundidade ao roteiro. Tanya tentou explicar isso para Peter quando ele ligou, mas não conseguiu. De alguma forma, tudo o que Douglas e Max disseram fazia sentido. Ela acrescentou cenas maravilhosas ao roteiro naquele dia. Às seis, ainda estava sentada à mesa, contente com o bom trabalho daquele dia.

À noite, quando estava deitada vendo televisão, surpreendeu-se com uma ligação de Douglas. Tanya contou a ele sobre as alterações feitas durante a tarde, e ele pareceu contente ao vê-la pegar o ritmo tão rápido. Ela ouvira o que tinham dito e absorvera tudo prontamente.

— Tivemos uma boa reunião essa manhã. Creio que você tenha se inspirado o suficiente no livro, sem exagerar. Estou ansioso para ver o que fez hoje.

— Vou trabalhar um pouco mais amanhã — prometeu ela. Havia pensado em continuar naquela noite, mas sabia que estava cansada demais. — Se eu conseguir terminar, posso mandar o texto para você na manhã de quarta.

— Por que não aproveitamos para almoçar? Que tal quinta? — Tanya levou um susto com o convite, mas tinha percebido que eles trabalhariam muito próximos. Sentira-se totalmente à vontade com Max, mas Douglas ainda a deixava sem jeito. Max era fácil. Douglas era duro como aço e frio como gelo. Mesmo assim, ele a intrigava. Por baixo daquela frieza, Tanya notou algo mais quente, um ser humano por trás daquela mente.

— Quinta está ótimo — aceitou ela, sentindo-se ligeiramente constrangida. Era mais fácil quando Max estava presente, com quem tinha mais em comum. O diretor era caloroso e amável, gostava de crianças, como ela, e parecia ser uma pessoa aberta. Douglas, por outro lado, era fechado. Era tentador encontrar uma forma de descobrir quem ele era, mas Tanya achava que ninguém escalava aquelas muralhas havia muito tempo, se é que alguém tentou algum dia. Ele se resguardava e observava os intrusos que se aproximavam de sua muralha. Tanya percebera que Douglas a observara atentamente naquela manhã, como que para encontrar seus pontos fracos. Douglas era a imagem do poder e do controle sobre outras pessoas. Tanya havia notado isso com clareza. Ele comprara seus serviços, mas não a comprara. Sabia que seria perigoso se aproximar dele. Ao contrário de Max, que a recebera de braços abertos, Douglas mostrava o mínimo possível de si próprio.

— Vou dar um jantar para o elenco do filme na minha casa na quarta — avisou ele. Tanya sentiu que a estava testando, cercando-a como se a avaliasse. — Eu gostaria que você viesse. É só para os atores principais, é claro, e o elenco de apoio.

Era um grupo brilhante de atores, que Tanya estava ansiosa para conhecer, pois seria mais fácil escrever para eles se tivesse uma ideia do estilo e do ritmo de cada um. Conhecia quase todos por nome, mas vê-los pessoalmente seria divertido e empolgante. Era um mundo novo para ela. De repente, ficou feliz por ter trazido o vestido preto. Não teria nada para usar a não ser a calça preta que vestira naquela manhã ou jeans. E, considerando como Douglas estava vestido naquela manhã, o jantar em sua casa seria formal.

— Vou mandar meu carro buscá-la. Não precisa se arrumar. Todos vão usar calças jeans.

— Obrigada. — Ela sorriu. — Você resolveu um grande problema para mim. Não trouxe muitas roupas. Achei que

passaria a maior parte do tempo trabalhando e estou planejando ir para casa nos fins de semana.

— Já imaginava! Para ver seu marido e suas filhas — disse
ele, rindo com certa zombaria, como se Tanya devesse se sentir
encabulada e como se aquilo fosse negativo. Para Douglas, era
assim. Embora houvesse admitido que se casara duas vezes, ele
tinha uma nítida aversão a filhos e parecera nervoso quando ela
e Max falaram sobre os seus naquela manhã. — Você é mesmo tão comum quanto aparenta? — perguntou ele, tentando
provocá-la, uma de suas brincadeiras favoritas. — Acho que
você é muito mais profunda que isso. As coisas que escreve, a
forma como sua cabeça funciona... Não consigo vê-la no papel
de dona de casa suburbana, servindo o café da manhã para os
filhos. — Douglas a estava pressionando para ver como lidaria
com a situação, o que faria.

— É o que faço na vida real — retrucou ela, sem se desculpar. — E amo fazer isso. Passei os últimos vinte anos assim e
não abriria mão de um minuto com minha família por nada
nesse no mundo. — Tanya se sentiu orgulhosa e feliz ao dizer
isso. Sabia que tinha feito a coisa certa.

— Então por que está aqui? — perguntou ele, de repente,
esperando uma resposta. Era uma pergunta razoável, que ela
havia feito a si própria.

— Porque foi uma oportunidade de ouro para mim —
respondeu ela, com honestidade. — Achei que não teria outra
chance igual. E queria escrever esse roteiro.

— E deixou seu marido e suas filhas. Talvez você não seja
tão doméstica quanto parece. — Ele era a serpente do jardim
do Éden tentando atraí-la.

— Não posso ser tudo isso? Esposa, mãe e escritora? Não são
atividades excludentes. — Ele ignorou solenemente a resposta.

— Você se sente culpada por estar aqui, Tanya? — perguntou, com interesse. Queria saber mais sobre ela, e ele a intrigava

igualmente. Não em um sentido sexual, mas era uma pessoa interessante, um desafio constante. Atacava e se esquivava, às vezes sorrateiramente, quase como uma serpente.

— Sinto-me um pouco culpada, sim — admitiu Tanya. — Foi pior antes de vir. Agora que estou trabalhando, eu me sinto melhor. Morar em Los Angeles está começando a fazer sentido.

— Você vai se sentir melhor ainda quando começarmos a filmagem. É um vício, como uma droga que é preciso tomar repetidas vezes. Quando o filme terminar, vai querer mais. Todos nós queremos. É o que nos mantêm aqui. Não aguentamos quando o filme termina. Já sinto isso acontecendo com você, e nem começamos ainda. — Douglas tocou em algum ponto fraco, e ela ficou assustada. E se ele estivesse certo e aquilo se tornasse um vício para ela também? — Você não vai querer voltar, Tanya. Vai querer que alguém a contrate para fazer outro filme. Acho que vamos gostar de trabalhar juntos. — Douglas soava como Rasputin, fazendo-a se arrepender de ter aceitado almoçar com ele. Talvez ele estivesse apenas testando-a para ver como ela reagiria.

— Creio que sim, mas espero que não seja tão viciante quanto você diz. Estou planejando voltar para minha vida real quando o filme terminar. Estou aqui emprestada, não à venda. — Tanya se sentiu lutando contra um mestre, o que era um esporte perigoso. Douglas era um manipulador olímpico e ela, uma mera amadora.

— Estamos todos à venda — retrucou ele, prático. — E essa é a vida real para nós, embora pareça fantástica demais para os outros. Por isso chamam Hollywood de Tinseltown, a cidade da fantasia. É intoxicante. Você vai ver. Não vai querer voltar para sua antiga vida. — Ele pareceu absolutamente seguro quando repetiu isso.

— Vou, sim. Tenho um marido e duas filhas esperando por mim. A vida aqui não seria suficiente para mim, mas sei que vou aprender muito. Sou bastante grata por essa oportunidade — declarou ela com firmeza, soando teimosa para ele.

— Não me agradeça, Tanya. Não fiz um favor trazendo você para cá. Seu trabalho é muito bom. Gosto da sua visão do mundo, das viradas em seus roteiros, da forma peculiar como escreve sobre as coisas. Gosto do que passa pela sua cabeça.

Douglas certamente entendera o trabalho de Tanya e fizera seu dever de casa. Lia o que ela escrevia havia anos, e ela sentiu como se o produtor quisesse entrar em sua mente. Era assustador. Talvez fosse só um jogo para irritá-la. Talvez a vida fosse um jogo para ele, em que nada era real. Tanya suspeitava de que só os filmes eram reais para Douglas e que por isso ele era tão bom no que fazia.

— Acho que vamos gostar de trabalhar juntos — disse ele, pensativo, como se saboreasse a ideia. — Você é uma mulher interessante, Tanya. Tenho a sensação de que você viveu um papel durante todos esses anos, como uma dona de casa suburbana com marido e filhos. Não acho que você seja realmente assim. Creio que nem saiba quem é. E que vá descobrir enquanto estiver aqui.

A forma como ele falava parecia ameaçadora para Tanya. Incomodava-a ele sentir que podia simplesmente analisá-la. Não era da conta dele o que ela pensava ou quem ela era.

— Acho que sei muito bem quem eu sou — replicou, com calma.

Eles eram completos opostos. Ela também estava ciente disso. Douglas era glamoroso e atraente, um símbolo máximo da sedução de Hollywood. Tanya era a inocência, vinda de uma vida que amava e que ele acharia totalmente monótona. Queria fazer parte do mundo dele agora, mas só por algum tempo, sem abdicar de seus valores e de sua alma. Quando o filme terminasse, como Dorothy em *O Mágico de Oz,* ela queria voltar para casa. Não deixaria que as tentações de Hollywood a seduzirem. Sabia quem ela era. Era mãe de seus filhos. Esposa de Peter. Douglas Wayne pertencia a outro mundo, mas lhe oferecia uma oportunidade extraordinária de participar dele por algum tempo. Ela queria escrever o roteiro para ele, mas não desejava abrir mão de sua vida real ou de sua alma. Queria aprender tudo que Douglas pudesse lhe ensinar, mas depois voltar para Marin. Estava contente por poder ir para casa nos fins de semana, para seu ambiente familiar, e respirar o ar puro de sua rotina. Não queria uma vida ou outra, e sim ambas.

— Você acha que sabe quem é — argumentou Douglas, atiçando-a novamente. — Acho que nem começou a entender quem vive em sua cabeça. Vai descobrir isso aqui, Tanya, nos próximos meses. É um rito de passagem para você, uma iniciação aos rituais sagrados da sua nova tribo. Quando sair daqui, seremos tanto sua família quanto eles — continuou Douglas, com cuidado. — O perigo é você se apaixonar por sua vida aqui. Então, vai ser difícil voltar para lá.

Tanya se assustou e não acreditou nessas palavras. Sabia a que lugar pertencia e onde seu coração estava. Não duvidava da sua fidelidade a Peter e aos filhos, e estava certa de que podia trabalhar ali sem prejudicar seu relacionamento com eles. Douglas não estava tão convencido disso. Tinha visto Hollywood mudar a cabeça de muita gente.

Enquanto o ouvia falar, Tanya sentiu que havia algo levemente perigoso em Douglas, mas sabia que ele não tinha poder sobre ela. Ela trabalhava para Douglas, não lhe pertencia.

— São palavras poderosas, Sr. Wayne — comentou ela, calmamente, tentando criar um escudo mental contra as tentações que ele descrevia.

— Hollywood é um lugar poderoso — repetiu ele. Tanya não sabia se o produtor estava tentando assustá-la. Na verdade, ele estava apenas avisando-a sobre perigos potenciais e ciladas das quais ela já estava ciente.

— E você é um homem poderoso — completou Tanya, sabendo que nem ele nem Hollywood seriam suficientes para dominá-la. Douglas era brilhante, é verdade, e um gênio no que fazia, mas ela era uma mulher forte, não uma criança deslumbrada.

— Algo me diz que somos muito parecidos — disse Douglas, o que soou estranho.

— Não acho. Na verdade, acho que somos como o dia e a noite. — Ele era um cidadão do mundo e ela, não. Ele tinha poder e ela, não. A vida que ela levava, e que lhe agradava, era um pesadelo para ele. Havia uma clareza e uma pureza em Tanya que o intrigavam e o atraíam.

— Talvez você tenha razão — concedeu ele, parando para pensar sobre o assunto. — Talvez eu quisesse dizer que somos complementares, não parecidos. Duas metades de um todo. Sou fascinado por seu trabalho há anos e sempre soube que nos conheceríamos e trabalharíamos juntos. Agora, chegou a hora.

Tanya se sentiu puxada para um território pouco familiar. Estava nervosa mas também animada.

— Acho que tive uma premonição sobre seu trabalho — acrescentou. — Fui atraído por ele como um inseto é atraído pela luz. — E a luz de Tanya brilhava mais que nunca, agora que se encontrava ali. Douglas mal podia esperar para começar a trabalhar com ela. — Você sabe o que significa "complementar", não sabe, Tanya? Duas metades de um todo. Elas se encaixam perfeitamente. Uma acrescenta à outra, como um tempero. Acho que vamos poder fazer isso um pelo outro, de certa forma. Eu poderia adicionar emoção à sua vida, e você poderia adicionar paz à minha. Você me parece uma pessoa bastante pacífica.

Era a coisa mais estranha que Tanya já ouvira de alguém, deixando-a imediatamente desconfortável. O que Douglas queria dela? Por que estava dizendo essas coisas? Tudo que ela queria fazer era desligar o telefone e falar com Peter.

— Sou uma pessoa pacífica — concordou ela, com calma.

— Estou aqui porque quero escrever um bom roteiro. Todos nós vamos trabalhar juntos para fazer um filme muito especial — disse ela, com uma confiança que, na verdade, não sentia, embora pretendesse fazer o melhor possível.

— Não tenho dúvida alguma, Tanya. Eu soube disso no momento em que você aceitou minha oferta. Com seu roteiro, Tanya, sei que o filme vai ser perfeito. — Era um grande elogio vindo dele.

— Obrigada. Espero corresponder às suas expectativas.

Havia algo nele que a deixava inquieta, mas que ao mesmo tempo a atraía. Tanya tinha a impressão de que ele sempre conseguia o que queria. Isso era o mais intrigante em Douglas Wayne. Essa característica e sua infinita determinação o fizeram quem ele era. Independentemente de qualquer qualidade, Tanya podia ver que tudo se resumia a poder e controle. Ele precisava ter ambos. Mais que qualquer outra coisa, ela percebeu que ele sempre tinha de vencer. Não tolerava perder. Douglas Wayne precisava ter total controle sobre tudo que tocava. E estava segura de que, por mais importante, poderoso ou talentoso que fosse, ele nunca iria controlá-la.

Capítulo 5

A noite que Tanya passou na casa de Douglas Wayne em Bel Air foi tão interessante, glamorosa e misteriosa quanto ele. Era uma mansão extraordinariamente linda. A casa havia sido comprada anos antes, depois de seu primeiro filme importante, e ampliada várias vezes até se tornar uma vasta propriedade, cheia de quartos e salas decorados com elegância e repletos de antiguidades exóticas e pinturas caríssimas. O gosto de Douglas era magnífico. Tanya ficou sem fôlego quando entrou na sala e parou diante de uma famosa pintura de lírios-d'água assinada por Monet. O ambiente externo parecia um reflexo do quadro — vários atores do elenco estavam sentados em volta de uma enorme piscina cheia de gardênias e lírios-d'água. O local era iluminado por velas. Havia um quadro de Renoir ainda mais impressionante na segunda sala, duas telas de Mary Cassatt e uma importante tela flamenga. A mobília era sofisticada e masculina, uma interessante combinação de estilo inglês, francês e russo, com um exótico biombo chinês em um canto e uma escrivaninha chinesa ao lado, que pareciam saídos de um museu.

Tanya se sentiu ridiculamente deslocada em seus jeans, embora os outros convidados estivessem vestidos da mesma forma. Reconheceu dois atores imediatamente, Jean Amber e Ned Bright. Jean participara de mais de dez grandes filmes de Hollywood e fora indicada três vezes ao Oscar com apenas 25 anos. Seu rosto era tão perfeito que parecia uma verdadeira pintura. Jean estava rindo de alguma coisa que Max tinha dito e usava uma blusa azul-clara com transparência, jeans e sandálias prateadas presas no tornozelo, de salto muito alto. O jeans justo parecia pintado em seu corpo esguio. Era uma mulher linda. Quando Max a apresentou, ela sorriu, e Tanya se lembrou de Molly por um instante. O mesmo ar inocente e doce e os cabelos compridos, escuros e sedosos. Seu olhar caloroso sugeria que ainda não fora estragada pela fama. Ela cumprimentou Tanya com um aperto de mão forte.

— Adorei seu livro. Dei de presente de aniversário para minha mãe. Ela gosta muito de contos.

— Obrigada — disse Tanya, sorrindo, tentando não se impressionar muito, o que era difícil. Já era empolgante conhecer uma atriz tão famosa, quanto mais trabalhar com ela e escrever diálogos aos quais ela daria vida. Ficou comovida com a referência ao seu livro e surpresa por alguém tão jovem gostar de seu trabalho. A maioria dos jovens prefere romances.

— É muita gentileza sua. Minhas filhas e eu adoramos seus filmes. — Tanya sentiu-se boba ao pronunciar essas palavras, mas Jean pareceu encantada. Todo mundo gosta de elogios.

— Estou muito animada para fazer um filme com você e ansiosa para ver o roteiro. — Eles teriam reuniões em breve, e todos os atores acrescentariam suas anotações às observações de Max e Douglas. Era sempre um esforço conjunto.

— Estou trabalhando bastante nele. É uma honra escrever um roteiro para você — comentou Tanya, maravilhada ao ver dois atores coadjuvantes passarem por elas. Jean não os conhecia, e Max os apresentou às duas.

Ele tratava todos como seus filhos, dos quais se orgulhava. Era como se uma nova família fosse formada a cada filme.

Relacionamentos eram iniciados, conexões eram estabelecidas, romances iam e vinham, e algumas amizades ficavam para sempre. Criava-se um pequeno universo; muitos não duravam, mas, enquanto estavam rodando o filme, aquilo parecia a vida real, que duraria para sempre, como a cuidadosa arquitetura de um castelo de cartas que imitasse o Taj Mahal. Era bonito, delicado e impressionante, mas, quando o filme terminasse, tudo desapareceria como castelos de areia destruídos, e todos se dispersariam para construir novos em algum outro lugar. Havia uma magia incrível nisso, que fascinava Tanya. Parecia tão real quando eles estavam ali. Trabalhariam juntos, criariam muita coisa e acreditariam no que construíam. Quando fosse capturada no filme, essa magia desapareceria na névoa, mas, naquele momento, era real para todos. E, depois, com o filme, a magia seria lembrada por muito tempo.

Tanya se entusiasmou em fazer parte daquele mundo, e, ao ver as pessoas se movimentando com taças de champanhe na mão, rindo e conversando, lembrou-se de que Douglas dissera ao telefone que aquilo era viciante e que ela iria querer mais. Tinha dito também que ela jamais conseguiria voltar à sua vida antiga, que aquele seria seu novo lar. Tanya não queria que isso acontecesse, mas sentiu a atração daquela vida ao observá-los. De início, sentiu-se deslocada, mas, à medida que Max a apresentava aos outros, na maioria atrizes jovens e lindas e homens bonitos, alguns mais velhos, começou a ficar à vontade. Surpreendeu-se ao notar a facilidade com que conversava com eles. Era uma dança tão estonteante que Tanya não sabia se o que sentia era ansiedade ou o efeito do champanhe. Percebeu o aroma intoxicante das gardênias e dos lírios. Havia orquídeas brancas por todo lado e algumas flores raras, amarelas e marrons, com caules longos e flores diminutas em belas urnas chinesas. A distância, ouvia-se uma música sensual.

Todo o cenário das obras de arte às pessoas e até as ostras e o caviar que comiam, era uma explosão de sensualidade.

Tanya estava louca para voltar para o hotel e escrever sobre aquilo. Ficar ali em silêncio, admirando aquela gente, parecia um glamoroso rito de iniciação. Ela não ouviu Douglas se aproximar, vendo-o, de repente, sorrindo ao seu lado. Tanya usava um suéter de seda branca, jeans e sandálias douradas baixas, combinando com uma bolsa que comprara naquela tarde ao voltar para o hotel. Usou jeans como ele aconselhara, e ficou contente por ter seguido sua sugestão, pois o elenco todo estava vestido da mesma forma. Douglas usava uma impecável calça de flanela cinza, com vinco perfeito, uma linda camisa branca engomada que mandara fazer em Paris, e mocassins Hermès de couro preto de crocodilo.

— Não há nada melhor que isso, há? — perguntou ele, com sua voz aveludada. Tanya o sentia mais que o ouvia. Ainda não entendia o motivo, mas sentia-se ao mesmo tempo fascinada e excluída, atraída e repelida, quando ouvia a voz dele. Era uma reação estranha, como se quisesse estar perto dele, mas soubesse que não podia. Douglas era como uma tumba egípcia cheia de riquezas deslumbrantes, com uma antiga maldição que a afastava.

Douglas a encarou e sorriu por um instante, admirando-a, preferindo não dizer nada. Não precisava. A forma como seus olhos a acariciavam dizia tudo. Ele falou baixinho, como se a conhecesse bem, mas não conhecia. Não sabia nada sobre ela, a não ser através de seus textos, que lhe disseram muito. Tanya se sentiu nua diante dele, e, então, Douglas desviou o olhar. Dessa vez, ela não teve vontade de sair correndo aos gritos. Disse a si mesma que ele não a controlaria nem a influenciaria. Não poderia tirar dela mais do que permitisse. Pelo menos foi o que pensou. Ele era um homem, não um mágico. Um produtor. Alguém que comprava histórias e fazia roteiros ganharem vida na tela.

— Já conheceu bastante gente? — perguntou, preocupado.

Ele parecia querer garantir que todos se divertissem naquela noite, especialmente Tanya, recém-chegada ao meio. Ela conhecera quase todo o elenco, graças à atenção calorosa de Max, a não ser Ned Bright, que estava sempre rodeado por um grupo de lindas jovens. Elas estavam acompanhadas por outros homens, mas gravitavam ao redor dele. No momento, Ned era o jovem ator mais cobiçado de Hollywood, e era fácil ver por quê. Era charmoso e deslumbrante. As mulheres ao seu redor riam e sorriam para ele a noite inteira.

— Já — respondeu ela, olhando para os olhos de Douglas. Estava determinada a não se intimidar nem se acovardar. — Gostei das obras de arte na sua casa. É como visitar um museu — comentou, notando outra pintura famosa com iluminação especial em uma salinha perto da piscina, que não percebera antes.

Era uma sala de música, onde Douglas tocava piano. Ele havia estudado para ser concertista durante a infância e a juventude, e ainda tocava para si próprio e para amigos íntimos. Disseram a Tanya que ele fora considerado um grande talento quando jovem.

— Espero que não pareça um museu, pois seria muito triste, como ver animais no zoológico em vez de soltos em seu hábitat natural. Quero que as pessoas se sintam à vontade com a arte, não com medo. Todos deviam aproveitar a experiência de conviver bem com ela, como se fosse uma boa amiga, e não a encararem como estranhos. Todos os meus quadros são velhos amigos meus. — Era um ponto de vista interessante, e, enquanto ele falava, Tanya se viu observando o pequeno Monet pendurado na sala de música. Sua iluminação o fazia ganhar vida, como a imagem refletida na piscina, com os convidados conversando alegremente. O champanhe servido generosamente cumpria seu papel. Todos estavam relaxados e felizes, inclusive Douglas. Ele parecia muito mais confortável em sua casa que no Polo Lounge. Estava gentil e afável, em controle total de seu próprio mundo. Nada lhe escapava; estava de olho em tudo e em todos naquela noite. Max apareceu pouco depois, quando Douglas contava a Tanya sobre a arte de comprar antiguidades na Europa, explicando que encontrara verdadeiros tesouros meses antes na Dinamarca e na Holanda, especialmente uma fabulosa mesa dinamarquesa, para a qual apontou.

— É bom que essas reuniões não sejam na minha casa — disse Max, rindo alto.

Tanya ainda o achava semelhante a um duende, de barriga redonda, careca e barba. Parecia um ajudante do Papai Noel enquanto Douglas parecia um artista de cinema. Tanya ouviu dizer que ele quis ser ator, mas que nunca tentou. Preferia o poderoso papel de produtor. Tinha muito mais controle dessa forma, como um titereiro mantendo todos os elementos em sincronia. Max era mais como o carinhoso Gepeto.

Douglas riu do comentário de Max sobre não fazer as festas do elenco em sua casa.

— Seria um pouco diferente — comentou ele, enquanto Max explicava a Tanya o que isso queria dizer.

— Moro em Hollywood Hills, em uma casa que mais parece um celeiro e deveria ser isso mesmo. Tenho mantas de cavalos em meus sofás e sobras de comida na mesa de centro da sala, e minha ex-mulher levou o aspirador de pó há quatorze anos, quando ela me deixou. Não tive tempo de comprar outro. Ando muito ocupado. Nas paredes, tenho pôsteres de filmes antigos. Minha melhor antiguidade é minha televisão, que comprei em 1980. Paguei uma nota preta por ela. Comprei todo o resto em brechós. É um pouquinho diferente da casa de Doug. — Os três riram das palavras de Max, proferidas sem queixa nem culpa. Ele amava sua casa. Talvez se sentisse completamente desconfortável em um ambiente como aquele, embora gostasse das obras de arte. — Preciso arranjar outra faxineira. A última que tive foi deportada. É uma pena... Eu gostava muito dela. Era uma grande cozinheira e sabia jogar *gin rummy*. Os montes de poeira estão ficando maiores que meu cachorro. — Ele contou que tinha um enorme dogue dinamarquês chamado Harry, que era seu melhor amigo. Garantiu a Tanya que ela o conheceria durante a filmagem. O cachorro sempre trabalhava com ele. Harry não usava coleira nem guia, para que o barulho da medalha de identificação não prejudicasse o som do filme, e era perfeitamente treinado. — Ele adora ir trabalhar comigo, porque o pessoal da cozinha sempre o alimenta. Ele fica deprimido e perde muito peso quando não estamos filmando. — Max explicou que o cachorro pesava quase noventa quilos.

Enquanto conversavam, Tanya se impressionou novamente com as diferenças entre Max e Douglas. Max era tranquilo, caloroso e afável; Douglas tinha uma expressão séria e dura, apesar da aparência sofisticada. Max parecia comprar suas roupas no mesmo brechó onde comprara os móveis para a casa. Douglas parecia um modelo de capa da revista *GQ*. Para Tanya, era fascinante conversar com os dois. Perguntou-se quanto tempo Douglas passaria nos estúdios enquanto o filme estivesse sendo feito. Seu principal trabalho era levantar dinheiro para a produção e controlar o orçamento. O trabalho de Max era conseguir a melhor atuação dos atores. Ambos gostavam do que faziam. Tanya estava louca para começarem a filmar.

O jantar foi servido às nove, à beira da piscina, em diversas mesas compridas. Na primeira mesa, havia todos os tipos de sushi, encomendados em um famoso restaurante japonês. Em outra, lagostas, siris e ostras. Na terceira mesa, havia saladas exóticas e comida mexicana. Havia opções para todos os gostos, e os atores mais jovens encheram seus pratos. Douglas apresentou Tanya a Ned Bright quando passaram por ele, que estava acompanhado por quatro mulheres. Ela notou imediatamente o quanto ele se parecia com seu filho Jason.

— Oi — cumprimentou ele em um tom feliz e relaxado, desculpando-se por não dar um aperto de mão. Estava carregando dois pratos, um com sushi e outro com uma tonelada de comida mexicana. — Não me dê muitas falas para decorar. Sou disléxico — completou, rindo.

Tanya se questionou se ele realmente era disléxico e perguntou a Max pouco depois. Seria útil saber.

— Não o leve a sério. Ele só é preguiçoso — explicou Douglas. — Diz isso a todos os roteiristas. É um bom garoto.

Ned era a nova cara de Hollywood, um sucesso absoluto. Tinha 23 anos e faria o papel principal do filme, contracenando com Jean Amber. Parecia mais velho, perto de 30, embora tivesse feito o papel de um garoto cego de 16 anos em seu último filme, sendo extremamente elogiado e recebendo um Globo de Ouro. Era também baterista e vocalista de uma banda de jovens atores. Tinham gravado um CD de sucesso recentemente. Tanya sabia que seus três filhos ficariam loucos quando ela contasse que o conhecera. Molly quase desmaiaria quando soubesse.

— Um bom garoto — confirmou Max, e Tanya concordou. Dava para ver. — A mãe dele sempre o visita nos estúdios de filmagem para ter certeza de que está sendo bem-tratado e de que está se comportando. Ele acabou de se formar na escola de cinema da USC. Disse que quer ser diretor depois que fizer mais alguns filmes. Muitos atores dizem isso, mas nunca chegam a dirigir um longa-metragem. Tenho a impressão de que ele vai conseguir. É melhor eu me cuidar — concluiu ele, fazendo Douglas e Tanya rirem.

Os três encontraram uma mesa com três cadeiras para jantar. Todos tinham conseguido lugares à beira da piscina. A música ao fundo era suave e sensual, perfeita para o ambiente.

Douglas sempre fazia questão de escolher a música certa, a comida certa, criando o ambiente perfeito para as pessoas se conhecerem. Tanya sentou-se em uma *chaise longue* e se recostou quando terminou o jantar. Quando ergueu os olhos, viu as estrelas enquanto Douglas a observava.

— Você está bonita, Tanya. Parece relaxada e feliz. — Ela tinha colocado um xale de caxemira azul-claro nos ombros, que combinava com o tom de seus olhos. — Parece uma madona — disse Douglas, admirando-a como se fosse uma pintura. — Gosto muito dessa fase, quando tudo está começando e não temos ideia do que vai acontecer, de que mágica nos enfeitiçará. Os dias vão ser cheios de surpresas. Gosto de ver os desdobramentos. É como a vida, mas melhor porque podemos controlar o que acontece. — Isso era sempre um elemento importante para ele. Ter controle era essencial para Douglas.

Jean Amber se aproximou, tomando sorvete e comendo um cookie. Serviram também suflês feitos na hora e sorvete com merengue flambado. Max disse que as chamas na sobremesa sempre lhe davam vontade de tostar marshmallows, mas que elas não duravam o suficiente. Ele parecia capaz de fazer isso. Era um homem não ortodoxo, engraçado, confortável em sua própria pele. Diziam que gostava de almofadas engraçadas, que imitam o som de puns, e as usava nos intervalos das filmagens. Possuía um senso de humor fantástico, que Douglas não tinha. Ele era muito mais sério e achava que devia haver calma e controle nos estúdios e que os atores deviam estudar as próximas cenas do roteiro nos horários de almoço. Douglas era como um diretor de escola e Max, um professor engraçado e afetuoso, diferente e profundamente ligado aos alunos. Para ele, os atores eram seus filhos, independentemente da idade deles. Todos o adoravam. Tratavam-no como um pai e o respeitavam muito por sua habilidade incomparável na arte cinematográfica e por sua bondade igualmente louvável.

Douglas era muito mais rígido e tinha de se preocupar com seguros e orçamentos. Estava sempre a par do andamento das filmagens e pressionava os atores e os diretores quando as coisas começavam a se complicar. Seus filmes eram meticulosamente orçados e nunca fugiam ao seu controle. Max era o oposto. Gostava de mimar os atores e achava que mereciam agrados pelo trabalho duro. Era sempre a favor de festas oferecidas ao elenco, especialmente como aquela. Douglas era ótimo nisso.

A festa foi até quase uma da manhã. Muitos atores que haviam trabalhado juntos antes ficaram felizes e surpresos ao reencontrar os colegas. Eram como crianças em uma colônia de férias, animados por rever os amigos do verão anterior, ou passageiros regulares de cruzeiros, que se entusiasmavam ao reconhecer companheiros de outras viagens. Era uma questão de sorte conseguir trabalhar com amigos. Douglas e Max eram especialmente bons para selecionar gente talentosa, que trabalhasse bem em equipe. Ambos estavam convencidos de que conseguiriam isso nesse filme, e Tanya fora muito bem-vinda ao grupo. Todos que a conheceram naquela noite se encantaram de tê-la como colega de trabalho e vários haviam lido seu livro, o que a deixou emocionada. Muitos mencionaram seus contos favoritos, então ela soube que realmente os leram, e que não estavam apenas sendo educados.

A atmosfera geral era acolhedora e animada. Todos estavam felizes com o filme e concordavam que tiveram sorte por serem incluídos naquele elenco de estrelas e mais sorte ainda por terem sido convidados para jantar na casa de Douglas. Tudo em Hollywood possuía um toque de sonho realizado. Era realmente um reino mágico e eles, o povo escolhido, os mais sortudos por terem chegado ao mais alto patamar de Hollywood e ainda mais sortudos se continuassem lá. Por enquanto, pelo menos, estavam voando alto. Havia um punhado de atores de primeira no filme e não havia estrelas que fariam participações especiais mais tarde. Max gostava de um elenco coeso, que trabalhasse junto e em harmonia durante todo o filme, porque isso criava uma atmosfera de cooperação e benevolência que só ocorria se o elenco estivesse junto constantemente e se conhecesse bem. Tanya sentia que eles realmente se tornariam uma família. Aquilo ia mesmo acontecer. Como num conto de fadas. Alguém jogara um pó mágico ali. Estava começando. Aliás, já começara.

Max se ofereceu para levar Tanya de volta ao Hotel Beverly Hills mais tarde, pois ela não viera de carro. Tinha uma limusine às suas ordens enquanto estivesse em Los Angeles, mas se sentiria culpada se soubesse que o motorista ficaria sentado no carro enquanto tudo que ela fazia era ir e voltar do hotel. Falou que pretendia pegar um táxi, mas ele levou o dedo aos lábios e a repreendeu.

— Não diga isso. Douglas pode acabar dispensando o carro que está com você. E por que não ficar com ele? Você vai precisar.

Tanya procurou Douglas para se despedir e agradecer pelo jantar e pela ótima noite. Sentia-se como uma colegial falando com o diretor da escola. Douglas discutia calorosamente com Jean Amber, que discordava sobre algo, mas em tom bem-humorado. Ela apontava o quanto ele estava errado.

— Posso ser o árbitro dessa discussão? — voluntariou-se Max, sempre feliz em ajudar.

— Sim — disse Jean, com firmeza. — Acho Veneza muito mais bonita que Florença ou Roma. E muito mais romântica.

— Eu não vou à Itália em busca de romance — declarou Douglas, gostando de provocá-la. Ele não tinha problema com isso. Vivia rodeado por belas mulheres e era um grande conquistador. — Vou à Itália em busca de arte. A Galeria Uffizi é minha ideia de paraíso. Florença ganha de longe.

— O hotel em que ficamos em Florença era horrível. Fiquei presa naquele lugar por três semanas durante as filmagens.

Jean dizia isso com toda a experiência de uma mulher de 25 anos, ainda que tivesse viajado muito, mais que a maioria das pessoas. Porém, via pouco das cidades onde trabalhava. Nunca tinha tempo. Faziam um filme em certo lugar e partiam imediatamente para outra locação. Era uma percepção muito estreita do mundo, mas era melhor que nada. Tanya desejou que suas filhas conhecessem Jean e esperava que isso acontecesse no futuro. Era uma jovem muito simpática, e as gêmeas ficariam bastante impressionadas com ela.

— Prefiro Roma — interveio Max, confundindo ainda mais os dois. — Grandes cafés, massas gostosas, muitos turistas japoneses e freiras. Há muitas freiras em Roma, e gosto dos hábitos antigos que elas usam. Não se vê isso em outro lugar.

Tanya riu do comentário.

— Freiras me assustam — comentou Jean. — Estudei em uma escola católica quando era criança e detestei. Não vi muitas freiras em Veneza.

— Então é um ponto a favor da cidade para você — disse Max. — Quando eu tinha 21 anos, beijei uma menina debaixo da Ponte dos Suspiros, e o gondoleiro me deu um susto quando disse que o casal que se beijasse ali viveria junto pelo resto da vida. Ela tinha a pele feia e era dentuça, e tínhamos acabado de nos conhecer. Acho que Veneza me deixou traumatizado para sempre. É incrível o que nos chama atenção em uma cidade. Uma vez, tive um cálculo biliar em Nova Orleans e nunca mais quis voltar lá.

— Fiz um filme em Nova Orleans — falou Jean. — Achei um saco. Uma cidade úmida. Meu cabelo ficava horrível.

— E eu perdi meu cabelo em Des Moines — acrescentou Max, esfregando a careca, e todos riram.

Tanya agradeceu a Douglas pela noite. Pouco depois, Max a levou para o hotel. Havia sido uma festa surpreendentemente divertida.

— Então, o que está achando de Hollywood? — perguntou. Ele tinha gostado muito de Tanya. Se não fosse casada, certamente a convidaria para sair. Ele respeitava muito a instituição do casamento, e ela não parecia ser o tipo de pular a cerca. Era uma mulher simpática, e ele estava ansioso para trabalharem juntos. Como Douglas, admirava muito seu trabalho e gostara dela.

— É um lugar meio louco, a julgar por algumas pessoas com quem conversei essa noite, mas é divertido — respondeu ela, com honestidade. — Vim aqui muitas vezes por causa das minhas novelas, mas agora é diferente. — Havia ficado impressionada com as grandes estrelas que conhecera. Era a primeira vez que convivia com esse tipo de gente, com exceção dos atores regulares de suas novelas, celebridades menos famosas. Bem menos famosas em certos casos. Naquela noite, conhecera as grandes figuras.

— É definitivamente um mundo especial. Uma comunidade muito íntima, pelo menos dentro da indústria do cinema. Trabalhar em um filme é como fazer um cruzeiro, como estar em um minúsculo universo paralelo, sem nenhuma relação com a vida real. As pessoas se conhecem e se tornam amigas imediatamente, apaixonam-se, têm casos, o filme termina, tudo acaba, e elas tocam a vida. Durante uns cinco minutos, parece ser a vida real, mas não é. Você vai ver quando começarmos o filme. Haverá cinco casais apaixonados na primeira semana. É uma forma louca de viver, mas pelo menos não é monótona.

Não era mesmo. Tanya já notara vários atores jovens flertando naquela noite, sendo os protagonistas do filme, Jean Amber e Ned Bright, os mais óbvios. Eles trocaram olhares durante a noite inteira e conversaram por algum tempo. Tanya imaginava aonde iriam chegar.

— Deve ser difícil ter um relacionamento verdadeiro aqui — disse ela enquanto se aproximavam do hotel.

— É, sim. A maioria das pessoas nem quer relacionamentos. Preferem se divertir e fingir que estão tendo uma vida real. Não estão, mas não chegam a perceber. Como Douglas. Acho que ele não tem um relacionamento sério desde a Era do Gelo. Ele sai com mulheres durante algum tempo, em geral famosas, mas creio que não se abra com elas. É sua forma de viver. O que lhe importa é ter poder, fazer grandes negócios e comprar obras de arte. Não creio que esteja interessado em amor. Alguns sujeitos são assim. Quanto a mim, continuo procurando o Santo Graal — declarou ele, sorrindo. Tanya gostou de Max. Todos pareciam gostar dele. Dava para perceber que Max tinha um coração enorme. — Eu nunca saio com atrizes. Quero uma mulher bonita que goste de carecas barbudos e que queira massagear minhas costas à noite. Estive com a mesma mulher durante dezesseis anos e éramos perfeitos um para o outro. Acho que nunca brigamos.

— E o que aconteceu? — perguntou Tanya quando pararam sob o toldo do Hotel Beverly Hills, sua casa agora, embora ainda não se sentisse tão à vontade ali ainda. Será que algum dia se sentiria? Sentia-se deslocada. Não era sofisticada o suficiente para estar ali. Sentia-se uma fraude, não como uma estrela.

— Ela morreu — respondeu Max, baixinho, ainda sorrindo. Aquela lembrança ainda lhe trazia lágrimas aos olhos. — Câncer de mama. Foi uma merda. Nunca vou encontrar alguém como ela. Foi o amor da minha vida. Depois disso, saí com outras mulheres, mas não é a mesma coisa. Eu estou bem. Vou levando.

— Ele deu um sorriso. — Ela também era escritora. Escrevia minisséries na época em que estavam na moda. Falávamos em nos casar, mas não precisávamos de cerimônia. Já nos considerávamos casados no coração. Todos os anos, eu saio de férias com os filhos dela, entre um filme e outro. São dois rapazes ótimos, ambos casados. Moram em Chicago. Meus filhos também gostam deles. Eles me fazem lembrar dela.

— Ela deve ter sido uma ótima mulher — comentou Tanya, em um tom reconfortante, enquanto conversavam dentro do carro.

Ele tinha um velho Honda, apesar do dinheiro que ganhava como diretor. Não precisava se mostrar. Não fazia seu gênero, diferente de Douglas, que exibia sua casa fabulosa e suas incríveis obras de arte. Tanya ficara impressionada. Qualquer um ficaria. Ela nunca tinha visto pinturas dessa qualidade fora de um museu.

— Ela era ótima — concordou Max sobre seu amor perdido. — Você também é. — Ele sorriu para Tanya. Gostava de quem ela era. Estava estampado em seu rosto. Simpatizou com ela no instante em que a conheceu, e mais ainda naquela noite. Tanya era autêntica e sólida, o que era raro em Hollywood. — Seu marido é um sujeito de sorte.

— Eu sou uma mulher de sorte — acrescentou ela, sorrindo. Sentia muita falta de Peter. Tinham perdido o conforto do contato físico e do calor que dividiam à noite. Era uma grande perda. Ela estava ansiosa para ligar para ele assim que voltasse para o quarto, apesar de ser tarde. Falara com a família antes de sair para a festa e prometera ligar mesmo que o acordasse. As meninas estavam bem, e Tanya estaria em casa dali a dois dias. Mal podia esperar. — Meu marido é ótimo.

— Fico feliz por você. Espero conhecê-lo algum dia. Ele deveria vir ver uma filmagem, e as meninas também.

— Ele vai vir. — Tanya agradeceu a carona e saiu do carro. Nesse momento, lembrou-se de que tinha um almoço com Douglas no dia seguinte. Eles se encontrariam no Polo Lounge novamente, o que era conveniente para ela. — Você vem ao almoço amanhã?

— Não. Preciso conversar com os cinegrafistas sobre os equipamentos. — Max usava lentes complicadas para conseguir seus famosos efeitos e queria ter certeza de que teria todas à mão. — Douglas gosta de conhecer as pessoas individualmente. Vejo você na semana que vem, quando nossas reuniões começarem. Tenha um bom fim de semana com sua família.

Despediu-se de Tanya, que entrou no bangalô ainda sorrindo. Seria ótimo trabalhar com ele. Quanto a Douglas, tinha suas dúvidas. Ele ainda a enervava, embora tivesse sido mais agradável naquela noite. Não a assustara tanto em seu hábitat natural, onde se sentia mais à vontade.

Ela ligou para Peter assim que chegou ao bangalô. Ele estava quase dormindo, mas esperara seu telefonema. Era quase uma e meia.

— Desculpe por ligar tão tarde. A festa não acabava — disse ela, ofegante. Tinha corrido até o quarto para fazer a ligação.

— Tudo bem. Como foi?

Ao ouvir seu bocejo, ela o visualizou perfeitamente na cama e sentiu ainda mais sua falta.

— Divertido. Estranho. Interessante. Douglas Wayne tem o maior acervo de arte que já vi. Renoir. Monet. Coisas incríveis. E a festa estava repleta de jovens atores. Jean Amber, Ned Bright... — Ela mencionou outros também. — São muito simpáticos. Molly e Megan teriam adorado. Senti sua falta. O diretor, Max Blum, é ótimo também. Acho que você vai gostar dele. Falei sobre você hoje à noite.

— Meu Deus, você não vai querer voltar para Ross depois de tudo isso, Tanny... Vai ficar glamorosa demais para nós.

Ela achava que Peter não falava sério, mas não gostou da brincadeira. Era o que Douglas previra ao telefone. E a última coisa que desejava. Não queria pertencer à vida de Hollywood. Só à sua vida em Ross.

— Não seja bobo. Não me importo com esse tipo de coisa. Eles morreriam para ter uma vida como a nossa.

— Ah, sim, até parece — disse Peter, rindo, soando como seus filhos. — Acho que não. Eles vão estragar você aí, querida.

— Não — retrucou ela, em um tom triste, tirando as sandálias e deitando na cama. — Sinto sua falta. Gostaria que você estivesse aqui.

— Você vem para casa daqui a dois dias. Também sinto sua falta. A casa fica vazia sem você. E queimei o jantar essa noite.

— Vou cozinhar para vocês no fim de semana.

Ela ainda se sentia culpada por estar em Los Angeles, ansiosa para ver Peter e as meninas em casa. Tinha chegado ali há apenas três dias, mas parecia uma vida inteira. Seriam nove longos meses. Muito, muito longos. Fora estranho sair sem ele naquela noite, mas ela precisava conhecer o elenco. Havia sido uma obrigação de todos ir à casa de Douglas, apesar de muito agradável. Mas seria melhor se Peter estivesse lá. Ela nunca saía sozinha quando ele viajava, o que era raro. Não desejava ter uma vida social própria, especialmente ali. Não tinha nada em comum com aquela gente, especialmente com Douglas Wayne, e só conseguia se imaginar saindo para comer um hambúrguer com Max Blum. Ele poderia vir a ser um bom amigo, se é que havia amizade em Hollywood, algo de que ela ainda não tinha certeza.

— Estou louca para ver você. É estranho estar aqui sozinha. Tenho muita saudade de você e das meninas. — Tanya detestava dormir sem ele e passara as três últimas noites irrequieta e solitária. Peter também detestava, e dormia abraçado com um travesseiro na falta dela.

— Também sentimos saudades suas — disse Peter, bocejando mais uma vez. — É melhor eu ir dormir. Tenho que acordar as meninas amanhã. Meg tem natação às sete e meia. — Depois de olhar para o relógio, ele continuou: — Vou acordar daqui a quatro horas e meia. — Peter não gostava de pensar nisso, mas não queria dormir sem conversar com Tanya. — Falo com você amanhã. Durma bem, querida... Estou com saudades.

— Eu também — disse ela, baixinho. — Durma bem. Bons sonhos.

— Você também. — Ele desligou o telefone. Tanya ficou deitada na cama, pensando no marido e sentindo sua falta. Foi escovar os dentes com o coração pesado. Mal podia esperar para voltar para casa. Peter e Douglas estavam errados a seu respeito, disse a si mesma, prevendo que ela não desejaria voltar para Ross. Era tudo que queria. Sentia falta de sua cama, do marido, dos filhos. Não conseguia pensar em nada ali que chegasse perto de ser tão bom quanto sua família. Trocaria todo o luxo de seu bangalô por uma noite na cama com Peter. Para Tanya, agora e sempre, não havia lugar melhor que seu lar.

Capítulo 6

Tanya se encontrou com Douglas no Polo Lounge à uma da tarde para almoçar. Usava jeans e um suéter cor-de-rosa, e Douglas estava mais elegante que nunca em um perfeito terno cáqui, camisa azul, gravata amarela Hermès e sapatos marrons impecáveis. Sua aparência era sempre impressionante. Ele já estava esperando Tanya quando ela chegou, tomando um Bloody Mary e conversando com um amigo que passara por ali. Quando o apresentou, Tanya ficou chocada ao notar que se tratava de Robert De Niro. Conversaram por alguns minutos antes de De Niro se afastar. Seria difícil não se impressionar, mas ali isso era comum. Tanya queria contar para Peter sobre o encontro, mas não queria ouvir dele, nem de ninguém, que estava muito glamorosa e que teria dificuldade para se adaptar quando voltasse para casa. Isso era tudo o que queria. A vida ali não era real, e ela não pertencia àquele ambiente. Nem queria pertencer. Queria apenas fazer seu trabalho e voltar para casa. Todos eles estavam errados sobre quão sofisticada e mimada se tornaria. Não era boba. Sabia exatamente quem era e tinha os pés firmes no chão.

— Obrigada pela noite fantástica de ontem — disse a Douglas enquanto se sentava. — Gostei de conhecer o elenco. Sua casa é linda.

— Eu gosto dela — comentou ele, sorrindo. — Você precisa conhecer meu iate. É muito divertido. — Era um iate de sessenta metros que ela vira em uma fotografia na casa dele. Parecia enorme. Seus filhos ficariam loucos se o vissem. — O que você faz no verão, Tanya? O que fez nesse ano? — perguntou ele.

Ela sorriu. Sentiu-se fazendo uma redação na escola: *Minhas férias de verão, por Tanya Harris*. Sua vida era menos movimentada que a dele em todos os sentidos. Ela amava viver assim. Não precisava de um iate.

— Fomos para Lake Tahoe em agosto. Alugamos uma casa lá todos os anos. Meus filhos adoram, e todos nós aproveitamos juntos. Peter e eu estávamos conversando sobre levar os três para a Europa no próximo verão. Faz anos que não vamos para lá. Era muito difícil quando eles eram pequenos.

Ela se sentia boba dizendo esse tipo de coisa para ele. Douglas não se importava com o que ela fazia com os filhos quando eram grandes ou pequenos. E uma casa alugada em Lake Tahoe deve ter soado patética, comparado a ter um iate de sessenta metros na Riviera Francesa. O absurdo da comparação a fez rir na hora de pedir um chá gelado. Estava planejando trabalhar à tarde.

— Passo dois meses por ano viajando pelo sul da França em meu iate — disse ele, como se isso fosse algo corriqueiro. Para ele, era mesmo. — Vou à Sardenha também. É muito bonita. E à Córsega. Às vezes, vou a Capri, Ibiza, Maiorca, Grécia. Se você levar seus filhos à Europa no próximo verão, quero que passem uns dias no meu iate. — Douglas raramente fazia convites a pessoas com filhos, embora ainda faltasse muito tempo para o verão, mas que estrago eles poderiam fazer em poucos dias? Ele suspeitava que a família de Tanya era civilizada. Ela certamente era. Concluiu que os filhos dela decerto eram educados e sabia que estavam na idade de ir para a universidade. Ele nunca convidaria alguém com filhos pequenos, que poderiam ficar enjoados se passassem muito tempo a bordo. Um fim de semana não causaria problemas.

— Eles adorariam. Estou louca para contar a eles que conheci Ned e Jean na noite passada. Eles vão ficar muito impressionados comigo.

— E deveriam mesmo. — Ele sorriu. — Sei que eu estou. Muito mais que com Ned e Jean — concedeu ele, embora parecesse ter gostado de conversar com Jean. Na verdade, Jean era uma criança. Era linda, mas parecia muito jovem para sua idade. Os atores levavam uma vida protegida. Viviam dentro de bolhas enquanto faziam filmes, sem contato com o mundo real.

— Eles parecem crianças — comentou Tanya, e ele pediu outro Bloody Mary.

— E são. Todos os atores são crianças. Vivem em casulos, protegidos da realidade. Sempre foi assim. Eles vestem personagens e se divertem. Alguns trabalham muito, mas eles não têm ideia de como o resto do mundo vive. Estão acostumados a ter agentes e produtores mimando e protegendo, fazendo todas as suas vontades. Na verdade, nunca crescem realmente. Quanto mais velhos, mais fora da realidade ficam. Você vai ver quando trabalhar com eles. São incrivelmente imaturos.

— Não é possível que todos sejam assim — comentou Tanya, interessada. Douglas fazia críticas fortes, mas conhecia bem a indústria do cinema.

— Nem todos, mas a maioria. São narcisistas, mimados e só pensam em si mesmos. Esse tipo de atitude cansa logo. É por isso que nunca saio com atrizes. Acho que dão muito trabalho. — Ele encarou Tanya ao dizer isso, mas ela desviou o olhar.

Algo em Douglas a deixava desconfortável. Ele sempre ultrapassava algum limite invisível entre os dois. Mantinha-se distante e inalcançável, porém, de alguma forma, fazia-se sempre íntimo demais com ela. Sem se mover, Douglas invadia seu espaço.

Eles pediram o almoço, e Tanya fez uma série de perguntas a ele sobre o filme e as reuniões na semana seguinte. Estava planejando passar o roteiro por uma revisão final naquele fim de semana, e ele queria fazer algumas mudanças. Ela concordou com tudo. Douglas estava achando fácil trabalhar com Tanya, considerando-a perfeitamente sensata e pouco controladora em relação ao seu trabalho.

Quando terminaram o almoço, a conversa voltou para assuntos pessoais. Era sempre Douglas quem fazia isso. Estava ansioso para saber mais sobre ela. Perguntou-lhe sobre sua infância, sobre seus pais e sobre quando começara a escrever. Desejava saber tudo sobre sua juventude, inclusive seus sonhos e decepções. Tanya se surpreendeu com o grau de intimidade das perguntas dele, que não dizia nada sobre si mesmo. Douglas não entregava nada.

— Minha vida foi muito comum — disse ela, à vontade.

— Sem tragédias, sem segredos obscuros. Sem grandes decepções. Sofri quando meus pais morreram, é claro, mas Peter e eu somos muito felizes há vinte anos.

— Isso é impressionante — comentou Douglas com certo cinismo.

— Atualmente, acho que é mesmo — concordou Tanya, pensativa.

— Se for verdadeiro — completou Douglas, fixando o olhar nela.

Tanya não gostava da maneira como ele a examinava, como se não acreditasse no que ela dizia e pudesse ver a verdade em seus olhos.

— É tão inconcebível para você que haja casamentos felizes?

Para ela, eram casos de sorte, mas, em geral, comuns. Eles conheciam muitos casais em Ross que estavam juntos e felizes havia vinte, trinta anos. Muitas amigas eram felizes com os maridos, embora seu casamento com Peter parecesse o mais sólido de todos. E, sim, alguns amigos se divorciaram ao longo dos anos, no entanto muitos se casaram novamente e reencontraram a felicidade. Ela vivia em um mundinho saudável, que parecia muito distante dali. No mundo de Douglas, as pessoas raramente se casavam, e, quando o faziam, era pelos motivos errados, como chamar atenção ou obter mais poder ou dinheiro. Ele conhecia muitos homens que exibiam suas mulheres apenas como troféus. Isso não existia em Marin, pelo menos não entre os conhecidos de Tanya.

— Meus casamentos foram erros enormes — confessou ele. — Minha primeira esposa era uma atriz conhecida quando nos casamos, há trinta anos. Éramos ridiculamente jovens. Eu tinha 24 anos; era só um garoto começando a vida. Queria ser ator naquela época, mas esqueci isso em pouco tempo. E me esqueci dela em pouco tempo também. Não ficamos casados nem um ano. Graças a Deus não tivemos filhos.

— Ela ainda é famosa? — perguntou Tanya, por mera curiosidade. Imaginou quem poderia ser, mas não ousou perguntar. Sabia que Douglas diria se quisesse que ela soubesse.

— Não — respondeu ele, sorrindo. — Ela nunca foi tão famosa, mas era bonita. Em algum momento, desistiu de atuar e se casou com um sujeito da Carolina do Norte. Eu nunca mais soube dela. Um amigo em comum me contou que ela teve quatro filhos. Ela nunca quis muito da vida além de um marido, filhos e uma casa com cerca branca. Acho que conseguiu tudo o que queria, mas não comigo. Não era o que eu queria, nem mesmo naquela época. — Tanya não teve dificuldade em acreditar. Ele continuava com o mesmo discurso. Ela nem podia imaginá-lo com filhos. — Minha segunda esposa era mais interessante, a vocalista de uma banda de rock da década de 1980. Tinha muito talento e poderia ter tido uma carreira fantástica.

Douglas parecia quase melancólico.

Tanya observou seus olhos, mas não conseguiu interpretar o que viu. Remorso, pena, talvez luto ou decepção. O relacionamento obviamente terminara, uma vez que ele não era casado nem queria ser.

— O que aconteceu com ela? Parou de cantar?

— Não, morreu num acidente aéreo durante uma turnê. Com a banda toda. O baterista estava pilotando e não era muito experiente. Talvez estivesse drogado. Já estávamos divorciados quando ela morreu, mas eu sofri de qualquer forma. Ela era adorável. Você provavelmente já ouviu o nome dela por aí.

Tanya ficou impressionada quando Douglas disse seu nome. Amava ouvir as músicas dela quando estava na faculdade e ainda tinha algumas fitas antigas. Lembrava-se de o avião ter caído com a banda inteira. Foi manchete dos jornais na ocasião. Não pensava na cantora havia anos e achou estranho ouvir seu nome em uma história pessoal. Viu a tristeza nos olhos de Douglas, algo que o humanizava. Ele também tinha um lado sensível.

— Por que foi um erro se casar com ela? — perguntou Tanya, gentilmente. Ela estava virando o jogo e fazendo as perguntas, tão curiosa a seu respeito quanto Douglas a respeito dela.

— Não tínhamos nada em comum. E o cenário musical era louco mesmo para aqueles tempos. Ela usava muitas drogas, embora dissesse que não era dependente. Não era viciada; era uma menina louca, selvagem e linda. Dizia que cantava melhor quando estava chapada. Não sei se era verdade, mas sua voz era incrível — comentou ele, com um olhar distante e sonhador, de certa maneira mais suave e mais humano. Tanya se perguntou se essa mulher fora o amor da vida de Douglas e se esse tipo de coisa existia no mundo dele. — Nós nos divorciamos porque nunca nos víamos. Ela passava nove a dez meses por ano em turnês. Não fazia sentido ficarmos juntos. Eu já trabalhava como produtor naquela época, e o comportamento dela me atrapalhava. A mídia vivia atacando-a pelo seu comportamento. Cocaína estava na moda e era muito comum em qualquer lugar. Ela foi presa algumas vezes. Não ficava bem para mim. — Os homens com os quais ela o traiu também não ficavam bem, mas ele não contou isso a Tanya. — Era uma época louca, e ela não tinha muitos limites. Nunca fui fã de drogas, e ainda não gosto, mas isso fazia parte da vida dela. E queria filhos também, mas eu não me imaginava fazendo isso com ela. Achei que todos estariam viciados aos 6 anos. Isso nunca me atraiu — repetiu. — Eu estava muito ocupado tentando ser bem-sucedido e ganhar a vida. Produzi meus primeiros filmes nessa época. Uma esposa em reabilitação ou na cadeia não ajudaria muito, embora isso acontecesse com bastante gente. Eu estava sempre com medo de que ela tivesse uma overdose. Mas nunca aconteceu.

— Então você se divorciou?

Para Tanya, pareceu uma manobra calculada. A esposa atrapalhava sua carreira, então ele a despachou. Suas prioridades eram óbvias. Talvez houvesse algo mais por trás, mas Tanya não quis se intrometer. De qualquer jeito, era intrigante. Talvez por isso ele fosse tão fechado ou por ser tão fechado essas coisas tivessem terminado assim. Ela sentia que Douglas nunca fora próximo de alguém, pelo menos não desde sua juventude.

— Na verdade, foi ela quem pediu o divórcio — explicou ele, sorrindo. — Ela disse que eu era um canalha rígido, pretensioso, arrogante e oportunista. Que só me preocupava com dinheiro. Essas foram as palavras dela. E tinha razão. — Ele não se sentia culpado. Ouvira isso muitas vezes desde então. — Infelizmente, essas coisas são a receita para o sucesso. Você precisa ser tudo isso para vencer nessa indústria, e eu estava determinado a fazer grandes filmes. Ela era uma estrela por conta própria. Não precisava da minha ajuda.

— Isso incomodava você? — perguntou Tanya, curiosa para saber o que mexia com ele. Douglas era um homem complexo.

— Sim — respondeu ele. — Eu me incomodava por não ter controle sobre as coisas que ela fazia. Ela não ouvia nem pedia conselho. Nunca me contou o que estava acontecendo com a banda. Metade dos músicos já tinha passado pela cadeia por uso de drogas. Isso não atrapalhava seu trabalho, mas atrapalharia o meu. Pessoas envolvidas com drogas não vão longe em nenhuma área de trabalho, pelo menos não naquela época. As coisas eram um pouco mais rígidas há vinte anos. Naquele tempo, as pessoas ainda acreditavam que cocaína não faria muito mal. Aprendemos muito desde então. Creio que, mais cedo ou mais tarde, ela se tornaria uma viciada ou seria presa. Talvez tenha sido melhor morrer. — Era algo difícil de se dizer.

— Você era apaixonado por ela? — Independentemente da resposta, era uma história triste, o desperdício da vida de uma jovem e de todos que morreram com ela. Tanya se lembrava muito bem das manchetes.

— Provavelmente não — respondeu Douglas, com sinceridade. — Acho que nunca me apaixonei. Não é uma coisa de que eu sentisse falta. Em geral, gosto mais de negócios que de mulheres. É mais fácil lidar com eles.

— Mas não são tão divertidos — retrucou Tanya, brincando.

— É verdade. Não sei por que me casei com ela, talvez por estar impressionado. Ela era maravilhosa e tinha uma voz linda. Ainda ouço suas músicas às vezes — confessou. Tanya sorriu. Esperava que estivessem se tornando amigos.

— Eu também — acrescentou ela. Lembrou que tinha guardado fitas dos tempos da faculdade, que ouvia ocasionalmente.

No fim do almoço, Douglas pareceu deprimido com a conversa. Não pensava em sua segunda esposa havia muito tempo. Era uma lembrança boa, a não ser pelas coisas que levaram ao divórcio. Depois disso, ela havia sido presa duas vezes por uso de drogas, algo inadmissível para ele, que tinha ficado aliviado por estar fora de cena. Ainda lembrava como se sentira indignado naquela época. Ela era uma alma perdida, apesar de ser extremamente bonita. Douglas adorava exibi-la quando estavam casados. Dizia que havia sido a coisa mais próxima que tivera de uma esposa-troféu. Nunca mais quis outra. Ele funcionava melhor sozinho. Nos anos seguintes, sentira menos necessidade de companhia, a não ser para se divertir na cama de vez em quando.

Douglas nunca se entregara a questões do coração. Seu coração nunca se envolvia nas suas aventuras sexuais. Quando queria uma mulher nos braços, escolhia com cuidado. Gostava de mulheres inteligentes e companhias interessantes, mas que não o ofuscassem e que o favorecem na mídia. Eram, em geral, grandes estrelas, escritoras famosas, ocasionalmente esposas de políticos ou até mesmo esposas de amigos que estivessem fora da cidade. Estava interessado na companhia de mulheres adequadas, não em assunto para tabloides. Sua reputação era a de um homem importante que deixara uma marca no mundo. Sua vida amorosa não interessava, nem mesmo para ele. Douglas queria sair com Tanya quando a conhecesse melhor e havia pensado nisso na noite anterior, durante a festa para o elenco. Ela era interessante, inteligente, tinha senso de humor e era bonita. O perfil perfeito da mulher que gostava de ter. E combinava com ele, outro ponto positivo. Em certo sentido, ele a estava testando como uma possível companheira para eventos sociais ou até mesmo como anfitriã de seus jantares. Gostava de tudo que tinha visto nela até então, e o fato de que trabalhariam juntos nos meses seguintes faria com que aparições em público parecessem bastante normais. Douglas não gostava de ser alvo de fofocas. E Tanya parecia tão respeitável que fofocas sobre um relacionamento seriam improváveis. Ela era o tipo de mulher que suscitava elogios, não críticas.

— O que você vai fazer esse fim de semana? — perguntou ele, casualmente, ao fim do almoço.

— Vou para casa — respondeu ela, radiante.

Sua alegria ao pensar nisso era evidente até mesmo para Douglas, embora achasse aquilo um pouco bobo. Não tinha nenhuma veia sentimental no corpo.

— Você realmente gosta de ser dona de casa em Marin, não é? — comentou ele, tentando levá-la a admitir que não gostava.

— Gosto, sim — declarou ela, contente. — Especialmente do meu marido e dos meus filhos. Eles são a melhor parte. Minha vida inteira gira ao redor deles.

— Você é muito mais que isso, Tanya. Merece uma vida mais animada. — Douglas parecia ter pena dela.

— Não quero animação.

Tanya sempre amara as coisas simples de sua vida com Peter, as atividades cotidianas que lhe davam a sensação de um mundo normal e sólido. A vida em Hollywood lhe parecia falsa e superficial. Não havia nada ali que lhe interessasse, a não ser a experiência de escrever um roteiro para cinema. Além disso, não tinha nenhum interesse pelo lugar. Parecia uma vida totalmente vazia. Sentia pena de quem morava ali e achava que aquele era um lugar peculiar, como Douglas. A seu ver, era uma vida sem nenhuma substância ou mérito, mas suspeitava de que ele discordaria veementemente se ela dissesse o que pensava. Tanya sabia que ele era um grande apreciador de arte e integrante da diretoria do Los Angeles County Museum. Douglas dissera que ia ao teatro sempre que possível e ocasionalmente assistia a balés ou a concertos em São Francisco. Gostava de atividades culturais e eventos sociais de todos os tipos. Chegava até a voar para Washington, D.C., para estreias no Kennedy Center ou ir ao Lincoln Center ou ao Metropolitan em Nova York. Douglas era conhecido nessas quatro cidades e na Europa, que visitava com frequência. A vida que ela amava o mataria de tédio, mas Tanya não trocaria de lugar com ele por nada nesse mundo.

— Talvez você se interesse por expandir seus horizontes depois que passar algum tempo em Los Angeles. Espero que isso aconteça, para seu próprio bem — desejou ele enquanto atravessavam o Polo Lounge.

As pessoas o reconheciam e se perguntavam quem era a mulher com quem estava. Ninguém a conhecia, portanto ela era objeto de interesse, mas não de comentários. Era uma mulher bonita, ainda jovem, usando jeans e suéter cor-de-rosa, nada mais, no entanto, se saísse publicamente com Douglas, saberiam quem era. Algumas mulheres em Los Angeles matariam por essa oportunidade. Douglas gostava do fato de que estar com ele não significava nada para Tanya. Ela não estava tentando usá-lo nem parecia ser esse tipo de mulher. Ele já percebera isso. Não era nada oportunista, em nenhum sentido. Era uma mulher íntegra e digna, além de inteligente e talentosa. Não precisava se apoiar em ninguém para crescer e não faria isso de forma alguma.

Tanya agradeceu pelo almoço, e Douglas lhe desejou um bom fim de semana. A refeição fora mais agradável do que ela esperava. Ele era uma boa companhia e não tinha passado dos limites tantas vezes quanto ela temera. Na verdade, comportou-se bem e não criticou tanto sua vida em casa como fizera no início. Ele achava que Tanya merecia atividades mais interessantes do que tinha em sua vida em Marin, que lhe parecia boba, mas ela não estava ofendendo ninguém com a rotina que gostava de levar. Douglas sabia que seus dias se tornariam maiores e mais interessantes depois de algum tempo em Los Angeles. Tinha a impressão de que, com o tempo, poderiam se tornar amigos. Ele gostava da ideia. Embora não estivesse tão certa quanto ele, Tanya também achava que era possível ser amiga de Douglas. Só queria tomar cuidado para não o encorajar de forma alguma. Douglas tinha um lado que a deixava pouco à vontade, e ela conhecia seu profundo desprezo pela vida que levava em Ross. Valores familiares não lhe interessavam, crianças o deixavam nervoso, e ele achava que votos de casamento só atrapalhavam. Douglas gostava de pessoas que pudesse manipular ou controlar de alguma forma. Desde que ela soubesse disso e mantivesse seus limites firmes e sua cabeça pensando com clareza, tinha certeza de que se dariam muito bem. Não se devia baixar a guarda para um homem como Douglas. Era um colega de trabalho, nada mais, e ela pretendia manter as coisas assim. Talvez com o tempo, depois que se conhecessem melhor, viessem a ser amigos, mas primeiro ele teria de conquistar sua amizade.

Tanya trabalhou no computador durante o resto da tarde e pediu comida pelo serviço de quarto. Max ligou para saber como as coisas estavam indo e os dois discutiram alguns pontos que pareciam problemas potenciais. Max a ajudou, e ela gostou das soluções oferecidas por ele. Testando as alterações no roteiro, percebeu que funcionavam. Estava absolutamente certa de que se divertiriam trabalhando juntos. Ela desejara ir para casa naquela noite, mas Douglas tinha dito que todos deviam estar a postos caso houvesse uma reunião na manhã de sexta. Como não foi chamada, pegou um táxi para o aeroporto ao meio-dia.

Ela dispensara a limusine e o motorista, pois levaria apenas uma maleta de mão. Pegou o voo de uma e meia da tarde para São Francisco e chegou a sua casa em Ross às três e vinte. Não encontrou ninguém, mas teve vontade de dançar e cantar pela sala. Sentia-se tão feliz por estar em casa que quase não se aguentava. Abriu a geladeira e os armários, que se encontravam praticamente vazios. Então, foi ao mercado Safeway e comprou comida para o fim de semana e para a semana seguinte. Estava guardando os mantimentos nos armários quando as meninas chegaram e deram um grito de surpresa ao vê-la ali. Até Megan pareceu feliz por um instante, mas depois fechou a cara e subiu, lembrando-se de que estava zangada com a mãe. Porém, por um momento, demonstrara que estava contente em vê-la, o que alegrou Tanya. Molly ficou à sua volta como um cachorrinho, abraçando-a, beijando-a e abraçando-a de novo.

— Senti muito sua falta nessa semana — admitiu para a mãe.

— Eu também — disse Tanya, colocando o braço nos ombros de Molly.

— Como foi lá? — perguntou a filha, interessada e cheia de curiosidade.

— Foi bom. Jantei com Ned Bright e Jean Amber outro dia. Ele é uma gracinha. — Ela sorriu para a filha, feliz por estar com ela.

— Quando vou poder conhecê-lo? — Molly estava entusiasmada com essa perspectiva enquanto Tanya guardava o resto das compras no armário.

— Assim que me visitar. Você pode ir ver as filmagens no set. O diretor é muito simpático.

Pouco depois, Molly subiu para ligar para uma amiga e contar as novidades. Tanya ainda estava arrumando a cozinha quando Peter chegou. Ele sabia que a esposa chegaria naquele dia e saíra do escritório mais cedo. Assim que a viu, girou-a nos braços e beijou-a com ardor, abraçando-a com força. Estavam muito felizes em se ver. Discretamente, passaram uma hora no quarto antes do jantar. Foi uma acolhida perfeita, sob todos os aspectos.

Tanya preparou o jantar para a família. Fez a massa preferida de todos e uma grande salada verde enquanto Peter grelhava bifes na churrasqueira. Depois, sentaram-se à mesa e conversaram animadamente. Ela falou do jantar na casa de Douglas Wayne e de todas as estrelas que estavam presentes.

Mais tarde, as meninas saíram com as amigas, e ela e Peter subiram para o quarto.

Foi uma noite de sexta normal. Ela e Peter conversaram durante horas, abraçados, e fizeram amor mais uma vez antes de dormir. Sobreviveram à sua primeira semana em Los Angeles e tudo continuava bem em seu mundo.

Capítulo 7

O fim de semana passou rápido demais para todos. Tanya acordou deprimida no domingo, e Peter tampouco parecia feliz. Ela só iria embora à noite, mas saber que a esposa estava voltando para Los Angeles tirou toda a graça daquele dia. Os sentimentos de Megan finalmente vieram à tona na hora do almoço, quando ela brigou com a mãe na cozinha por conta de uma camiseta estragada pela máquina de lavar, em uma discussão absolutamente sem sentido. Na verdade, estava com raiva da mãe por deixá-los de novo. Sabendo o que estava por trás daquele acesso de fúria, Tanya tentou não perder a cabeça e, por fim, disse à filha para se comportar.

— A camiseta é um mero pretexto, Meg — disse ela, sendo direta. — Eu também não quero ir embora. Estou tentando fazer o melhor que posso.

— Não está, não — retrucou Megan em tom acusador. — O que você está fazendo é egoísta e idiota. Não precisava escrever o roteiro para esse filme. Admita logo que é uma péssima mãe. Você nos largou aqui para fazer esse filme. Não se importa com papai nem conosco, e só pensa em si mesma.

Tanya ficou sem fala por um instante. Então, seus olhos se encheram de lágrimas enquanto olhava para filha e enfrentava aquelas acusações. Era difícil se defender, e talvez Megan estivesse certa. Ir para Los Angeles escrever o roteiro de um filme fora muito egoísta.

— Sinto muito que você pense assim — comentou ela, em tom triste. — Sei que foi um péssimo ano para me afastar de casa, mas fui convidada agora, e talvez não tenha outra chance.

Tanya esperava que eles compreendessem e a perdoassem, mas talvez Megan nunca o fizesse. Ela ainda não tinha cedido. Ficaram ali, encarando-se; Megan parecia desafiadora e Tanya, consternada. Peter estava na sala e ouvira Megan, então foi à cozinha para exigir que a filha pedisse desculpa à mãe. Megan disse que não se arrependia de nada do que dissera e que não se desculparia. Sem dar uma só palavra, subiu a escada com passos pesados. Tanya olhou para o marido, chorando, e ele a abraçou.

— Meg só está colocando a raiva para fora.

— E com razão. Eu também me sentiria assim se minha mãe me largasse no meu último ano do colégio.

— Você está em casa nos fins de semana. E elas nunca estão aqui durante o dia, de qualquer forma. Chegam para jantar, ligam para os amigos e caem na cama. Não precisam de você — argumentou ele, tentando acalmá-la, mas Tanya não parou de chorar. Detestava ter que deixá-lo também.

— Elas gostam de saber que estou aqui — disse ela, assoando o nariz.

— Eu também, mas você estará conosco nos fins de semana. Não é para sempre. Tudo correu bem essa semana e as filmagens vão terminar antes que você perceba. Imagine se ganhar um Oscar, Tan... Pense nisso. Em um filme de Douglas Wayne, pode acontecer. — Douglas ganhara a estatueta pelo menos uma dúzia de vezes. — Aliás, como ele é?

Peter tinha curiosidade sobre ele e sabia que era um sujeito bonitão. Perguntou-se se daria em cima de Tanya. Esperava que não. Em geral, Peter não tinha ciúmes, mas Hollywood era um lugar tentador. Mesmo assim, confiava nela.

— Ele é estranho. Egoísta. Muito fechado e distante. Detesta crianças. Tem um iate. Tem muitas obras de arte e uma linda casa. É tudo o que sei sobre ele. E que foi casado com a vocalista de uma banda de rock que morreu em um acidente aéreo depois que se divorciaram. Ele não é exatamente caloroso ou sentimental, mas é muito inteligente. Gostei mais de Max Blum, o diretor. Ele parece o Papai Noel e é muito amável. Sua namorada morreu de câncer de mama, e ele tem um dogue dinamarquês chamado Harry.

— Você realmente presta atenção nas pessoas, não é? — indagou Peter, rindo. Ela havia pintado um retrato muito coerente dos dois. — Deve ser um talento dos escritores. Os outros sempre contam coisas a você que não contariam para mim nem em um milhão de anos. E você nem precisa perguntar. Eles falam espontaneamente.

Peter vira isso acontecer milhares de vezes ao longo dos anos. As pessoas sempre confiavam a Tanya seus segredos mais íntimos. Para ele, era algo espantoso.

— Devo parecer compreensiva. Além do mais, sou mãe, por mais que no momento esteja fracassando nessa área.

— Não está, não. Meg é difícil.

Os dois a conheciam bem. Ela exigia muito daqueles que amava e estava sempre pronta para criticar quem agisse de modo diferente do que ela esperava, mesmo se fosse uma amiga. Molly era muito mais compreensiva e calorosa. Megan cobrava mais de si mesma e de todos. Tanya sempre dissera que sua mãe também era assim e devia ser uma questão genética.

Tanya preparou o almoço para todos, mas Megan não desceu. Despediu-se da mãe e saiu de casa. Tanya achou que ela não queria vê-la ir embora. Cada um tem sua forma de dizer tchau, mas despedidas sempre foram difíceis para a filha. Era mais fácil se zangar e virar as costas do que mostrar tristeza e chorar. Molly, ao contrário, ficou junto da mãe até o último minuto. Quando a deixaram na casa de uma amiga, a caminho do aeroporto, ela abraçou a mãe por bastante tempo antes de sair do carro.

— Eu te amo. Divirta-se... Diga "oi" a Ned Bright por mim. Diga que eu o amo, mas amo mais você... — gritou ela, saindo do carro e correndo para a casa da amiga.

Então, Tanya e Peter tiveram um tempo de sossego até chegarem ao aeroporto. Ele falou sobre o caso em que estava trabalhando e ela contou sobre as mudanças que fizera no roteiro. Tiveram a oportunidade de compartilhar alguns momentos de silêncio, aproveitando a companhia um do outro. Fizeram amor mais vezes que o normal naquele fim de semana, e Peter riu disso antes de deixá-la.

— Talvez essa coisa de Los Angeles seja boa para nossa vida sexual. — Era como se estivessem acumulando o amor para os dias em que estariam longe, o que ajudava. Tanya ficou triste quando lhe deu o último beijo no aeroporto. Peter não podia entrar na área de embarque porque não tinha bilhete e não ia viajar.

— Já estou sentindo sua falta — comentou ela, infeliz, e ele a beijou mais uma vez. Estava levando a situação com bastante espírito esportivo.

— Eu também. Até sexta. Ligue quando chegar.

— Sim. O que você vai fazer para o jantar?

As meninas estariam fora, e ela se esquecera de deixar algo pronto para Peter colocar no micro-ondas.

— Eu disse a Alice que passaria na casa dela. Ela foi ver as meninas algumas vezes durante a semana, e eu disse que levaria sushi para jantarmos.

— Diga "oi" a ela por mim. Eu ia ligar para ela, mas não deu tempo. Peça desculpas e diga que agradeço o cuidado que está tendo com as meninas.

— Ela não se incomoda. Acho que tem saudade dos filhos e que se sente menos sozinha ao passar lá em casa quando está voltando da galeria. Ela não fica muito tempo. Anda tão ocupada com a galeria de arte que quase nunca fica em casa.

Tanya ficou feliz por Alice ter a galeria. A perda de Jim fora um golpe muito grande. Ela havia se mostrado incrivelmente forte, mas Tanya sabia melhor que ninguém que a amiga estava bastante infeliz. O primeiro ano fora terrível, e Tanya a ajudara muito. Agora, Alice estava fazendo o que podia para retribuir. Era uma troca justa entre grandes amigas. Elas sempre se ajudaram, e Tanya estava grata pela presença da vizinha em sua casa.

Ela voltou correndo e deu mais um beijo em Peter antes de entrar na área de embarque carregando sua bolsa. Foi a última pessoa a entrar no avião, afundou-se na poltrona e fechou os olhos, pensando no fim de semana. Fora maravilhoso estar em casa com as meninas e Peter. Detestava ter que partir mais uma vez.

Desligou o celular enquanto o avião taxiava pela pista e cochilou um pouco. Dormiu durante todo o voo, só acordando quando aterrissaram em Los Angeles. Tivera um fim de semana cheio de emoções, que a deixara esgotada, em especial por causa da briga com Meg. Perguntou-se se a filha a perdoaria e se as coisas voltariam a ser como antes. Esperava que sim. Megan demorava para perdoar e podia guardar rancor para sempre. Tanya ainda pensava nela quando saiu do aeroporto e fez sinal para um táxi. Nem tinha avisado ao seu motorista que chegaria. Pensou que se sentiria uma idiota chegando do aeroporto em uma limusine. Achava estranho aproveitar todas as cláusulas do contrato.

Para sua surpresa, ao entrar no bangalô sentiu-se em casa e confortável. Tinha trazido mais algumas fotos de Peter e dos filhos, e uma de Alice com James e Jason. Falara com Jason naquele fim de semana e ele parecera feliz. Andava tão ocupado com sua nova vida universitária que não havia telefonado para ninguém. As meninas se queixaram.

Assim que se sentou, ligou para o celular de Peter. Ele ainda estava jantando com Alice. Tanya falou com ela também e se percebeu mais solitária que nunca ao saber que os dois estavam juntos e ela, sozinha. Gostaria de estar comendo sushi com eles. Alice disse que o jantar não tinha graça sem ela e que sentiam sua falta. Tanya falou sobre sua foto que havia trazido. Então, eles voltaram para o jantar, e ela ligou a televisão, sentindo-se estranhamente solitária.

Tomou um banho na enorme banheira e ligou a hidromassagem, o que a ajudou a relaxar. Depois, foi para o computador e trabalhou um pouco mais no roteiro. No dia seguinte, teria uma reunião para discutir as notas do produtor e do diretor. No outro dia, haveria uma reunião com os atores.

Seria uma semana de trabalho pesado para assimilar as observações de todos e tentar incorporá-las ao roteiro. Estava curiosa para participar desse processo e ouvir os comentários de todos. Ela trabalhou até quase duas da manhã e pediu para ser acordada às sete. Precisava estar no estúdio às oito e meia.

Tanya teve a impressão de que o telefone tocou assim que colocou a cabeça no travesseiro. Acordou assustada, mas deitou novamente, soltando um suspiro, quando percebeu que era o serviço de despertador. Sentiu falta de Peter e ligou para ele. Ele estava de pé, arrumando-se e prestes a descer para preparar o café da manhã para as meninas. Ao ouvir sua voz, uma onda de culpa a invadiu por ele estar cuidando das filhas e ela, não. Ele teria muitos cafés da manhã e jantares para preparar, além de noites sem a esposa. Um ano letivo inteiro. Sem a família, sentiu-se como se estivesse em uma prisão. Ela e Peter conversaram um pouco ao telefone antes de começarem o dia.

— Estou com muita saudade — declarou Tanya, triste. — Estou me sentindo um lixo por saber que você terá que fazer todo o trabalho da casa.

— Você faz isso há dezoito anos. Qual é o problema em ajudar você durante uns meses? — Ele parecia apressado, mas falava em um tom carinhoso.

— Acho que me casei com um santo — comentou ela, agradecida. Peter estava sendo fantástico.

— Não, você se casou com um sujeito que nunca consegue colocar ovos, suco e cereais na mesa ao mesmo tempo. Sou um cozinheiro disléxico, por isso tenho que desligar. Comporte-se no parquinho hoje.

— Espero que os outros também se comportem.

Tanya estava nervosa com essa primeira grande reunião, em que realmente falariam de negócios e talvez acabassem com seu trabalho. Não tinha ideia do que fariam ou diriam. Tudo era novo para ela.

— Você vai se sair bem. Não se rebaixe. O que li até agora é ótimo.

— Obrigada. Ligo assim que a reunião terminar. Boa sorte com o café da manhã... E, Peter... — Seus olhos estavam cheios de lágrimas quando falou. — Desculpe por estar fazendo isso. Estou me sentindo uma péssima esposa e mãe. Você é um herói por me deixar vir. — Tanya ainda se sentia culpada por estar longe e deixar para trás todas as responsabilidades domésticas de que cuidava havia quase vinte anos.

— Você é a melhor esposa do mundo. E é uma estrela para mim.

— Você é a estrela, Peter — comentou ela, baixinho. Mal podia esperar para voltar para casa no próximo fim de semana.

— Até logo... Eu te amo... — declarou ele, desligando o telefone com pressa enquanto ela ia escovar os dentes e pentear o cabelo.

Ligou para o serviço de quarto e pediu o café da manhã, uma refeição muito diferente do café apressado que Peter havia engolido com as meninas. Seu motorista já a estava esperando na limusine. Às oito e meia em ponto, chegaram ao estúdio. Douglas não chegara ainda, mas Max Blum já estava lá.

— Bom dia, Tanya. Como foi seu fim de semana? — perguntou ele, amavelmente, carregando uma pasta tão pesada que parecia prestes a explodir quando foi colocada no chão da sala de conferência. Eles tinham alugado algumas salas de uma rede de TV durante a filmagem. Tanya também recebera um escritório, mas tinha dito a eles que preferia trabalhar no hotel. No bangalô, teria mais silêncio e menos distrações.

— Foi muito curto — respondeu, com tristeza. Sentia mais falta de Peter e das meninas que nunca depois de passar o fim de semana com eles. — Como foi o seu?

— Nada mal. Fui a dois jogos de beisebol, li todo o *Wall Street Journal*, a *Variety* e o *New York Times* e tive várias conversas profundas com meu cachorro. Fomos dormir bem tarde, então ele estava cansado demais para vir trabalhar. É uma vida de cão — disse ele enquanto uma secretária lhes oferecia café. Ambos recusaram.

Max tinha trazido um cappuccino do Starbucks, e Tanya tomara chá no hotel. No meio da conversa, Douglas chegou, parecendo, como sempre, um modelo de capa da revista *GQ*. Estava perfumado e havia cortado o cabelo no fim de semana. Vestia-se de forma impecável, mesmo àquela hora da manhã. Max estava amarrotado e bagunçado, usando calça jeans rasgada, sandálias Birkenstock velhas e surradas e meias furadas, com seu pouco cabelo despenteado. Parecia limpo, mas estava totalmente desarrumado. Tanya usava calça jeans, moletom e tênis e sequer estava de maquiagem. Era hora de trabalhar.

Os três começaram imediatamente. Douglas queria mudar várias cenas. Max não gostara de apenas uma cena, por ser rápida demais e não permitir que os atores mostrassem emoções profundas. Queria que Tanya a reescrevesse e levasse a plateia às lágrimas.

— Arranque lágrimas deles.

Em certo ponto, Tanya e Douglas discutiram sobre uma das personagens e a forma como era retratada. Ele não media palavras e disse que a personagem era chata.

— Detestei a personagem. E todo mundo vai detestá-la também.

— A personagem precisa ser chata mesmo. É o papel dela — argumentou Tanya, defendendo-se calorosamente. — Ela é terrivelmente chata. Não me incomoda que você tenha detestado. Ela não é uma boa pessoa. É maçante, lamuriosa e trai sua melhor amiga. Por que você gostaria dela?

— Eu não gostei, mas se ela teve a coragem de arruinar a vida da melhor amiga, deve ter alguma personalidade escondida em algum lugar. Pelo menos mostre um pouco disso. Você criou um personagem morto.

Ele estava quase a insultando, e Tanya resolveu ceder. Faria algumas mudanças na personagem em questão, mas não achava certo aceitar tudo que ele dissesse. No fim das contas, Max entrou na discussão e sugeriu um meio-termo para o impasse. A personagem seria chata e nada simpática, mas teria um pouco mais de ardor, amargura e ciúme visíveis, para que a traição fizesse mais sentido. Tanya aceitou, mas se sentiu exausta no fim da reunião. Eram quase três da tarde quando terminaram de rever todas as anotações, e sequer tinham parado para almoçar. Douglas achou que se distrairiam se parassem para comer. Tanya podia sentir sua taxa de glicose caindo e seu ânimo desaparecendo quando saíram da sala.

— Boa reunião, pessoal — comentou Douglas, alegre, quando se levantaram. Estava muito animado. Max comera umas barras de chocolate e nozes que tinha trazido. Já havia feito vários filmes com Douglas e conhecia sua forma de trabalhar. Mas Tanya, não. Estava esgotada e um pouco magoada com algumas observações do produtor. Ele lhe dera alguns golpes fortes, e sem meias palavras. Seu único interesse era fazer o melhor filme possível, independentemente do que fosse necessário fazer e de quem se incomodasse. Dessa vez, fora Tanya. Ela não estava habituada ao estilo dele ou a ter de justificar e defender seu trabalho. Os produtores das novelas que escrevia eram muito mais condescendentes.

— Você está bem? — perguntou Max enquanto deixavam o prédio.

Douglas tinha outro compromisso e saiu às pressas. No dia seguinte, teriam outra reunião ali, dessa vez com os atores. Tanya começou a se apavorar. Aquilo era mais difícil do que pensara, e ainda não sabia o que fazer com a personagem que Douglas tanto detestara. Pretendia trabalhar no texto à tarde e à noite. Sentiu-se às vésperas de uma prova. As palavras dele foram muito duras.

— Estou bem, sim. Só cansada. Não comi muito no café da manhã. Comecei a me sentir fraca uma hora atrás.

— Sempre traga comida quando tiver uma reunião com Douglas. Ele trabalha como um maníaco e nunca faz pausas para almoçar. É assim que se mantém tão magro. Para ele, o almoço é apenas um evento social. Se não estiver na sua agenda, ele não come. As pessoas à sua volta caem como moscas — brincou ele.

— Vou vir preparada amanhã — disse ela enquanto Max a acompanhava até sua limusine.

— Ah, não, amanhã vai ser diferente — explicou ele. — Amanhã teremos as estrelas. E as estrelas precisam ser alimentadas nas horas certas, se possível com refeições extremamente caras. Diretores e escritores não precisam comer. Se pedir alguma coisa aos atores, talvez joguem um pouco de caviar ou uma coxa de frango para você. — Ele estava exagerando, é claro, mas nem tanto. — É sempre bom ter um ou dois atores em uma reunião. Eu tento exigir a presença deles. Assim, todos nos alimentamos. — Tanya riu, com a impressão de estar recebendo dicas de um aluno veterano na escola. Sentiu-se grata pela ajuda e pelo bom humor. — Amanhã, vou trazer Harry também. Ninguém pensa em alimentar um diretor gordinho, mas sempre dão comida a um cachorro. Harry tem uma cara patética e está sempre ganindo e babando. Tentei babar uma vez para conseguir comida, mas me pediram para sair da sala ou me denunciariam ao sindicato. Então, agora trago meu cachorro.

Ela riu alto dos comentários de Max, que lhe disse para não se preocupar com a cena que teria de reescrever nem com os comentários duros de Douglas. Isso acontecia em todos os filmes que ele produzia. Alguns produtores eram ainda mais duros e exigiam que as cenas fossem constantemente reescritas. Tanya imaginou que tipo de comentário ouviria dos atores e se eles teriam lido o roteiro com cuidado. Os atores das novelas que escrevia simplesmente apareciam no set e gravavam. Nos filmes, tudo era muito mais preciso.

Tanya passou sete horas trabalhando no roteiro, revendo todos os comentários de Douglas e Max. Pediu ovos mexidos e uma salada verde para comer e ainda estava trabalhando à meia-noite. Quando terminou, telefonou para Peter. Não conseguira ligar para as meninas antes, pois o tempo voara, e sabia que elas estariam dormindo. Peter estava acordado, lendo e esperando sua ligação. Como a esposa não havia telefonado, ele imaginara que estivesse escrevendo e não quisera interromper seu trabalho, preferindo esperar que Tanya ligasse.

— Então, como foi? — perguntou ele, com interesse. Imaginava que o dia fora cheio, para ela ligar tão tarde.

— Não sei... — respondeu Tanya, cansada e deitando-se na cama. — Normal, eu acho. Douglas detestou uma personagem. Estou reescrevendo todas as cenas dela agora à noite. Acho que ficou ainda pior. Ele a achou muito chata. Tivemos uma reunião até três da tarde, sem parar nem para comer. Quando finalmente terminamos, achei que ia desmaiar. Estou trabalhando como uma louca desde então. E ainda não consegui muita coisa. Amanhã vamos ter uma reunião com os atores para ouvir seus comentários.

— Parece extenuante — comentou ele, solidário, mas sabendo que ela esperava por isso. E Tanya trabalhava compulsivamente, de qualquer forma. Nunca abandonava um problema antes de encontrar uma solução, tanto na vida prática quanto em sua escrita. Era uma das muitas coisas que Peter admirava nela.

— E seu dia, como foi? — perguntou ela, feliz por estar falando com o marido. Tinha sentido terrivelmente sua falta o dia inteiro, até mesmo enquanto estava trabalhando. Parecia que a semana demoraria a passar. — Estou com saudade das meninas. Trabalhei tanto que não me dei conta da hora. Amanhã falarei com elas.

— As meninas estão bem. Alice trouxe uma lasanha e seu famoso bolo caseiro. Nós adoramos. Fiz uma salada. Eu me livrei essa noite. — Era uma boa coisa, pois ele também tivera um dia longo com um novo cliente que enfrentava problemas que decerto acabariam em litígio.

— Alice jantou com vocês? — perguntou Tanya, casualmente, ficando surpresa quando Peter respondeu que sim. Foi gentil da parte da vizinha levar comida para eles, e Tanya se sentiu agradecida. Estivera ao lado de Alice durante meses quando seu marido morreu. — Vou ficar devendo um grande favor a ela. Se as coisas continuarem assim, vou ter que cozinhar para ela pelos próximos dez anos.

— Devo admitir que foi bom. E Alice levou Meg ao jogo de futebol, porque Molly precisava do carro. Ela me salvou. Eu não podia sair cedo do trabalho e resolvi pedir ajuda. Ela estava saindo da galeria e disse que cuidaria de Meg.

Tanya fizera o mesmo pelos filhos da amiga muitas vezes ao longo dos anos, mas mesmo assim ficou grata. Sob certos aspectos, a ajuda de Alice aliviava sua culpa, mas, por outro lado, tornava a culpa pior. Gostava de saber que alguém estava ajudando suas filhas e Peter, mas sentia-se mais culpada que nunca por essa pessoa não ser ela mesma. Na verdade, precisaria aguentar isso enquanto o filme durasse. Pelo menos, Alice estava por perto. Mais que tudo, ela ajudava Peter, e Tanya sentiu-se especialmente agradecida por isso. Ele não conseguiria fazer tudo sozinho. Tinha muito o que fazer no escritório.

Conversaram sobre outras coisas até terem de desligar, embora Tanya desejasse conversar com Peter pelo resto da vida. Ambos tinham reuniões na manhã seguinte e precisavam dormir um pouco para se recuperar. Tanya prometeu ligar mais cedo na noite seguinte e pediu que ele desse um beijo nas meninas. Quase se sentiu como uma desconhecida dizendo isso. Era completamente estranho estar longe da família e mandar lembranças. Na sua cabeça, mais que para Peter, era ela quem devia estar lá para beijá-las.

Na manhã seguinte, encontrava-se na mesma sala de reunião. Max chegou com seu cachorro, se é que Harry podia ser chamado assim. Era do tamanho de um pônei, mas muito comportado. Ele se deitou em um canto, com a cabeça gigantesca sobre as patas. Era tão bem-treinado que, depois da surpresa inicial com seu tamanho, ninguém notou sua presença, até a comida aparecer na sala. Então, ele se sentou, alerta, ganiu alto e começou a babar profusamente. Max lhe deu umas coisinhas para comer e todos os outros lhe deram os restos sobre a mesa. Depois, Harry se deitou de novo e dormiu. Era um cão extremamente educado. Tanya deu os parabéns a Max no meio da reunião.

— Ele, na verdade, é meu companheiro, não um cachorro — disse Max, com um sorriso. — Certa vez, participou de um comercial. Eu apliquei seu cachê na bolsa, e ele se deu bem. Paga sua metade do aluguel da casa. Para mim, Harry é como um filho. — Tanya podia ver isso.

A reunião foi longa e árdua. Douglas a conduziu muito bem, com a ajuda de Max. Tanya ficou bastante surpresa com a quantidade de anotações que os atores tinham feito. Algumas eram bastante pertinentes e cobertas de razão, e outras eram totalmente desorganizadas e irrelevantes, mas todos tinham algo a dizer e algo que desejavam que fosse mudado. O maior problema era diálogos que "não combinavam com eles". Em vários casos, Tanya teve de trabalhar com os atores para encontrar formas de dizer as mesmas coisas, mas soando melhor. Era um processo longo e maçante, e Douglas se irritou com todos mais de uma vez. Seu nível de estresse parecia ser alto em reuniões. Ele e Tanya tiveram outro desentendimento com relação a outra cena envolvendo a personagem que ele detestara e sobre a qual tinham discutido no dia anterior.

— Pelo amor de Deus, Tanya, pare de defender essa puta e mude-a logo! — gritou ele.

Tanya ficou assustada e se calou por algum tempo, enquanto Max lhe lançava olhares de encorajamento, sabendo que o produtor a magoara.

Depois da reunião, Douglas a procurou para ter uma conversa enquanto os atores saíam. Eram quase seis da tarde, e carrinhos com comida tinham entrado e saído da sala durante o dia inteiro. Tanya compreendeu o que Max lhe explicara na véspera. Serviram até sorvete, chantilly e morangos às quatro, além de uma quantidade enorme de sushi e tofu.

Todos os atores se dirigiam para a academia ou para sessões individuais com seus personal trainers. Tanya só queria voltar para o bangalô e dormir. Estava absolutamente exausta após se concentrar no que todos disseram e tentar fazer mudanças no roteiro junto deles.

— Desculpe se fui um pouco grosseiro com você hoje — disse Douglas, em um tom calmo, como se nada tivesse acontecido. Tanya estava acabada, e ele percebeu. — Essas reuniões com os atores me enlouquecem. Eles se fixam em cada detalhe e em cada palavra, preocupados em como vão soar. O contrato diz que eles podem solicitar mudanças no roteiro, e creio que todos pensam que estariam fugindo do trabalho se não pedissem que você reescrevesse todas as cenas. Depois de um tempo, tenho vontade de estrangular todos. Essas reuniões sempre duram uma eternidade. De qualquer forma, desculpe se descontei meu mau humor em você.

— Tudo bem — falou Tanya, com tranquilidade. — Eu estava cansada também. São muitos detalhes, e estou tentando preservar a integridade do roteiro e deixar todos felizes. — Ele sabia que nem sempre era fácil. Tinha passado por isso centenas de vezes ao longo dos anos, em dezenas de roteiros. — Estou trabalhando na personagem que você tanto detestou. Ainda não solucionei o problema, mas estou tentando. Acho que o empecilho é que ela não me parece maçante. Percebo todas as camadas dela, todos os seus pensamentos e suas intenções ocultas, por isso não a considero tão chata quanto parece. Ou talvez eu me identifique e seja tão chata quanto ela. — Tanya riu, e Douglas balançou a cabeça com um sorriso.

Ela estava contente por ele ter parado para se desculpar e aliviar a pressão. O produtor a intimidara bastante nas últimas horas. Não foi nada divertido. Agora, sentia-se bem melhor.

— Eu não descreveria você assim, Tanya. Você pode ser tudo, menos chata, e espero que saiba disso.

— Sou apenas uma dona de casa de Marin — comentou ela, com sinceridade, e ele deu uma gargalhada.

— Diga isso para outra pessoa. Talvez para Helen Keller. Essa coisa de dona de casa é uma fachada ou uma máscara que usa, ainda não estou certo. Só sei que não é você verdadeiramente. Se fosse, não estaria aqui. Nem por um minuto.

— Sou uma dona de casa emprestada a Hollywood somente para escrever um roteiro — tentou ela novamente, mas não o convenceu.

— Mentira. Isso está longe da verdade. Não sei quem você está enganando com isso, Tanya, mas não a mim. Você é uma mulher sofisticada, com uma mente fascinante. Colocá-la no papel de uma dona de casa de Marin é como pôr um extraterrestre para trabalhar no McDonald's. Talvez ele consiga fazer o trabalho, mas por que desperdiçar tanta inteligência e talento?

— Eu não desperdicei nada com meus filhos. — Tanya não gostou do que ele disse nem da maneira como a percebia. Ela era exatamente o que demonstrava ser e tinha orgulho de si própria. Amava ser mãe e dona de casa, sempre amara. Também gostava de escrever e do desafio que tinha agora. Não desejava pertencer a Hollywood, e Douglas parecia estar sugerindo isso. Sabia que nunca viveria em Hollywood e que aquilo era só uma aventura. Depois de tudo terminado, voltaria para casa e ficaria com o marido e os filhos. Já decidira isso.

— A maré mudou, Tanya, quer você queira ou não. Você não pode voltar. Não vai funcionar. Está aqui há uma semana e já é muito maior que sua vida em Ross. Já era antes mesmo de vir para cá. No dia em que tomou a decisão de fazer esse filme, a sorte foi lançada.

Ao ouvir isso, Tanya sentiu um arrepio subir e descer por sua coluna. Era como se ele estivesse dizendo que seu caminho para casa havia desaparecido, mas ela quisesse ter certeza de que isso não era verdade. Toda vez que Douglas falava algo assim, Tanya sentia vontade de correr para os braços de Peter. Perto de Douglas, sentia-se como Bess de *Porgy and Bess*. O que ele dizia era ao mesmo tempo aterrorizante e eletrizante. Ela queria voltar para casa.

— Você foi muito paciente com todos os atores hoje. Eles são um grupo de indisciplinados.

— Achei os comentários de Jean sobre sua personagem muito bons. E as observações de Ned também — comentou Tanya, ignorando tudo que Douglas falara.

Não discutiria mais com ele se devia ser uma dona de casa ou não. Ele não tinha nada com isso, exceto enquanto o filme estivesse sendo rodado. Depois, podia pensar o que quisesse. Douglas não exercia poder sobre sua vida e não era clarividente nem analista. Era obcecado por Hollywood e ela, não. O poder o inebriava. Estava aprendendo isso sobre o produtor, embora ele o demonstrasse com sutileza ou de forma totalmente óbvia, dependendo da necessidade do momento. Era como observar um tenista profissional em Wimbledon.

Tanya voltou para o hotel e trabalhou no roteiro durante horas naquela noite. Conseguiu fazer algumas mudanças; mas outras foram mais difíceis. Ligou para Max várias vezes no dia seguinte para discutir as alterações, e ele acabou lhe dizendo para não se preocupar tanto, porque mudanças e alterações menores ocorreriam durante a filmagem. Max era a pessoa mais serena com quem ela lidava, e Tanya apreciava sua postura calma. Ele era muito tranquilo e incrivelmente culto. Uma combinação perfeita, ao contrário de Douglas, que exsudava tensão e obsessão por controle, com quem ela achava difícil lidar.

Foi uma semana movimentada em Los Angeles e no escritório de Peter. Ele entraria em um julgamento na semana seguinte. Tanya continuava a se encontrar com Max, Douglas e o elenco e a trabalhar no roteiro. Para sua tristeza, marcaram reuniões para o sábado inteiro, às quais ela não podia faltar, então teve de ligar para Peter na tarde de quinta para explicar que não poderia ir para casa, sugerindo que ele e as meninas a visitassem.

— Que droga, Tan... Não vai ser possível. Molly tem um jogo de futebol importante, e sei que Megan tem planos para o fim de semana na cidade com John White, e não vai querer ir. Preciso trazer tanto trabalho para casa esse fim de semana que ficaria nervoso aí, a não ser que trabalhasse no quarto o tempo todo. Não acho que seja o melhor momento.

— Acho que meu fim de semana vai ser cheio também — disse ela, triste. — Detesto não ver você e as meninas. Talvez eu possa pegar um avião na sexta à noite e voltar para a reunião às nove no sábado, pegando o voo das seis.

— Isso é loucura — comentou ele, com sensatez. — Você ficaria exausta. Deixe para lá. Você pode vir na semana que vem.

Ela não esperava que marcassem reuniões no fim de semana tão cedo, embora tivesse sido avisada de que isso poderia acontecer. Era deprimente não poder ir para casa, mesmo tendo muito trabalho a fazer.

Tanya também ligou para as meninas para se desculpar. O celular de Megan estava desligado, então ela deixou uma mensagem de voz. Molly estava com pressa e disse que não fazia mal. Tanya se sentiu terrível. Peter estava em uma conferência quando ela ligou e não pôde atendê-la. Estava mesmo sem sorte. Ela até ligou para Jason, perguntando se ele queria visitá-la em Los Angeles. Ele agradeceu pelo convite e disse que gostaria de ir outro dia, mas tinha combinado de sair com uma garota naquele fim de semana.

Tanya passou a sexta e o sábado em reuniões com Max, Douglas e o elenco, tendo também alguns encontros individuais com Jean para discutir com ela sua personagem. A atriz levava seu trabalho muito a sério e queria entrar na pele e na mente da personagem que iria encarnar. Tanya estava completamente exaurida quando chegou ao hotel no sábado à noite, às oito, mas recebeu um recado de Douglas, pedindo que lhe telefonasse.

— Que droga, o que ele quer agora? — murmurou para si mesma.

Estivera com ele várias vezes naquela semana, e era o bastante. Ele era tão poderoso que uma pequena dose de companhia já era suficiente. Mas Douglas era o produtor do filme, e ela não tinha escolha. Ligou para o número privado que lhe deram, de sua casa. Era uma honra ter esse número. Imediatamente, Tanya havia passado a pertencer a Hollywood, embora não se importasse.

— Oi. Cheguei agora ao hotel e recebi seu recado — começou ela, tentando parecer mais animada do que realmente estava. Sentia falta de Peter e das meninas, mas sabia que ninguém estava em casa. — Precisa de alguma coisa? — perguntou, querendo desligar logo e se afundar na banheira.

Se não fosse tão extravagante, pediria uma massagem. Ela merecia, mas lhe parecia uma despesa frívola, e não queria se aproveitar do contrato que assinara. Um bom banho de banheira seria suficiente.

— Achei que você estaria chateada por não poder ir para casa neste fim de semana e que talvez quisesse vir à minha piscina amanhã, para tomar um pouco de sol, se é que você gosta desse tipo de coisa. — Ele riu. Tanya ainda estava um pouco bronzeada, então ele concluiu que ela gostava de tomar sol, em casa ou em Lake Tahoe. — Não vou convidar nenhum famoso. Você pode ler o *Times*. Nem precisamos conversar, se não tiver vontade. Ficar no hotel enjoa.

Ele tinha razão, mas ela não estava certa de que queria passar o domingo em sua companhia. Afinal, Douglas era seu chefe. E ela não poderia ler o jornal e ignorá-lo, mas tinha de admitir que um dia em sua piscina era uma ideia atraente. A piscina do hotel, com todas aquelas atrizes e modelos iniciantes tentando conquistar homens, era um pouco cansativa, e ela se sentia totalmente deslocada sem um biquíni fio dental e salto

alto. Via-se como uma verdadeira caipira, embora tivesse feito as unhas do pé no início da semana e pago com seu próprio dinheiro, em uma noite em que ficou trabalhando no hotel. Sentiu-se melhor, e a manicure conseguiu trabalhar enquanto Tanya lia as alterações que havia feito no roteiro. A moça não atrapalhou em nada e aquilo melhorou seu humor. Toda mulher que via em Los Angeles tinha unhas perfeitas, e ela se sentia menos deslocada.

— É um convite muito gentil, mas não quero interferir no seu domingo.

Ela hesitou, sem saber se aceitava ou não. Nunca se sentira completamente à vontade com ele, enquanto Max se tornava cada vez mais como um irmão mais velho para ela. Douglas era tudo, menos um irmão. Era a personalização do poder, sempre manipulador. Era estressante estar com ele. Tanya não conseguia imaginá-lo relaxando em um domingo ou em qualquer outro dia.

— Você não vai interferir. Nós vamos nos ignorar. Nunca converso aos domingos. Traga o que quiser ler. Eu colaboro com a piscina e o almoço. E, o que quer que faça, não ajeite o cabelo nem use maquiagem.

Ele tinha lido seus pensamentos. Ela não queria se arrumar para ir a sua casa. Por outro lado, não o imaginava despenteado à beira da piscina. De modo nenhum. Max, sim. Douglas, nunca.

— Vou aceitar essa sugestão, se eu for — declarou ela, com cuidado. — Foi uma longa semana. Estou cansada.

— Isso é só o começo, Tanya. Guarde suas forças. Vai precisar delas mais tarde. Em janeiro e fevereiro, vai rir ao pensar como esses primeiros dias foram fáceis.

— Talvez seja melhor voltar para casa e me atirar da ponte agora — comentou ela, desanimada e ligeiramente deprimida. Não ver Peter e as meninas a desencorajara ainda mais e a fizera pensar se estava à altura daquele trabalho.

— Você vai se acostumar com o trabalho duro. Vai entrar no ritmo, acredite. E, quando tudo terminar, vai querer fazer outro filme. — Douglas sempre parecia seguro disso, porque era uma verdade para ele.

— Por que não acredito quando você diz isso?

— Confie em mim. Eu sei. Talvez trabalhemos juntos em outro filme — disse ele, soando confiante e esperançoso, como se fosse uma conclusão previsível.

Eles nem tinham começado a filmar o atual, mas todos queriam trabalhar com Douglas Wayne. Atores e escritores imploravam para serem contratados por ele. Era um caminho quase certo para ganhar um Oscar, o grande objetivo dos profissionais da área. Tanya também se sentia atraída pela ideia, mas, naquele momento, só queria aprender como agir e sobreviver, sem passar vergonha e fazendo um trabalho decente. Durante toda a semana, sentiu-se desafiada e, por vezes, desanimada.

— Então, você vem amanhã? Umas onze?

Ela hesitou por uma fração de segundo e cedeu. Seria muito complicado dizer não, então preferiu dizer que sim.

— Está ótimo. Obrigada — disse por fim, educadamente.

— Até amanhã então. E não se esqueça: nada de maquiagem e não arrume o cabelo se não quiser.

Ah, sim, claro, ela pensou consigo mesma. Como Megan teria dito, que diferença faz?

No dia seguinte, Tanya seguiu as instruções ao pé da letra, pelo menos até certo ponto, e sem se importar com ele. Fez uma trança no cabelo, mas não usou maquiagem. Era bom sair à vontade, embora não tivesse se arrumado muito durante a semana. Ninguém se arrumava para ir às reuniões, nem mesmo os atores, mas ela estava sempre mais bem-vestida que agora. Usava apenas uma camiseta desbotada de Molly, chinelos e sua calça jeans mais velha e surrada. Levou uma pilha de jornais que queria ler, um livro que tentava começar havia um ano e as palavras cruzadas do *New York Times,* um de seus passatempos favoritos. Tomou um táxi até a casa de Douglas. Tinha dado o dia de folga ao motorista. Afinal de contas, era domingo.

O próprio Douglas abriu a porta e notou que o táxi se afastava. Ele usava uma camiseta imaculada, calça jeans perfeitamente passada e sandálias pretas de couro de crocodilo. Não tinha um fio de cabelo fora do lugar e a casa estava especialmente silenciosa. Ela não viu empregados. Na noite em que ele dera o jantar para o elenco, havia um exército de garçons servindo os convidados. A casa estava silenciosa e em paz. Douglas a levou até a piscina e a convidou a sentar, deitar na chaise longue ou fazer o que preferisse. Havia uma pilha de jornais na mesa ao lado. Um instante depois, desapareceu.

Então, sem perguntar nada, reapareceu, trazendo-lhe uma bebida. Champanhe com suco de pêssego, um drinque que se chamava Bellini e era um de seus favoritos, apesar de ser um pouco cedo para beber.

— Obrigada — disse ela, com um sorriso surpreso.

Ele levou o dedo aos lábios com um olhar sério.

— Shhh! — exclamou, com firmeza. — Nada de conversa. Você veio aqui para relaxar. Podemos conversar mais tarde, se quiser.

Douglas se sentou em uma cadeira do outro lado da piscina, leu o jornal durante algum tempo e reclinou a espreguiçadeira para tomar sol, depois de espalhar protetor solar no rosto e nos braços. Não disse uma só palavra a Tanya que, por fim, sentiu-se à vontade lendo, fazendo as palavras cruzadas e tomando seu Bellini. Para sua surpresa, era uma ótima forma de passar o domingo.

Ela não sabia se Douglas estava dormindo ou não, mas ele ficou imóvel durante um longo tempo. Então, Tanya decidiu tomar um pouco de sol também. Podia ouvir passarinhos cantando e sentir o calor do sol. Era uma linda tarde de setembro, e Tanya se viu totalmente relaxada. Levou um susto quando, mais tarde, abriu os olhos e o viu ao seu lado, olhando-a com um sorriso. Achou que tinha dormido durante horas.

— Eu estava roncando? — perguntou ela, ainda sonolenta, e ele riu.

Foi a primeira vez que se sentiu relaxada ao lado de Douglas. Era uma sensação boa. Ele estava sendo agradável dessa vez, e Tanya quase se perguntou se um dia poderiam ser amigos. Até lá, achava que seria impossível. Agora, estava vendo um lado diferente dele.

— E alto — respondeu ele, brincando. — Primeiro, você me acordou. Depois, os vizinhos se queixaram do barulho. — Ela riu. Douglas colocou um prato ao lado de Tanya, com frutas descascadas, salada e uma porção de queijo com torradas. — Achei que você poderia ter fome quando acordasse.

Ele estava sendo incrivelmente atencioso, e Tanya tinha de admitir que aquilo tudo era muito agradável. Sentiu-se relaxada e mimada. Ele era um ótimo anfitrião e tinha feito tudo que prometera, inclusive deixá-la sozinha e não conversar. Ele desapareceu de novo, e, um instante depois, Tanya o ouviu tocando piano na sala de música ao lado da piscina. O cômodo tinha uma parede de vidro, e, depois de comer, ela foi até lá. Douglas tocava uma peça complicada de Bach e não deu atenção a ela. Tanya se sentou e o ouviu tocar, espantada com sua habilidade e seu talento. Finalmente, ele olhou para ela.

— Sempre toco aos domingos — disse ele, com um sorriso sincero. — É a melhor parte da minha semana. Sinto falta quando não posso tocar. — Ela lembrou que Douglas estudara para ser concertista e se perguntou por que não seguira essa carreira. Seu talento era realmente incrível. E ele obviamente adorava tocar. — Você toca algum instrumento? — perguntou ele, interessado.

— Só meu computador — respondeu Tanya, com um sorriso tímido. Ele era um homem diferente, com uma vasta gama de habilidades e interesses.

— Certa vez, montei um piano — comentou ele, quando terminou a peça de Bach. — E ele funcionava. Está no meu iate. Foi muito divertido.

— Há alguma coisa que você não saiba fazer?

— Sim — respondeu ele, enfaticamente. — Cozinhar. Comer é tão entediante, uma perda de tempo. — Isso explicava por que era tão magro e nunca parava para almoçar durante as reuniões. — Só como para me manter vivo. Algumas pessoas comem por hobby. Não suporto isso. Não tenho paciência para ficar sentado a uma mesa de jantar por cinco horas nem para cozinhar por dez horas. E também não jogo golfe, embora saiba jogar. Acho entediante também. E não jogo bridge, embora tenha jogado por algum tempo. Os jogadores acabam sendo desagradáveis e intolerantes. Se eu tiver que brigar com alguém, prefiro que seja por algo que me interesse, e não por uma mão de cartas. — Isso fazia sentido e a fez rir.

— Essa é minha opinião sobre bridge também. Eu jogava nos tempos da faculdade, mas parei por isso. Você joga tênis? — perguntou ela, sem nenhuma razão especial a não ser continuar a conversa enquanto Douglas começava a tocar outra peça no piano. Essa exigia menos concentração.

— Jogo, mas prefiro squash. É mais veloz.

Ele era um homem com pouca paciência, fazia tudo com a maior velocidade possível. Era uma pessoa interessante para ser estudada, e ela pensou em usá-lo como personagem de um conto. Poderia fazer coisas incríveis com um personagem de tantas facetas.

— Eu jogava squash, mas não muito bem. Meu marido também joga. Sou melhor no tênis.

— Um dia desses podemos jogar — sugeriu ele, concentrado na música.

Ela o ouviu por algum tempo e voltou para a piscina para não o interromper mais. Ele parecia perdido na música. Uma hora depois, parou de tocar e saiu da sala.

— Adorei ouvir você tocar — comentou, com admiração, quando Douglas se sentou perto dela. Parecia energizado e revigorado, e seus olhos brilhavam. Isso sempre acontecia quando tocava. Era fácil ver por que ele gostava disso. Douglas tocava bem e era um prazer ouvi-lo.

— O piano alimenta minha alma — declarou. — Não poderia viver sem ele.

— Eu sinto o mesmo com relação a escrever.

— Percebo isso pela forma como escreve — comentou ele, observando-a. Tanya parecia confortável e relaxada, o que não achava que seria possível quando fora convidada para passar o dia na piscina da casa do produtor. Douglas a surpreendeu com um dia maravilhoso e tranquilo. Ela sentia-se revigorada. — Por isso sempre quis trabalhar com você, porque sabia, pelos seus livros, que você tinha essa paixão pelo trabalho, exatamente como eu tenho com o piano. A maioria das pessoas não tem algo assim. Percebi isso na primeira vez que li um texto seu. É um dom raro. — Ela assentiu, envaidecida, mas não fez nenhum comentário. Eles ficaram em silêncio por algum tempo. Quando olhou o relógio, Tanya se assustou ao notar que já eram cinco da tarde. Estava na casa de Douglas fazia seis horas, e o tempo tinha voado.

— Preciso ir. Pode pedir um táxi? — perguntou ela, juntando suas coisas e as colocando na sacola.

Douglas balançou a cabeça quando ela mencionou o táxi.

— Eu levo você.

Não era longe, mas ela não queria incomodá-lo. Ele já tinha feito demais. Fora um dia perfeito, e sua tristeza e culpa por não estar com Peter e as meninas haviam desaparecido.

— Não me incomodo em ir de táxi — insistiu.

— Eu sei, mas terei prazer em levá-la.

Douglas entrou para pegar as chaves do carro e voltou pouco depois. Tanya se levantou e o seguiu até a garagem, tão limpa que parecia um centro cirúrgico. Douglas abriu a porta de uma Ferrari prateada, e ela se sentou no banco do carona. Ele deu partida no carro e seguiu em direção ao hotel. Fizeram o percurso em um silêncio confortável, depois de terem passado uma tarde inteira juntos. Embora tivessem falado pouco, Tanya sentia que tinham se tornado amigos. Havia aprendido coisas sobre ele que jamais teria imaginado e adorara ouvi-lo tocar piano. Fora o ponto alto da tarde. A Ferrari deslizou sob a cobertura da entrada do Hotel Beverly Hills. Ele a olhou com um sorriso.

— Foi um ótimo dia, não foi, Tanya?

— Eu adorei — respondeu ela, com sinceridade. — Parecia que eu estava de férias.

Foi a melhor coisa que poderia ter acontecido, a não ser ir para casa, e ela não esperava isso, principalmente com Douglas. Sentia-se sempre tensa quando ele estava por perto. Naquele dia, tinha até dormido à beira da piscina em frente ao produtor e lido durante horas sem conversar. Havia poucas pessoas com quem conseguiria fazer isso, afora seu marido. Era um pensamento estranho.

— Eu também. Você é a visita perfeita para um domingo, apesar de roncar, é claro — brincou ele, rindo.

— Ronquei mesmo? — perguntou ela, sem graça, e Douglas fez um ar misterioso.

— Não vou contar. Na próxima vez, vou virar você de lado. Dizem que funciona.

Ela riu, sem se importar se realmente roncara, o que era ainda mais surpreendente. Em uma única tarde, passara a se sentir bem com ele. Seria muito mais fácil trabalharem juntos dali em diante, tendo visto o outro lado da sua personalidade.

— Quer jantar comigo essa noite? — perguntou ele, casualmente. — Estou pensando em comprar comida chinesa para viagem. Podemos comer lá ou posso levar a comida para o hotel. Precisamos comer, e não é tão chato quando temos companhia. Está interessada?

Parecia uma boa ideia. Tanya havia pensado em pedir alguma coisa ao serviço de quarto enquanto trabalhava no computador. Comida chinesa lhe pareceu mais divertido.

— Claro. Seria ótimo. Por que não traz a comida para o hotel?

— Perfeito. Às sete e meia? Tenho que fazer umas ligações e eu nado um pouco todas as noites. — Ele se mantinha ativo e gostava muito de esportes, o que explicava sua boa forma.

— Ótimo.

— O que você quer? — perguntou ele, gentilmente.

— Rolinhos primavera, qualquer coisa agridoce, camarão, carne, o que você preferir.

— Vou trazer um pouco de cada — prometeu ele.

Ela agradeceu e desceu do veículo. Ele acelerou e desapareceu no carro prateado.

Tanya entrou, tomou uma ducha e checou se havia mensagens na secretária eletrônica. Jean Amber tinha ligado para falar sobre o roteiro do filme. Ela retornou o telefonema, mas Jean havia saído. Então, ligou para Peter e as meninas, que tinham acabado de chegar de um jogo de beisebol. Eram fãs dos Giants e haviam comprado ingressos para a temporada. Estavam todos de bom humor e ninguém parecia muito aborrecido por ela não ter ido para casa. Tanya ficou ao mesmo tempo aliviada e triste.

— Como foi o jogo?

— Ótimo! Nós ganhamos, caso você não tenha visto pela TV — respondeu Peter, feliz.

— Não vi. Passei o dia na casa de Douglas Wayne.

— E como foi? — Peter parecia surpreso.

— Foi tudo bem. Surpreendentemente simples. Bom para relações de trabalho, espero. Ele foi muito gentil. Não trocamos mais que dez palavras. — Quando ia falar que estavam sozinhos na casa, Molly entrou na linha.

— Oi, mãe, o jogo foi ótimo. Sentimos sua falta. Levamos Alice para agradecê-la por todos os jantares que preparou para nós. E Jason veio para casa assistir ao jogo.

— Pensei que ele estivesse ocupado — comentou Tanya, sentindo-se abandonada. — Liguei para Jason na quinta, e ele disse que tinha combinado de sair com uma garota.

— Ela cancelou, então Jason veio assistir ao jogo conosco.

Ocorreu a Tanya que ele não telefonara quando os planos foram cancelados, preferindo ir ao jogo em Ross. Todos tinham se divertido juntos, com Alice, e ela estava sozinha em Los Angeles.

— Ele voltou para Santa Barbara depois da partida. Deve chegar lá à noite.

Ainda assim, era estranho saber que toda a família tinha ido a um jogo de beisebol e se divertido sem ela. Sentiu-se como uma criança que não fora convidada para uma festa de aniversário. Não era culpa deles que ela estivesse trabalhando em Los Angeles, era culpa sua, e não podia esperar que ficassem em casa em respeito a ela.

Tanya conversou com Megan, que pareceu estar bem. Alice pegou o telefone e disse que todos estavam ótimos e com saudades, e que ela tratasse de estar em casa no próximo fim de semana para que pudessem fofocar. Tanya riu ao conversar com a amiga e ainda falou com Peter de novo. Eles iam pedir uma pizza, como faziam nas noites de domingo.

— Estou com saudade de você — declarou ela, ouvindo de Peter que sentia sua falta também.

Quando desligou, percebeu que não tinha contado a ele que jantaria com Douglas. Não era nada de mais, mas ela gostava de dizer ao marido o que fazia, para que se sentisse parte de sua vida. Para Tanya, era uma coisa tão sem importância que se esquecera de mencionar.

Tanya só teve tempo de tomar banho antes que Douglas aparecesse com o jantar. Vestiu uma calça jeans limpa e uma camiseta e abriu a porta do bangalô ainda descalça. Ele entrou.

— Eu conheço esse bangalô. Passei um tempo aqui quando estava redecorando minha casa. Gosto desse lugar — comentou ele, olhando em volta.

— É muito confortável. Será divertido quando meus filhos vierem me visitar. — Ela pegou pratos na cozinha e os dois se serviram das cinco caixas que Douglas tinha trazido. Havia tudo de que ela gostava, inclusive um prato com lagosta e camarão frito com arroz. Sentaram-se à mesa da sala e comeram. — Obrigada. Estava perfeito. Você definitivamente está me mimando hoje.

— Tenho que tomar conta da minha escritora famosa — disse ele, sorrindo. — Não queremos que você sinta falta de casa e sofra aqui ou decida voltar para Marin. — Douglas estava implicando com ela, mas Tanya não se importou. — Eu queria que você soubesse que também temos comida chinesa para viagem aqui. — Lembrando-se dos biscoitinhos da sorte, passou um para Tanya. Quando leu a mensagem, ele soltou um gemido. — Você pôs isso aqui enquanto eu não estava olhando? — Ela balançou a cabeça, e ele lhe entregou o papelzinho.

— "Um bom amigo será uma ótima notícia hoje." — Ela leu em voz alta, olhando-o com um sorriso. — Que bom. Parece coerente.

— Sempre espero que meus bilhetes digam coisas mais animadas, mas nunca é o caso. O que diz o seu? — perguntou, com ar divertido.

Tanya leu para si mesma e ergueu uma sobrancelha.

— O que está escrito?

— "Um trabalho bem-feito é sua própria recompensa." Nada muito animado. Gostei mais do seu.

— Eu também — disse ele, sorrindo novamente. — Talvez você ganhe um Oscar. — Douglas queria que ela ganhasse o prêmio pelo roteiro e ele, pelo melhor filme do ano. Esse sempre era seu objetivo.

— Não é isso que o bilhete diz — retrucou ela, mostrando-lhe a mensagem enquanto tirava a mesa do jantar.

— Na próxima vez, escreveremos nossos próprios bilhetes.

Douglas a ajudou a jogar fora as caixas vazias e foi embora logo depois. Tanya lhe agradeceu pelo jantar, e ele repetiu que fora um dia ótimo. Ela disse o mesmo. Seu bilhete da sorte estava certo. Um bom amigo tinha sido uma ótima notícia. Pela primeira vez desde que conhecera Douglas Wayne, sentiu que ele poderia ser seu amigo. E como era interessante esse amigo.

Capítulo 8

Tanya foi para Ross nos dois fins de semana seguintes e adorou passar o tempo com Peter e as meninas. Almoçou com Alice em um sábado, e as duas fofocaram sobre as pessoas que Tanya havia conhecido em Los Angeles. Alice se mostrou tão deslumbrada quanto as meninas.

— Estou surpresa por você vir para casa — comentou ela, brincando. — Aqui é tão monótono.

— Deixe de bobagem — resmungou Tanya. — Prefiro estar aqui com Peter e as meninas. Hollywood é uma terra de fantasia. Nada é real.

— Para mim, parece bastante real — retrucou Alice, com verdadeira admiração.

Sentia-se feliz por sua amiga estar tão bem na carreira e tendo essa experiência, e garantiu-lhe que suas filhas estavam bem. E acalmou os temores de Tanya sobre nunca ser perdoada. Alice disse que até Megan se referia a ela com orgulho, o que a deixou surpresa.

— Ela mal fala comigo. Está com raiva desde o verão.

Tanya ficou aliviada com o que Alice dissera. A amiga estava convivendo muito com as meninas e parecia conhecê-las bem, então Tanya confiou em suas palavras.

— Meg não está com tanta raiva quanto quer que você pense. Só está tentando puni-la um pouco. Não dê atenção, e ela vai desistir.

Tanya ficou contente e mencionou isso a Peter quando voltou para casa. Ele concordou.

— Megan está querendo testar você. Ela está feliz aqui — afirmou ele.

Quando a filha chegou, um pouco depois, Tanya sorriu para ela como se estivesse tudo bem entre as duas e fez uma pergunta qualquer sobre a escola, mas Megan a olhou como se isso a tivesse ofendido de novo e ficou com mais raiva ainda quando a mãe sugeriu que começassem a preencher juntas os formulários para admissão na universidade. Megan disse que preencheria os formulários com Alice. Tanya ficou ofendida, como se tivesse levado um tapa no rosto. Era uma rejeição incontestável.

— Eu gostaria de pelo menos dar uma olhada nos formulários com você. — Megan se recusou. — Talvez na próxima vez que eu estiver em casa — arriscou ela, esperançosa.

— Não me importo — retorquiu Megan, subindo as escadas com passos pesados.

Tanya ficou triste, mas tentou não se abater. Pelo menos, Molly queria sua ajuda com os formulários e já lhe mostrara vários rascunhos de sua redação.

— Acho que ainda não passei em todos os testes — disse ela para Peter, com uma expressão triste, recebendo um sorriso.

No primeiro fim de semana de outubro, Tanya e Jason foram para casa, e toda a família foi assistir a um jogo de beisebol entre os Giants e os Red Sox. A partida foi maravilhosa. Os Giants estavam ganhando quando ela voltou de avião para Los Angeles com Jason. Tanya o mandou na limusine para Santa Barbara. Seu filho ficou um pouco envergonhado, mas achou legal. Todos se divertiram muito juntos.

Peter e as meninas passaram o fim de semana seguinte em Los Angeles. As gêmeas adoraram. Jason passou o sábado com elas, mas voltou para Santa Barbara depois do jantar.

Tanya levou as filhas para fazer compras em Melrose e para almoçar no restaurante Fred Segal's. Depois, foram a umas lojinhas, que as meninas adoraram. Peter e Jason ficaram na piscina, onde Jason ficou admirando as mulheres. Todos jantaram no Spago, e lá encontraram Jean Amber. As gêmeas a acharam linda. Jean abraçou Tanya com força, conversou animadamente com Megan e Molly e flertou com Jason, deixando-o vermelho e envergonhado. Os três ficaram fascinados em conhecê-la.

— Vou apresentar vocês a Ned Bright na próxima vez que vierem, depois que começarmos as filmagens — prometeu Tanya. Logo depois, outra estrela entrou, e os meninos ficaram impressionados. Ao voltarem para o hotel, pararam no bar, onde viram mais artistas famosos. Tanya não os reconheceu, mas suas filhas, sim. Quando retornaram para o bangalô, elas não podiam acreditar nas celebridades que tinham visto e não paravam de dar risadinhas, animadas. Jason havia acabado de voltar para Santa Barbara na limusine de Tanya.

— Nossa, mãe, é tão legal aqui! — exclamou Molly, com os olhos arregalados.

Pela primeira vez em muito tempo, Megan abraçou a mãe, sorrindo.

— Obrigada por nos trazer a Los Angeles, mãe — agradeceu Megan, generosamente.

Alice tinha razão. Estava quase tudo esquecido. Aquele fim de semana acalmara sua filha. Elas sentiam sua falta em casa, mas tinham de admitir que Hollywood era bastante divertida. Mal podiam esperar para conhecer Ned Bright e as outras estrelas.

Quem não parecia tão encantado era Peter. Ele estava desanimado quando as meninas foram para o quarto, dando risadinhas, enquanto ia com Tanya para a cama. Parecia cansado. Tinha sido um longo dia depois de uma longa semana. Eles concluíram um processo complicado.

— Você está bem, querido? — perguntou ela, passando a mão em suas costas quando se deitaram.

— Só estou cansado.

O dia não havia sido tão divertido para ele quanto para as meninas, e Peter mal teve tempo de aproveitar a esposa. Todos aqueles artistas não significavam nada para Peter. Ele não conhecia a maioria; eles eram cultuados por adolescentes, não por adultos. Ainda assim, até ele sabia quem era Jean Amber e a achou maravilhosa. Ela parecia gostar muito de Tanya, como se fossem melhores amigas, mas só agia assim porque estavam trabalhando em um filme juntas. Dentro de seis meses, tudo seria esquecido. Tanya não tinha ilusões a esse respeito.

Peter a olhou, e Tanya ficou chateada por vê-lo triste.

— Como você vai voltar para Ross, Tanya? — perguntou ele. — Não podemos competir com sua vida aqui.

— Nem precisam — garantiu ela, com calma. — Vocês ganham a competição com facilidade. Isso não significa nada para mim. Meu trabalho me anima, mas a vida em Hollywood não me interessa.

— Você acha isso agora. Está aqui há apenas seis semanas, mas espere até ficar mais tempo. Veja como está vivendo... Tem sua própria limusine, mora em um bangalô no Hotel Beverly Hills e é amiga dessas estrelas. Estou falando sério, Tan. É viciante. Daqui a seis meses, Ross vai parecer o Kansas para você. — Ele soava bastante preocupado.

— Eu quero o Kansas — declarou ela com firmeza. — Quero a gente. Amo nossa vida. Ficaria louca se tivesse que viver aqui.

— Não sei, Cinderela. Pode ser difícil quando a carruagem se transformar em abóbora.

— No dia em que as filmagens terminarem, vou devolver meus sapatinhos de cristal e voltar para casa. Simples assim. Só quero fazer isso uma vez, não para sempre. Eu não trocaria o que temos por nada desse mundo.

— Quero ouvir isso daqui a sete meses. Espero que ainda acredite no que está dizendo.

Tanya ficou triste ao saber que Peter pensava dessa forma e continuou triste depois que fizeram amor. Havia algo estranho nele, como se parecesse derrotado e incapaz de competir com sua nova vida. Como Douglas previra, ele temia que a vida em Los Angeles fosse viciante e que Tanya não quisesse voltar para Ross. Alice tinha dito o mesmo na última vez que ela estivera em casa. Por que todos achavam isso? Será que não entendiam? Queria voltar para casa quando o filme terminasse, e não ficar ali. Era uma troca muito ruim do seu ponto de vista, mas Peter não parecia acreditar. Ele continuou infeliz e passou a manhã seguinte quieto, quando foram ao brunch do Ivy.

As meninas estavam felizes no terraço, especialmente quando Leonardo DiCaprio sentou-se à mesa ao lado e sorriu para elas. Peter se animou um pouco depois de comer. Tanya se sentou junto dele, segurou sua mão e o abraçou e beijou. Queria estar com o marido para sempre. Sentia muito a falta dele quando estava em Los Angeles, mas Peter não acreditava que ela preferia sua vida antiga. A única coisa que poderia fazer para provar isso era voltar para casa quando o filme terminasse. Era irritante todos estarem tão convencidos de que ela preferiria morar em Los Angeles. Sabia que isso não era verdade, mesmo que pensassem o contrário. A única pessoa que a preocupava era Peter, pois não queria que ele se inquietasse com a possibilidade de sua esposa se apaixonar pela nova vida. Para ela, aquilo não era uma nova vida, e sim uma visita, um tempo sabático que estava passando em Los Angeles para o bem de sua carreira. Não tinha nenhum outro interesse ali.

Depois do brunch, voltaram para o hotel e foram à piscina. As meninas nadaram enquanto os pais ficaram deitados em espreguiçadeiras e conversaram. Peter pediu um drinque, algo que nunca fazia. Tanya ficou preocupada. Ele parecia ter pânico de perdê-la. Quanto menos falava, mais ela se afligia.

— Vou voltar para casa quando tudo terminar, querido. Não gosto daqui. Estou aqui a trabalho. Amo nossa vida em Marin.

— Você pensa assim agora, Tan, mas vai ficar louca de tédio em Ross. E as meninas nem estarão morando conosco no ano que vem. Você não vai ter nada para fazer.

— Terei você — disse ela, com carinho. — E nossa vida. Minha escrita. Isso aqui não é vida, Peter. É uma piada. Eu só queria a experiência de escrever um roteiro para o cinema. Foi você mesmo quem me convenceu a vir. — Ao ouvir isso, ele concordou, embora estivesse arrependido. Começava a perceber o risco que corria e parecia preocupado.

— Estou com medo, Tan. Por nós. Não consigo imaginar você sendo a mesma quando o filme terminar — declarou, quase chorando. Tanya ficou chocada. Nunca o vira tão abalado.

— Você acredita que eu seja tão superficial assim? Por que acha que vou para casa nos fins de semana? Porque gosto de ir e porque gosto de você. Lá é o meu lar. Aqui é o meu trabalho.

— Tudo bem — concordou ele, respirando fundo e tentando acreditar nas suas palavras, que pareciam sinceras. Peter só não sabia por quanto tempo a esposa pensaria assim. Mais cedo ou mais tarde, a vida de Los Angeles a dominaria e Tanya perceberia que tinha o mundo todo diante de si e que sua antiga vida em Marin não seria suficiente. Peter não queria que isso acontecesse, mas não via outro futuro. Agora compreendia por completo como era a vida dela em Los Angeles enquanto trabalhava no filme. Uma vida muito mais glamorosa do que ele pensara. Era difícil competir com tudo aquilo.

As meninas saíram da piscina e se juntaram a eles, encerrando a conversa, que, aliás, não levara a nada. Estavam andando em círculos, e Tanya notara que Peter ainda não se convencera. O tempo provaria o que ela havia dito, mas ele estava mais preocupado que nunca. Tanya o abraçou com força quando voltaram para o quarto no bangalô.

— Eu te amo, Peter — declarou ela, com doçura. — Mais que tudo. — Ele a beijou, e Tanya não quis largá-lo. Não queria que Peter fosse embora.

As meninas entraram no quarto para lembrar ao pai que estava na hora de irem para o aeroporto. Tanya teve a sensação de que o fim de semana acalmara as filhas, mas assustara Peter. Dava para perceber em seus olhos que o que tinha visto o deixara profundamente abalado. Ele não falou durante o trajeto para o aeroporto e pareceu distraído quando se despediu.

— Eu te amo — repetiu ela.

— Eu também te amo, Tan — disse ele, com um sorriso triste. — Não se apaixone pela cidade. Eu preciso de você — sussurrou. Ele parecia tão vulnerável que ela quase chorou.

— Não vou me apaixonar — prometeu. — Só quero você. Estarei em casa na sexta.

Tanya sabia que dessa vez não poderia deixar de ir, independentemente do que acontecesse. Queria que ele soubesse que nenhuma estrela nem qualquer outra coisa naquela vida era mais importante que ser sua esposa.

Capítulo 9

Como prometera, Tanya foi para Marin nos dois fins de semana seguintes, e Peter pareceu se acalmar. Sua presença em casa nas noites de sexta, como tinham planejado, deixou-o mais tranquilo. Ele admitiu que o fim de semana em Los Angeles o enervara, mas se alegrou assim que viu Tanya em casa novamente. Ele não queria fazer parte daquela vida, e ela tentou convencê-lo de que também não queria. Desejava apenas ter o prazer de escrever o roteiro de um filme, e depois voltaria de vez para casa. A vida parecia quase normal quando ela voltava para Ross. Tanya perdeu duas reuniões importantes, mas não comentou nada com Peter. Simplesmente disse a Douglas e Max que não podia ficar de forma alguma. Tinha de ver suas filhas. Eles não gostaram, mas, como ainda não haviam começado as filmagens, deixaram-na faltar às reuniões.

Começaram a filmar no dia primeiro de novembro, e dali em diante sua vida foi uma loucura. Filmavam de dia, de noite e nas locações, trabalhavam em estúdios de som alugados, colocavam cadeiras nas esquinas das ruas durante as filmagens noturnas, e ela reescrevia o roteiro freneticamente, fazendo todas as mudanças necessárias. Era difícil trabalhar com Jean, mas Ned era um sonho. Jean nunca lembrava suas falas e queria que Tanya fizesse ajustes. Tanya trabalhava com Max em cada cena, enquanto Douglas aparecia e sumia, observando tudo com frequência.

No primeiro fim de semana, por um milagre, ela conseguiu ir para casa. Garantiu que estaria disponível ao telefone se ocorresse algum problema. Assegurou-lhes de que poderia fazer as mudanças em casa e mandá-las por e-mail. Porém, não conseguiu escapar nos dois fins de semana seguintes. Quatro cenas tiveram de ser reescritas, pois estavam filmando fora de ordem, começando pelas mais difíceis. Max prometeu dar a ela fins de semana de folga mais tarde, mas, por enquanto, precisava de Tanya em Los Angeles. Ela não tinha escolha. As meninas ficaram tristes, e Peter também não pareceu satisfeito, porém compreendeu, ou pelo menos disse que compreendia. Ele começaria um julgamento dentro de poucas semanas e também estava enfiado no escritório.

Depois das duas semanas de trabalho ininterrupto, Tanya apareceu em casa para o Dia de Ação de Graças. Aliviada, quase chorou quando atravessou a porta. Era uma quarta, e Peter acabara de comprar tudo de que precisavam para o jantar. O voo de Tanya havia atrasado duas horas devido ao mau tempo, e ela entrara em pânico diante da possibilidade de não poder viajar. Jason chegaria naquela noite. Vinha de carro com amigos. O filho de Alice, James, também viria de Santa Barbara naquele fim de semana.

— Meu Deus, como estou feliz por ver vocês! — exclamou Tanya, pondo a bolsa de viagem no chão da cozinha. — Pensei que fossem cancelar meu voo. — Ela parecia não ver a família havia um milhão de anos, mas tinham se passado apenas duas semanas. Peter ficou animado ao ver a esposa e lhe deu um grande abraço.

— Estamos felizes por ver você também — disse ele enquanto as meninas vinham ajudar a tirar as compras das sacolas. Peter tinha comprado tudo que Tanya pedira. Ela começaria a assar o peru na manhã do dia seguinte. A ave era enorme.

Enquanto Molly a abraçava, Tanya notou que Megan parecia especialmente soturna, com os olhos vermelhos. Parecia tão chateada que Tanya não quis aborrecê-la mais. Ela desapareceu alguns minutos depois.

— Aconteceu alguma coisa? — perguntou a Peter, baixinho, quando eles terminaram de guardar tudo na cozinha e subiram.

— Não sei bem. Ela visitou Alice depois da escola. Entrou em casa pouco antes de você. Molly e eu fizemos as compras sem ela. Seria melhor você perguntar a Alice. Megan não me conta nada.

Nem a mim, pensou Tanya. Um ano antes, ela não teria esse problema, mas as coisas tinham mudado desde que começara a trabalhar em Los Angeles. Agora Alice era a confidente de Megan, e Tanya, sua mãe ausente, não era mais informada das suas tristezas e alegrias. Ela esperava que isso mudasse um dia.

Tanya e Peter conversaram um pouco mais, pondo os assuntos em dia. Ela falou sobre o progresso das filmagens, a pressão que sofriam ao lidar com crises e problemas e a insanidade que parecia ser um padrão de comportamento em Hollywood. Pelo menos, era interessante. Pouco depois, Molly entrou no quarto e explicou que Megan tinha brigado com o namorado porque ele a traíra. Disse que Megan tinha conversado com Alice, e isso partiu o coração de Tanya. Ela sentia que havia perdido a filha para sua melhor amiga. Sabia que não era certo pensar assim e ficava grata pela ajuda de Alice, mas doía saber que Megan não confiava mais nela. Não era algo que ela pudesse exigir, nem podia criticar a filha. Megan tinha de ser reconquistada. Perder essa confiança era o preço que pagava por não estar morando em casa. Por sorte, Molly ainda conversava com ela. Apesar de se sentir uma boba, Tanya teve um ciúme repentino de Alice e de sua relação com a filha. Sua perda era um ganho para a amiga. Megan só retornou para casa na hora do jantar. Tanya teve de ligar para Alice e pedir que ela a mandasse voltar.

— Como ela está? — perguntou Tanya, preocupada.

— Desnorteada — disse Alice, feliz por estar conversando com a amiga. — Mas vai melhorar. É coisa de adolescente. Ele é um idiota, mas todos são assim nessa idade. Traiu Megan com sua melhor amiga, o que foi ainda pior.

— Maggie Arnold? — indagou Tanya, horrorizada. Maggie sempre fora uma boa menina.

— Não — respondeu Alice, com firmeza. — Com Donna Ebeert. Megan e Maggie não se falam há meses. Tiveram uma briga na primeira semana de aulas. — Tanya sentia que não sabia de mais nada, o que a deixou ainda pior. Alice sabia tudo.

Todos jantaram calmamente na cozinha, e as meninas ajudaram a arrumar a mesa para o dia seguinte. Pegaram os cristais, as porcelanas e a toalha que usavam todos os anos, que pertencera à avó de Peter. Megan não disse nada à mãe sobre as agonias pelas quais estava passando. Fez o que tinha de fazer e subiu para o quarto. Tratava Tanya como uma estranha. Nem estava mais zangada com ela. Parecia distante e indiferente quando a mãe tentava conversar. Tinha preenchido seu formulário para admissão na faculdade com Alice e nem o mostrara à mãe.

— Eu estou bem, mãe — declarou ela, brevemente.

Elas tinham perdido a pouca aproximação que haviam conseguido reconquistar em Los Angeles e nos fins de semana em casa, quando as coisas melhoraram. Nas semanas em que Tanya não pôde voltar, a conexão com Megan fora perdida. Sentia-se incapaz de atravessar o abismo entre as duas, e Megan não fazia nada para ajudar. Ficava calada e se trancava em seu quarto sempre que podia. Tanya morria de tristeza e se achava um fracasso como mãe, apesar de Molly lhe assegurar que isso não era verdade. A diferença entre as reações das duas filhas era extrema. Foi um alívio quando Jason chegou, depois de deixar os amigos em suas casas, e seguiu direto para a geladeira, dando um beijo na mãe no caminho.

— Oi, mãe, estou morto de fome. — Ela sorriu diante daquela saudação familiar e se ofereceu para preparar *chilli* com carne. Ele adorou a sugestão e se sentou à mesa da cozinha, bebendo um copo de leite. Tanya se sentiu útil cozinhando para ele. Jason conversou com Molly sobre a faculdade enquanto a mãe esvaziava uma lata de *chilli* na panela. Quando Peter entrou na cozinha, a reunião familiar se transformou em uma festa, com todos falando. Pouco depois, Megan chegou.

Ao ver o irmão, contou-lhe a novidade antes mesmo de dizer "oi".

— Terminei com Mike. Ele me traiu com Donna. — Ela ainda não tinha dito nada para a mãe. Pelo visto, dividia suas tristezas com qualquer pessoa, menos com ela. Até mesmo a vizinha soubera primeiro.

— Que saco — comentou Jason. — Ele é um otário. Ela vai largar o cara em uma semana.

— Não quero que ele volte para mim — declarou ela, conversando enquanto ele comia.

Estavam todos na cozinha, mas Tanya se sentiu excluída. Era como se fosse uma pessoa invisível na casa onde antes tudo girara ao seu redor e onde todos precisavam dela. Agora sabiam se virar sozinhos. Viu-se uma inútil que só servia para abrir uma lata de *chilli* para o filho e esquentar comida no fogão. Fora isso, não tinha utilidade alguma. Olhou para Jason, que conversava com Peter sobre seus resultados na equipe de tênis. Ninguém conversava com Tanya. Ela teve a sensação de que não existia. Sem intenção, eles a tinham excluído.

Tanya sentou-se à mesa da cozinha com eles e participou da conversa até onde podia. Pouco depois, Jason se levantou e colocou os pratos na lava-louça. Ele saiu da cozinha com as meninas, conversando animadamente sobre dez coisas ao mesmo tempo. Era um grupo animado. Então, olhou por cima do ombro e se dirigiu à mãe:

— Obrigado pelo *chilli*, mãe.

— Não foi nada — disse ela, olhando para Peter, que a observava na mesa.

— Você é muito mais eficiente que eu. Faço uma confusão na cozinha todas as noites. — Ele deu um sorriso, feliz por vê-la em casa. Fazia duas longas semanas desde que a vira, mas sabia como as coisas eram loucas durante as filmagens.

— É tão bom estar em casa! — comentou ela, sorrindo.

— E estranho também. Tenho a impressão de que os meninos nem sabem mais quem eu sou. Sei que é bobagem, mas me incomoda ver Megan contar sua vida amorosa para Alice, e não para mim. Ela me contava tudo.

— E voltará a contar quando você voltar para casa. Eles sabem que está ocupada, Tan. Não querem te incomodar. Você está fazendo um filme. Alice não tem nada para fazer e mora aqui ao lado. A galeria é uma diversão para ela, mas não toma muito tempo. Ela sente falta dos filhos, por isso gosta de conversar com os nossos.

— Eu me sinto demitida do meu emprego como mãe — declarou, com tristeza, quando subiram para o quarto. Podia ouvir Jason e as meninas no quarto dele, rindo e conversando. Ele pôs uma música, e a casa ficou animada de novo.

— Você não foi demitida — disse Peter após fecharem a porta. — Está de licença. É diferente. Quando voltar para casa, você será a figura central novamente. Eles precisam de outras pessoas agora. Estão crescendo.

Era verdade, e isso a deprimia também. Tanya estava passando pela síndrome do ninho vazio, e o pior era que ela deixara o ninho primeiro, ou pelo menos antes das filhas. Megan estava magoada com ela. Tanya não a censurava nem um pouco e sentia-se profundamente culpada.

— Acho que sou uma péssima mãe. Especialmente quando sei que Megan está se apoiando em Alice.

— Ela é uma boa pessoa, Tan. Não vai dar maus conselhos a Megan.

— Eu sei. Não é essa a questão. A questão é que eu sou a mãe dela, não Alice. Acho que Megan esqueceu isso.

— Não esqueceu. Ela só precisa ter alguém com quem conversar. Uma mulher. Ela também não fala comigo sobre esse assunto.

— Ela podia me ligar às vezes. Molly liga. E você também.

— Dê uma chance a ela, Tan. Ela sofreu mais que todos nós com sua saída de casa. Mas perdoou você. Só perdeu o hábito de falar com você. — Tanya assentiu. Era verdade. E doía muito ouvir isso.

Era como se tivesse perdido uma filha. Molly nunca a abandonou, e Jason ainda ligava para ela para bater papo quando não tinha nada melhor para fazer ou quando precisava de uma orientação sobre a faculdade. De certa forma, era mais próximo dela que do pai. Por outro lado, Megan se desligara da mãe quase que por completo. Tanya se perguntava se a desavença entre elas terminaria. No momento, ela só servia para apresentar Megan a artistas de cinema. Tirando isso, quase não tinha relação alguma com a filha. Nunca imaginou que pudesse sofrer tanto com isso. Sentia-se como se tivesse perdido um braço ou uma perna. Certamente era doloroso para Megan também. Tanya não sabia como abordar o assunto com a filha. Peter disse que ela precisava de um tempo, mas Tanya não estava convencida de que essa era a solução. Tinha perdido a filha para Alice. Não por culpa da amiga ou de Megan, mas por sua própria culpa.

— Tente não se aborrecer com isso — recomendou Peter, com carinho. — Tudo vai melhorar quando você voltar para casa.

— Mas ainda faltam meses para eu voltar — retrucou Tanya, deprimida. — Elas quase terminaram de preencher os formulários para admissão na faculdade, e eu não ajudei em nada.

Ela estava muito chorosa e sentia-se culpada, como se estivesse perdendo tudo que era importante. Romances, fim de namoro, formulários para a faculdade, resfriados e todos os detalhes da vida diária que as filhas agora dividiam com Alice e Peter, e raramente com ela. Estava muito mais aflita do que imaginara.

— Nos dois últimos fins de semana, ajudei as meninas a preencher os formulários — disse Peter. — E sei que Alice também ajudou. Acho que elas querem terminar tudo nas férias de Natal. Você vai poder ajudar então ou dar alguma opinião sobre suas redações. Acho que estão muito boas.

— Tem alguma coisa que Alice não faz? — perguntou Tanya, mal-humorada, quando Peter olhou para ela.

A separação estava sendo difícil para todos. Desde o início, eles sabiam que seria complicado, mas não esperavam que a realidade fosse tão dura. Tanya sempre temera que sua ausência impactasse a relação com os filhos ou com Peter. Pelo menos não havia problemas com ele ou com Molly. Megan era uma vítima indireta do filme que a mãe estava fazendo. Tanya temia que ela nunca a perdoasse.

— Não é culpa de Alice — reclamou Peter quando Tanya se sentou na cama, soltando um suspiro.

— Eu sei que não é, mas estou frustrada. E me sentindo culpada. É minha culpa, de mais ninguém. Obrigada por ouvir minhas lamúrias. — Peter sempre encarava tudo com tranquilidade. Ela sabia quão sortuda era por ter se casado com ele. Nunca deixava de pensar nisso. Se não fosse por ele, sua odisseia em Hollywood não teria sido possível, embora agora estivesse arrependida de ter saído de casa. Talvez o preço a pagar fosse alto demais, no entanto, a essa altura, não podia voltar atrás. Eles teriam de seguir em frente e fazer o melhor possível.

— Você pode se lamuriar quando quiser — disse Peter, sorrindo e se sentando na cama para abraçá-la. — Que horas vai acordar para cozinhar o peru?

— Às cinco — respondeu ela, cansada.

Tinha de acordar mais cedo que isso nos dias de filmagem ou trabalhar até tarde. Era um processo louco, uma forma insana de viver. Agora entendia por que poucas pessoas da indústria cinematográfica tinham relacionamentos saudáveis ou casamentos estáveis. O estilo de vida era muito estranho e impossibilitava qualquer normalidade. E as tentações eram enormes. Ela vira vários romances começarem nas filmagens, mesmo entre pessoas casadas, como se os artistas se esquecessem de todos os outros compromissos exceto com aqueles que compartilhavam seu mundo no momento, como se estivessem em um cruzeiro ou em uma viagem a outro planeta. As únicas pessoas que pareciam reais eram aquelas que viam todos os dias. Esqueciam tudo o mais e viviam no universo dos sets. Isso não acontecera com Tanya, e ela sabia que não aconteceria. Ficava fascinada e horrorizada ao observar aquele mundo.

— Pode me acordar também — disse Peter. — Faço companhia enquanto você prepara o peru, se quiser.

Tanya olhou para ele e balançou a cabeça.

— Como eu pude ter tanta sorte na vida? — questionou, beijando-o. — Não vou te acordar. Está brincando? Você precisa dormir. Obrigada pela boa vontade.

— Você também precisa dormir. Além do mais, gosto de ficar perto de você.

— Eu também gosto de ficar perto de você, mas não vou demorar muito. Volto para a cama depois.

Eles foram dormir em seguida. Tanya ficou agarrada ao marido, até acordar na manhã seguinte. Peter dormiu envolvendo-a nos braços, como sempre fazia, com um ar de perfeita paz. Estava feliz por tê-la em casa, assim como ela. Apesar de sua sensação de fracasso como mãe e de perda em relação a Megan, era maravilhoso estar em casa.

Tanya acordou na hora marcada para pôr o peru no forno, fez tudo o que tinha de fazer e voltou para a cama, dormindo mais quatro horas. Ficou o mais perto possível de Peter; quando acordaram, os dois eram um emaranhado de lençóis, cobertores, pernas e braços. Era muito melhor que dormir sozinha no bangalô em Beverly Hills. Espreguiçou-se e sorriu ao olhar para o marido. Era a forma perfeita de começar o dia.

— É bom ter você em casa, Tan — comentou ele, feliz.

Fizeram amor e se levantaram. Peter tomou uma ducha, vestiu-se e desceu. Tanya desceu de robe para checar o peru e ficou espantada ao ver Megan sentada à mesa da cozinha, tomando café com Alice. A amiga parecia totalmente à vontade e até se surpreendeu quando Tanya e Peter entraram no cômodo. Tinha colocado um livro em cima da mesa e olhou para Peter com um sorriso.

— Estou devolvendo seu livro. Gostei muito. É a coisa mais engraçada que já li... Feliz Dia de Ação de Graças. — Ela se dirigiu aos dois, mas Tanya teve novamente a impressão de ser invisível em sua própria casa. Quase como se tivesse morrido e voltado como um fantasma. Por um instante, sentiu que Alice olhava através dela.

— Posso preparar um café da manhã para você? — perguntou Tanya, tentando não se ressentir nem se enciumar da conversa entre ela e Megan.

— Não, obrigada. Já comi. James e Melissa acordaram cedo.

Jason e Molly ainda dormiam. Tinham ficado acordados até tarde. Megan tivera uma conversa desagradável com sua ex-melhor amiga, Donna, naquela manhã, e acabara de contar tudo para Alice. A vizinha aparecera para devolver o livro de Peter e já estava saindo quando Megan a viu e a convidou para entrar.

— Que peru lindo que você está assando, Tan — continuou Alice, com admiração. — Não consegui encontrar um decente esse ano. Já tinham vendido todos.

Ela falava alegremente enquanto Tanya servia café para Peter e fazia chá para si. Os dois se sentaram à mesa da cozinha com a filha e a vizinha. Peter lhe perguntou sobre o livro, e Alice repetiu que era muito bom e engraçado. Ele ficou contente.

— Eu sabia que era o seu tipo de leitura. Ele escreveu outro livro, que é ainda mais engraçado. Vou procurar para você. Deve estar em algum lugar lá em cima. Eu aviso quando encontrar — disse ele, em um tom de grande familiaridade.

Quem o ouvisse conversar com Alice não saberia com quem Peter era casado, só que tinha acabado de fazer amor com Tanya. Com exceção disso, o marido parecia igualmente à vontade com as duas, e havia um tom de intimidade entre ele e Alice que a enervava. Sabia que ele não estava transando com a vizinha, mas percebia que se sentia muito à vontade com ela. À vontade demais para Tanya. Ela entrava e saía de sua casa constantemente, fosse para ver as meninas, levar comida para eles ou convidá-los para jantar. Tornara-se mais uma pessoa da família que uma amiga para as meninas e até mesmo para Peter. Tanya percebeu que o nome de Alice era dito em quase todas as conversas. Alice levara alguma coisa, fizera algo ou fora a algum lugar com elas. Era uma ajuda imensa para Peter, mas incomodava a Tanya.

Tanya observou Alice e se fez uma pergunta. Achou que sabia a resposta, mas não tinha tanta certeza quanto tivera em setembro. Perguntaria para Peter mais tarde. Continuou sentada ali, ouvindo-os conversar até Alice se levantar e voltar para casa para ver os filhos. Megan saiu da cozinha assim que ela foi embora. Houve um momento de silêncio depois que a menina subiu, e Tanya olhou para Peter, esperando que seu medo fosse infundado. Ela nunca duvidara dele antes, nem mesmo pensara nisso. E sentiu-se culpada. Sabia que a culpa era sua e de mais ninguém, mas Alice parecia confortável em sua casa e com Peter, muito mais que antes.

— Eu sei que parece loucura e até mesmo paranoia... — começou Tanya, com cuidado e olhando para ele. Tinham feito amor havia menos de uma hora e tudo parecia bem. Mas nunca se sabe. As pessoas fazem coisas estranhas. Ele se sentia sozinho sem ela, e Tanya sabia que Alice procurava um homem desde que Jim morrera. — Você não está tendo um caso com ela, está? Desculpe por perguntar, mas tenho a impressão de que Alice está se mudando para cá.

Alice nunca fora tão presente na vida da família, por mais próxima que fosse de Tanya. Nunca havia sido tão íntima de seu marido.

— Não seja ridícula — retrucou Peter de forma previsível. Era a resposta apropriada. Ele se levantou e serviu-se de mais uma xícara de café enquanto Tanya o observava. — O que fez você pensar isso?

— Vocês se veem muito durante a semana. Você vai à casa dela. Ela praticamente adotou Megan. Eu me vi entrando na cozinha dela quando descemos. Nunca vi isso antes. É como se você e as meninas pertencessem a Alice, e não a mim. As mulheres são engraçadas com essas coisas. São possessivas com relação ao homem com quem dormem e até mesmo com suas famílias. — Tanya pareceu confusa quando disse isso, e ele meneou a cabeça.

— Alice tem nos ajudado muito na sua ausência, mas acho que não tem nenhuma ilusão com relação a mim e às meninas. Ela sabe que você vai voltar. — Algo na forma como ele falava deixou Tanya aflita.

— O que isso quer dizer? Que ela sabe que terá de devolver vocês para mim quando eu terminar o filme ou que nada está acontecendo? — Havia uma diferença muito sutil, uma nuance que Tanya captara nele e que não a agradara.

— Não estou dormindo com ela. É uma resposta simples o suficiente para você? — reclamou Peter, pondo a xícara dentro da pia e andando pela cozinha. Tanya não sabia por que ele estava inquieto, embora o assunto fosse constrangedor para ambos.

— Que bom. Muito simples. Estou satisfeita — disse ela, dando-lhe um beijo na boca. — Eu ficaria extremamente aborrecida se você estivesse tendo um caso com ela. É melhor deixar isso claro. — Ele a olhou com um ar estranho.

— E você, Tan? Sentiu alguma tentação em Los Angeles? Quis transar com alguém que cruzou seu caminho ou se envolver com alguém até o filme terminar? Eu sei que muitas coisas loucas acontecem durante as filmagens, e você é uma mulher bonita. — Ela sorriu ao ouvir o elogio, mas não hesitou ao responder.

— Não. Nem por um instante. Você é o único homem para mim. Eles são lixo comparados a você. Sou apaixonada por você. — Ainda era. Depois de vinte anos. Peter ficou satisfeito.

— Também sou apaixonado por você — disse ele, baixinho. — Não fique com raiva da Alice. Ela é uma mulher solitária e tem sido ótima com as meninas.

— Não quero que ela seja ótima com você. Ela age como se eu não existisse quando você está por perto.

— Alice é uma boa amiga. Eu sou muito grato pela ajuda. Não conseguiria dar conta da casa sozinho. Ela cuida de tudo quando não posso chegar cedo. E as meninas gostam muito dela. Sempre gostaram.

— Eu sei. Eu também gosto, mas estou preocupada. É difícil passar cinco dias por semana longe de casa.

Era muito mais difícil do que eles imaginaram. Já estava complicado depois de apenas dois meses. E Tanya estava preocupada por saber que não poderia voltar em todos os fins de semana durante as filmagens. Estava determinada a ir para Ross sempre que pudesse, mas sabia que nem sempre conseguiria, como acontecera nos dois últimos fins de semana. Tanya não queria que Peter tivesse um caso. Os dois teriam de ser fortes. Ela era. E achava que ele era também, por mais solitária que Alice fosse ou por mais que ajudasse com as meninas. Tanya sentira vibrações estranhas quando estivera com Alice, que lhe pareceu ligeiramente desconfortável ao seu lado. Perguntou-se se seria culpa. Aparentemente, não. De qualquer forma, ficou contente e aliviada por ter perguntado aquilo a Peter. Não traria o assunto à tona de novo. Uma vez era suficiente.

Checou o peru mais uma vez. Parecia bom. Então, subiu para tomar um banho e se vestir. Ouviu Jason no quarto quando subiu. Era bom tê-lo em casa. Sorriu e foi para o quarto. Uma hora depois, desceu e encontrou o filho conversando com Peter na cozinha. Perguntou a Jason se gostaria de comer alguma coisa leve, pois não queria acabar com seu apetite para o almoço, que seria servido no meio da tarde. Ele disse que já tinha encontrado o que comer na geladeira: cheesecake e sobras da carne com *chilli*. Uma refeição perfeita em sua opinião.

À uma e meia, estavam todos na sala, vestidos para o Dia de Ação de Graças. Pouco depois, sentaram-se na sala de jantar. Peter cortou o peru e todos disseram que a refeição estava melhor que nos anos anteriores. A ave foi uma das melhores que tinham comido. Tanya olhou em volta da mesa e começou a oração que fazia todos os anos, na qual agradecia por estarem juntos, por se amarem e por terem tantas coisas a serem gratos naquele ano.

— Obrigada por nossa família — concluiu ela, com suavidade, antes de dizer amém. Em silêncio, pediu a Deus para protegê-los em sua ausência.

Capítulo 10

Ir embora no domingo após o almoço de Ação de Graças foi uma das coisas mais difíceis que Tanya teve de fazer em muito tempo. Tinha a impressão de que acabara de chegar e se acomodar quando já era hora de partir novamente. Ela e Molly passaram momentos deliciosos e fora ótimo ter Jason. No sábado à tarde, Megan finalmente lhe contara tudo que tinha acontecido com Mike. Suas confidências, a decepção óbvia em seus olhos e o fato de se abrir com ela novamente quase levaram Tanya às lágrimas. Ela e Peter também pareciam mais próximos que nunca. Fora um feriado perfeito. Era terrível fazer as malas no domingo à tarde para voltar para Los Angeles à noite. Sentiu-se muito triste enquanto Peter a levava ao aeroporto debaixo de chuva. Ele parecia igualmente infeliz.

— Meu Deus, detesto ir embora — disse Tanya quando se aproximaram do aeroporto. Queria dizer a ele que fizesse o retorno e voltasse para casa, pois ela desistiria do filme. Lamentava profundamente ter se comprometido e sentia que Peter e as meninas realmente precisavam dela. E ela precisava deles também.

— O que você acha que aconteceria se eu desistisse do filme?

— Tinha pensado sobre isso durante todo o fim de semana.

— Eles provavelmente abririam um processo contra você para ressarcir o que gastaram até agora e ainda por possíveis prejuízos causados ao filme. Não acho que seja uma boa ideia. Falando como seu advogado, meu conselho é não fazer isso. — Ele deu um sorriso triste, entrando na faixa de rua que indicava a direção dos embarques. — Como seu marido, devo admitir que adoro a ideia, mas é melhor ouvir seu advogado sobre isso, e não seu marido. Acho que eles são implacáveis com esse tipo de coisa. Você poderia ter graves problemas financeiros e ver sua carreira literária encerrada. — Parecia um pequeno sacrifício a fazer, que talvez até valesse a pena. — Você não quer ser processada, Tan. Seria uma confusão. Vamos dar um jeito. Não vai ser para sempre. Faltam só seis meses.

Ela assentiu, lutando contra as lágrimas. Aquilo parecia uma sentença de morte para Tanya, e para seu marido também. O filme parecia uma péssima ideia agora. E sua única escolha era seguir adiante e fazer o melhor possível. Voltar para casa era ao mesmo tempo fácil e difícil. Ir embora era quase insuportável. As meninas haviam chorado quando ela estava para sair, o que a deixou com o coração partido. E Peter parecia ter perdido um ente querido; era como ele se sentia. Que erro ela havia cometido! Não queria voltar para Los Angeles.

— As férias de Natal começam em três semanas, graças a Deus. Estarei livre durante todo esse tempo. — As meninas teriam o mesmo período de férias, então Tanya estaria em casa com elas e até mais uns dias. As férias de Jason eram mais longas, porém ele estava planejando viajar para esquiar com amigos quando ela voltasse para Los Angeles. — Se eu puder, volto no próximo fim de semana.

— Se não puder, talvez eu consiga passar uma noite com você. As meninas podem ficar com Alice. — Peter não gostava de deixá-las sozinhas.

— Eu adoraria — disse Tanya enquanto ele parava o carro no acostamento. Ela levava apenas uma bagagem de mão, como sempre, sem malas para despachar. — Eu aviso se precisar trabalhar no próximo fim de semana.

— Cuide-se, Tan — disse ele, abraçando-a com força. — Não trabalhe demais... E obrigado pelo maravilhoso Dia de Ação de Graças. Nós adoramos.

— Eu também... Eu te amo... — disse ela, dando-lhe um beijo. Havia uma aura de desespero entre os dois. Ela sentira o mesmo quando fizeram amor naquela manhã, como se ambos estivessem se afogando e sendo separados pelas correntes marítimas.

— Eu também. Ligue quando chegar.

Os carros que vinham atrás começaram a buzinar, apressando-a a descer. Tanya parou um instante, olhou para ele e se inclinou pela janela do carro para beijá-lo quando um guarda de trânsito o mandou desimpedir a pista. Peter partiu enquanto ela entrava no aeroporto.

Pouco depois, anunciaram que o voo atrasaria três horas. Ela só chegou ao hotel à uma da manhã. Assim que o avião pousou, ligou para Peter. O tempo estava horrível em Los Angeles. Tudo parecia deprimente. Tanya já sentia falta de Peter e das meninas e não queria voltar para as filmagens. Queria ir para casa. Quando virou a chave na fechadura do bangalô e entrou, surpreendeu-se ao perceber que a camareira deixara as luzes acesas. Uma música suave tocava. Tudo era lindo, caloroso e acolhedor, ao contrário de um quarto solitário de hotel, e Tanya se assustou ao perceber que se sentia em casa ali. Havia uma tigela com frutas sobre a mesinha de centro, junto de tortas e biscoitos, e uma garrafa de champanhe enviada pela gerência do hotel. O lugar era aconchegante e agradável. Ela se sentou no sofá e suspirou, cansada. Tinha sido uma viagem interminável, mas, agora que estava ali, não era tão ruim quanto imaginara.

Ao entrar no banheiro, a imensa banheira pareceu convidativa. Ela colocou sais aromáticos na água, ligou a hidromassagem e afundou nela cinco minutos depois. Não tinha jantado e estava com dor de cabeça, mas se lembrou de que podia telefonar para o serviço de quarto e pedir qualquer coisa que desejasse. Um sanduíche e uma xícara de chá pareciam um manjar dos deuses. Quando saiu da banheira e vestiu o robe de caxemira, ligou para o serviço de quarto. Dez minutos depois, o sanduíche e o chá chegaram. Ela sorriu para si mesma ao perceber que aquilo não era tão ruim quanto considerara. Havia algumas vantagens e até alguns luxos que tornavam a situação tolerável. Ela ligou a televisão enquanto comia e assistiu a um filme antigo com Cary Grant. Depois, deitou-se em lençóis perfeitamente passados. Sentiu falta dos braços de Peter à sua volta, mas, afora isso, passou uma noite confortável e acordou descansada na ensolarada manhã seguinte. A luz do sol banhava o quarto. Ao olhar em volta, sentiu-se surpreendentemente em casa. Era seu mundinho particular, separado de sua família e de sua casa. Era tão estranho ter duas vidas: uma que ela adorava viver, com pessoas que amava, e outro onde trabalhava. Talvez não fosse tão ruim quanto pensava, disse a si mesma, e estaria de férias dali a três semanas. Com sorte, iria para casa no próximo fim de semana também. Por um instante, sentiu-se quase perdida, como se fosse uma pessoa em casa e outra em Los Angeles. Era a primeira vez que se percebia assim.

Quando telefonou para Peter, ele já estava a caminho do trabalho, em meio ao trânsito da ponte. Tinha saído cedo e estava com uma outra ligação na espera. Ela disse que ligaria para ele à noite, quando voltasse para casa, e que o amava, antes de desligar. Depois, levantou-se e se arrumou para o trabalho.

Ao chegar ao local de filmagem, encontrou o caos usual, mas todos pareciam animados depois do feriado de quatro dias. Max pareceu feliz ao vê-la, e até mesmo Harry abanou o rabo quando a viu. Era um pouco como voltar para casa, a mesma sensação que teve ao chegar ao bangalô na noite anterior. Sentiu-se ligeiramente culpada ao pensar assim. Era bem melhor do que ela lembrara quando estava em Ross com Peter e os filhos. Era como se estivesse dividida entre dois mundos totalmente diferentes. A boa notícia é que poderia ter os dois. A parte confusa é que se sentia como duas pessoas distintas e não sabia ao certo quem realmente era. Era escritora ou esposa e mãe? Era ambas. Ser esposa e mãe era o que mais lhe importava, mas a vida ali não era de todo ruim. Viu-se uma traidora quando se sentou ao lado de Max e fez carinho em Harry. Eles pareciam velhos amigos agora.

— Como foi sua vida doméstica durante o feriado de Ação de Graças?

— Foi ótima — respondeu ela, com um sorriso. — E a sua?

— Provavelmente não tão feliz, mas foi legal. Harry e eu comemos sanduíches de peru e vimos filmes antigos na TV. — As filhas dele moravam na Costa Leste, e Max não quis voar de uma costa à outra por poucos dias, então ficou em Los Angeles. Planejava vê-las no Natal.

— Quase não voltei — confessou ela. — Foi tão bom ficar em casa com eles.

— Mas voltou, então pelo menos sabemos que você não é maluca. Douglas teria arrancado sua pele em um processo judicial — comentou Max, com calma.

— Foi o que Peter disse.

— Ele é um homem esperto. Bom advogado. Você vai ver... O filme terminará antes que se dê conta. E, então, você vai querer fazer outro.

— Foi o que Douglas disse, mas acho que não. Gosto de ficar em casa com minha família.

— Então talvez não faça outro — disse Max, filosoficamente. — Talvez isso não aconteça com você. Acho que é mais sã que todos nós e tem pessoas pelas quais vale a pena voltar para casa. Para muitos, isso aqui é tudo que existe. E acaba com o resto de nossas vidas, de forma que não temos ninguém para quem voltar. Ficamos presos em uma ilha deserta e não conseguimos sair. Foi esperta em continuar vivendo sua vida. Você é uma turista, Tanya. Não acho que o cinema será sua vida.

— Espero que não. É muito louco para mim.

— Isso é verdade. — Max sorriu e começou a dar ordens. Voltaram a filmar meia hora depois, quando a iluminação e os atores estavam prontos.

Terminaram de rodar à meia-noite, e Tanya não esperou voltar ao hotel para ligar para Peter, para que não ficasse tarde demais para ele. Teve de se afastar um pouco e falar baixo. Ele disse que seu dia tinha sido bom e que as meninas estavam bem, e Tanya contou o que haviam feito. Seu dia fora até divertido. Logo depois, teve de desligar e voltar, pois Jean estava tendo problemas com suas falas novamente. Ela sempre tinha. Tanya reescrevera esses trechos centenas de vezes, mas ela não conseguia acertar. Era um trabalho exaustivo.

Era uma da manhã quando voltou para o hotel, mas só conseguiu relaxar e dormir às duas. Os dias eram longuíssimos. Ela encontrou Douglas no estúdio no dia seguinte. Ele perguntou como tinha sido seu feriado, e ela respondeu que correra tudo bem. Ele havia passado três dias em Aspen, visitando amigos. Tinha uma vida muito boa.

Convidou-a para ir a uma festa na quinta à noite, pois tinham poucas filmagens nesse dia, mas ela hesitou. Não queria sair. Não estava a fim. Sentia-se feliz em seu bangalô depois de um dia de trabalho. Ir a uma festa elegante com Douglas daria muito trabalho, mas ele insistiu.

— Vai fazer bem a você, Tanya. Você não pode trabalhar tanto. Existe vida depois do trabalho.

— Não para mim — retrucou ela, sorrindo.

— Então deveria existir. Você vai se divertir. É a apresentação de um novo filme. Uma coisa muito informal, com gente divertida. Você vai estar de volta ao hotel às onze. — Finalmente, ela concordou em ir.

E Douglas estava certo. Foi divertido. Ela conheceu grandes estrelas de Hollywood, dois diretores famosos e um produtor rival, que era um dos melhores amigos de Douglas. Foi uma noite glamorosa, com um filme ótimo. A comida era boa, as pessoas eram bonitas, e Douglas foi uma boa companhia. Apresentou-a a todos e garantiu que ela se divertisse. Quando a levou para o hotel, ela o convidou para tomar um drinque, em agradecimento pela noite. Ele tomou champanhe e Tanya, chá.

— Você precisa sair mais, Tanya. Precisa conhecer as pessoas daqui.

— Por quê? Estou fazendo um trabalho e depois vou voltar para casa. Não preciso fazer amigos em Hollywood.

— Você ainda tem tanta certeza de que vai querer voltar para casa? — perguntou ele, com ar cínico.

— Tenho.

— Poucas pessoas voltam. Posso estar errado. Pode ser que você seja uma dessas, mas tenho a sensação de que não vai querer voltar. Acho que sabe disso. Por isso luta tanto contra a ideia. Talvez tenha medo de não querer voltar para casa.

— Não — disse ela, firme. — Eu quero voltar para casa. — Tanya não contou a ele que quase desistira de voltar a Los Angeles depois do feriado.

— Seu casamento é tão bom assim? — perguntou ele, com um pouco mais de ousadia e determinação depois do champanhe.

— Acho que sim.

— Então, você tem muita sorte, e seu marido mais ainda. Não conheço nenhum casamento assim. A maioria desaba como suflês, especialmente com as pressões de um relacionamento a distância e com todas as tentações de Hollywood.

— Talvez seja por isso que eu queira voltar para casa. Amo meu marido e nosso casamento. Não quero estragar isso por causa desse lugar.

— Meu Deus! — exclamou ele, com aquele olhar que no início a fazia se lembrar de Rasputin. Agora, ela o conhecia melhor, embora Douglas mantivesse uma veia de maldade e gostasse de fazer o papel de advogado do diabo. Mas não era tão perigoso quanto ela pensara. Só aparentava ser. — Uma mulher virtuosa. Segundo a Bíblia, uma mulher virtuosa vale mais que rubis. Certamente é muito mais rara. Nunca encontrei uma assim — terminou, servindo-se de mais uma taça de champanhe.

— Tenho certeza de que você acharia muito chato — disse ela, brincando e fazendo-o rir.

— Acho que você tem razão. Virtude não é meu ponto forte, Tanya. Acho que não estaria pronto para esse desafio.

— Você poderia se surpreender, com a mulher certa.

— Pode ser — concordou ele, olhando-a atentamente e colocando a taça na mesa. — Você é uma mulher virtuosa, Tanya. Eu realmente admiro essa característica, embora deteste admitir. Seu marido é mesmo um homem de sorte. Espero que ele saiba disso.

— Ele sabe — disse ela, sorrindo.

Foi um grande elogio vindo dele. Douglas sabia do que estava falando. Mulheres virtuosas não eram sua praia. Ele era um *bon-vivant*, sempre havia sido, mas, depois de conhecê-la, passara a respeitá-la. E apreciava sua companhia. Tivera uma noite muito agradável, assim como Tanya. Não sentia mais pressão alguma de sua parte. Desde o dia que passaram na piscina e que jantaram comida chinesa no hotel, ela sentia que eram amigos.

Douglas se levantou pouco depois, e ela agradeceu novamente por ele tê-la levado à festa.

— Quando quiser, querida. Detesto admitir, mas acho que você é uma boa influência para mim. Você me faz lembrar do que é importante na vida: bondade, integridade, amizade e todas essas coisas que costumo achar tão entediantes. Você nunca me deixa entediado, Tanya. Pelo contrário. Eu me divirto muito mais com você que com muitas outras pessoas que conheço. — Ela ficou envaidecida e comovida.

— Obrigada, Douglas.

— Boa noite, Tanya.

Ele lhe deu dois beijos no rosto e saiu.

Tanya ligou para Peter. Douglas cumprira o prometido: ainda eram onze e meia. Ela se surpreendeu quando a ligação caiu na secretária eletrônica do celular. Ligando para o telefone de casa, Molly atendeu e disse que o pai estava na casa de Alice, consertando um vazamento no porão. Tanya não quis incomodá-lo e pediu para Molly dizer ao pai para ligar quando chegasse. Tanya deitou para esperar o telefonema e caiu no sono. Ela acordou na manhã seguinte, com as luzes ainda acesas, e ligou para o marido. As meninas tinham acabado de sair para a escola, e ela tinha de estar no set de filmagem dentro de vinte minutos.

— Consertou o vazamento? — perguntou ela, brincando. — Você é um bom vizinho.

— Sou, sim. Tem uns trinta centímetros de água no porão dela. Uma bagunça. Um cano furou. Não consegui ajudar muito, mas tomamos mojitos.

— O que é um mojito? — perguntou Tanya, surpresa. Peter estava bebendo mais que antes. Ela notara isso em Los Angeles, quando ele a havia visitado com as meninas.

— Não sei. É uma bebida cubana maluca. Com hortelã. É boa.

— Vocês ficaram bêbados? — Tanya pareceu preocupada, e ele riu.

— É claro que não, só parecia mais divertido que andar pelo porão com água até os joelhos. Ela queria que eu experimentasse seus mojitos.

Tanya se lembrou da dúvida que tivera no Dia de Ação de Graças, mas não perguntou nada dessa vez. Disse que não perguntaria. E não queria ficar paranoica. Tinha saído com Douglas na véspera e nada acontecera entre eles. Não havia razão para alguma coisa acontecer entre Peter e Alice. Eles só tentaram melhorar uma situação difícil. Era duro viver sozinho sendo casado. E, como Douglas disse, não se pode ficar em casa todas as noites. Havia coisas piores que beber mojitos com Alice, e ela sabia que Peter não faria isso. Mesmo assim, perguntou-se se Alice tinha uma queda por ele. Peter era tão inocente e honesto que talvez nem notasse. A amiga estava atrás da pessoa errada.

— Tenho que ir para o set. Só queria mandar um beijo antes de você sair para o trabalho. Tenha um bom dia.

— Você também. A gente se fala mais tarde.

Tanya correu para tomar um banho, vestir-se e ir para o set. Quando chegou, eles tinham acabado de apagar um pequeno incêndio causado pelas luzes. O corpo de bombeiros estava lá, e Harry latia freneticamente. O local estava mais caótico que o normal, e era quase meio-dia quando conseguiram ajeitar as luzes e começar a filmar. Por conta disso, tiveram de trabalhar até quase três da manhã, e ela não pôde sair do set para ligar para Peter e os filhos. Foi um desses dias intermináveis que acontecem em estúdios cinematográficos. Ao chegar ao hotel, Tanya caiu na cama, mas teve de se levantar quatro horas depois. Teve uma semana louca, e não pôde ir para casa naquele fim de semana nem no outro. Porém, as férias de Natal começaram na semana outro. Quando ela voltou para casa, percebeu que não via Peter desde o feriado de Ação de Graças. Fazia quase três semanas. Ele ficou encantado ao vê-la.

177

— Tenho a impressão de que voltei da guerra — comentou ela, sem ar, quando ele a levantou e a girou no ar. Tanya olhou por cima do ombro do marido e viu Alice, que tinha entrado atrás de Peter e olhava para Tanya. — Oi, Alice — cumprimentou, sorrindo.

— Bem-vinda — disse Alice, saindo pouco depois.

— Ela está bem? — perguntou Tanya, preocupada.

— Está, sim, por quê? — Peter parecia distraído enquanto pegava um copo d'água. Ele viera da casa de Alice e parecia feliz de ver Tanya, assim como ela.

— Ela parecia chateada.

— É mesmo? Não notei — disse ele, vagamente.

Nesse momento, os olhos dos dois se encontraram. Foi como se dois planetas colidissem e explodissem no espaço. Tanya percebeu tudo. Dessa vez, não precisou fazer perguntas. A resposta estava nos olhos de Alice, não nos de Peter.

— Ah, meu Deus. — Tanya sentiu a sala girar à sua volta. Olhou para Peter sem querer saber, mas sabia. — Ah, meu Deus... Você está dormindo com ela... — Dessa vez, foi uma afirmação, não uma pergunta. Não sabia como nem quando, mas sabia que tinha acontecido. Tanya o encarou novamente.

— Você está apaixonado por ela?

Peter era bobo, mas não mentiroso. Não poderia voltar a mentir para ela. Colocou seu copo na pia, virou-se para Tanya e disse a única coisa que podia dizer, o mesmo que tinha dito a Alice pouco antes de Tanya entrar em casa.

— Não sei — respondeu, com o rosto pálido.

— Ah, meu Deus... — repetiu Tanya, saindo da sala.

Capítulo 11

As férias de Natal foram um pesadelo para Peter e Tanya. No início, ele não quis conversar sobre o assunto com ela, mas não havia escolha. Devia-lhe pelo menos isso. Tanya tinha medo de sair de casa e encontrar Alice. A vizinha se manteve longe da família. Nem Peter nem Tanya queriam que os filhos soubessem.

— O que isso significa? — perguntou Tanya finalmente, sentada na cozinha, quando os filhos saíram.

Eles haviam ido a uma festa de Natal e, até agora, ela e Peter tinham feito um esforço enorme para ocultar o que estava acontecendo. Ela já estava em casa havia três dias. Tinha a impressão de que seu mundo desabara, e com razão. Peter a traíra com sua melhor amiga. Isso acontecia com os outros, ela nunca imaginou que pudesse acontecer com eles, apesar da pergunta que fizera ao marido no Dia de Ação de Graças. Confiara plenamente nele. Peter não era esse tipo de homem, ou pelo menos era o que ela pensava. Pelo visto, era, sim. Ele mal tinha falado com ela desde que chegou de Los Angeles. Em três semanas, tudo mudara. Tanya olhou para ele sobre a mesa, com olhos tomados pelo desespero. Peter parecia igualmente infeliz, como se a tivesse assassinado. Tanya perdeu três quilos em três dias, o que era muito para seu corpo pequeno. E seus olhos estavam devastados; eram dois buracos verdes com olheiras escuras e profundas. Ele também tinha um aspecto péssimo. Ninguém tinha visto Alice desde o dia em que Tanya chegara e as duas se encontraram por acaso na cozinha, quando tudo ficou claro.

— Não sei o que significa — disse ele para Tanya, honestamente, abaixando a cabeça. Estava dominado. — Só aconteceu. Nunca pensei nisso. Ela nunca me atraiu. Creio que nos acostumamos a ficar juntos enquanto você estava fora. Ela ajudou bastante as meninas.

— E aparentemente você também — acrescentou Tanya, em tom soturno. — Foi ela quem teve a ideia ou foi você? — Dissera a si mesma que não queria saber os detalhes, mas em parte queria, sim.

— Foi por acaso, Tan. Nós saímos para comer uma pizza. As meninas voltaram para casa para estudar. Não sei... Eu estava me sentindo sozinho... Estava cansado... Abrimos uma garrafa de vinho e, quando percebemos, estávamos na cama. — Peter tinha um ar péssimo, da mesma forma que Tanya.

— E quando foi isso exatamente? Enquanto me dizia o quanto me amava e eu ligava para você sempre que conseguia escapulir das filmagens? Há quanto tempo isso vem acontecendo?

Era horrível, independentemente de quando tivesse acontecido. Perguntou-se há quanto tempo estava sendo enganada e há quantas semanas ou meses ele mentia. Havia desconfiado de alguma coisa no último feriado, mas disse a si mesma que estava sendo paranoica. Assim como ele. Estava mentindo então? Queria saber pelo menos isso. Queria saber a extensão da mentira.

— Foi depois do feriado. Há duas semanas — respondeu ele, quase engasgando com as palavras. E ela estivera fora por três semanas. Não pôde vir para casa. A única coisa que sabia ao certo é que cometera um erro colossal ao ir para Los Angeles fazer um filme. Se isso destruísse seu casamento, Tanya nunca perdoaria a si própria nem a ele.

— Aconteceu uma vez só ou várias vezes?

— Umas duas vezes — respondeu, vagamente. — Acho que estávamos nos sentindo solitários. Alice precisa de alguém que tome conta dela. — Ele parecia incrivelmente triste por ambos. Nada seria o mesmo dali em diante. Era o maior medo de Tanya. Ela nunca esperara isso, nem dele nem de Alice. Nunca faria algo assim com a amiga ou com o marido.

— Eu também preciso de alguém que tome conta de mim — argumentou ela, com os olhos cheios de lágrimas.

— Não, você não precisa — rebateu ele, olhando-a com estranheza. — Você não precisa de mim, Tan. Você é capaz de mover montanhas, sempre foi. É uma mulher forte. Tem sua própria vida e sua carreira. — Ela ficou chocada com o que ouviu.

— Estou fazendo o filme porque você me convenceu. Você disse que era uma oportunidade única e que eu não poderia perdê-la. Não fui para Los Angeles simplesmente pela minha carreira. Não era minha prioridade, você sabe. Você e as crianças sempre vieram em primeiro lugar, e ainda vêm.

Peter parecia incrédulo quando se entreolharam sobre a mesa. Naquele momento, o Grand Canyon parecia mais estreito que a distância entre os dois.

— Acho que isso não é mais verdade. Olhe a vida que você leva lá... Admita, Tan... Você não vai querer voltar para casa. — Ele parecia convencido.

— Não venha com essa bobagem. Não há nada que eu queira naquela vida. Não sou esse tipo de pessoa. Queria escrever um roteiro para o cinema uma vez. Só isso. Nada mudou para mim. Minha vida é aqui.

— Isso é o que você diz — falou ele.

Tanya quis lhe dar um tapa, mas se conteve. Era óbvio que ele não acreditava em nada do que ela dizia, mas ela não tinha feito nada errado. Ele, sim. Ela estava trabalhando em Los Angeles, mas não tinha dormido com ninguém. Ele, sim.

— O que você vai fazer? O que você quer, Peter? — perguntou ela, prendendo a respiração. Ele se curvou sobre a mesa e olhou para suas mãos e seu rosto.

— Não sei. É tudo novo para mim. Eu não esperava por isso... nem Alice — declarou ele, honestamente. Tanya lhe parecia uma estranha. Ele nunca a vira zangada assim. Na verdade, ela estava arrasada, mas soava como se estivesse com raiva.

— Não acredito nisso — retrucou, nervosa. — Ela devia estar de olho em você e nas meninas. Viu a oportunidade assim que fui embora. Vem aliciando Megan desde o verão.

— Ela ama Megan. Não está aliciando ninguém — disse Peter, em defesa de Alice, o que tornou as coisas ainda piores.

— E você? — perguntou Tanya, já rouca, com lágrimas escorrendo pelo rosto. — Está apaixonado por ela?

— Não sei. Estou confuso. Nunca traí você, Tan, em vinte anos. Quero que saiba disso.

— Que diferença faz agora? — perguntou, aos soluços. Ele tentou pegar a mão da esposa, mas ela não quis.

— Faz muita diferença para mim — respondeu Peter, angustiado. — Isso não teria acontecido se você não tivesse ido para Los Angeles. — Era injusto culpá-la, mas ele o fez. E Tanya também se culpava em segredo.

— E o que devo fazer agora? Eu não queria voltar para Los Angeles depois do feriado, mas você disse que eu seria processada se não voltasse.

— Provavelmente seria mesmo. — De qualquer forma, era tarde demais. O estrago estava feito, e ele tinha de tomar decisões. Ambos tinham.

— O que você vai fazer com Alice? — perguntou Tanya, em pânico. — Foi uma aventura ou algo mais? Você disse que não sabe se está apaixonado por ela. O que isso significa? — Ela mal conseguia falar, mas queria saber. Tinha o direito de saber.

— Significa o que eu disse. Significa que não sei. Gosto de Alice como amiga. Ela é uma mulher maravilhosa. Sempre nos divertimos com as crianças e vemos a vida da mesma forma. Há muitas coisas de que gosto nela, mas nunca tinha pensado nisso. E eu te amo também, Tan. Fui sincero todas as vezes que disse isso, mas não consigo imaginar você voltando para cá. Essa vida é pequena para você agora. Pode ainda não ter percebido, mas constatei isso quando estive em Los Angeles. Alice e eu somos muito mais parecidos. Temos mais em comum que você e eu. — Suas palavras foram brutalmente dolorosas e devastadoras. Tanya arregalou os olhos.

— Como você pode dizer isso? — perguntou ela, horrorizada. — É tão injusto. Estou trabalhando em um filme. Estou escrevendo um filme. Não faço parte dele, não sou uma atriz. Sou a mesma pessoa que era quando saí daqui há três meses. É muito injusto você supor que cedi àquela bobagem e que não vou voltar para cá ou que seria infeliz se voltasse. Não é isso que quero. Quero a vida que sempre tivemos. Eu te amo, de verdade, e não andei trepando com ninguém em Los Angeles. Eu não faria isso nem tive vontade de fazer — disse ela, magoada.

— É difícil acreditar que você vá querer voltar a viver aqui — declarou, com pesar. Era sua desculpa para o que tinha feito.

— Então, o que isso significa? Você contrata outra esposa antes mesmo que eu deixe o emprego? O que andou fazendo? Pondo anúncios de "Precisa-se de dona de casa. Escritoras não servem"? Qual é o seu problema? Qual é o problema dela? O que aconteceu com a decência, a confiança e a honra? Ela se considera minha melhor amiga, mas acha que tem o direito de me trair só porque estou trabalhando em um filme em Los Angeles? E você a encorajou, aliás.

Seus olhos faiscavam enquanto olhava para Peter, mas além da raiva havia tristeza. Ele não sabia o que dizer. Sabia que ela estava certa, mas isso não mudava nada. Não podiam desfazer o que tinham feito. Ele estava tendo um caso com Alice.

— O que está fazendo, Peter? E o que vai fazer agora?

— Não sei. — Ele estava totalmente confuso. Alice lhe fizera a mesma pergunta naquela manhã. Em um piscar de olhos, as três vidas entraram em colapso.

— Está disposto a se afastar de Alice e tentar consertar nosso casamento?

Tanya o olhava com dureza, sabendo que não poderia confiar nele novamente. E como Peter evitaria Alice se eram vizinhos? No instante em que Tanya saísse para Los Angeles, Peter e Alice ficariam juntos de novo. Ela não confiava mais nos dois. Era como se um raio tivesse caído nela e em seu casamento. O que aconteceria? Queria saber o que Peter sentia, se é que ele mesmo sabia, pois aparentemente estava perdido. Continuava chocado com o que tinha feito e com Tanya ter descoberto tudo.

— Não sei — repetiu, encarando-a. Ambos pareciam devastados. — Quero nosso casamento de volta, Tan. Quero que as coisas voltem a ser como eram antes de você ir para Los Angeles, mas preciso saber o que sinto por Alice. Deve haver algo mais, ou isso não teria acontecido. Eu estava sozinho e cansado, tentando cuidar de tudo, mas acho que não foi essa a razão. Talvez haja mais por trás. Não foi apenas um erro ou uma transa. Eu gostaria de poder dizer que foi, mas não tenho certeza. Devo a todos nós uma resposta sobre isso.

— E como você irá fazer isso? Experimentar uma de cada vez? Quanta liberdade deseja? Vocês destruíram minha vida, minha família e tudo em que eu acreditava. Eu confiei em você... O que vou fazer agora? O que você quer?

— Preciso de um tempo para pensar — pediu ele, rouco.

Todos precisavam. Alice tinha lhe dito que era apaixonada por ele desde a morte do seu marido, mas nunca pensara que teriam uma chance. Peter não sabia o que fazer com essa informação. Estava se afogando em seu próprio caos e no que as duas mulheres lhe diziam.

— Quer que eu largue o filme? — perguntou Tanya. — Se você quiser, eu largo. — Peter fez que não com a cabeça.

— Eles entrariam com um processo feio contra você, levando em conta os pagamentos e os prejuízos. Não precisamos de mais dor de cabeça do que já temos no momento. A situação ficaria ainda mais difícil. Você precisa terminar o filme — argumentou ele, triste.

— E você e Alice ficariam trepando a semana toda enquanto eu trabalho em Los Angeles? O que acha que as meninas vão pensar? Você não vai parecer um herói para elas.

— Eu sei que não sou um herói. Sei que nem chego perto. Estou me sentindo um idiota. Estraguei tudo. Errei. Cometi um erro terrível. Traí você. Aconteceu. Não posso voltar atrás. Preciso descobrir se foi um erro casual ou algo a mais, que faça sentido. No momento, passo mais tempo com Alice que com você, Tan. Temos muito em comum. Fazemos as mesmas coisas, temos os mesmos amigos, queremos o mesmo tipo de vida. Você está longe, na estratosfera, fazendo outras coisas. Era o que queria. Seja franca. Talvez só quisesse escrever, mas é um pacote completo. Não dá para separar seu estilo de vida e seu trabalho. Você me pareceu bem à vontade naquele bangalô no Hotel Beverly Hills. Não consigo imaginá-la morando em um apartamento pequeno em um bairro barato ou se deslocando de ônibus, e não na sua limusine. Acho que você gosta de sua vida em Hollywood, e por que não gostaria? Foi merecido. De qualquer forma, não acho que irá largar essa vida daqui a seis meses. Meu palpite é que fará outro filme e outro... Não vai mais querer viver aqui nem ficar comigo.

— Você não tem o direito de tomar decisões por mim nem de dizer como me sinto ou o que quero. Meu desejo era voltar para casa quando as filmagens chegassem ao fim. E agora você me diz que não posso voltar, que talvez não tenha mais uma casa e que outra mulher pode ocupar meu lugar?

— Essas coisas acontecem, Tan. Eu também não queria que tivesse acontecido.

— Você deixou acontecer. Eu, não. Não tive nada a ver com isso. Tudo que fiz foi arranjar um trabalho em outra cidade por nove meses. Venho para casa sempre que posso. — Ela estava implorando que Peter fosse justo, mas a situação não o era. A vida é assim às vezes.

— Isso não basta — declarou Peter, com franqueza. — Preciso de mais que uma esposa que vem para casa duas vezes por mês. Preciso de alguém aqui comigo todos os dias. Os três últimos meses quase me mataram. Não posso cuidar das meninas, trabalhar, cozinhar e todo o resto. Não consigo fazer tudo isso. — Peter a encarou. Tanya o olhou com raiva novamente.

— Por que não? Eu fazia isso. E não traí você para aliviar minha tensão. Podia ter traído em Los Angeles, mas não quis. — Tanya tinha certeza de que várias pessoas ficariam felizes em transar com ela, mas nunca faria isso com Peter. Porém, ele e Alice fizeram. Foi uma perda dupla, do marido e da melhor amiga, o que tornava a situação duas vezes mais deprimente.

— Vamos tentar não falar mais sobre isso nesse feriado de Natal. Vamos tentar nos acalmar e descobrir o que estamos sentindo. No momento, estamos acabados e nervosos. Vou tentar entender meus sentimentos até você voltar para Los Angeles. Desculpe, Tan, não sei o que dizer ou fazer. Preciso de um tempo para pensar. Nós todos precisamos. Talvez possamos voltar à normalidade.

— Eu estou normal — retorquiu Tanya, olhando nos olhos dele, mortalmente pálida. — Vocês é que enlouqueceram. Ou talvez eu estivesse pirada quando assinei o contrato para fazer o filme, mas eu não merecia isso — continuou, com os olhos cheios de lágrimas.

— Não merecia mesmo. E não quero magoá-la mais.

Agora que o assunto estava em aberto, a situação tinha de ser esclarecida de alguma forma. As duas mulheres o puxavam em direções opostas, deixando-o completamente confuso.

— Seria melhor se não falássemos com as crianças até sabermos o que vamos fazer, se você estiver de acordo.

Tanya pensou por um instante e assentiu. Eles já estavam ferrados mesmo. De toda forma, os filhos notariam que alguma coisa estava errada. Havia uma tensão inevitável entre seus pais, e, da noite para o dia, Alice se tornara *persona non grata* na casa. Seria difícil explicar isso. As mentiras teriam de ser muito criativas e, por mais que inventassem, seus olhos mostrariam a verdade. Peter e Tanya pareciam fantasmas.

Alice se escondia e também estava histérica. Não queria ser um estepe enquanto Tanya estivesse em casa e havia dito a Peter que, se ele não quisesse um relacionamento honesto, seria melhor se separarem. Sentia-se aliviada por Tanya ter descoberto tudo, apesar de constrangida, e não se arrependia do que fizera. Ela amava Peter. Agora que Tanya estava a par dos acontecimentos, ele seria forçado a tomar uma decisão, e tudo seria mais rápido. Alice também dissera a Peter que estava disposta a sacrificar sua amizade com Tanya por ele. Já o amava havia algum tempo. Era mais uma surpresa para o advogado.

Peter e Tanya ainda estavam na cozinha quando Megan e Molly entraram. Ao olharem para os pais, notaram imediatamente que algo havia acontecido. Tanya estava acabada. Nunca tinham visto a mãe assim, a não ser em ocasiões de morte. Peter se levantou e foi levar o lixo para fora. Precisava de um pouco de ar puro.

— O que aconteceu? — perguntou Molly, olhando para a mãe, que tentava em vão fazer uma expressão feliz.

— Nada. Uma velha amiga minha da época da faculdade morreu. Acabei de ouvir a notícia e estava comentando com seu pai. Fiquei muito triste, só isso — respondeu ela, secando as lágrimas.

— Sinto muito, mãe. Posso fazer alguma coisa para ajudar?

Tanya balançou a cabeça, sem conseguir falar. Nesse momento, Peter voltou, parecendo tão desesperado quanto ela, e Megan notou. Pouco depois, as duas subiram e Jason chegou. Ele também reparou o estado dos pais e foi conversar com as irmãs algum tempo depois. A porta do quarto dos pais estava fechada, o que nunca acontecia durante o dia. Sabiam que alguma coisa estava errada, mas não imaginavam o que pudesse ser. Dava para notar que era um problema sério. Megan teve medo de que sua mãe quisesse se divorciar e mudar para Los Angeles.

— Acho que não é isso — disse Molly. — Ela nunca deixaria o papai nem a gente.

— Não vai haver "a gente" ano que vem — retrucou Megan. — E ela já nos deixou nesse ano. Acredite, ela se mudaria, sim. Papai está transtornado, coitado. — Megan não sabia o que acontecera, mas já sentia pena do pai.

— Mamãe está tão transtornada quanto ele — disse Jason.

— Espero que não seja alguma doença. — Para os filhos, era uma questão de vida ou morte, ou quase, e eles ficaram bastante preocupados. Em seu quarto, Peter e Tanya voltaram a discutir, o mais baixo possível para não serem ouvidos.

À tarde, a casa estava soturna, como se alguém tivesse morrido, e a atmosfera fúnebre durou dias. Tanya finalmente saiu com Jason e comprou uma árvore de Natal, com o intuito de criar um espírito natalino. Quando estava decorando a árvore, Molly percebeu que ela chorava. Tentou saber o que tinha acontecido, mas a mãe não disse nada. Todos disfarçaram seus sentimentos até o fim das férias, especialmente Tanya e Peter. Certo dia, ela se deparou com Alice na porta de casa, mas virou as costas e se afastou. Quando Megan perguntou por que os pais não tinham convidado a vizinha para tomar um drinque, Tanya deu uma desculpa vaga e disse que estavam todos muito ocupados. Megan a confrontou imediatamente.

— Você tem ciúme de Alice porque nos damos bem com ela e a consideramos uma segunda mãe, não é? Você sabe muito bem que se estivesse em casa ela não viria tanto aqui. Está nos ajudando porque você nos deixou — disse Megan, com a maldade e a falta de tato típicas da juventude.

Tanya não contestou e conteve as lágrimas, mas o mesmo valia para Peter. Se ela não tivesse ido trabalhar em Los Angeles, Alice não estaria cuidando dele nem convidando a família para jantar várias vezes por semana. Em outras palavras, segundo Megan, ela recebera o que merecia. Tanya se perguntou se seria verdade. Estava em Los Angeles havia quatro meses e também se sentira sozinha, mas não traíra Peter.

A atmosfera da casa se manteve hostil e depressiva até a véspera de Natal. Eles foram juntos à igreja, como sempre faziam, mas sem Alice e seus dois filhos. Apenas Megan reclamou por não se sentarem com a vizinha, disse ter pena dela e sentou-se ao seu lado na igreja. Tanya passou a missa ajoelhada, cobrindo o rosto com as mãos e chorando. Peter observou as duas mulheres durante a missa, uma lhe pedia com os olhos que começasse uma vida nova com ela enquanto a outra chorava pela vida antiga. Ele havia dito a Alice que não poderia falar com ela enquanto não resolvesse tudo aquilo e que estava confuso demais, o que a deixou em pânico. As consequências do breve caso que tiveram foram como uma onda gigantesca, que só parecia piorar.

A família sobreviveu mal e porcamente ao dia de Natal. Logo depois, os filhos foram esquiar em Lake Tahoe e disseram que passariam o Ano-Novo nas montanhas. Tanya sabia que estavam aliviados em se afastar de casa. Tinha feito o possível para ocultar o que estava acontecendo, mas a atuação não era convincente. Quando eles saíram, ela e Peter estavam à beira de um ataque de nervos. Sempre que Tanya não o encontrava, imaginava se estava com Alice. Não confiava nele e talvez nunca mais confiasse.

Optaram por ignorar a noite de Ano-Novo, pois Tanya disse que não conseguiria comemorar. Ficaram deitados, conversando, na manhã de primeiro de janeiro. Tinham ido para a cama às dez, mas pareciam não ter dormido nada. Todas as manhãs, quando acordava e se lembrava do que acontecera, Tanya se sentia como uma morta-viva. Não perguntou mais a Peter quais eram seus planos. Decerto ele lhe diria quando soubesse.

Os dois estavam na cama, lado a lado, olhando pela janela. Tanya conseguia ver um canto do telhado de Alice, e ficou olhando para ele em silêncio. Peter estava deitado de barriga para cima e desviou o olhar para o teto.

— Vou terminar esse caso com Alice — declarou ele, em tom sombrio. — Acho que é a coisa certa a fazer. — Fez-se silêncio no quarto. A coisa certa, para Tanya, era nunca ter dormido com Alice. Aquilo era a segunda melhor coisa a fazer.

— É o que você quer, Peter? — perguntou ela, baixinho. Ele assentiu. — Você acha que vai conseguir? Ela vai deixar? — Tanya sabia melhor que ninguém como Alice era obstinada quando queria uma coisa.

— Ela está sendo muito razoável. Disse que vai se afastar por algum tempo. Tem coisas a fazer na Europa para a galeria. Isso nos dará um descanso. Não é como se estivéssemos juntos há muito tempo.

Ele soltou um suspiro. Detestava discutir o assunto com Tanya, mas sabia que era preciso. Ela estava esperando sua decisão havia duas semanas, e Alice também. Na véspera,

Peter tinha dito a Alice o que pretendia fazer, e ela concordou. Não ficou feliz, mas disse que compreendia e que, se ele mudasse de ideia, poderia procurá-la. Sua porta sempre estaria aberta. Com isso, as coisas se tornaram ainda mais difíceis para Peter. Ele sabia que precisava fechar aquela porta para salvar seu casamento.

— E o que vai acontecer quando ela voltar? — perguntou Tanya, preocupada.

— Vamos manter distância por algum tempo, até as coisas voltarem ao normal. — Porém, os três sabiam que nada voltaria ao normal. Tanya não conversara com Alice e não pretendia voltar a falar com ela. E não confiava mais em Peter. Quando estivesse em Los Angeles, se não fosse com Alice, talvez acabasse dormindo com outra. Nem tinha certeza de que Alice e Peter conseguiriam ficar longe um do outro quando ela voltasse da Europa. Era uma situação terrível para todos.

Tanya assentiu em silêncio, levantou-se e tomou um banho. Não conseguiu pôr os braços em volta do pescoço de Peter e dizer que o amava. Não sabia mais o que sentia por ele. Raiva, fúria, decepção, medo, tristeza, pena. Uma infinidade de emoções, nenhuma delas agradável; talvez nem o amasse mais. Esperava que com o tempo seu casamento se recuperasse e florescesse novamente, porém nada mais era certo. Havia um muro entre os dois, e Peter não se esforçou para escalar o muro que ela construíra. Ele sabia que só o tempo resolveria isso, mas se sentiu solitário.

Com a intenção de reparar parte do mal que causara a Tanya, Peter a convidou para jantar poucos dias antes de sua volta para Los Angeles. Alice já tinha ido para a Europa, e Jason voltara para a faculdade naquele dia. As férias foram deprimentes e estressantes do começo ao fim. Tanya concordou em sair com ele, embora não tivesse muito a dizer. Conseguiram sobreviver ao jantar falando sobre os filhos e sobre todas as futilidades que conseguiam imaginar. A noite não foi divertida, mas eles sabiam que tinham de recomeçar em algum momento. Evitaram tocar no nome de Alice. Naquela noite, na cama, Peter tentou uma aproximação pela primeira vez desde que Tanya descobrira sua traição, mas, assim que passou a mão pelas suas costas, Tanya enrijeceu o corpo e se afastou. Havia lágrimas em seus olhos, que ele não podia ver no escuro. Ainda assim, percebeu-as em sua voz.

— Desculpe, Peter... Não consigo... Ainda não — disse ela, baixinho.

— Tudo bem, eu compreendo. — Peter não tocava em Tanya havia semanas nem dizia que a amava, que era tudo que ela queria ouvir. Todas as conversas que tiveram foram sobre Alice, dando a Tanya a impressão de que ela estava na cama com os dois.

Ele se virou de costas para ela enquanto Tanya mantinha a cabeça no travesseiro, olhando-o atentamente, imaginando se um dia a vida voltaria a ser a mesma.

Capítulo 12

Voltar para Los Angeles foi uma agonia ainda maior. Tanya abraçou os filhos com lágrimas nos olhos, tão transtornada que não conseguia dizer uma so palavra. Até Megan sentiu pena dela, especialmente porque não teria nenhuma mentora agora. Alice ficaria fora por pelo menos um mês e ligara para as meninas para se despedir, mas não disse exatamente aonde ia. Deixou seu itinerário com Peter, mas ele não repassou a informação a ninguém nem tinha certeza de que queria saber por onde ela andava. Não confiava muito em si próprio. Depois que anotou seus números de contato, pensou melhor, rasgou o papel em pedacinhos e os jogou no lixo. Sentiu-se mais seguro assim, pois temia acordar sozinho no meio da noite e ligar para Alice pedindo que ela voltasse para casa. Estava determinado a desistir dela e tinha certeza de que conseguiria. Se é que tinha certeza de alguma coisa. Era difícil saber que Tanya não confiava mais nele. Ela ainda estava arrasada quando Peter a levou ao aeroporto.

— Eu ainda te amo, Peter — declarou ela, com tristeza, colocando os braços ao redor do pescoço dele.

Eles não tinham conseguido fazer amor. A cada tentativa, Tanya o imaginava com Alice. Precisaria de mais tempo para se recuperar do choque e sentir-se bem com o marido.

— Eu também te amo, Tan. Sinto muito por tudo que aconteceu.

Aquilo destruíra o Natal para todos. Por mais que tentassem esconder, seus filhos perceberam que havia algo errado. Tanto Peter quanto Tanya se recusaram a dar explicações, o que tornou as coisas piores e deixou os filhos ainda mais preocupados.

— Espero que tudo melhore em breve.

— Eu também — desejou Peter, sendo sincero. Ele queria salvar seu casamento, mas não sabia ao certo quanto dano tinha causado. Aparentemente, muito.

— Se puder, volto para casa na sexta.

E se não pudesse? O que aconteceria? Com quem ele dormiria? Onde Alice estaria? Ele procuraria outra mulher? Tanya já não se sentia segura. Durante vinte anos, confiara totalmente em Peter. Agora, não confiava em nada nem ninguém, muito menos nele. Era um sentimento horrível, que seu marido podia ver nos seus olhos. Toda vez que ela o olhava, ele sentia a intensidade de sua reprovação e o peso de sua tristeza. Era difícil viver assim, e ambos se sentiram aliviados por passarem algum tempo separados. As três últimas semanas tinham sido difíceis demais. Ela detestava deixar Peter e as filhas, mas estava contente por voltar para Los Angeles. Dessa vez, ele estava certo. Por mais triste que fosse, era verdade que tudo que Tanya desejava era escapar dali.

Tanya chegou ao bangalô às oito da noite, e até mesmo os cômodos que adorava no Hotel Beverly Hills pareceram deprimentes. Queria estar em casa de novo, mas, ao mesmo tempo, não queria. Queria viver com ele em Ross, mas da maneira como era antes. Será que as coisas voltariam ao normal? Chegando ao bangalô, sentiu-se mais sozinha que nunca e teve saudade das meninas e de Jason. Sentia falta de tudo e de todos, até mesmo de si própria. Como se tivesse se perdido nas três últimas semanas. Só não perdera seus filhos, mas, mesmo assim, sentia-se distante deles. Não ligou para Peter quando chegou nem ele lhe telefonou. O silêncio era ensurdecedor no Bangalô 2. Não quis nem ouvir música. Enroscou-se na cama, pediu para lhe acordarem cedo e chorou até cair no sono. Sob certos aspectos, foi um alívio. Não tinha de pensar em Peter ao seu lado nem imaginar em que estaria pensando ou se tivera notícias de Alice. Achava que não podia deter os acontecimentos. Não sabia se a promessa de Peter sobre terminar o caso com a vizinha era sincera nem se ele teria força para isso. Não sabia em que acreditar. Sempre confiara no marido, mas seu mundinho pacífico desabara como um castelo de cartas.

Sentiu-se aliviada ao voltar para o estúdio no dia seguinte, apesar de ter acordado cedo. Max foi a primeira pessoa que avistou, dividindo um bagel com Harry. O cachorro abanou o rabo assim que viu Tanya, e ela lhe fez um carinho, mas tinha um sorriso cansado.

— Bem-vinda de volta — saudou Max, sorrindo. Levou menos de um segundo para ver os cacos do coração de Tanya em seus olhos. Ela parecia ter perdido uns cinco quilos e tinha uma aparência péssima. — Como foram as férias de Natal? — perguntou ele, fingindo não notar o estado dela.

— Ótimas — respondeu, sem emoção. — Como foi em Nova York?

— Gelado e com muita neve, mas me diverti. Acho que estou velho demais para ter netos. Só gente jovem devia ter netos. Eles me deixam esgotado. — Tanya sorriu. Nesse momento, Douglas entrou com uma pilha de anotações. As últimas mudanças no roteiro estavam sendo distribuídas em papéis de tons pastel. Era difícil recordar todas as modificações.

— Bem-vinda a Hollywood — disse o produtor, erguendo uma sobrancelha. — As férias em Marin foram maravilhosas? — perguntou, com sarcasmo. Se haviam sido, ela não aparentava. De repente, estava magra demais. — Você parece não ter comido nada desde que saiu daqui. — "Obrigada,

Douglas", pensou ela. Ele nunca economizava palavras nem escondia o que pensava.

— Peguei uma gripe forte — mentiu Tanya, sem se importar se ele acreditaria.

— Que pena. Bem-vinda ao trabalho — concluiu ele, e se afastou. Ele passou toda a manhã no estúdio, vendo como as coisas corriam. Havia cenas difíceis a serem filmadas, mas dessa vez Jean Amber se lembrou das falas. Diziam que ela havia passado as férias de Natal em St. Bart's com Ned Bright. Os dois pareciam muito felizes, e a energia entre eles ficava evidente em todas as cenas.

— Ah, o amor dos jovens! — exclamou Max, sorrindo, depois de gritar "Corta! E imprima!", como fazia quando gostava da cena. Olhando para Tanya, achou-a ainda pior que antes. Nunca vira alguém tão pálido. — Como você está? Se estiver doente, não precisa vir trabalhar. Podemos ligar para você no hotel.

— Não, estou bem. Só um pouco cansada.

— Você emagreceu muito. — Max parecia preocupado, e ela ficou comovida.

— É, acho que sim — concordou ela, vagamente, fingindo se concentrar no roteiro, enquanto lágrimas enchiam seus olhos. Tanya não queria que Max percebesse, mas ele notou quando as lágrimas desceram pelo seu rosto e lhe passou um lenço de papel.

— Você parece ter tido dias fantásticos — comentou ele, baixinho, enquanto Harry olhava para ambos com ar intrigado. Até mesmo ele sabia que alguma coisa estava errada.

— Realmente maravilhosos. — Tanya assoou o nariz, riu em meio às lágrimas e secou os olhos. — Algumas férias são menos divertidas que outras. Essas não foram tão boas.

— Devem ter sido péssimas. O que ele fez? Trancou você em uma masmorra sem nada para comer? Sabe que pode ligar para vários números de assistência, não sabe? Creio que o último que liguei foi 0800-D-I-V-Ó-R-C-I-O. Funcionou muito bem. Mandaram um caminhão e levaram a mulher embora. Lembre-se desse número caso ele tente alguma coisa. Leve seu celular para a masmorra. — Ao ouvir isso, Tanya chorou ainda mais, e ele lhe passou novos lenços de papel.

— Não foi tão ruim assim. — Pensando melhor, foi mais sincera consigo mesma. — Na verdade, foi pior. Falando francamente, minhas férias foram horríveis. — Sentiu-se bem em dizer isso para Max.

— Há férias que são assim. As minhas, em geral, são. Dessa vez, foi ótimo porque passei com meus filhos, mas muitas vezes faço trabalho voluntário servindo sopa para os pobres ou coisa parecida. Quando vejo gente menos afortunada que eu, percebo que minha vida não é tão ruim e me sinto melhor. Você devia fazer uma coisa dessas. — Ela assentiu. — Sinto muito, Tanya — disse ele, em um tom carinhoso, que a fez chorar mais ainda. — Quer que eu chame um encanador? Parece que você está com um cano furado. Tem um vazamento enorme aí. — Tanya estava aos prantos, mas teve de rir.

— Desculpe, eu estou péssima. Piorei depois que cheguei a Los Angeles. Foram dias muito tensos em casa, e tive que manter as aparências para meus filhos. Só chorei desde a noite passada.

— Se isso ajudar, chore. Grandes problemas? Ou pequenos?

— Grandes — disse ela, fitando-o. Seus olhos verdes estavam cheios de sofrimento, e ele detestou ver isso.

— Posso ajudar em alguma coisa? — Ela balançou a cabeça. — Imaginei. Talvez o tempo resolva as coisas.

— Talvez. — Resolveria se Peter estivesse dizendo a verdade e se Alice ficasse longe dele por algum tempo. E se pudesse voltar para casa nos fins de semana. Caso contrário, só Deus sabia o que poderia acontecer, especialmente quando Alice voltasse. Tanya não confiava em nenhum dos dois e achava que nunca mais confiaria, o que não daria certo em um casamento. Olhou para Max, sentindo-se péssima, e decidiu confiar nele. Não tinha contado a ninguém que descobrira que Peter tinha um caso. Seus únicos confidentes sempre foram o marido e a vizinha. E ela não podia se abrir com os filhos. — No dia em que cheguei em Marin, descobri que Peter estava tendo um caso com minha melhor amiga. — Seus olhos expressavam toda a sua agonia, e Max estremeceu.

— Que merda. Isso é pesado. Você flagrou os dois? Espero que não.

— Não. Vi tudo estampado nos olhos dele. No feriado de Ação de Graças, desconfiei, mas acho que nada tinha acontecido ainda. Talvez eu estivesse prevendo que ocorreria.

— As mulheres são incríveis com essas coisas. Sempre sentem algo no ar. Os homens só percebem quando está diante dos olhos. As mulheres *sabem*. Detesto esse traço feminino. A gente não pode esconder nada. O que aconteceu depois?

— Passamos três semanas terríveis. Alice foi para a Europa, e Peter afirmou que eles não vão reatar quando ela voltar. Disse que está tudo terminado.

— Você acredita nele? — Max estava envaidecido por ser seu confidente. Ela confiava nele e valorizava seus conselhos.

Tanya fez que não com a cabeça.

— Não mais. E talvez nunca mais acredite. Tenho medo de que eles fiquem juntos assim que ela chegar. Peter acha que nunca mais vou sair de Los Angeles. Ele diz que a cidade se infiltrou na minha pele, o que não é verdade. Ele não acredita em nada do que digo.

— Isso é uma desculpa, Tanya. Se ele quisesse ficar com você, não se importaria se você tivesse se tornado dançarina em um harém ou se tivesse tido um caso com o rei da Inglaterra ou com Donald Trump. Em resumo, se quisesse ficar com você, ele lhe diria para voltar para casa assim que terminasse o contrato e esquecesse Hollywood. Talvez ele queira cair fora. Pode ser que esteja com medo ou se sinta um estranho com você. Ela é jovem?

— Não — respondeu Tanya, meneando a cabeça. — É seis anos mais velha que eu e dois mais velha que Peter.

— Então, deve ser amor. Ninguém vai atrás de uma mulher dois anos mais velha se não a amar. — Max estava impressionado.

— Eles são bastante parecidos, por isso eu amava ambos, mas ela acabou comigo. Acho que deu em cima dele. É viúva há dois anos, e eu estou fora de casa a semana inteira, como ele mesmo disse. Meus filhos a consideram uma tia. Ela se dá melhor com uma das minhas filhas que eu. Acho que andou alimentando essa amizade para conseguir Peter. Minha saída de casa foi a melhor coisa que lhe aconteceu. E eu me dei mal.

Ele assentiu, solidário.

— O que ele disse?

— Que terminou o caso.

— Disse que ama essa mulher?

— Disse que não sabe.

— Detesto homens assim — reclamou Max, aborrecido. — Ou ele a ama ou não ama. Como pode não saber?

— Peter disse que me ama também — disse, assoando o nariz mais uma vez. — Não tenho certeza se ainda acredito nisso.

Para Tanya, sua vida estava destruída, e ela aparentava o que sentia. E estava certa. Max teve muita pena dela. Tanya era uma ótima mulher, que falava constantemente sobre o marido e dizia que o amava. Ele sabia que era um golpe horrível para ela. E um golpe fatal para seu casamento também.

— Eu acho que ele te ama, Tanya — comentou Max, pensativo, passando a mão na barba. Ele sempre fazia isso quando pensava. — Quem não te amaria? Ele teria que ser um idiota surdo e cego para não te amar. E também acho que ele está confuso. Provavelmente ama as duas, o que é realmente patético, mas acontece. Os homens se atrapalham muito nessas horas. É por isso que têm amantes e esposas.

— E o que fazem? — perguntou Tanya, sentindo-se como uma criança ouvindo-o falar.

— Depende. Alguns se casam com as amantes, outros ficam com a esposa. Mesmo assim, ele pode estar certo a respeito de uma coisa: talvez ele realmente seja pouco para você depois de ter se acostumado com a vida aqui. Eu achava que isso não aconteceria e sempre imaginei você voltando correndo para casa, mas nunca se sabe... Talvez faça outro filme. Ou talvez você o abandone se ele continuar de palhaçada. — Ela sorriu com as palavras de Max.

— Ainda assim eu voltaria para casa. Não tenho motivo para ficar aqui.

— Você pode fazer uma bela carreira no cinema, se quiser. Fez um ótimo trabalho com esse roteiro. Vai receber muitas ofertas depois que o filme for lançado. Você vai poder escolher, se quiser.

— Não quero. Gosto da vida que eu levava.

— Então, lute por ela. Mantenha seu marido na rédea curta. Vá para casa. Acabe com ele. Não tolere essa merda. E faça com que ele pague pelo que fez. Foi o que minhas esposas fizeram comigo quando eu saí da linha.

— E o que você fez? — perguntou Tanya, interessada.

— Eu me divorciei o mais rápido possível. Minhas amantes sempre foram mais novas, mais bonitas e muito mais divertidas. — Os dois riram da resposta dele. — No seu caso, se ele tiver alguma coisa na cabeça, esse sujeito vai ficar com você. Se é isso que você quer, espero que ele se comporte. Ele já fez algo assim antes? — Ela meneou a cabeça, convicta do que estava dizendo. — Que bom. Então é virgem no assunto. Talvez nunca mais faça. Pode ter sido um erro. Um deslize. Mesmo assim, fique de olho nessa mulher e não acredite em nada do que eles disserem. Confie nos seus instintos, e você nunca vai se dar mal.

— Foi assim que descobri. Soube no instante em que os vi.

— Isso mesmo. Continue assim. Talvez tudo termine bem. Sinto muito por você ter tido uma experiência tão difícil.

Ela deu de ombros.

— Eu também. Obrigada por me ouvir. — Quando disse isso, o cachorro latiu, e os dois riram novamente.

— Ele concorda com tudo o que eu disse. É um cachorro muito inteligente.

— E você é um homem muito inteligente e um bom amigo — comentou ela, dando-lhe um beijo no rosto. Nesse momento, Douglas passou.

— Por que vocês estão tão juntinhos aí? — perguntou ele, intrigado.

— Tanya acabou de me pedir em casamento — explicou Max. — Eu disse que ela teria que me comprar seis vacas, um rebanho de cabras e um Bentley novo. Estamos concluindo as negociações. Ela está me dando muito trabalho com relação às cabras, mas o Bentley foi fácil.

Douglas deu um sorriso forçado, e Tanya riu. Sentiu-se melhor depois de conversar com Max.

— O trabalho me pareceu muito bom hoje. O que achou? — perguntou Douglas.

Max disse que ficara satisfeito. O romance entre Jean e Ned estava sendo vantajoso para o filme. A performance dela melhorara incrivelmente. Isso era comum. Muitos atores e atrizes se envolvem durante as filmagens. É como um amor de verão. Quando a estação acaba, o romance termina. Alguns continuam, mas a maioria, não. O elenco estava apostando que o relacionamento dos dois não duraria. Jean tinha fama de mudar de homens como mudava de sapatos. E ela tinha muitos sapatos. Ned também. Eram iguais. Então, Douglas se virou para Tanya.

— Que tal comermos alguma coisa depois que terminarmos a filmagem? Quero conversar com você sobre umas mudanças no roteiro. — Tanya estava cansada, mas achou que não podia recusar o convite. Os encontros com Douglas eram ordens, mesmo que viessem sob o pretexto de jantar.

— Boa ideia, se eu não precisar trocar de roupa... — Ela não tinha energia para voltar ao hotel e se arrumar.

— Você está ótima — disse ele, parecendo não notar sua aparência. — Podemos comer comida japonesa ou chinesa. Não vamos demorar. Sei que você esteve doente.

Douglas não tinha razão para duvidar, pois ela estava muito pálida e tinha perdido peso, e Tanya não pretendia lhe dizer a verdade.

A filmagem terminou por volta das oito. Douglas a levou ao seu restaurante japonês favorito. A limusine dela seguiu seu carro, porque de lá ele iria para outro lugar. Tanya estava exausta quando se sentaram para jantar.

As mudanças sobre as quais ele queria conversar eram mínimas, e Tanya ficou surpresa por ele querer falar sobre isso durante o jantar. Douglas disse que queria saber as novidades.

— Então, como foi o Natal? Você se divertiu com as crianças? — perguntou ele, enquanto se serviam de sushi. Os dois gostavam das mesmas peças.

— Foi ótimo, sim — disse Tanya, tentando se convencer e esquecer como as férias realmente tinham sido. — Foi bom voltar a trabalhar hoje. — Douglas a olhou e viu algo em seus olhos.

— Por que estou sentindo que você teve problemas em casa e que está mentindo para mim? Se eu me intrometer demais, pode dizer que não é da minha conta. — Ela não queria fazer confidências a ele, mas não tinha energia para continuar mentindo. Talvez já não fizesse diferença.

— Não estou mentindo. Só não quero falar sobre isso — admitiu ela. — Para ser franca, as férias foram horríveis.

— Que pena. Torci para estar errado. — Tanya não sabia se acreditava nele. Douglas sempre afirmara que ela acabaria cedendo a Los Angeles, mas, quando viu o desespero em seus olhos, sentiu pena. — Problemas sérios?

— Talvez. O tempo vai dizer — respondeu ela, em tom misterioso, e ele assentiu.

— Sinto muito, Tanya. Sei como sua vida familiar é importante para você. Imagino que tenha sido um problema com seu marido, e não com seus filhos.

— Foi, sim. Pela primeira vez. Foi um choque para mim.

— Sempre é. Não importa quem você seja. Problemas de confiança. Relacionamentos não são fáceis, seja você casada ou não — comentou ele, sorrindo. — É por isso que os evito a todo custo. É mais fácil ser livre e manter as coisas descompromissadas. — Não havia nada descompromissado na vida dela, em seu casamento ou em seu amor por Peter, e Douglas sabia disso. — Sei que esse não é seu estilo.

— Não mesmo — concordou ela, com um sorriso triste. — Acho que minha vinda para cá foi um teste para nós. Foi pedir demais me ausentar por nove meses e ir para casa em fins de semana ocasionais. Tem sido difícil para Peter e minhas filhas. Foi uma pena o filme não ter começado no ano que vem, mas seria difícil para ele de qualquer forma.

— Talvez isso fortaleça seu casamento — disse Douglas, pagando a conta. Ele não parecia acreditar no que estava dizendo nem parecia se importar. Tanya pertencia a uma raça estranha na sua opinião. Douglas era fascinado por ela, mas não compreendia o valor da vida que ela levava ou por que queria tanto mantê-la. Parecia-lhe uma existência muito maçante e comum. — Ou talvez vocês descubram que se cansaram — declarou ele, com cuidado. — Ou que você se cansou dele.

— Não acho que seja o caso — disse Tanya, com calma.

— Acredito que esteja sendo difícil. — Mais difícil ainda depois que Peter acrescentara Alice à mistura. — Vamos dar um jeito — disse ela, querendo se convencer.

Eles saíram do restaurante e pararam na calçada por um instante, discutindo o roteiro de novo. Em certo momento, Douglas a olhou com carinho.

— Sinto muito por você estar passando por uma fase difícil, Tanya. — Dessa vez, parecia sincero. Podia ver quão triste ela estava e teve pena. Tanya era uma boa pessoa e parecia estar sofrendo muito. — Isso acontece com todo mundo. Se eu puder fazer qualquer coisa, é só dizer.

— Eu precisaria muito ir para casa nos fins de semana por algum tempo, mas não quero prejudicar ninguém aqui.

— Vou fazer o possível — prontificou-se ele, entrando no carro enquanto Tanya entrava na sua limusine.

Douglas saiu a toda a velocidade em sua Ferrari, e ela voltou para o hotel. Sentiu-se sozinha ao entrar no bangalô. Teve saudade de Peter e ligou para seu celular. Ele atendeu logo, como se estivesse esperando por isso.

— Ah... Oi... — cumprimentou ele, surpreso por ser Tanya. O coração dela afundou.

— Quem você pensou que fosse? — Ela suspeitava de tudo agora.

— Não sei... Você, eu acho. Eu estava conversando com as meninas. — Tanya se perguntou se Peter estaria esperando uma ligação de Alice ou até de outra pessoa. Detestava desconfiar tanto assim. — Como foi seu dia?

— Longo. Ficamos no estúdio até as oito. Depois, fui conversar com Douglas sobre o roteiro em um restaurante japonês. Eles fazem cada vez mais mudanças.

Ela ficaria em casa pela manhã para fazer o trabalho que Douglas pedira. Os três próximos meses, até terminarem o filme, pareciam um caminho interminável à frente. E os dois meses de pós-produção eram uma eternidade separando-a do momento em que poderia voltar a morar em sua casa de novo. Não sabia se seu casamento aguentaria a tensão. Estava começando a duvidar disso. Sentia-se mal ao pensar nos meses adiante e no que Peter e Alice tinham feito. Nunca imaginou que algo assim pudesse acontecer. Considerava seu casamento sólido, mas ele explodira pelos ares. Embora seu marido tivesse concordado em terminar seu caso com Alice, Tanya tinha pavor de que os danos causados fossem irreversíveis.

— E como foi o seu dia? — Ela tentava conversar de forma normal, mas nada parecia certo. Não estavam à vontade um com o outro, e sua voz denotava sofrimento.

— Longo também, mas foi bom. Tenho saudades de você, apesar de toda a confusão. Sinto muito, Tan. Sinto muito por ter estragado tudo. — Ele parecia à beira das lágrimas. Tinha voltado para o quarto e se sentado na cama para conversar com ela. Estava sozinho, assim como Tanya.

— Espero que a gente possa ajeitar as coisas — disse ela, baixinho. — Também sinto sua falta. Eu te amo. — Depois, ela teve uma ideia. — Quer vir passar uma noite comigo essa semana? — Eles precisavam de algo assim. Um pouco de romance para fortalecer a união.

— Acho que não vou poder — respondeu, deprimido. — Tenho reuniões a semana toda e não posso deixar as meninas sozinhas. — Agora, Alice não estava mais na casa ao lado para dar uma olhada nelas ou ajudá-las se tivessem algum problema.

— Elas podem ficar com as amigas — sugeriu Tanya.

— Vou ver. Talvez na semana que vem. Essa semana vai ser pesada.

— Foi só uma ideia.

— Uma boa ideia.

— Vou tentar ir para casa no fim de semana. Prometo. Expliquei a Douglas que realmente preciso voltar para Ross. Espero que não marquem reuniões no sábado. Mesmo que marquem, vou para aí depois. — Ela achava importante estar em casa agora para tentar reparar os danos que tinham sido causados.

Não houve reuniões naquele fim de semana. Tanya não sabia se isso era obra de Douglas ou se eles realmente não precisaram se reunir. Ela viajou na sexta à tarde e chegou a Ross na hora do jantar. Peter e as meninas ficaram contentes ao vê-la. Logo depois, elas saíram com as amigas. Tanya e Peter foram jantar em um pequeno restaurante italiano em Marin, e as coisas pareceram quase normais quando voltaram para casa. A semana lhes fizera bem. A poeira estava começando a baixar. Naquela noite, dormiram agarradinhos, e, na manhã seguinte, finalmente fizeram amor, pela primeira vez desde o caso de Peter com Alice. Foi um amor triste, mas ao mesmo tempo doce, de certa forma gentil, como se estivessem tentando se reencontrar. Tanya teve de se forçar a não pensar que ele fizera o mesmo com Alice. Tentou se livrar desse pensamento e ficou nos braços de Peter, com os olhos fechados. Peter teve medo de perguntar no que a esposa estava pensando. Queria que as coisas ficassem bem entre os dois. Tudo que podia fazer era tentar reparar seu erro.

Tanya abriu os olhos e fitou o marido com um sorriso melancólico.

— Eu te amo, Peter.

— Também te amo — disse ele, beijando-a suavemente. — Eu te amo, Tan... Desculpe. — Ela assentiu, tentando não pensar que seu *eu te amo* soava como um *adeus*.

Capítulo 13

Tanya foi para casa nos três fins de semana seguintes, e as coisas começaram a se normalizar com Peter. Ela sabia que o marido estava tentando consertar o que fizera e ficou aliviada ao constatar que Alice não voltara depois de tantas semanas. Isso ajudou. Não queria vê-la nunca mais, o que era impossível, considerando que eram vizinhas. Porém, quanto mais tempo ela ficasse ausente, mais o feitiço enfraqueceria e maior era a chance de reconstruírem o casamento.

No quarto fim de semana de janeiro, Tanya não pôde ir para casa, mas Peter compreendeu. Ele estava se preparando para um julgamento, as meninas tinham compromissos e o tempo havia ficado horrível durante toda a semana. Seu voo provavelmente seria cancelado ou atrasado. Houve tempestades por todo o estado, e ele achou que Tanya estaria melhor em Los Angeles. Além disso, ela teria de trabalhar muito. Havia mais mudanças no roteiro e filmagens em locações difíceis nas próximas semanas. Segundo as últimas estimativas, as gravações terminariam dentro de seis a sete semanas. Tanya mal podia esperar para voltar para casa. Ficaria em Ross por duas semanas e voltaria para trabalhar na pós-produção com os editores e Max. Já estava em Los Angeles havia cinco meses, e faltavam só quatro, talvez menos. Tinha a sensação de ter dado seu sangue por esse filme. Ou, pior ainda, seu casamento. Aos poucos, as coisas melhoravam com Peter. Aqueles três fins de semana juntos ajudaram muito, e Tanya estava contente por ter conseguido voltar para casa.

No fim de semana seguinte, ela teve uma gripe forte e uma intoxicação alimentar, e não pôde viajar. Assim, só voltou a Ross uma semana depois, exatamente no Valentine's Day. Tinha comprado uma gravata vermelha para Peter, com estampa de corações, e uma caixa de seu bombom preferido, umas camisolas bonitinhas para as meninas e camisetas Fred Segal's. Levava tudo em uma sacola de compras quando desceu do táxi em frente à sua casa. Queria fazer uma surpresa para Peter, por isso não ligou. Quando saiu do táxi, viu Peter saindo da casa de Alice, rindo, com o braço em volta da cintura dela. Nesse momento, eles viram Tanya na porta de casa. Ela ficou parada por um instante antes de se virar e entrar com a cabeça baixa. Estava na cozinha, trêmula, quando Peter chegou. Ele parecia assustado.

— Estou vendo que Alice voltou — comentou ela, olhando para o marido. Não fez acusações, mas notou que eles pareciam muito à vontade e que Alice mudara o corte de cabelo.

— Quando ela chegou?

— Há uns dez dias — respondeu ele, em um tom solene. Sabia em que Tanya estava pensando. Ainda não acontecera nada, mas eles tinham conversado sobre os acontecimentos de dois meses atrás, tentando compreender se tinha sido um episódio casual ou algo mais sério para ambos.

— Alice parece ótima — disse Tanya, sem coragem de perguntar se já haviam voltado a dormir juntos. Peter podia ouvir a pergunta sem que fosse feita. Era óbvio o que passava pela cabeça de Tanya.

— Nada aconteceu, Tan. Ela está doente — explicou ele, em um tom sério. — Fez um check-up quando voltou e descobriram um tumor no seio. Ela foi operada na semana passada e vai começar a radioterapia em poucas semanas. — Ele parecia preocupado, e Tanya o encarou.

— Sinto muito. Isso muda as coisas para a gente? — Ela não queria mais brincar de gangorra com ele. Uma vez bastava. Peter meneou a cabeça.

— Só estou com pena dela.

Tanya sabia que estava correndo perigo, mas não havia nada que pudesse fazer. O que seu marido sentia por Alice estava entre eles dois, e talvez fosse inevitável perdê-lo. Talvez isso não tivesse nada a ver com sua ida para Los Angeles. Não podia prendê-lo para sempre. Se ele quisesse sair do casamento, encontraria meios para isso. Sentiu-se derrotada quando olhou para Peter, como se o tivesse perdido novamente.

— Não vou fazer nenhuma bobagem, Tan — declarou ele, com carinho. Ela assentiu, com lágrimas nos olhos, pegou suas coisas e subiu. Em um segundo, com a volta de Alice, tudo mudara. Tanya podia sentir isso, ou talvez o que sentisse fosse medo, por si própria e por Peter.

Ele a levou para jantar na noite seguinte, que era Valentine's Day, e lhe deu um suéter de caxemira. Estava usando a gravata que ela comprara. Tanya adorou o suéter, mas se sentiu angustiada durante todo o fim de semana. Saber que Alice estava na casa ao lado era como esperar a visita do diabo. Não imaginava como poderia vencer. Se Peter queria Alice, não havia como detê-lo nem como mudar o curso do destino. As meninas estavam felizes por ver a vizinha, mas podiam sentir que alguma coisa havia acontecido entre a mãe e a amiga. As mulheres evitavam o assunto e se recusavam a encarar as meninas quando elas faziam perguntas. Alice disse apenas que precisavam de um tempo. Tanya não falou nada, mas era óbvio que não queria nem ouvir o nome da antiga amiga.

Quando Peter levou Tanya ao aeroporto, no domingo à noite, ela estava quieta e tensa. Ele finalmente tocou no assunto.

— Não vou deixar que nada aconteça de novo, Tan. Alice e eu conversamos. Ela sabe que não quero pôr em risco nosso casamento. Por que você não acredita no que digo e vai para Los Angeles em paz?

— Por que será que a única coisa que está passando pela minha cabeça é o ditado "De boas intenções, o inferno está cheio"? — perguntou ela, com um sorriso malicioso. Peter riu. A frase certamente cabia naquela situação.

— Confie em mim.

Ela confiara nos dois antes e sabia muito bem o que acontecera. Era difícil acreditar nele agora, sabendo que estava tão próximo de Alice. Era pedir demais.

— Pode pôr um dispositivo de rastreamento em mim, se quiser. Ou um alarme. — Estava tentando tornar o clima mais leve, e Tanya deu um sorriso melancólico.

— Que tal um chip nos dentes?

— O que quiser. Eu disse que a levaria para a radioterapia se fosse preciso. O tratamento começa em poucas semanas. Mas não vou fazer nada mais que isso, prometo. — O coração de Tanya afundou.

— Por que ela não pode ir com outra pessoa? — Alice era uma mulher gregária, de quem todos gostavam. Ela atraía todos à sua volta como um ímã.

— Se ela puder ir sem mim, irá, mas disse que todos estão ocupados.

— Você também — lembrou Tanya. — Alice vai conquistá-lo de novo — disse, com um olhar de angústia e desespero. Parecia ser impossível mantê-los longe um do outro. Tanya tinha medo de que ela precisasse da ajuda de Peter. Era uma forma perfeita para o caso recomeçar. Solidariedade, compaixão, preocupação, pena. Tanya conhecia bem o marido, assim como Alice.

— Não se preocupe, Tan. Vai ficar tudo bem — tranquilizou ele, parecendo confiante, enquanto entrava no aeroporto e parava o carro.

Tanya o olhou com ar preocupado e se sentiu dominada por uma onda de terror.

— Estou com medo — disse ela, baixinho.

— Não precisa ter medo. Ela é exatamente o que sempre foi. Uma amiga. O que aconteceu foi um erro.

Tanya assentiu e lhe deu um beijo de despedida. Um instante depois, ela saiu do carro carregando sua sacola e se virou para dar tchau. Ele acenou para ela e sorriu. Quando entrou no aeroporto, Tanya sentiu o pânico dominá-la novamente. Pensou em Peter e Alice durante toda a viagem para Los Angeles e quando chegou ao hotel. Não tinha ideia do que fazer para proteger o marido. Finalmente, percebeu que não poderia protegê-lo. A decisão estava nas mãos dele.

Ela ligou para o celular de Peter, mas ouviu a gravação da caixa postal. Ele retornou o telefonema às onze da noite, e Tanya estava sentindo náuseas de tanta ansiedade. Não quis perguntar aonde ele tinha ido, mas podia adivinhar.

— Como foi sua noite? — perguntou ela. Tinha deixado um recado idiota no celular, e Peter sabia o que ela queria perguntar.

— Fui ao cinema com as meninas. Acabamos de voltar.

Tanya sentiu uma súbita onda de alívio e, em seguida, uma onda de medo.

— Alice foi também? — Odiava a si mesma por perguntar isso, mas precisava ter certeza. Detestava saber que ela estava de volta. Era um pesadelo tê-la tão perto.

— Não, nós não a convidamos.

— Desculpe, Peter. — Ela parecia uma pessoa diferente, uma pessoa que não queria ser, mas não tinha escolha. O medo a dominara.

— Tudo bem. Eu entendo. Como foi o voo?

— Bom. Estou sentindo sua falta.

Eles tinham voltado ao ponto em que estavam antes do breve caso de Peter com Alice, mas o retorno dela mexera com tudo, e coisas ruins estavam vindo à tona. Em geral, o pânico, o ressentimento e a raiva que Tanya sentira ao ser traída. Tudo era muito recente.

— Também sinto sua falta. Agora vá dormir. Ligo amanhã.

Tanya ficou rolando na cama por horas, imaginando se Peter escapara para a casa de Alice ou se ela estava na cama dele. Isso estava se tornando uma obsessão, e ela se detestava por pensar assim. Sabia que ele também não gostava. Quem gostaria? Mas a culpa não era sua. Peter e Alice tinham criado a confusão na qual os três estavam metidos. Ela era a observadora inocente, mas detestava seu papel de pobre vítima, de esposa traída.

As filmagens entraram em um ritmo alucinante no mês seguinte. Estavam próximos do fim, e, no frenesi de capturar todas as cenas perfeitamente, Tanya não teve como ir para casa. Havia reuniões dia e noite, e ela reescreveu o roteiro milhares de vezes. Até Max parecia exausto. Na terceira semana de março, ele ergueu a mão e gritou "Corta!" pela última vez. Depois, vieram as palavras mágicas: "Acabou, minha gente!" Todos bateram palmas e começaram a dançar. Tomaram champanhe, abraçaram-se e se beijaram. Jean e Ned ainda continuavam juntos, mas havia quem apostasse que eles não durariam muito tempo. Ned faria um novo filme em maio e moraria na África do Sul durante seis meses. Douglas estava trabalhando em outro projeto, assim como Max. Tanya queria voltar para casa. Não via Peter havia duas semanas, e ele não pôde visitá-la em Los Angeles.

Teria duas semanas de folga, que coincidiam com as férias de primavera das meninas. Depois, voltaria para Los Angeles para mais seis a oito semanas de pós-produção. Tudo estaria pronto no fim de maio ou início de junho, época da formatura das gêmeas. Tanya perdera o ano inteiro de convivência com elas. O único consolo é que estaria em casa quando recebessem as respostas das universidades. Pelo menos isso.

— Vai sentir saudade da gente, Tanny? — perguntou Max, sorvendo o champanhe e dando um pouco para seu cachorro.

Douglas cumprimentava todos com apertos de mão. Havia uma atmosfera de festa de Ano-Novo. A viagem tinha terminado para o elenco. Somente os montadores e os produtores teriam de voltar nos dois meses seguintes para trabalhar diretamente com Max. Ele e Douglas verificariam meticulosamente os resultados finais. Haveria algumas cenas com dublagem, *looping*, algumas vozes a serem acrescentadas e muitas cenas a serem cortadas. A arte cinematográfica seria exercitada nos mínimos detalhes, mas, antes disso, Tanya iria para casa.

Quando voltou ao bangalô para fazer as malas, já era tarde demais para pegar um avião, e ela teve de viajar na manhã seguinte. Mal podia esperar para passar duas semanas em casa com Peter e as meninas. Era o tempo mais longo que passaria em casa desde as desastrosas férias de Natal. Daquele momento em diante, ela trabalhara como um burro de carga. Sentia-se voltando da guerra. Não tinha a menor vontade de ficar em Los Angeles por mais dois meses. Achava que já era suficiente. Só queria voltar para casa e ficar com sua família.

A casa estava bonita quando ela entrou. Era mais que bonita, era seu lar. Sorriu para si mesma e adorou encontrar as filhas lá. Até Megan pareceu contente ao vê-la. Tanya fez as compras para o jantar e preparou o prato favorito de todos. Colocou velas na mesa e esperou por Peter. Era difícil acreditar que não o via havia mais de um mês. Ele sorriu quando entrou na cozinha e notou toda a arrumação.

— Está lindo, Tan. É muita gentileza sua.

Ele lhe deu um forte abraço. Quando os dois enfim subiram para o quarto, ela esperou que fizessem amor, mas Peter estava exausto e caiu no sono antes mesmo de Tanya se despir. Ela ficou desapontada, mas não havia pressa. Tinha duas semanas inteiras à sua frente.

No sábado, quando acordou, Peter já havia descido para a cozinha e preparado o café da manhã para ela. As meninas tinham saído, e, depois que ela tirou a mesa, ele sugeriu que saíssem para um passeio. Era um dia bonito e quente de primavera. Foram até a base do monte Tam e começaram a caminhar. Tanya achou estranha a forma como ele a olhava e sentiu o pânico correr por seu corpo. Caminharam em silêncio durante os dez primeiros minutos, e, quando viu um banco, Peter sugeriu que sentassem um pouco. Parecia querer lhe contar alguma coisa, mas antes que dissesse uma palavra Tanya soube o que era. Teve vontade de correr e se esconder, mas não podia. Precisava pelo menos agir como uma adulta. Porém, estava com medo e se sentia como uma criança de 5 anos.

— Por que sinto que não vou gostar do que você tem a me contar? — perguntou Tanya, com um nó na garganta. Peter olhou para os pés e começou a chutar umas pedrinhas no chão. Quando ergueu o rosto novamente, Tanya percebeu que ele sofria.

— Não sei o que dizer. Imagino que você já saiba. Nunca pensei que isso fosse acontecer. Ainda não entendi como nem o porquê, mas aconteceu, Tan. — Ele estava tentando falar depressa para causar o mínimo de impacto possível, mas percebeu que seria inútil. Independentemente do que fizesse ou dissesse, seria terrível. — Alice e eu reatamos quando ela começou a fazer as sessões de radioterapia. Eu sei que parece loucura, mas acho que quero me casar com ela. Eu te amo, e isso não aconteceu porque você não veio para casa durante um mês. Acho que aconteceria de qualquer forma. Acho que é coisa do destino.

Tanya teve a impressão de levar uma machadada. Seu corpo parecia dividido em dois; a cabeça começou a girar e o coração acelerou. Ela ficou olhando para ele, incrédula.

— Simples assim? Tudo terminado? Eu não te vejo há cinco semanas, e você e Alice decidem que foram feitos um para o outro? Como chegou a essa conclusão? — Ela estava quase tão zangada quanto magoada.

— Percebi o quanto a amava quando ela estava doente. Alice precisa de mim, Tan. Não tenho certeza se você precisa. Você é uma mulher forte. Ela não é, e já passou por muita coisa na vida. Precisa de alguém que cuide dela.

— Ah, meu Deus...

Tanya encostou no banco e fechou os olhos. Não conseguiu nem chorar dessa vez. Seu corpo e sua cabeça doíam demais até mesmo para produzir lágrimas. Entrou em estado de choque. Havia desconfiado de que Peter andava dormindo com Alice, mas nunca imaginara que quisesse se casar com ela nem que decidiria que aquilo era "coisa do destino". Tanya era incapaz de aceitar essa ideia e talvez nunca aceitasse.

— Em uma das minhas novelas, descrevi uma cena assim. O produtor achou muito cafona e mandou cortá-la. Nunca imaginei que viveria coisa igual. A vida imitando a arte ou coisa parecida... — Ela olhou de novo para Peter, sem acreditar no que tinha ouvido. — E que merda é essa de eu ser tão forte e Alice precisar de você? Alice é muito mais forte que eu. Acho que ela armou tudo isso, Peter. Decidiu que queria você e se preparou para fisgá-lo assim que virei as costas. Acho que ela é muito mais forte do que você pensa.

Peter era muito ingênuo, mas os dois foram terríveis com ela. Tanya só conseguia pensar nisso. O fato de que a vida que vivia havia vinte anos estava prestes a desabar parecia muito menos importante que ter sido traída por duas pessoas que amava, especialmente Peter. Sentiu-se enganada e traída pela segunda vez em três meses. Talvez fosse isso que ele quisesse dizer com "coisa do destino". Parecia "coisa do destino" que os dois a tivessem sacaneado. Fizeram um ótimo trabalho.

— Então é isso? — perguntou ela. Finalmente, as lágrimas escorriam pelo seu rosto. — Terminou. Você quer cair fora. Vai se casar com ela? O que pretende dizer para nossos filhos? Que está se mudando para a casa ao lado? Que é uma simples troca de endereço? Que conveniente para você! — Sua voz era amarga, e com toda a razão.

— Alice adora nossos filhos — comentou ele, odiando o estado de Tanya. Ele vira o sangue desaparecer de seu rosto. Esperara duas semanas para lhe contar tudo. Depois que reataram, ele e Alice tiveram certeza do que estavam fazendo, especialmente quando ele passou a levá-la à radioterapia diariamente. Peter não mencionou isso para Tanya ao telefone porque sabia o que ela pensaria. E estava certa mais uma vez.

— Sim, ela realmente ama nossos filhos — disse Tanya, secando as lágrimas com a ponta da camisa, sem se preocupar com sua aparência. Não importava mais. — E, ao que parece, você ama Alice, e ela te ama. Que gracinha! E eu, onde fico? O que eu vou fazer? O que a mulher traída faz nessas situações, Peter? Deixa o campo livre e deseja felicidades? Vamos continuar a ser vizinhos e a dividir o tempo com os três como se fôssemos uma grande família feliz? O que você quer de mim?

— Alice vai vender a casa e vamos nos mudar para Mill Valley, mas isso talvez leve algum tempo. Não acho que devo morar na casa dela por enquanto. Isso pode confundir a cabeça dos meninos.

— Que gentileza sua! Vai confundir a minha cabeça também. Quando está pensando em contar para as crianças?

— De repente, teve uma ideia. Sua cabeça girava e seus pensamentos seguiam em milhares de direções ao mesmo tempo, tentando entender o que ele dissera. — Acho que devemos esperar para contar depois da formatura das meninas em junho. São menos de três meses. Devo voltar de Los Angeles no fim de maio, quando terminar a pós-produção, e só teremos que morar juntos durante duas semanas. — Ele já havia pensado nisso. — Não sei como vão ser essas duas próximas semanas. Você não pode se mudar para a casa de Alice, e eu não quero dormir com você. — Ela olhava para Peter como se ele fosse um estranho. Estivera ansiosa para passar duas semanas com o marido, e ele viera com essa bomba. Não dava para acreditar. Era chocante.

— Posso dormir no quarto de Jason, se você quiser — sugeriu ele, com calma.

— Como vai explicar isso para as meninas? — Ela tinha razão. Ele não sabia como agir. — Talvez a gente tenha que aguentar e dormir no mesmo quarto.

A ideia não lhe agradava. Ele agora pertencia a outra mulher. Vinte anos de sua vida haviam sido jogados fora. Ela tinha sido cancelada, como um programa de televisão com pouca audiência. Saíra do ar para sempre. Tentou não pensar no fato de que ainda o amava. Se pensasse, teria de se deitar no sopé do monte Tam e começar a chorar. De repente, imaginou se teria um colapso nervoso, mas esse era um luxo que não podia se dar. Teria de agir como adulta, por mais difícil que fosse. Por um instante, achou que não conseguiria. Seria melhor se Peter tivesse lhe dado um tiro. Lembrou-se das palavras dele, que lhe pareceram tão loucas quanto no momento em que foram proferidas. Peter a estava deixando para se casar com Alice. Talvez todos estivessem loucos. Não fazia sentido para ela. Nunca tinha feito. Tudo que estava acontecendo parecia uma insanidade.

— Posso dormir no chão — disse Peter, pensando no arranjo do quarto, que para ela era o menor dos problemas.

Tanya assentiu. Ele merecia uma punição.

— E vamos conversar com as meninas depois da formatura — acrescentou Tanya. Ele concordou. — Então, parece simples. Temos ainda algum assunto a discutir? Vou ter que vender a casa? — Havia uma ponta de desespero em sua voz, e seu coração estava pesado como pedra.

— Só se você quiser — respondeu ele, soando triste.

Tanya parecia normal, mas sua voz tinha um tom de loucura, ou talvez fosse justamente o contrário. Tentava pensar em todos os detalhes para saber o que enfrentaria. Era uma forma de se manter ocupada para não desabar.

— Eu não preciso de pensão. Acho que você deve pagar a faculdade dos meninos. Assim, ficamos quites. Quando vai ser o casamento?

— Tan, não aja assim. Eu sei que foi um choque e não quero prolongar isso. Podíamos ter esperado para saber se estamos fazendo a coisa certa, mas eu não queria enganar você. Alice e eu precisamos de tempo para entender o que está acontecendo e se estamos no caminho certo, mas prefiro fazer isso vivendo com ela que fingindo ao seu lado, mentindo mais do que já menti.

— É claro. Mentir não é bom — disse ela, com as lágrimas escorrendo pelo rosto. — Eu definitivamente acho que você deve viver com Alice, mas, na verdade, não quero ir ao casamento.

Ela começou a soluçar sem querer. Peter tentou envolvê-la com os braços para consolá-la, mas Tanya se desvencilhou e se levantou. Queria preservar a dignidade que ainda lhe restava. Era horrível saber que teriam de fingir que tudo estava bem durante as próximas duas semanas. Não estavam mais casados, na opinião de Tanya. Peter agora pertencia a Alice. Já pertencia a ela havia alguns meses.

Voltaram para casa em silêncio; Tanya limpava as lágrimas do rosto e olhava pela janela. Ficou remoendo as palavras dele.

Peter a estava deixando. Viveria com Alice... Com Alice... Não mais com ela. Teria de viver com seus filhos, mas seus filhos também não estariam mais em casa. Em setembro, ficaria totalmente sozinha. Sem Peter, sem os filhos. Passara o inverno sonhando em voltar para casa, e agora não havia mais ninguém lá. Sua história teve um final muito ruim. Ela nunca teria escrito isso, mas Peter e Alice escreveram. Em suma, Peter a despedira. Durante todo o trajeto para casa, Tanya só pensava em morrer.

Capítulo 14

As duas semanas em Marin foram de agonia do começo ao fim. Tanya tentou fingir que estava tudo bem diante das meninas, e Peter foi extremamente civilizado e solidário a ponto de ser humilhante. Nas cinco semanas em que não o vira, sua vida inteira virara de cabeça para baixo, e agora ele pertencia a Alice. Tanya estava atordoada. Tentava compreender o desenrolar dos acontecimentos. Culpava-se por ter ido trabalhar em Los Angeles. Quando não culpava a si mesma, culpava a Peter. E Alice também, naturalmente. Sentiu-se aliviada quando finalmente voltou para Los Angeles. Tinha emagrecido ainda mais e seu olhar estava duro, mas, na verdade, tinha medo. Estava à beira de um colapso quando chegou ao escritório para trabalhar com Max e Douglas, e foi um alívio ter outra coisa para fazer que não tentar imaginar como sua vida seria depois que Peter fosse embora. Durante as duas semanas em Marin, Tanya lhe fizera perguntas incômodas, como, por exemplo, quais móveis pretendia levar. Considerando que as meninas fariam 18 anos em junho, o problema da custódia seria simples. Não seria necessário determinar horários de visitas. Eles poderiam visitar quem quisessem, na hora em que quisessem. Desesperadoramente simples. Tanya ainda parecia chocada no dia seguinte, enquanto trabalhava com Max e Douglas. O diretor notou imediatamente sua aparência terrível e, no fim do dia, perguntou o que acontecera, enquanto ela guardava seus papéis na pasta. Tanya havia passado o dia inteiro com um ar distraído.

— Vou gostar de saber como foram suas férias? — perguntou ele, em um tom carinhoso, embora já imaginasse o que ela diria. Parecia ainda pior do que quando voltara das férias de Natal. Era possível adivinhar a resposta.

— Não, não vai. — Tanya decidiu lhe contar tudo. — Peter vai sair de casa para morar com a outra depois que as meninas se formarem, em junho. Disse que estão pensando em se casar. Aparentemente, foi "coisa do destino". Uma verdadeira novela na minha vida real. Existe algo mais cafona que isso? É uma pergunta válida.

— A vida é cheia de cafonices — disse Max, solidário, notando que ela estava com mais raiva que em dezembro. E, por baixo dessa raiva, havia um coração partido. Dava para ver claramente. — É incrível como a vida é terrível às vezes, mesmo entre gente pretensamente civilizada. Acho que, de vez em quando, todos nós nos comportamos como se estivéssemos em um programa de televisão vulgar, queiramos ou não. Por isso esses dramalhões dão tão certo na televisão.

— Creio que sim — concordou ela, sorrindo. — Vou ficar bem. Só preciso me adaptar.

Ele sabia que as filhas dela iriam para a universidade no fim do verão e que ela ficaria sozinha, o que, suspeitava, não seria nada fácil. Tanya tinha falado sobre a família o ano inteiro. Agora estava sendo deixada pelo marido. Estava prestes a perder todos que amava, de uma forma ou de outra. E o marido, um idiota na opinião de Max, viveria com a melhor amiga dela. Tanya tinha razão. Era mesmo cafona. E triste. Ele sentia muito por ela.

— Às vezes, a pior coisa que nos acontece se transforma em uma bênção. Na hora, não percebemos. Pode ser que você olhe para trás e perceba. Ou talvez olhe para trás e ache que foi apenas uma época horrível na sua vida.

Ela sorriu sem perceber.

— Acho que sim. Não estou gostando muito disso.

— Então, pelo menos sabemos que você é sã. O único conselho decente que posso dar é que sua salvação pode estar no trabalho. Comigo sempre foi assim. Quando o amor da minha vida morreu, a única coisa que me salvou e manteve minha sanidade foi o trabalho. É o único caminho.

Tanya assentiu. Não tinha pensado nisso. Pensava em seus planos de verão e em como seriam as férias em Tahoe sem Peter, depois que contassem tudo para as meninas, é claro. E como seria quando as levassem para a universidade. Elas tinham recebido cartas de aceitação enquanto Tanya estava em casa, mas nem isso conseguiu animá-la. As filhas estavam empolgadas. Ambas conseguiram o que queriam. Megan iria para a Universidade da Califórnia em Santa Barbara, como o irmão, e Molly iria para a escola de cinema da Universidade do Sul da Califórnia. Tanya não tinha ideia do que faria quando as filhas saíssem de casa. Pensara que finalmente teria mais tempo com Peter, mas agora ele passaria seu tempo com Alice. Sentiu-se como uma bolinha de gude em uma caixa de sapato, rolando sem rumo, sem âncora para mantê-la no lugar. Todas as suas âncoras estavam prestes a ir embora. Era uma sensação terrível. Max tinha razão. A única coisa que restava era o trabalho e as férias com os filhos.

Tanya foi para casa em todos os fins de semana do período de pós-produção. Seu horário era mais civilizado agora. Ela tentava evitar Peter ao máximo, que já passava grande parte do tempo na casa de Alice. As meninas não faziam perguntas, como se soubessem que estavam em um campo minado, tomando cuidado para que as minas não explodissem. Tanya se perguntava em que elas pensavam. Em breve, todos saberiam.

Ela temia contar tudo para os filhos em junho. Nesse meio-tempo, manteve o problema para si, aproveitou a companhia das gêmeas nos fins de semana e escreveu contos extremamente deprimentes à noite, vários sobre a morte. Em certo sentido, seu casamento morrera, e a única forma de luto que conhecia era escrever sobre isso. Em uma tarde, Peter leu um dos contos no computador e ficou aflito. Tanya estava em um péssimo estado de espírito.

Douglas se encontrou com ela na última semana de pós-produção, em maio, e os dois jantaram juntos várias vezes para falar sobre trabalho. Ele a convidou para ir à piscina de novo, mas ela estava fora em quase todos os fins de semana. Ela passou um fim de semana em Los Angeles, mas não aceitou o convite porque estava deprimida demais. Ele planejava produzir outro filme, dessa vez com uma diretora famosa que também ganhara vários prêmios da Academia. Era uma história bastante deprimente sobre uma mulher que cometia suicídio, e ele queria que Tanya escrevesse o roteiro. A ideia se encaixava em seu estado de espírito, mas ela não tinha vontade de continuar em Los Angeles. No fundo do coração, achava que seu casamento terminara porque havia se afastado de casa para trabalhar no filme. Isso deixou um sabor amargo em sua boca. Tudo que queria era voltar para Marin. Quando disse isso a Douglas, em um jantar, ele riu.

— Não me venha com isso de novo, Tanya. Pelo amor de Deus, você não pertence àquele lugar! Escreva uns contos enquanto estiver lá, mas depois volte para Los Angeles. Seus dias em Marin chegaram ao fim, ou deveriam ter chegado. Você escreveu um belo roteiro e talvez ganhe um Oscar. Se não ganhar dessa vez, ganhará no próximo filme. Você não pode escapar do destino. Seu marido vai aceitar. Ele sobreviveu a esse ano, e vai sobreviver ao ano que vem também — declarou ele, em tom confiante.

— Na verdade, ele não sobreviveu — disse Tanya, com calma. — Estamos nos divorciando. — Pela primeira vez, Douglas ficou pasmo.

— Ele está se divorciando de você? A esposa perfeita? Não acredito. Quando isso aconteceu? Depois do Natal, você disse que tiveram problemas, mas imaginei que tudo já estivesse bem. Devo admitir que estou surpreso.

— Eu também — disse Tanya, com ar de desespero. — Ele me contou em março que vai viver com minha melhor amiga.

— Que vulgar... Está vendo o que eu digo? Você não pertence àquele lugar. O povo de Marin não tem imaginação. Quero começar esse filme em outubro. Pense um pouco. Vou ligar para seu agente e fazer uma proposta.

Depois disso, Douglas foi ainda mais gentil que o normal e telefonou para Walt. Ele ligou para Tanya no dia seguinte, impressionado com a soma vultosa, ainda maior que no primeiro trabalho. Douglas queria que ela fizesse o roteiro a todo custo, mas Tanya foi inflexível. Tinha conhecido Los Angeles e não pretendia continuar lá. Não se importava de trabalhar tanto, mas as consequências da sua estadia em Hollywood foram desastrosas. Queria ir para casa e curtir sua dor.

— Você tem que fazer o filme, Tan — interveio Walt. — Não pode rejeitar uma oferta como essa.

— Posso, sim. Vou para casa.

O problema era que ela não tinha um lar para o qual voltar. A casa estava lá, mas vazia. Quando foi para Marin no fim de semana seguinte, percebeu como seria uma agonia ficar ali sem as meninas. Depois que elas fossem para a universidade, no final de agosto, ficaria sozinha. Pela primeira vez na vida. Ligou para Walt na segunda e disse que aceitaria a oferta de Douglas. Não tinha mais nada para fazer. Assinou o contrato na semana seguinte. Quando contou isso para Peter, ele ficou satisfeito por estar certo, sentindo-se superior.

— Eu disse que você ia voltar para lá.

Ele não tinha razão. Ela jamais voltaria se ele não a tivesse trocado por Alice. Em certo sentido, ele a mandara para Los Angeles. Tanya conversou com Max sobre o assunto, e ele lhe deu os parabéns pela decisão acertada. Tanya sabia que ele tinha razão. Por mais que detestasse Hollywood, o trabalho a salvaria depois que Peter e as meninas fossem embora.

O resto do verão foi um pesadelo. Tanya terminou a pós-produção na última semana de maio e voltou para Marin. As meninas se formaram uma semana depois, com toda a pompa e circunstância. Peter teve o bom senso de não levar Alice à formatura. No dia seguinte, ele e Tanya contaram aos filhos que se divorciariam. Todos choraram, inclusive Peter e Tanya. Megan disse que, mesmo com pena da mãe, estava feliz por seu pai ter escolhido Alice. Ela colocou os braços em volta da mãe e lhe deu um abraço. Molly ficou arrasada, e Jason pareceu chocado, embora fosse amigo de James, filho de Alice. Os três ficaram tristes, mas não tanto quanto Tanya esperava. Todos gostavam muito da vizinha e, apesar de sentirem pena da mãe, acharam que aquilo até fazia sentido. Embora não dissessem, achavam que Peter e Alice combinavam muito mais que seu pai e sua mãe.

Tanya contou também que faria outro filme em outubro, mas ninguém se surpreendeu. Perguntaram como ficariam as férias em Lake Tahoe, e ela disse que iria com eles. Peter e Alice planejavam passar a semana no Maine, visitando a família dela. Tudo foi muito civilizado e organizado. Os meninos poderiam visitar quem quisessem, Tanya ou Alice e Peter em sua nova residência. Seria uma transição mais fácil para eles do que se o pai se casasse com outra mulher. No dia seguinte, Peter se mudou para a casa que Alice comprara em Mill Valley, onde ela já morava havia um mês. Ele disse que a casa ao lado tinha sido vendida para uma família simpática, com filhos da mesma idade que os seus. Tudo começava a entrar nos eixos. Era uma época de transição, mas só Tanya parecia estar com a vida desintegrada. Ela mal podia esperar para voltar a trabalhar e manter a cabeça ocupada. Detestava tudo em sua vida atual, com exceção dos filhos. Sabia que não estava sendo boa companhia, pois andava muito deprimida. Ela se sentiu melhor em Tahoe, voltando a ser um pouco como antes. Apesar de tudo que acontecera naquela primavera, todos se divertiram. Até mesmo Tanya, que já começara a trabalhar em seu novo roteiro à noite. Era uma história deprimente, mas que ela adorara e que combinava com seu espírito melancólico. Douglas ligou algumas vezes, e ela lhe mandou alguns trechos por fax, que lhe agradaram muito. Disse que esse filme certamente lhe daria o Oscar, se o primeiro também não o desse. O filme se chamaria *Desaparecida*.

No final de agosto, Peter e Alice apareceram para levar Jason e Megan para Santa Barbara. Tanya foi em seu carro. Era a primeira vez que via Alice em meses, e foi penoso, mas ela sobreviveu. As duas não se falaram, e Peter pareceu mais constrangido que Tanya.

Na semana seguinte, levaram Molly para a USC. Tanya adorou a ideia de a filha estudar em Los Angeles, pois voltaria a morar no Bangalô 2 do Hotel Beverly Hills. Mudou-se no dia em que deixou Molly na universidade. Naquela noite, jantaram juntas no bangalô. Pediram serviço de quarto e riram como duas crianças. Tanya já se sentia em casa ali. Ficou surpresa por ter sobrevivido aos últimos cinco meses, os mais difíceis de sua vida, desde que Peter dissera que iria embora. Por mais impossível que parecesse antes, ela sobreviveu. Agora, podia se dedicar a outro filme. Agarrou-se ao trabalho para sobreviver. Era a salvação que Max mencionara. Ele tinha razão.

Esteve com Douglas no dia seguinte para conversarem sobre o filme. Finalmente, conheceu a diretora que ele tanto elogiara e gostou dela. Eram da mesma idade e descobriram que tinham muito em comum. Estudaram em Berkeley na mesma época, mas nunca se conheceram. Tanya ia gostar de trabalhar com ela. Sentia-se uma profissional agora, depois do ano anterior em que era uma novata. Seria uma filmagem difícil mas também seria divertido escrever o roteiro.

Após a reunião, Douglas convidou as duas para almoçar no Spago. Quando levou Tanya de volta para o hotel, perguntou o que achara da diretora.

— É uma mulher muito interessante — respondeu Tanya, com sinceridade. — E incrivelmente brilhante.

Imaginou se Douglas teria uma quedinha por ela, pois era uma mulher muito atraente, mas não quis perguntar. Não lhe dizia respeito, e ele era discreto sobre as mulheres com quem saía. Tanya sabia que ele gostava de pessoas importantes, que ficassem bem em seus braços. Eram como troféus, mas não do modo comum. Gostava de mulheres brilhantes. Adele Michaels certamente se encaixava nesses moldes. Falaram sobre ela durante todo o trajeto até o hotel.

— Que bom que você gostou dela — comentou Douglas, satisfeito. — A propósito, como foi seu verão? Não cheguei a perguntar.

— Interessante — respondeu ela, com sinceridade. Sentia-se mais à vontade com ele agora. No ano anterior, tudo era novo, e Douglas a intimidava. Ainda despertava sua admiração, mas não a assustava mais. Pareciam quase velhos amigos. — Peter se mudou para a casa da namorada. As meninas foram para a universidade. Meu ninho está finalmente vazio. Todos foram embora, inclusive Peter e eu. — Tanya deu um sorriso pesaroso, pensando em quantas coisas tinham mudado no último ano. Agora, estava de volta a Los Angeles para fazer outro filme, e o Bangalô 2 era seu novo lar. — Acho que você tinha razão. Meus dias em Marin ficaram para trás, pelo menos por enquanto. — E possivelmente para sempre.

— Que bom! — exclamou ele, em um tom confiante. — Nunca consegui imaginá-la naquele lugar. — Ross tinha sido um lugar perfeito para ela e para sua família durante vinte anos. Agora, teria de encontrar seu caminho e construir uma nova vida. Estava se adaptando à ideia. Às vezes, ainda lhe parecia chocante. — Que tal passar o domingo na piscina de novo? Com as mesmas regras. Não precisamos conversar. Podemos relaxar.

Tanya sabia que em breve estariam enlouquecidos com as filmagens e achou a oferta tentadora. Tinha gostado do dia que passara na casa dele, especialmente quando Douglas tocou piano. Esperava que tocasse novamente.

— Vou tentar não roncar dessa vez — brincou ela, rindo. — Obrigada pelo convite.

— Domingo, às onze. E comida japonesa uma noite dessas. Talvez na semana que vem, antes de começar a insanidade.

Dentro de pouco tempo, eles teriam reuniões de pré-produção. Tanya estava ansiosa por elas desde que conhecera Adele. Seria divertido juntar forças com ela.

Ela se despediu enquanto Douglas partia em seu novo Bentley e voltou para o bangalô. Trabalhou no roteiro até tarde, inspirada pela reunião que tiveram. Tentou não pensar em Peter quando terminou o trabalho. Era estranho estar de volta ao bangalô e não ser mais sua esposa. Tinham entrado com o pedido de divórcio em junho e tudo estaria concluído em dezembro. Vinte anos jogados fora. Restaram-lhe seus filhos e uma casa vazia aonde não tinha mais vontade de ir. Peter pertencia a Alice agora. E o bangalô no Hotel Beverly Hills parecia mais seu verdadeiro lar. Era estranho como a vida mudara. E triste.

Tanya esteve com Molly no sábado à tarde e a levou para a universidade depois do jantar. Elas se divertiram e conversaram com Megan e Jason pelo celular de Tanya. Era bom saber que todos estavam por perto, especialmente Molly, de quem era tão próxima. Falaram sobre o divórcio durante o jantar. Sua filha confessou que ainda estava chocada com o fato de seu pai abandoná-la e se mudar para a casa de Alice. Era difícil explicar ou compreender. Disse à mãe que ela tinha de seguir em frente, por mais difícil que fosse. Perguntou-lhe se estava interessada em sair com alguém, e Tanya respondeu que não. Não conseguia pensar em sair nem, pior ainda, ir para a cama com alguém. Estivera com Peter durante vinte e dois anos. Parecia-lhe inconcebível namorar outro homem.

— Mas você vai ter que sair com alguém algum dia — disse Molly, em tom encorajador.

— Não estou preocupada com isso. Prefiro trabalhar. — Depois, Molly falou sobre os garotos da USC e disse que já tinha conhecido dois rapazes que lhe interessaram.

Quando voltou para o hotel e deitou na cama, Tanya se lembrou da conversa que teve com a filha. A perspectiva de namorar alguém parecia terrível. Embora Peter estivesse vivendo com outra mulher, ela ainda se sentia sua esposa. Não podia pensar em se envolver com outro homem. Não tinha desejo de sair com ninguém. Tudo que queria era ver seus filhos e trabalhar no novo filme. Talvez algum dia namorasse, disse a si mesma, mas não agora. Ou talvez nunca.

Na manhã seguinte, pegou um táxi para ir à casa de Douglas. Ele foi tão hospitaleiro quanto na vez anterior, e o dia foi relaxante e ainda mais bonito. Dessa vez, ele serviu almoço, e os dois conversaram durante algum tempo sobre o novo filme, passando para outros assuntos. Tanya conseguiu não dormir e nadou na piscina. Foi um dia fácil e muito agradável. Ela ficava surpresa ao notar que ele relaxava em casa, principalmente nos domingos na piscina, ao contrário da tensão que demonstrava durante as filmagens e as reuniões de pré-produção.

— Como você está lidando com todas essas mudanças em sua vida? — perguntou Douglas no início da tarde, quando se sentaram lado a lado nas espreguiçadeiras.

Ele era uma boa companhia, e os palpites que dera enquanto ela fazia as palavras cruzadas do *New York Times* deixaram Tanya impressionada. Douglas sabia que o divórcio era muito difícil para ela e que estava muito decepcionada, depois de defender seu casamento com tanto ardor. Ele nunca imaginara que isso pudesse acontecer e, com certeza, muito menos ela. Não sabia ao certo o que ocorrera, mas sabia que aquilo havia partido o coração dela. Estava magra e às vezes parecia triste, mas reagia bem, e ele a admirava por isso. Convidou-a para a piscina naquele dia para alegrá-la um pouco.

— Quer que eu seja franca? Não sei. Acho que continuo em estado de choque. Um ano atrás, eu me via como uma mulher casada e feliz que tinha o marido mais maravilhoso do mundo. Nove meses atrás, descobri que ele havia me traído. Seis meses atrás, ele disse que queria o divórcio para viver com minha melhor amiga. E daqui a três meses vou ser uma mulher divorciada. Minha cabeça está girando.

Douglas assentiu. Era uma verdadeira epopeia. A desintegração daquele casamento ocorrera na velocidade da luz. Era estonteante até mesmo para ele, e sem dúvida fora terrível para Tanya.

— É espantoso, mas você parece bem. Está mesmo? — perguntou, preocupado. Às vezes, ele conseguia ser uma ótima pessoa, especialmente em casa. Lá fora, no mundo, a uma mesa de reunião ou no estúdio, era afiado como uma faca.

— Acho que estou. Não sei bem como agir aqui em Hollywood. Estou parecendo uma maluca? Porque às vezes me sinto meio louca. Quando acordo, penso que foi tudo um sonho, mas sinto um soco no estômago e lembro que é tudo real. É uma forma bem ruim de começar o dia.

— Já passei por épocas assim — confessou ele. — Todos nós passamos. O truque é atravessar essa fase com o mínimo de amargura e de danos. Não é tão fácil quanto parece. Ainda me acho amargo sobre algumas experiências ruins na minha vida e morro de medo. Imagino que você sinta o mesmo. Parece que esses acontecimentos foram uma grande surpresa para você.

— Foram, sim. Eu achava que tinha um casamento feliz, mas não sabia de nada. Nunca me peça conselhos sobre relacionamento. Ainda acho que meu marido... meu ex-marido...

— Ela precisava se esforçar para lembrar. — Acho que ele ficou louco. E minha melhor amiga demonstrou total falta de integridade. Como você disse, foi uma grande decepção.

— Você saiu com alguém depois disso? — Ele tinha muita curiosidade a respeito dela e estava intrigado. Achava-a uma mulher brilhante. E que escrevia muito bem.

Tanya riu.

— É como perguntar a sobreviventes de Hiroshima se eles estiveram em outros bombardeios ultimamente. Não estou ansiosa para tentar mais uma vez. Talvez desista para sempre. Minha filha me disse que preciso começar a sair com alguém, mas acho que não — respondeu ela, olhando para a piscina com ar distraído e pensando nos meses anteriores. Tudo parecia uma loucura, por isso Tanya fazia o possível para não pensar sobre isso. — Na minha idade, não preciso me casar de novo. Não quero ter mais filhos. Nem sei se quero namorar alguém. Na verdade, tenho certeza de que não quero. Não pretendo correr o risco de ter o coração partido de novo. Para quê?

— Você também não pode entrar para uma ordem religiosa. E não imagino que queira ficar sozinha pelo resto da vida — comentou ele, sorrindo. — Seria um desperdício terrível. Você vai precisar ter coragem de novo em algum momento.

— Por quê?

— Por que não?

Ela olhou para a piscina e não respondeu.

— Não posso pensar em uma boa resposta em nenhum dos casos.

— Isso significa que ainda não está pronta — concluiu ele, em tom prático, e ela assentiu. Era estranho discutir sua vida amorosa, ou a ausência dela, com Douglas.

— Isso é resumir meus sentimentos de uma forma bastante simplista. Por algum tempo me senti como se estivesse disputando os jogos paralímpicos. — Peter acabara com ela. Tanya havia perdido o equilíbrio desde então, o que não era estranho. — Namorar alguém não me parece nada divertido, de qualquer forma. São apenas duas pessoas se arrumando e sacaneando uma à outra. Eu não gostava de namorar nem quando estava na faculdade. Os homens sempre quebravam suas promessas ou cancelavam os encontros. Eu detestava isso, até o dia em que conheci Peter. — E, no fim, ele acabou sendo o maior quebrador de promessas e, junto com isso, partiu seu coração.

— É bom sair com a pessoa certa de vez em quando — encorajou Douglas.

Ele também não queria uma companhia constante, e sim sair com mulheres inteligentes às vezes, e ocasionalmente com mulheres extremamente glamorosas. Gostava de exibi-las como se fossem acessórios. Tanya o considerava um homem solitário desde que o conhecera um pouco melhor no ano anterior. Gostava de jantar com ele em restaurantes japoneses e mais ainda das comidas chinesas que dividiam enquanto discutiam problemas com o roteiro e vários aspectos do trabalho.

— Veja Jean Amber e Ned Bright. Eles viviam colados no estúdio, tiveram um romance tórrido e tudo terminou em uma grande briga na imprensa em julho. Qual é a graça?

Douglas riu de sua avaliação. Era verdade que haviam criado uma grande confusão, mas eles sempre agiam assim. Eram jovens, lindos e famosos.

— Não estou sugerindo que você saia com garotos dessa idade. Aliás, nem com atores de qualquer idade. São todos ligeiramente doidos. Incrivelmente egocêntricos. E conhecidos por se comportarem mal. Estava pensando em alguém mais respeitável ou com uma idade mais razoável.

— Existem homens razoáveis? — perguntou ela, com tristeza. — Eu achei que Peter fosse, e veja o que ele fez. Por acaso foi razoável?

— As pessoas fazem loucuras às vezes. Ele provavelmente ficou desestabilizado quando você veio trabalhar em Los Angeles, não que isso seja desculpa.

— Ela morava na casa ao lado e o ajudou a cuidar das meninas quando vim para cá. Peter acabou achando que tinham mais em comum porque ela estava lá e eu, não. Ele ficou com medo de que eu quisesse viver aqui para sempre. Estava convencido de que eu voltaria para cá para fazer outro filme. E o mais absurdo é que voltei, mas só porque ele me largou e foi viver com outra. Como não tenho nada para fazer, voltei.

— Pensei que tivesse voltado pelo filme que queremos fazer. Tanya ficou sem jeito, e os dois riram.

— Por isso também, mas eu não teria feito outro filme se ainda estivesse casada. Eu queria voltar para casa.

— Eu sei, mas acho que ele fez um grande favor a você, Tanya. Espero que reconheça isso um dia. Você não pertence àquele lugar. Pertence a Los Angeles. É sofisticada demais para ficar enterrada nas selvas de Marin.

— Era bom quando as crianças estavam crescendo — comentou, pensativa. — Devo admitir que agora eu ficaria um pouco entediada lá. É um ótimo lugar para criar os filhos.

— Como você não está casada nem criando filhos, creio que estará melhor por aqui. É uma vida muito mais interessante. E vamos conseguir um Oscar para você.

— Da sua boca para os ouvidos de Deus. — Ela riu. Era uma expressão que tinha ouvido de Max. Naquela semana, ele a convidara para almoçar. — Ganhar um Oscar seria muito divertido.

Douglas riu.

— Isso sim é simplista. Ganhar um Oscar é fantástico! É um grande alimento para o ego ser reconhecido por seus colegas e ser considerado o melhor em sua área. Você merece um Oscar por *Mantra*, mas talvez a competição seja ferrenha esse ano. Se for assim, creio que *Desaparecida* dará o prêmio a você. Estou contando com isso.

— Obrigada pelas oportunidades que me deu, Douglas. Fico muito grata. Estou contente por ter voltado para trabalhar com você em outro filme.

Os dois sabiam que esse filme seria especial, ainda mais especial que o anterior.

— Mal posso esperar para começar as filmagens. Também estou feliz por você estar conosco. Acho que vai ser um filme extraordinário, em grande parte devido ao seu roteiro. — Ele tinha ficado impressionado com o que ela fizera até ali. A diretora também estava bastante empolgada. Tanya aprendera muito no ano anterior e aprimorara sua capacidade de escrever a um nível impressionante. — Formamos uma boa equipe — disse ele, olhando-a com admiração. Depois, continuou, tão baixinho que Tanya quase não ouviu: — Andei pensando que poderíamos formar uma equipe muito boa de outras formas também. — Por um instante, ela não entendeu o que Douglas quis dizer, mas seu olhar não a deixou. Tanya havia entrado em seu mundo particular, por trás dos muros que ele construíra. — Tanya, você é uma mulher incrível. Acho que temos muita coisa para ensinar um ao outro. Quero saber se gostaria de sair comigo para mais que um jantar em um restaurante japonês. Vou a alguns eventos aos quais acredito que você gostaria de ir. Você me daria a honra de me acompanhar? — Ela ficou assustada com o convite. Douglas estava perguntando, de uma forma muito gentil, se ela consideraria sair com ele. Tanya o encarou, atordoada, sem saber o que dizer. — Prometo que cuidarei muito bem de você.

— Eu... Eu não sei o que dizer... Nunca pensei em você dessa forma. Pode ser divertido — respondeu ela, com cuidado. Estava preocupada de criar uma situação esdrúxula se eles se envolvessem em termos pessoais e profissionais. Não queria fazer como Jean Amber e Ned Bright, que se tornaram um escândalo nas revistas de fofoca. Não podia imaginar Douglas se comportando dessa forma. Nunca tinha pensado em si própria como uma opção para ele, especialmente porque era casada na época em que trabalharam juntos. — Acho que gostaria, sim — declarou ela, baixinho, ainda chocada com o convite.

Com uma palmadinha em seu ombro, ele se levantou e foi para a sala de música. Sentou-se ao piano e começou a tocar, dessa vez Chopin e Debussy. Tanya permaneceu deitada diante da piscina, com os olhos fechados, ouvindo a música que chegava aos seus ouvidos. Ele tocava muito bem. Ao se lembrar do que ele lhe dissera, deu um sorriso e caiu no sono. Quando Douglas finalmente parou de tocar, encontrou-a dormindo e a olhou durante um longo tempo. Era exatamente isso que ele tinha em mente desde a primeira vez que viu Tanya. Levou mais tempo do que esperava, mas esse dia finalmente chegara.

Já era fim de tarde quando Douglas a acordou com cuidado. Conversaram por alguns minutos antes de ele levá-la de volta para o hotel, prometendo ligar uns dias depois.

Capítulo 15

A primeira noite em que Douglas levou Tanya para jantar foi muito mais elaborada do que ela havia imaginado, mas surpreendentemente agradável. Ela usava o vestido preto que trouxera de casa no ano anterior, sandálias de cetim preto, brincos de brilhante, um casaco de pele e uma pequena bolsa também de cetim preto. Seus cabelos loiros e compridos estavam presos em um coque. Estava muito arrumada e elegante quando entrou no novo Bentley, e Douglas ficou feliz ao vê-la. Sua aparência era bastante sofisticada, e Tanya ficou impressionada ao ver o produtor vestido a rigor. Ele estava mais atraente que nunca, e os dois formavam um par muito discreto e glamoroso. Nessa noite, foram à festa de um ator famoso, que fazia parte da velha guarda de Hollywood, um homem importante que agora era conhecido pelas grandes festas que dava. Sua casa era tão bonita quanto a casa de Douglas, embora as obras de arte não fossem tão espetaculares. Todos os nomes importantes da indústria cinematográfica haviam sido convidados. Tanya conheceu gente de quem somente ouvira falar, e Douglas fez questão de apresentá-la a todos, elogiando seus roteiros para os filmes *Mantra* e *Desaparecida*. Ele fez com que Tanya se sentisse à vontade e foi muito atencioso durante a noite toda.

O jantar estava excelente, e Tanya dançou com ele em uma cobertura de acrílico instalada sobre a piscina, ao som de uma banda trazida de Nova York especialmente para a ocasião. Foi uma noite fantástica. Ficaram na festa até depois de meia-noite e tomaram um drinque no Polo Lounge quando voltaram. Ela estava relaxada e feliz. Disse que tinha se divertido muito. Douglas concordou.

— Em geral, ele convida pessoas interessantes para suas festas — comentou Douglas. — Não apenas gente que quer se mostrar mas também gente inteligente. Eu sempre encontro alguém com quem gosto de conversar.

Tanya assentiu. Ela própria teve muitas conversas fascinantes. Douglas fez questão de incluí-la em todos os grupos que encontrava. Tanya ficou surpresa ao perceber como se sentia tranquila ao seu lado. Depois do drinque, ele lhe agradeceu por ter aceitado acompanhá-lo e disse que sua presença tornara a noite muito mais divertida. Ela percebeu que suas palavras eram sinceras.

— Vamos repetir a dose em breve — prometeu ele, com um sorriso caloroso, dando-lhe um beijo no rosto. — Obrigado, Tanya. Durma bem. Até amanhã.

No dia seguinte, teriam reuniões de pré-produção nos escritórios dele. Ela se sentiu um pouco como a Cinderela. Teria de esfregar o chão do castelo no dia seguinte, mas aquela noite foi um interlúdio para ambos.

Douglas a acompanhara até a porta do bangalô e foi embora com um ar pensativo e sorridente. A noite havia sido melhor que o esperado para ambos. Voltou para casa em seu Bentley enquanto Tanya tirava a roupa lentamente, pensando nele. Era um homem complexo, sem dúvida. Ela sempre tivera a sensação de que Douglas escondia muita coisa por trás dos muros que criara. Estava tentada a atravessar esses muros ou a procurar a passagem para o outro lado. O que mais apreciava nele era sua mente brilhante, além de ser um homem bonito. Nunca imaginou que sentiria atração por ele, mas ficou surpresa ao perceber que sentia. Gostou de dançar, de conversar e de discutir a noite com ele. Além do mais, os dois riam muito juntos. Em suma, a noite havia sido um sucesso. Ela se deitou na cama depois de escovar os dentes, pensando em como era sortuda por ter saído com Douglas Wayne. Não pensava nele dessa forma, mas sabia que ser vista em Hollywood com o produtor era sensacional.

Douglas se mostrou extremamente circunspecto na reunião da manhã seguinte. Adele apresentou suas anotações sobre o roteiro e as discutiu com os dois. Douglas perguntou a opinião de Tanya várias vezes e concordou com ela em quase tudo. Quando não concordava, tinha o cuidado de explicar a razão de sua divergência. Foi mais respeitoso que antes e especialmente atencioso. Preocupou-se em lhe oferecer seu chá favorito repetidamente e foi almoçar com ela e os outros mais tarde. Tanya teve a sensação de estar sendo cortejada de forma muito sutil, delicada e confortável. Era um sentimento estranho, mas uma sensação bastante agradável. Terminado o almoço, ele a levou até o carro e sugeriu que jantassem na noite seguinte. Tanya aceitou. Enquanto o carro se distanciava, viu-se pensando em Douglas, imaginando aonde aquilo chegaria. A lugar nenhum, provavelmente, mas sair com ele parecia uma boa coisa, principalmente depois dos seis últimos meses de pesadelo.

Seu segundo encontro oficial com Douglas foi muito mais tranquilo. Foram a um aconchegante restaurante italiano e conversaram durante horas. Ele falou sobre sua infância no Missouri. Seu pai era banqueiro e sua mãe pertencia a uma família da alta sociedade. Os dois morreram quando ele era jovem e lhe deixaram algum dinheiro, que ele usou para vir para a Califórnia tentar ser ator de cinema. Em pouco tempo, descobriu que o dinheiro e a diversão estavam na área de produção. Investiu suas economias e ganhou um pouco mais de dinheiro. Dali em diante, passou a investir e produzir filmes até fazer uma enorme fortuna. Era uma história fascinante, que Douglas contou com naturalidade.

Havia ganhado seu primeiro Oscar aos 27 anos e se tornara uma lenda em Hollywood aos 30. Agora, era uma verdadeira instituição, não apenas uma lenda. Havia inúmeras histórias sobre Douglas e todos admiravam seu toque de Midas. Era objeto de inveja, ciúmes, respeito e admiração. Era severo em suas negociações, tinha integridade e nunca aceitava um não como resposta. Admitiu prontamente que gostava que as coisas fossem à sua maneira e que perdia as estribeiras, agindo como um menino mimado quando alguém lhe negava algo. Eram informações interessantes sobre ele, e Tanya ficou intrigada com o que Douglas havia dividido com ela. Estava permitindo que ela visse somente o que ele queria, mas ela percebeu que seus muros continuavam firmes e que talvez nunca caíssem. Não tinha razão para tentar escalá-los ou demoli-los. Era um desafio interessante tentar descobrir quem Douglas era. Por fora, um homem extremamente inteligente, um tanto distante, cuidadoso e rico. Conhecia o mundo da arte, adorava música e dizia que acreditava na instituição da família, mas que isso só valia para os outros. Não hesitava em admitir que crianças o incomodavam. Parecia ter muitas idiossincrasias, excentricidades e opiniões. Ao mesmo tempo, Tanya sentia que ele era vulnerável, bom, às vezes, e surpreendentemente despretensioso, considerando tudo que já conquistara. O lado sardônico, frio e irritante, que ela notara no início, parecia suavizado pelo tempo que passaram juntos, em que pôde conhecê-lo melhor.

Foram para casa ainda mais tarde dessa vez, atravessando o trânsito no Bentley. Havia alguma coisa muito antiquada nele, mas Tanya achava isso atraente. Douglas tinha 55 anos e estava solteiro havia 25. Ele lhe dava informações interessantes. Ela também falava sobre sua vida e mencionava constantemente os filhos, apesar de ele não fazer muitas perguntas sobre as crianças. Dizia, em tom de desculpa, que filhos não eram sua praia.

Após outra noite agradável, ele a beijou no rosto novamente. Tanya se sentia respeitada e teve a sensação de que ele não avançaria o sinal. Douglas mantinha distância. Seus limites eram bem-definidos e esperava o mesmo comportamento por parte dos outros. Deixou claro que não gostava de gente bajuladora. Mantinha igual distância de garçons bajuladores, donos de restaurante arrogantes e *maîtres* mal-humorados. Gostava de um bom serviço, mas não apreciava ter seu espaço invadido por ninguém, por razão alguma. Ele demonstrou isso a Tanya várias vezes. Preferia ser ele quem se aproximava dos outros, em seu próprio ritmo, em vez de ser importunado, invadido ou perseguido. Para ela, tudo bem. Aceitava perfeitamente que Douglas determinasse o passo. Não tinha desejo de amarrá-lo, sufocá-lo ou caçá-lo. Sentia-se completamente bem com o desenrolar da situação e não esperava nada dele. O relacionamento que tinham parecia perfeito. Apesar das noites agradáveis, eram apenas amigos.

Douglas a convidou para vários outros eventos, um deles no Museu de Arte de Los Angeles, para a estreia de uma peça vinda de Nova York. Era muito controversa, e as pessoas presentes na estreia, um evento beneficente, compunham um grupo eclético e interessante. Depois, eles saíram para jantar sozinhos. Douglas a levou ao L'Orangerie, evitando o usual Spago, onde teria de se levantar e cumprimentar as pessoas durante a noite inteira. Queria se concentrar em Tanya, nas conversas dos dois, e não nos conhecidos que o encontrariam e se perguntariam quem era ela. Pediu caviar em cascas de ovo para ela, e ambos comeram lagosta e suflê de sobremesa. Foi uma refeição perfeita e uma noite ótima. Douglas estava se mostrando a companhia ideal. A insegurança que sentira ao seu lado quando se conheceram, seus comentários ácidos e suas opiniões cínicas sobre a vida e o casamento de Tanya não tinham nada a ver com o homem com quem estava saindo agora. Douglas era compreensivo, gentil, interessante e interessado, fazendo questão de que ela se divertisse. Descobria coisas inusitadas para fazerem, que achava que a interessariam. Era respeitoso, charmoso, afável, elegante. Ele lhe passava uma sensação permanente de proteção, mesmo durante as reuniões ou no estúdio. Deixava tudo mais fácil para ela.

As tardes de domingo na piscina estavam se tornando um hábito. Tanya fazia palavras cruzadas ou se deitava ao sol e dormia enquanto ele tocava piano. Era um contraponto perfeito para as semanas movimentadas depois que as filmagens começaram, no início de outubro. Dado o conteúdo do filme e as rigorosas exigências quanto a atuação, a atmosfera no estúdio era muito tensa. Em geral, Tanya e Douglas saíam à noite para relaxar. Às vezes, ele ia ao bangalô e pediam algo para comer pelo serviço de quarto ou comiam no Polo Lounge, embora não fosse tão sossegado. Mesmo assim, era bom sair e ver gente.

Eles pareciam ter os mesmos interesses e a mesma necessidade de ver ou não ver outras pessoas, dependendo do humor. E pareciam ter ritmos semelhantes. Tanya estava surpresa por se darem muito bem. Nunca imaginara que estar com Douglas pudesse ser tão divertido, mas admitia para si mesma, ao fim de cada noite, sozinha em seu bangalô, que ainda sentia uma falta terrível de Peter. Seria estranho se não sentisse. Ninguém joga fora vinte anos de vida da noite para o dia. Talvez ele tivesse jogado, mas ela ainda achava estranho não ligar para Peter no fim do dia para dar boa-noite. Uma ou duas vezes, em momentos de extrema solidão e saudade, quase ligou. Sentia falta do conforto de seu relacionamento com Peter, embora Douglas a mantivesse feliz e ocupada e ela tentasse não pensar na rapidez com que sua vida mudara. Era difícil aceitar a ideia de que Peter se fora para sempre. Tanya se perguntava como ele estaria com Alice, se eram felizes ou se sentiam que tinham cometido um erro. Era difícil crer que roubar a vida de alguém e trair a esposa e a melhor amiga lhes traria felicidade, mas talvez trouxesse. Seus filhos tinham cuidado para não mencionar Peter e Alice quando conversavam com a mãe, e ela era grata por isso. Ouvir falar deles era penoso, provavelmente o seria para sempre. O processo de divórcio terminaria em dois meses. Ela detestava pensar sobre isso, mas Douglas lhe oferecia boas distrações para sua tristeza.

Ele perguntou sobre seu divórcio em uma tarde de domingo, quando estavam na piscina. Tinham almoçado uma salada de endívia e siri preparada por ele, e Tanya comentou que estava sendo mimada demais. Era bem diferente de sua vida em Marin. Tudo era diferente agora, desde os jantares no Spago e as pessoas que a reconheciam quando ela saía até sua vida confortável no Bangalô 2 do Hotel Beverly Hills. Tudo mudara, e Douglas era o responsável pela maioria dessas mudanças, se não por todas.

— Quando você vai se divorciar, Tanya? — perguntou ele, com naturalidade, bebendo um excelente vinho branco.

Suas adegas eram extraordinárias, e ele apresentou Tanya a muitos vinhos e safras especiais dos quais ela ouvira falar, mas nunca provara. Ele também era aficionado por charutos cubanos. Tanya gostava do cheiro dos charutos, que ele sempre fumava fora de casa. Sabia ser extremamente atencioso e gentil, e ela se surpreendeu com a pergunta. Agora que o via com mais frequência e que ele não tentava provocá-la como fazia no início, Douglas raramente fazia perguntas pessoais. Evitava tocar em assuntos dolorosos e mantinha as confidências em um nível bastante superficial. Era óbvio para Tanya que ele gostava de sua companhia, mas evitava intimidades.

— No fim de dezembro — respondeu ela.

Não gostava de ser lembrada do assunto. Aquilo a fazia se lembrar de uma época triste, que ainda não esquecera e que poderia permanecer em sua mente durante um longo tempo. Não conseguia imaginar que um dia pensaria com indiferença em Peter e na sua traição com Alice. Ainda era uma lembrança penosa. Muito penosa. Por isso, Tanya era grata pelos bons momentos que passava com Douglas e por sua gentileza. Isso acrescentava uma nova dimensão ao relacionamento de trabalho que tinham.

— Vocês já fizeram a divisão dos bens?

O lado comercial de qualquer coisa o interessava mais. Assuntos emocionais eram menos importantes para ele. Essa não era sua área, mas a dela.

— Não temos muitos bens. Algumas ações, que dividimos igualmente, e nossa casa. Ele concordou em deixá-la para mim e para os meninos por enquanto. Provavelmente teremos que vendê-la mais tarde. Como nossos três filhos moram fora, não faria sentido manter a casa fechada. No momento, podemos nos encontrar nos feriados e nos meses de verão. Acho que vou morar lá entre um filme e outro, se continuar a fazer roteiros para o cinema — disse ela, sorrindo. — Se não, voltarei a escrever em Marin. Felizmente, Peter não está ansioso para vender a casa e disse que pode esperar. Ele ganha um bom dinheiro como advogado, mas ter filhos é caro, assim como mantê-los na faculdade, e, mais cedo ou mais tarde, teremos mesmo de vendê-la. — A anuidade das universidades era uma fortuna. O dinheiro que Tanya havia ganhado com os dois roteiros que escrevera fora investido na bolsa em São Francisco, e era só dela. Peter não queria seu dinheiro, embora fossem casados com comunhão de bens e não tivessem feito acordo pré-nupcial. Ele não havia sido ganancioso nem exigente em termos financeiros; na verdade, só queria se ver livre dela o mais depressa possível para viver com Alice. Tanya não sabia se estavam planejando se casar.

— Por que perguntou isso?

— Por mera curiosidade — disse ele, relaxado, bebericando seu vinho e acendendo um charuto. Tanya gostava do cheiro forte da fumaça. Era um Romeu & Julieta fabricado em Havana, que alguém lhe dera. — Divórcio é sinônimo de confusão para mim. Pessoas brigando por dinheiro. Como se fossem mendigos disputando uma lata cheia de moedas, tentando dividir ao meio o sofá e o piano. O dinheiro transforma a pessoa mais civilizada em um selvagem. — Ele próprio passara por isso com mulheres que tentaram extorqui-lo ou exigir uma pensão, mas seus dois divórcios, quando ainda era jovem, haviam sido fáceis. Depois disso, nunca tentou se ligar a alguém. — Você se casaria de novo, Tanya? — perguntou, interessado.

Ela hesitou antes de responder. Eles conversavam sobre inúmeros assuntos deitados à beira da piscina nas tardes de domingo. Às vezes, não diziam uma só palavra, nadando juntos em voltas sincronizadas. Tanya nunca se sentira tão bem com alguém, a não ser com Peter. Para sua surpresa, estava se habituando à companhia de Douglas. Tornaram-se mais próximos depois dessas tardes de domingo na casa dele. Ela não estava apaixonada, mas gostava muito da companhia dele e do tempo que passavam juntos.

— Não sei — respondeu, com franqueza. — Duvido. Não tenho razão para me casar. Não quero ter mais filhos. Conheço gente que teve filhos mais tarde, mas me sinto velha demais para recomeçar, e estou feliz com os que tenho. Não posso imaginar assumir um relacionamento sério com ninguém. Para mim, é algo que acontece uma vez só. Vivi com Peter durante metade da minha vida. Não creio que tenha coragem de me arriscar novamente a me desapontar ou me magoar — explicou ela, com um olhar triste.

Douglas soltava rodelas de fumaça no ar, ouvindo e pensando no que ela dizia.

— Se suas expectativas forem diferentes, talvez não se desaponte, Tanya. Você acreditava em contos de fadas, então, quando o sapatinho de cristal se quebrou, tudo se perdeu. Algumas pessoas têm ideias mais práticas quando se casam ou são mais realistas sobre o que esperam. Dessa forma, sofrem menos e não se desapontam tanto. Eu, pessoalmente, teria essa perspectiva se me casasse novamente. Romance e paixão não fazem meu estilo e acho que são uma receita para o desastre. A única pessoa com quem eu me casaria seria uma amiga querida, alguém com quem eu me entendesse muitíssimo bem, que me oferecesse companhia e compreensão e tivesse senso de humor. O resto não me parece digno de confiança.

O que Douglas dizia fazia sentido, mas não era romântico. Tanya entendia sua forma de pensar. Não conseguia imaginá-lo apaixonado, apenas assinando uma parceria com uma mulher que amasse e respeitasse ou de quem só gostasse. Douglas não era regido por emoções, e sim pela razão. Embora fosse difícil imaginá-lo como parceiro de qualquer mulher. Ele parecia perfeitamente satisfeito sozinho.

— Você se imagina casando de novo, Douglas? — perguntou ela, curiosa.

Ele parecia um solteirão feliz, que não precisava de companhia constante. Quando queria alguém, sabia onde encontrar e organizava tudo ao seu jeito. Gostava imensamente da companhia de Tanya, mas ela não se sentia cortejada nem amada. Ele gostava do tempo que passavam juntos e de sua própria vida também. Tudo estava perfeito para ambos. Ele não a pressionava, deixando-a à vontade, e não queria favores sexuais. Eram colegas de trabalho que, por sorte, algum esforço da parte dele e certa boa vontade da parte dela, tornaram-se amigos. Era perfeito para Tanya naquele momento de sua vida.

Um homem que a perseguisse a deixaria assustada, e Douglas sabia disso. Ele percebia facilmente que ela não superara ainda a perda de Peter, e que talvez isso levasse algum tempo. Ela amara o marido de verdade, por menos digno que ele tivesse se mostrado no final.

Douglas respondeu à pergunta de Tanya com cuidado. Havia se perguntado o mesmo várias vezes e tivera sempre a mesma resposta. Como Tanya, não via motivo real para se casar novamente. De vez em quando, sentia vontade de casar, mas isso não durava muito tempo. Achava difícil entrar em um novo casamento.

— Não sei — respondeu, observando as rodelas de fumaça no ar. — Acho que você tem razão. Não há motivo real para casar na nossa idade, embora você seja consideravelmente mais nova que eu. Doze anos, se não me engano. Na minha idade, há uma perspectiva diferente. Eu me vejo pensando que um dia ficarei sozinho. Acho que não quero terminar meus dias assim. Nem quero o fardo de uma jovem exigente em minhas mãos, me infernizando para fazer uma plástica no rosto e colocar implantes ou ter um novo carro caro, joias e casacos de pele. Eu me disporia a dar tudo isso, mas não quero uma mulher cara e trabalhosa me importunando nos próximos trinta anos, como uma apólice de seguro para minha velhice. E se eu morrer atropelado por um ônibus aos 60? Terei aguentado toda essa loucura por nada. — Ele sorriu para Tanya, dando mais uma baforada no charuto. — Na verdade, acho que ainda não sou velho o bastante para me casar. Devo esperar até os 75 ou 80, quando estiver caindo aos pedaços, mas talvez não consiga mais encontrar nenhuma esposa interessante com essa idade. É realmente um dilema em qualquer época da vida. Não perco o sono pensando sobre isso, mas, como nunca encontrei a solução perfeita para o problema nem a pessoa com quem gostaria de passar a vida nesse meio-tempo, fico como estou. Imagino que, no seu caso, Tanya, exista muito medo de ser magoada novamente. Com razão. Você sofreu muito. — Douglas sentia muito por Tanya, mas ela parecia estar reagindo bem, e ele esperava estar ajudando. Gostava dela e de sua companhia, mais do que imaginara quando se conheceram, embora tivesse gostado dela desde o início. Adorava conhecê-la melhor. Tanya nunca o desapontava. — O que você esperaria de um casamento, se por acaso se casasse? — perguntou ele, pensativo.

Era uma conversa engraçada para duas pessoas que realmente não queriam mais se casar.

Tanya hesitou antes de responder.

— O que tive antes, ou o que pensava que tinha. Um homem que eu pudesse amar e em quem pudesse confiar, uma boa companhia com interesses semelhantes. Alguém que eu respeitasse e admirasse e que sentisse o mesmo por mim. Basicamente, um bom amigo com uma aliança no dedo — disse ela, baixinho, olhando-o com olhos tristes, lembrando-se de que perdera seu marido e melhor amigo. Uma perda imensa. Na verdade, ela não o perdera. Ele tinha sido roubado.

— O que você está dizendo não é muito romântico — comentou Douglas, com muito tato. — Na verdade, gosto disso. Esses romances ardentes dos jovens duram cinco minutos e se tornam um desastre. Detesto confusão na minha vida. Gosto de ordem.

Tanya sorriu. Dava para perceber isso. Douglas nunca tinha um fio de cabelo fora do lugar, sua aparência era sempre impecável, e sua casa parecia ter sido terminada naquela manhã por um arquiteto e um decorador, esperando pelos fotógrafos da revista *Architectural Digest*. Havia quem achasse irritante essa obsessão por arrumação, mas ela gostava e achava reconfortante, de alguma maneira. Tudo estava sempre em ordem, sem confusões. Uma vida sob controle. Tanya não achava graça em bagunça e desordem, nem Douglas. Ele gostava de ambientes meticulosamente arrumados e uma vida sempre ordenada. Dizia que essa era uma das razões para nunca ter desejado filhos.

A seu ver, casais com filhos viviam em um caos permanente. Ele nunca achou graça, por mais que os pais dissessem que amavam aquilo e que não abririam mão dessa vida nem por um minuto. A ideia de um filho internado em uma clínica de reabilitação, batendo o carro, chorando à noite ou sujando o sofá com tinta, ou até mesmo com biscoitos e manteiga de amendoim, deixava-o sem ar. Douglas definitivamente não queria esse tipo de histeria na sua vida, e isso era uma constante para quem tem filhos. Ele admirava quem enfrentava esses percalços, mas nunca teve desejo de se voluntariar. Nunca teria se casado nem passado muito tempo com uma mulher que quisesse crianças. Já tinha dores de cabeça e responsabilidades suficientes, entre elas um bando de atores infantis e bagunceiros.

— Parece que não estamos fazendo planos de casamento, não é, Tanya? — disse ele, sorrindo e apagando o charuto.

— Eu certamente não estou considerando isso. Ainda nem estou divorciada.

Ela riu, mas seu olhar estava triste ao pensar que tudo estaria terminado dentro de dez semanas. Douglas não tinha nenhum grande desejo ou necessidade de se casar. Eles eram companheiros perfeitos, particularmente aos domingos. De um jeito estranho, era um pouco como se estivessem casados, mas sem sexo nem carinho. Eles apenas relaxavam lado a lado, contemplando o mundo sob suas perspectivas. Eram observadores inteligentes, casualmente semelhantes, aproveitando um lugar na primeira fila. Era tudo que Tanya desejava no momento.

Pouco depois, Douglas tocou piano durante duas horas, como sempre fazia. Tanya continuou à beira da piscina, ouvindo-o. A música era linda, e o dia estava quente e perfeito.

A vida parecia fácil e confortável sempre que ele estava ao seu lado. Por alguma razão, sentia-se segura na sua companhia, que era o que mais precisava no momento. Paz e segurança. Sua vida tinha sido suficientemente perigosa e assustadora por algum tempo. A sensação de porto seguro que Douglas proporcionava não tinha preço e era profundamente apreciada. E o companheirismo inteligente que ela lhe oferecia, sem exigências emocionais, era tudo que Douglas sempre desejara.

Capítulo 16

As filmagens de *Desaparecida* correram bem ao longo de novembro.

Foi estabelecido um ritmo envolvente mas constante; a diretora manteve a tensão e os atores tiveram os melhores desempenhos que todos no estúdio viram nos últimos tempos. Douglas estava animado, especialmente com o roteiro de Tanya, que ela aprimorava constantemente. Era brilhante. Ele a elogiava abertamente, assim como Adele.

Na semana anterior ao Dia de Ação de Graças, Douglas a levou à pré-estreia de seu primeiro filme, *Mantra*. Tanya queria que seus filhos estivessem presentes, mas eles tinham provas e não puderam comparecer. Jean Amber e Ned Bright estavam lá, mas não se falaram, apesar do romance tórrido que viveram no ano anterior, o que comprovava todas as palavras pejorativas de Douglas sobre namoros em Hollywood, que desaparecem quase tão rápido quanto surgem. Tanya também não aprovava esses relacionamentos. Eram exaustivos e sem sentido.

A pré-estreia foi muito glamorosa. Depois, houve uma festa no Regent Beverly Wilshire. Era um desses eventos da indústria cinematográfica em que todos estavam presentes. Tanya comprou um lindo vestido de cetim preto e estava deslumbrante nos braços de Douglas. Os fotógrafos trabalharam bastante, e ele parecia muito orgulhoso. Max também estava lá, usando um smoking amarrotado e alugado, parecendo solitário sem Harry. Ele conversou calorosamente com Tanya e disse que tinha ouvido grandes elogios sobre o novo filme em que ela estava trabalhando. Douglas esperava ganhar um Oscar com *Mantra*, mas tinha quase certeza de que receberia um com *Desaparecida*.

— Talvez você também ganhe um, Tanya — comentou Max, com um sorriso simpático. Após posar para os fotógrafos com as duas estrelas do filme, Douglas apareceu.

— Meu Deus, esses dois vão se matar um dia! — Ned e Jean se insultavam entre os dentes e sorriam para os fotógrafos, que não ouviam o que eles diziam.

— Ah, o amor jovem sempre termina — disse Max, com sabedoria, dando um largo sorriso.

— Como Harry está? — perguntou Tanya, agradando-o.

— Seu smoking estava na lavanderia, por isso não pôde vir. De qualquer forma, é a noite em que ele joga boliche. — O cachorro era seu alter ego e seu melhor amigo. Quem gostasse de Harry e perguntasse por ele ficava amigo de Max pelo resto da vida.

— Diga que mandei lembranças e que sinto a falta dele — falou Tanya, sorrindo.

— Você vai para casa no Dia de Ação de Graças? — perguntou ele.

Tanya assentiu. Não via os filhos havia semanas, nem mesmo Molly. Andava ocupada demais com o filme, até nas noites de sábado. E, em geral, passava os domingos com Douglas. Esses encontros tinham se tornado um evento semanal, que não pretendiam sacrificar. Molly estava ocupada com os amigos, de qualquer forma. Tanya se sentia ansiosa para ver os filhos em Marin, embora dessa vez tivesse de dividi-los com Peter e Alice. Eles ficariam com ela até sexta à noite, quando iriam para a nova casa de Alice. No sábado, queriam ver os amigos. Tanya estava pensando em pegar o avião com Molly na quarta à noite. Megan e Jason sairiam de Santa Barbara e iriam de carro. Seria bom estarem juntos novamente. Tanya estava animada, mas não disse nada a Douglas. Os olhos dele ficavam vitrificados sempre que ela mencionava os filhos.

— E você? — perguntou Max, dirigindo-se a Douglas. Eram velhos amigos. — Vai comer criancinhas em vez de peru, como sempre faz?

Douglas riu, mesmo sem querer.

— Você vai passar uma péssima impressão minha a Tanya se contar todos os meus segredos — brincou Douglas, fingindo censurá-lo. Max deu de ombros.

— É melhor ela saber para quem está trabalhando.

Ele sorriu e, um pouco depois, afastou-se para falar com um conhecido. Tanya e Douglas comentaram que gostavam muito de Max e que ele era um bom amigo.

— Eu o conheço desde que vim para Hollywood — contou Douglas. — Max nunca mudou. Tinha essa mesma cara quando era jovem. Seu trabalho melhora a cada dia, mas ele é sempre o mesmo sujeito decente e pé no chão.

— Max foi muito carinhoso comigo quando meu casamento desabou — disse Tanya.

Pouco depois, ela e Douglas passaram novamente pelo tapete vermelho e escapuliram do evento com toda a elegância. Douglas disse que já tinham feito sua obrigação. Levou-a ao hotel em seu Bentley, pois não estavam com vontade de ir ao Polo Lounge. Tanya o convidou para tomar um drinque no bangalô, que considerava sua casa agora. Às vezes, ele brincava dizendo que ela deveria comprar aquele bangalô, pois obviamente nunca sairia dali. Tanya trocara os móveis de lugar, reorganizando-os, e tinha seu próprio edredom no quarto reservado para os filhos, fotografias em molduras prateadas e vasos com orquídeas brancas que comprara no mercado de flores. Com isso, o lugar se tornou mais aconchegante que nunca.

— É uma boa ideia — disse ele, em resposta ao convite dela.

Entregou as chaves do carro ao porteiro e a seguiu pelo caminho que levava ao bangalô. Tanya tinha uma garrafa do vinho de que ele gostava. Os dois não davam muita atenção ou valor a isso, mas, na verdade, viam-se constantemente, nas filmagens e à noite. Tinham jantares informais uma ou duas vezes por semana, pelo menos um jantar no bangalô, e ele costumava levá-la a alguma festa ou evento duas vezes por semana. Conversavam ao telefone todas as noites, em geral sobre o roteiro, e tinham seus domingos sagrados à beira da piscina. Na verdade, estavam quase sempre juntos.

Tanya lhe serviu de um pouco de vinho enquanto Douglas se sentava confortavelmente em uma das cadeiras da sala e esticava as pernas, admirando-a.

— Você está linda hoje, Tanya — elogiou ele, com simplicidade. Ela sorriu.

— Obrigada, Douglas. Você também.

Ela sentia orgulho de ser vista com ele e ficava envaidecida a cada convite. Ainda se considerava uma caipira, particularmente no meio daquele mar de mulheres que faziam cirurgia plástica, usavam colágeno, Botox e roupas sensuais, com decotes enormes e corpos dignos de dançarinas de Las Vegas. Comparado a elas, Tanya tinha um jeito delicado, elegante e natural, similar ao de Grace Kelly, algo que Douglas apreciava muito mais. Ele tinha saído com mulheres de Hollywood por tempo suficiente para ser indiferente a elas agora. Implantes, cabelos oxigenados e narizes corrigidos não o empolgavam mais.

— O que você vai fazer no Dia de Ação de Graças? — perguntou Tanya.

Ela sabia que Douglas não tinha família e ficou preocupada. Não queria imaginá-lo sozinho durante o feriado, mas sabia que ir a Marin conhecer os meninos seria um pesadelo para ele. E provavelmente para seus filhos também.

— Vou visitar uns amigos em Palm Springs. Nada especial, mas é calmo por lá. É disso que estou precisando.

Os dois viviam exaustos com o filme, assim como todo o elenco, mas não demonstravam cansaço naquela noite. Ela estava radiante, e ele obviamente animado, contente por estar com Tanya.

— Pensei em convidá-lo para ir a Marin, mas acho que, para você, isso seria pior que morrer. — Ela sorriu e Douglas riu.

— Seria mesmo, embora eu tenha certeza de que seus filhos são ótimos. — Então, falou sobre uma ideia que tivera. Não sabia ao certo como ela se sentiria ou quais eram seus planos para os meninos. — Você e seus filhos gostariam de passear no meu iate? Ele vai estar no Caribe, e vocês podem se encontrar comigo em St. Bart's no Natal. Acha que eles gostariam? — Ele estava sendo sincero, e Tanya o olhou com olhos arregalados.

— Está falando sério?

— Acho que sim, a não ser que você diga que eles enjoam no mar e que detestam iates. Temos estabilizadores. A viagem é bem calma e não precisamos ir muito longe. Se eles preferirem, podemos atracar à noite.

— Douglas, é um convite incrível! — exclamou ela, pasma. Estava pensando em levá-los para esquiar em Lake Tahoe. Passar um tempo no iate dele em St. Bart's era um presente maravilhoso para toda a família. — Obrigada. É um convite para valer? — perguntou, ainda com ar de espanto.

— Claro que sim. Eu adoraria receber você no meu iate. E acho que eles gostariam também.

Por tudo que ouvira sobre o iate, Tanya sabia que seus filhos achariam que tinham morrido e ido para o céu. Ela não sabia quais eram os planos de Peter, mas tinha certeza de que dariam um jeito.

— Vou chegar uns dias antes do Natal, e imagino que vocês provavelmente vão querer passar essa data juntos. Posso mandar um avião buscá-los quando quiserem.

Douglas nunca viajava em voos comerciais. Tinha seu próprio jatinho. Estar perto dele ou passar um tempo com ele era uma lição sobre como viver bem.

— Eu adoraria — respondeu ela, com franqueza. — Vou conversar com eles no Dia de Ação de Graças para ver quais são seus planos. Não sei o que combinaram com o pai.

— Não há pressa — disse ele, baixinho, pondo o copo na mesa. — Não vou convidar mais ninguém. Imagino que estaremos exaustos. Só quero relaxar e fazer umas anotações no roteiro.

— É uma ideia fabulosa!

Tanya sorriu, exultante, grata por ele oferecer aos seus filhos essa oportunidade extraordinária. Douglas podia comer criancinhas no Dia de Ação de Graças, como Max sugerira, mas sempre havia sido muito bom com ela, e agora com seus filhos também.

Depois de conversarem mais um pouco, ele se levantou para se despedir. Tanya o levou até a porta do bangalô e agradeceu novamente pelo convite incrivelmente generoso. Douglas se virou e sorriu. Ela parecia muito baixinha ao seu lado, mas ele a conhecia bem o suficiente e sabia que seu estado de espírito era muito maior.

— Gostaria de ter você a bordo comigo — comentou ele, com franqueza. — Esse iate significa muito na minha vida. Espero que goste, Tanya. Podemos fazer viagens maravilhosas.

Ela ficou um tanto surpresa com aquelas palavras. A amizade entre os dois se aprofundara e se estendera nos últimos meses, especialmente depois que ela havia voltado para escrever o roteiro de *Desaparecida*, mas viajarem juntos era outra coisa.

Tanya ficou surpresa e emocionada com o convite e com sua vontade de dividir o iate com toda a família dela.

— Eu adoraria ir — declarou ela, baixinho, sentindo-se encabulada de repente.

Douglas era tão bom para Tanya e não havia como retribuir ou agradecer. Quando seus olhos se encontraram, ele se inclinou lentamente e a beijou na boca. Nunca tinha feito isso antes. Ela não soube o que dizer, mas, antes que pudesse falar qualquer coisa, Douglas a beijou novamente, dessa vez com mais intensidade, puxando-a para seus braços com carinho e explorando sua boca com a língua. Tanya não esperava por isso e ficou assustada e sem fôlego em seus braços, mas o beijou com uma paixão inesperada. Tudo que estava acontecendo a deixou atordoada. Nunca tinha pensado em Douglas dessa maneira ou como um namoro em potencial.

Quando Douglas finalmente parou de beijá-la, ela o observou com olhos arregalados, tentando entender o que ele tinha acabado de fazer.

— Eu estava esperando por esse momento há muito tempo — murmurou ele. — Não queria assustá-la nem fazer isso cedo demais. Estou apaixonado por você, Tanya — declarou.

Ela quase ficou sem fôlego quando a força do que ele falou a atingiu como uma onda. Não tinha ideia do que sentia por Douglas. Era tudo novo para Tanya. Sabia que gostava muito dele e que nunca se sentira tão bem com alguém, a não ser com Peter. Respeitava-o, admirava-o e gostava dele, mas não sabia se poderia amá-lo, ou se já o amava. Estava totalmente insegura com relação aos seus sentimentos.

Enquanto estava indecisa, sem saber o que dizer, ele pôs um dedo sobre seus lábios.

— Não diga nada ainda. Não é preciso. É melhor se acostumar com a ideia. Com o tempo, veremos o que acontece.

Beijou-a mais uma vez, e ela se entregou aos seus braços. Era difícil crer que isso estava acontecendo. Não sabia se era um romance de Hollywood ou um relacionamento real para ele, mas sabia menos ainda o que era para ela. Douglas a pegara de surpresa.

— Boa noite — despediu-se ele.

Antes que ela pudesse dizer boa noite ou fazer algum comentário, Douglas saiu porta afora. Tanya o observou, conseguindo ouvir seu coração acelerado. Não sabia se o que sentia era medo, desejo ou amor.

Capítulo 17

Molly e Tanya se encontraram no aeroporto na tarde de quarta. Tanya havia saído às pressas do estúdio para não perder o avião. Sentira-se dispersa durante o dia e mal havia olhado para Douglas. Ele sorrira para ela, rodeado por um bando de gente, que retribuíra o sorriso com um ar tímido. Subitamente, tudo havia mudada entre os dois, e eles não tinham se falado desde a noite anterior. Pensara em Douglas durante horas naquela noite, tentando entender o que sentia. Ele era um homem deslumbrante, e Tanya gostava dele, mas não em termos amorosos, pelo menos por enquanto. Quando o ouvira dizer que estava apaixonado, seu mundo virou de cabeça para baixo de uma forma muito agradável. Um sentimento ao mesmo tempo empolgante e assustador.

Molly a esperava no Starbucks, conforme combinado, e elas tiveram de correr para pegar o avião. Conseguiram, mas foram as últimas a entrar na aeronave. O celular de Tanya tocou quando ela se sentou. Ainda não tinham avisado para desligarem os celulares, então ela atendeu e ficou surpresa ao ouvir a voz de Douglas.

— Desculpe por não termos tido a chance de conversar hoje — disse ele, em tom familiar e suave, que agora tinha um novo sentido. — Eu não queria que você esquecesse o que eu disse na noite passada, nem pensasse que foi o vinho. Eu te amo, Tanya. Há muito tempo. Desde o ano passado, mas sabia que você não estava pronta. Achei que esse momento nunca chegaria para nós, mas creio que agora chegou.

— Eu... não sei o que dizer... Estou atordoada... — E bastante assustada.

Não sabia se estava apaixonada, mas se sentia muito próxima dele. A ideia de se envolver com Douglas nunca lhe passara pela cabeça. Nunca imaginara que ele a amasse nem pensara nele dessa maneira.

— Não fique assustada, Tanya — disse ele, com calma, e ela notou que se sentia segura. — Acho que pode ser o tipo de casamento que queremos. Uma poderosa aliança entre duas pessoas interessantes que se gostam. Ótimos amigos com uma aliança no dedo, como você disse no dia em que falamos sobre o assunto em termos mais genéricos. É isso o que eu quero. Nunca pensei em me casar outra vez até conhecer você. — Ele estava mergulhando nesse relacionamento com toda a força. — Dê a si mesma o tempo que precisa para se acostumar com a ideia.

— Acho que preciso fazer isso — concordou, com cuidado e novamente ansiosa.

Sentiu-se estranha conversando com Douglas ao lado da filha. Não queria que Molly soubesse o que estava acontecendo. Precisava de tempo para se acostumar com a ideia antes de contar qualquer coisa para os filhos. Não se recuperara da perda de Peter ainda, mas se sentia mais atraída por Douglas do que imaginara ser possível. Embora estivesse assustada, havia gostado do que ele dissera. Suas palavras ajudaram bastante a curar as feridas do ano anterior.

— Eu ligo para você ao longo do fim de semana — prometeu ele. — Não se esqueça de falar com seus filhos sobre o iate.

— Não vou esquecer... E Douglas... Obrigada por tudo... Com toda a sinceridade... Só preciso de um tempo... — Nesse momento, a aeromoça pediu que todos desligassem os celulares. A aeronave estava pronta para se afastar do portão.

— Eu sei que precisa. Pode ter todo o tempo de que precisar — disse ele, com a voz calma e controlada.

— Obrigada — agradeceu Tanya, baixinho, imaginando como era incrível que o destino tivesse jogado Douglas no seu colo. Talvez viesse a ser a maior bênção de sua vida. Ela não sabia ainda, mas esperou que fosse. Isso transformaria um final trágico em um final feliz. Quão perfeito seria? Molly a observou enquanto ela se despedia e desligava o celular.

— Quem era? — perguntou, interessada ao examinar o rosto da mãe.

— Meu chefe — respondeu Tanya, rindo. — Douglas Wayne. Telefonou para falar sobre o roteiro.

— Você parecia estranha. Gosta dele? — Tanya se surpreendeu com a percepção da filha, mas não contou o que acontecera nem o que ele dissera.

— Deixe de bobagem. Somos apenas amigos.

Ela se recostou na poltrona e fechou os olhos. Segurou a mão de Molly durante o voo e adormeceu pensando em Douglas e nas coisas incríveis que ele tinha dito. Parecia um sonho.

No aeroporto de São Francisco, elas pegaram um táxi para Marin. Tanya notou que a casa estava empoeirada quando entrou e acendeu as luzes. Ninguém estivera ali desde setembro, e aquele parecia um lar que ninguém mais amava. Um lugar triste. Afofou as almofadas, acendeu o resto das luzes e foi ao supermercado enquanto Molly ligava para as amigas. Quando voltou, Jason e Megan tinham chegado, e a cozinha estava um verdadeiro caos. Meia dúzia de amigos já havia aparecido, todos conversando sobre namorados, namoradas, festas e faculdade. O barulho era ensurdecedor com a música ligada, e Tanya sorriu, feliz. Eram essas as cenas que ela amava e das quais sentia falta em Los Angeles. Estava contente por terem vindo para casa em vez de comemorarem o Dia de Ação de Graças no hotel em Los Angeles. Teria sido um erro enorme. Os filhos gostavam de passar o Dia de Ação de Graças e o Natal ali, na casa deles, assim como Tanya.

Ela fez hambúrgueres e pizza para todos, além de bastante salada e batatas fritas. Por volta da meia-noite, os amigos foram embora, Tanya limpou a cozinha e os meninos subiram. Então, ela preparou a mesa para o almoço do dia seguinte. Era bom estar em casa, mesmo que fosse triste pensar em como a vida da família tinha mudado. Seus filhos eram quase adultos, haviam saído de casa e viviam suas próprias vidas. Peter morava com Alice. O divórcio seria assinado, e ela residia em um hotel em Los Angeles. De certa forma, Ross era um lugar anacrônico agora, mas sempre seria um local querido. Infelizmente, sabia que ainda amava Peter. Percebeu que não superara sua falta ainda e que talvez nunca superasse. Ali em Ross, onde viveram juntos, a falta que sentia dele era mais profunda.

Levantou-se às cinco da manhã para preparar o peru, como fazia todos os anos. Havia sido difícil dormir sozinha na cama. Fora naquele dia, no ano anterior, que suspeitara que havia algo entre Peter e Alice, mesmo antes de terem um caso. Agora, as marés tinham levado tudo, afastando-os. Ela recheou o peru e o colocou no forno, pensando em Douglas e imaginando se ele gostaria de estar ali. Provavelmente não. Aquilo era caseiro demais para ele, mas Douglas podia oferecer outros prazeres e oportunidades. Tanya estava ansiosa para falar com os filhos sobre o passeio de iate depois do Natal. Esperava que quisessem ir. Adoraria fazer isso com Douglas rodeada pelos três filhos. Seria uma incrível aventura para todos.

Depois de colocar o peru no forno, voltou para a cama e sonhou. Para esquecer Peter, obrigou-se a pensar em sua vida potencial com Douglas, naquela casa espetacular em Los Angeles, ouvindo-o tocar piano e dividindo a vida com ele. Era uma perspectiva muito animadora, embora pouco familiar para Tanya. Ao lado dele, sentia-se segura e à vontade, e isso pesava muito. Não era romance nem paixão, mas uma amizade, e com o tempo talvez se transformasse em amor. Estava aberta para a ideia, apesar de tudo ser confuso e muito recente. Ficara bastante surpresa quando ele havia declarado seus sentimentos. Deixou a mente viajar, fantasiando sobre as possibilidades de sua vida com Douglas.

Como sempre, os filhos se arrumaram para o almoço de Ação de Graças. As meninas usavam vestidos, assim como Tanya, e Jason, um terno.

Sentaram-se em seus lugares à mesa e Tanya, como sempre, fez a oração de agradecimento pelos alimentos recebidos, pelas dádivas do ano anterior e do ano por vir, por toda a família estar junta e pelo amor que compartilhavam entre si. Ao dizer isso, sua voz fraquejou e seus olhos se encheram de lágrimas. Só conseguia pensar nas imensas mudanças pelas quais todos tinham passado naquele ano e no divórcio, que ainda nem fora finalizado. Quando começou a chorar, Molly tocou em sua mão, e Tanya terminou a oração com um sorriso amoroso para os três. Na verdade, havia muito a agradecer. Tinham uns aos outros, o que era a maior bênção que se podia receber.

Jason cortou o peru, no lugar de seu pai, e se saiu muito bem. O almoço estava delicioso, com exceção das batatas doces, que Tanya deixou queimar ligeiramente.

— Perdi a prática — desculpou-se ela. — Não cozinho desde o verão passado.

Era difícil acreditar que vivia em um hotel havia tanto tempo.

— Alice faz purê de castanhas e recheio com bourbon — disse Megan, como se estivesse repreendendo a mãe.

Tanya não fez nenhum comentário, mas Jason olhou para a irmã com raiva. Os três iriam para a casa de Peter no dia seguinte e sabiam que as relações diplomáticas entre os dois lares eram um tanto tensas. Tentavam não mencionar o nome de um para o outro, nem o nome de Alice para sua mãe. Ainda era muito recente e estranho para eles também. Megan se mantivera bem próxima de Alice durante todo o tormento do divórcio. Molly se distanciou dela por não aprovar o caso que tivera com seu pai e que causara a dissolução da família. Jason tentou não se envolver, esperando que aquela tempestade passasse com o tempo. Não queria tomar partido de ninguém, e sim visitar os dois em paz.

— Tenho um convite para vocês — anunciou Tanya, no meio do almoço, tentando desviar a conversa sobre as escolhas de Alice e suas habilidades culinárias, que lhe eram penosas.

Megan ainda se ressentia da vida de Tanya em Los Angeles e tinha lhe dito, meses antes, que independentemente do que seu pai e Alice haviam feito, a responsabilidade pelo divórcio era exclusivamente da mãe. Fora difícil ouvir isso, mas era claramente o que ela pensava, e sua opinião trouxe à tona a culpa e o medo de Tanya sobre ir para Los Angeles.

— Fomos convidados para fazer uma viagem pelo Caribe em um iate enorme durante as férias de Natal — disse Tanya, pomposamente, vendo todos os olhares se voltarem para ela.

— Por quem? Alguma estrela do cinema? — perguntou Megan, esperançosa.

— Pelo produtor com quem trabalho. Douglas Wayne. Em St. Bart's. Ele vai nos levar em seu avião particular.

— Por quê? Você está saindo com ele? — perguntou a filha, suspeitando imediatamente da mãe e do generoso convite.

— Não. Somos apenas amigos, mas talvez as coisas mudem entre nós. — Ela não queria lhes dizer que Douglas estava falando em casamento e que havia dito que a amava. Ainda era muito cedo para ela e certamente para eles. Queria que o conhecessem antes de anunciar que era um fato consumado. E precisava de tempo para se adaptar também. — Podemos ir depois do Natal e passar a virada do ano no iate — sugeriu ela, com cuidado.

— E o papai? — questionou Megan, rapidamente defendendo os interesses de Peter.

— Eu estava pensando em ir para Squaw com uns amigos — comentou Jason, vagamente. Não sabia o que seria melhor, mas logo tomou uma decisão. — Na verdade, quero ir com você.

Ele sempre gostara de lanchas e não dava para resistir a um convite para navegar em um iate no Caribe.

— Vou ficar com papai — avisou Megan, só para rejeitar a proposta da mãe, mesmo que quisesse ir. Seu irmão sempre dizia que ela passava dos limites para defender um ponto de vista.

— Talvez você mude de ideia mais tarde — disse Tanya, com toda a gentileza, virando-se para a outra filha. — E você, Molly, o que acha?

— Eu vou com você — respondeu ela, sorrindo. — Achei legal. Podemos levar alguns amigos?

Tanya engoliu em seco.

— Acho que seria rude perguntar. Quem sabe em alguma outra ocasião, se ele oferecer, mas não na primeira vez.

Como o combinado era passarem a véspera de Natal com o pai e o Natal com a mãe, ela sugeriu que fossem para St. Bart's no dia 26 e voltassem no primeiro dia do ano, pois tinham de estar na faculdade em 2 de janeiro. Passariam cinco dias no iate, o que seria suficiente para Douglas e um ótimo presente para os filhos. Todos pareceram contentes; até Megan, por não ter de ir.

No fim, o almoço foi ótimo. No dia seguinte, eles foram visitar o pai, e a casa ficou triste e vazia, mas melhorou no sábado, quando voltaram. Ninguém mencionou o nome de Peter, o que foi um alívio para Tanya. Douglas ligou na sexta, e ela disse que Jason e Molly tinham aceitado o convite.

— Vamos ter férias até o dia 8 — disse ele. — Por que não manda seus filhos no avião e fica comigo até o dia 7? Teríamos um tempo sozinhos.

Ele falava como se os dois já tivessem um relacionamento, e Tanya se perguntou o que teriam àquela altura. Como sempre, ele organizara e planejara tudo. Precisava sempre controlar seu mundo.

— Você é muito bom para a gente, Douglas — comentou ela, com um tom de gratidão. — Vai ser um passeio maravilhoso para meus filhos. Tem certeza de que quer mesmo convidá-los? — Ela sabia como ele se sentia a respeito do assunto.

— Eles já são grandinhos — respondeu Douglas, com alegria. — Vou ficar bem. Será bom conhecê-los e passar um tempo com você.

Ele parecia mais relaxado ao mencionar seus filhos, e Tanya se perguntou se ele sabia como era conviver com adolescentes. Douglas não estava acostumado a lidar com jovens e dizia-se avesso a eles. Ela esperava que se adaptasse bem a eles.

— Também vou gostar de passar um tempo com você — declarou ela, com entusiasmo. Tudo parecia bom demais para ser verdade.

— Quando você vai voltar de Marin?

— Molly e eu voltaremos no domingo, às quatro. Jason e Megan saem daqui pela manhã. Devo chegar ao hotel em torno das seis.

— Posso levar um jantar para a gente. Talvez eu consiga pensar em algo mais divertido que comida chinesa. Alguma coisa com curry ou comida tailandesa... O que você acha?

— Até cachorro-quente seria uma boa pedida.

Tanya estava animada para vê-lo. Coisas empolgantes começavam a acontecer em sua vida. Douglas a tinha beijado, dito que a amava e mencionado casamento. E eles iam fazer um passeio no seu iate. Muito acontecera em poucos dias. Sua cabeça começou a girar e ela se sentiu ansiosa.

— Eu passo no bangalô por volta das sete. Até lá... E, Tanya?

— Sim?

— Eu te amo — declarou ele, baixinho, e desligou. Ela olhou em volta do quarto, espantada com o quanto sua vida tinha mudado.

Capítulo 18

Douglas apareceu no bangalô na noite de domingo, usando calça jeans e um suéter preto de caxemira. Tinha um ar relaxado e feliz. Comprara vários tipos de curry indiano, que exalaram um cheiro delicioso quando foram abertos na cozinha. Tanya usou os pratos que tinha roubado do serviço de quarto. Ele a beijou assim que entrou e lhe contou sobre seu fim de semana. Ela falou sobre Marin e os filhos, disse que se sentira triste, vendo a casa vazia quando entrou, parecendo uma folha caída em um verão esquecido, frágil, seca e desbotada. Ficara um pouco deprimida, mas amava estar com os filhos e sentira que a casa ainda era seu lar. Confessou, porém, que se sentia sem seu porto seguro. Não sabia mais a que lugar pertencia nem onde morava. O bangalô passara a ser seu lar e não lhe trazia lembranças tristes. Era neutro. Peter passara apenas dois dias ali.

Depois do jantar, Douglas se sentou no sofá junto a ela e pôs o braço em seu ombro enquanto conversavam. Ele estava muito mais caloroso e o relacionamento entre os dois parecia uma estranha combinação de um novo romance e uma velha amizade. Havia muita coisa de que gostava nessa relação, que era incrivelmente confortável. Sentia-se muito íntima de Douglas, embora nunca tivessem se envolvido em termos românticos.

Conversaram durante um longo tempo. Ele manteve o braço em seu ombro e, em certo momento, beijou-a novamente. O ardor dele aumentou rapidamente, e ela se surpreendeu ao se ver correspondendo com igual entusiasmo. Pensou que esses sentimentos tivessem morrido quando Peter fora embora, mas notou que estavam mais que vivos. Descobriu aos poucos que se sentia terrivelmente atraída por Douglas. Havia algo muito sensual e másculo nele, que a deixava sem ar agora que permitia essa sensação tomar conta de si.

Pouco depois, entraram no quarto, onde a cama estava perfeitamente arrumada. Douglas apagou as luzes e Tanya puxou os lençóis. Os dois se despiram, sorrindo à meia-luz. Não parecia um novo caso, pois eles se conheciam havia muito tempo. Eram mais como duas pessoas que se compreendiam e estavam acrescentando uma nova faceta ao que já tinham. Ela se espantou ao perceber que se sentia perfeitamente à vontade com Douglas e que ansiava por seu amor e sua paixão. O sexo foi extraordinário. Eles fizeram amor mais uma vez antes de ele ir embora, às duas da manhã. Foi uma noite incrível. O relacionamento recém-iniciado não a assustava mais. O sexo era intenso e ardente. Douglas era um expert, um amante atencioso, cuja única intenção era agradá-la. Havia alguma coisa muito racional nesse relacionamento. Tanya tinha a impressão de que ele estava sempre planejando e pensando, mas seu único objetivo era lhe garantir felicidade e prazer.

— Se eu soubesse que seria assim, teria feito isso há muito tempo — disse ele, em tom carinhoso, dando-lhe um beijo antes de sair. — Estou arrependido por ter esperado.

Tanya riu e o beijou no pescoço. Ambos sabiam que teria sido um erro se apressarem. Douglas havia feito bem em esperar. O momento fora perfeito. Ela estava pronta para ele, pronta para tentar recomeçar. Mesmo agora, era difícil não pensar em

Peter e nos anos que viveram juntos. Parecia estranho estar na cama com outro homem. Porém, no fim da noite, tinha criado um laço mais profundo com ele. Haviam atravessado a ponte para um mundo totalmente novo.

Douglas a beijou apaixonadamente antes de sair e, assim que voltou para casa, ligou para dizer que a amava e já estava sentindo sua falta. Tanya sabia que tinha muita sorte, mas, quando estava sozinha na cama, havia instantes em que se via com saudades de Peter e sentia lágrimas surgirem nos olhos. O sexo com Douglas tinha sido maravilhoso; ele era um amante carinhoso e delicado, com bastante habilidade, mas, em certas frações de segundo, ela sentiu falta do toque familiar e do cheiro de Peter. Era difícil se livrar dos vinte anos que passaram juntos. De qualquer forma, naquela noite iniciava um novo capítulo de sua vida. Sentiu-se levada pelas marés do que ela e Douglas haviam começado.

Eles se viram com muita frequência depois da primeira noite. Ele ia ao bangalô quase todas as noites, onde faziam amor, liam as anotações do roteiro juntos, discutiam o filme ou faziam pedidos pelo serviço de quarto. Muitas vezes, saíam para jantar. Tanya se sentia feliz e confortável com Douglas, e ambos trabalhavam muito no estúdio. Tentavam levar o namoro com discrição, mas, de vez em quando, seus olhos se encontravam, e até mesmo cegos podiam ver o que estava acontecendo. Aos poucos, as coisas se equilibraram, e Tanya começou a se apaixonar. Douglas dizia constantemente o quanto era um homem de sorte. A única parte da vida dela que ainda não conhecia eram seus filhos. Tanya notava e se preocupava com o fato de que ele ficava nervoso sempre que um dos três telefonava. Pelo menos, passariam uns dias juntos no iate, e o resto viria com o tempo. A viagem seria um grande início. Entre o casal, tudo corria extremamente bem. Douglas restaurara a fé de Tanya na vida e sua autoestima bastante ferida.

O mês foi uma loucura no estúdio, e Tanya só conseguiu ir para Marin em 23 de dezembro, no mesmo dia em que os filhos chegariam. Nem teve tempo de abrir, limpar e arejar a casa. Uma faxineira fazia isso uma vez por semana, mas não parecia a mesma coisa.

Douglas voou para St. Bart's no mesmo dia em que ela foi para Marin. A noite foi movimentada, pois os filhos chegaram e seus amigos apareceram, mas a casa caiu em um silêncio profundo depois que eles foram para a casa de Peter e Alice. Era difícil dividir os filhos com o novo casal. Tanya foi sozinha à Missa do Galo e sentiu-se triste ao retornar para casa. Era tarde demais para ligar para Douglas no iate. Ficou na sala durante muito tempo, lembrando-se da época em que as crianças eram pequenas e dos momentos felizes que passaram juntos. Por um instante, teve vontade de telefonar para Peter e lhe desejar um feliz Natal, mas logo viu que não conseguiria. Era tarde demais para isso, ou cedo demais. Não sabia como agir. Tudo era muito recente, e as feridas ainda não tinham cicatrizado.

Foi um alívio ver os filhos no dia seguinte. Eles trocaram presentes, almoçaram e fizeram as malas para partir para St. Bart's. Molly e Jason estavam animados, e Megan voltou para a casa de Peter depois do jantar, pois os outros viajariam na manhã seguinte.

— Você tem certeza de que não quer ir? — perguntou Tanya.

Megan fez que não com a cabeça. Orgulhosa até o fim. Não tinha remorso de ser amiga de Alice e ainda culpava a mãe pelo divórcio.

Os três saíram às seis da manhã e chegaram ao aeroporto antes das sete. O jatinho de Douglas partiu para Miami às oito, onde aterrissou pouco depois de uma da tarde, ou quatro da tarde no horário local. Enquanto reabasteciam o jato, Tanya e os meninos deram uma volta pelo aeroporto para esticar as pernas. Decolaram novamente uma hora depois e chegaram a St. Bart's às oito, no horário de Miami, ou nove no horário local, depois de uma aterrissagem horrível, como era comum no local. Três integrantes da tripulação do iate os esperavam no aeroporto. A essa altura, Tanya, Molly e Jason estavam viajando havia onze horas. Não teriam conseguido fazer as conexões em um só dia se não estivessem em um avião particular. Os meninos ficaram impressionados ao ver aqueles uniformes náuticos impecáveis, com o nome do iate bordado: *Rêve*, que significa "sonho" em francês. Tanya realmente se sentiu em um verdadeiro sonho. Não imaginava como seria entrar em um iate de sessenta metros, embora tivesse visto fotos na casa de Douglas. Ele mais parecia um navio de cruzeiro. Nenhum dos três havia visto um barco tão grande antes. *Rêve* era o maior iate atracado no porto, feericamente iluminado. Ao longo do deque, havia diversas lojinhas. Douglas os esperava lá, e acenou quando saíram do táxi com as bagagens. Usava jeans branco e camiseta e estava muito bronzeado. Sorriu, exultante, no instante em que os viu, e o coração de Tanya acelerou. Parecia um bom sinal. Os meninos olhavam deslumbrados para o iate. Tanya teria olhado também, mas sua atenção se concentrou em Douglas. Era claro que estavam animados por se verem. Seriam férias divertidas. Ela finalmente começava a sentir que pertencia a ele. Os laços entre os dois tinham começado a se estreitar.

Os tripulantes que esperavam no deque deram as boas-vindas a Tanya e aos meninos. A comissária de bordo levou Molly e Jason às suas cabines. Tanya subiu a escada para o deque em direção a Douglas. Ele imediatamente a envolveu nos braços e a beijou, e ela se recostou nele, feliz. Começava a se sentir profundamente ligada a Douglas. Seus sentimentos estavam criando raízes, e ela ficou feliz por vê-lo, especialmente naquele cenário exótico e romântico. Não havia lugar melhor para Douglas conhecer seus filhos.

— Você deve estar morta depois dessa viagem — comentou ele, servindo-lhe uma margarita, que parecia o drinque ideal para aquela noite aromática.

O tempo estava perfeito. Tanya não sabia onde Molly e Jason estavam, mas, a essa altura, eles comiam sanduíches na sala de jantar, pasmos com o luxo daquele iate. A tripulação era composta por quinze pessoas, todas visivelmente ansiosas para fazerem os três visitantes se sentirem em casa.

— Não estou muito cansada — contou ela, tomando um gole da margarita e passando a língua no sal que decorava a borda da taça. — Seu avião é tão confortável e você nos mimou tanto que parece que morremos e fomos para o céu. E o iate é deslumbrante.

Ele ficou contente com o elogio. Pensava em Tanya havia dias, ansioso por sua chegada. Estava feliz em vê-la, mas, quando sorriu, ela percebeu que havia alguma tensão ali, como se algo o preocupasse. Esperava que não fossem os meninos e disse a si mesma que estava sendo paranoica. Todos foram recebidos calorosamente. E Douglas estava orgulhoso de seu iate e de compartilhá-lo com ela.

— É bonito, não é? Tenho esse iate há uns dez anos. Quero ter um ainda maior, mas não consigo me separar desse barco.

Nos padrões náuticos, era um iate velho, mas, para Tanya, parecia novo em folha e perfeitamente cuidado, como tudo o mais que ele possuía. Douglas gostava de ter o melhor do que quer que fosse. O *Rêve* não era exceção.

Tanya se sentou no deque e os dois ficaram conversando e sentindo a brisa tropical. Douglas parecia relaxar. Uma comissária de bordo trouxe um xale de caxemira para Tanya enquanto eles comiam sushi feito com peixes locais. Nesse momento, Molly e Jason apareceram, deslumbrados com o iate. Era a primeira vez que se aproximavam de Douglas. Ambos foram extremamente educados, mas estavam maravilhados demais para falar muito. Assim que Douglas os viu, Tanya sentiu sua tensão aumentar. Ele parecia quase imperceptivelmente estressado e continuou a conversar com ela, sem dar muita atenção aos dois, como se não estivesse pronto para enfrentá-los e preferisse ignorá-los. Não tinha a menor ideia do que dizer para adolescentes, e Tanya notou que havia medo em seus olhos. Os meninos estavam cansados demais para notar. Ela esperava que a situação melhorasse depois de uns dias, quando se conhecessem melhor. Seus filhos eram tranquilos e amistosos, e ela se orgulhava deles. Douglas parecia apavorado.

Por volta de meia-noite, foram todos para suas respectivas cabines. Molly e Jason saíram para conversar com os tripulantes na cozinha, que estavam encantados por ter jovens a bordo. Na cabine do dono, como descobriu que era chamada, Tanya tomou uma ducha enquanto Douglas a esperava com champanhe e morangos. Assim que foram para a cama, começaram a fazer amor. Tiveram momentos apaixonados até o sol nascer, quando finalmente dormiram. Ela não falara com os filhos, mas tinha certeza de que estavam bem. Deviam estar se divertindo.

Quando se levantou, encontrou Douglas no deque, usando um calção de banho, com ar tenso. Ele sorriu assim que a viu. Tanya foi acordada pelo barulho do iate saindo do porto para ancorar em algum ponto onde pudessem nadar e andar nos jet skis. Molly e Jason estavam ao lado dele, em silêncio. Todos pareciam pouco à vontade. As crianças estavam entediadas e Douglas, apavorado. Os filhos a olharam com insistência assim que se sentou com eles. Tanya desceu para vestir seu biquíni. Pouco depois, os meninos desceram para lhe dizer que achavam Douglas estranho.

Jason se queixou no mesmo instante.

— Mãe, tentei puxar conversa algumas vezes, mas ele não respondeu. Continuou lendo o jornal.

— Ele deve estar assustado — explicou Tanya, baixinho.
— Deem uma chance a ele. Douglas nunca conviveu com adolescentes e fica nervoso.

Ela também estava preocupada.

— Quando fiz perguntas sobre o iate, ele disse que crianças devem ser vistas, não ouvidas — comentou Molly. — Depois, ele mandou Annie, a comissária de bordo, servir nosso café da manhã na cozinha, para não fazermos bagunça na sala de jantar. Pelo amor de Deus, mãe, ele nos trata como se tivéssemos 6 anos.

— Não com esse lindo corpo, querida — disse Tanya, rindo para a filha, que estava deslumbrante em um biquíni. — Ele precisa de tempo. Douglas foi gentil em nos trazer a St. Bart's. Vocês acabaram de conhecê-lo. É difícil para ele também. — Tanya queria muito que todos se entendessem.

— Acho que ele quer você aqui, mas não a gente. Talvez seja melhor irmos embora — disse Molly, constrangida e magoada.

— Deixe de bobagem. Viemos para cá para nos divertir. E vamos nos divertir. Vocês podem andar de jet ski depois do café da manhã.

Quando pegaram os jet skis, Douglas ficou incomodado e disse que não queria que seus filhos se machucassem. Falou também, piorando as coisas, que não queria que eles o processassem caso isso acontecesse nem que quebrassem os equipamentos. Finalmente, concordou em deixá-los usar os jet skis, desde que um tripulante fosse conduzindo. Tanya lhe assegurou que Jason usava um jet ski igual àquele nos verões em Lake Tahoe, mas Douglas ficou nervoso quando o observou fazer suas peripécias.

— Já fui processado por convidados várias vezes — explicou ele, com ar tenso. — Além do mais, você nunca me perdoaria se eles se machucassem ou se acontecesse algo pior.

Douglas alternava superproteção e grosseria, parecendo incapaz de uma atitude equilibrada. Ficava preocupado demais com a segurança dos meninos ou aborrecido por vê-los ali. A essa altura, Tanya percebeu que não deveria tê-los trazido. Douglas não conseguia se adaptar à presença dos filhos dela nem permitir que ficassem à vontade.

Na hora do almoço, os meninos deveriam comer na cozinha, junto da tripulação. Além disso, pediu que só usassem a jacuzzi se tomassem uma ducha e não colocassem filtro solar e proibiu Jason de usar a sala de ginástica, pois os equipamentos eram frágeis e calibrados especialmente para ele. Podiam nadar no mar, desde que houvesse um tripulante por perto, mas não tinham permissão para deitar nos colchões do deque, por causa do filtro solar que Tanya insistia que usassem sob o sol forte. Eles tinham de jantar às seis da tarde com a tripulação. Douglas convidou Tanya para jantar em St. Bart's naquela noite e lhe dava toda a atenção possível, mas continuava tenso na presença dos jovens.

— Douglas, eles estão bem — disse ela, mas ele só se acalmou quando viu os dois largarem os jet skis e voltarem para o iate. Não deixava Molly e Jason fazerem absolutamente nada a não ser comer, dormir e conversar com a tripulação. Seus nervos ficavam à flor da pele sempre que os via por perto. Os quinze tripulantes estavam encarregados de distraí-los ao máximo e mantê-los afastados, pois Douglas obviamente queria Tanya só para si. A certa altura, ela compreendeu que Douglas sentia ciúmes dos dois. No segundo dia, Molly e Jason pediram para voltar para casa. Tanya não queria ser rude e tentou acalmar Douglas, dizendo que seus filhos já eram adultos e não estavam acostumados a ser tratados como crianças. Ela fez o possível para criar uma ponte entre os dois lados, mas foi em vão. Douglas queria ficar sozinho com ela, e os meninos o detestaram.

Na noite seguinte, depois do jantar, dois tripulantes levaram Molly e Jason a vários bares e boates em St. Bart's, para animá-los. Os dois voltaram quase quatro da manhã, alegres e cambaleando. Tinham adorado a noitada e foram direto à cabine de Douglas e Tanya para contar que se divertiram muito. Assim que entraram, Molly começou a vomitar. Tanya correu para limpar a sujeira, e Douglas se sentou na cama, mudo e com um olhar de pavor.

— Ei, Doug — disse Jason, cambaleando na sua frente —, seu iate é lindo. E a noite foi incrível!

Douglas não conseguia falar nada enquanto Tanya tentava freneticamente limpar o carpete do quarto, piorando a situação. O cheiro era insuportável no ambiente fechado. Ele finalmente se levantou e saiu, e ela pôs os filhos na cama. Douglas passou a noite no deque, e toda a tripulação limpou o carpete do quarto no dia seguinte.

— Foi uma aventura desagradável na noite passada, não? — comentou com Tanya durante o café da manhã, com óbvia desaprovação. — Você acha que crianças dessa idade devem ter permissão para beber?

— Sinto muito. Eles são jovens. Você sabe como é... — respondeu ela, lembrando-lhe de que já fora jovem também, mesmo que não tivesse filhos.

— Não, eu não sei como é. Eles fazem isso com frequência? Bebem demais?

— Às vezes. São universitários. Molly não está acostumada, por isso ficou enjoada. Jason aguenta melhor a bebida.

— Você já pensou em colocá-los em um centro de reabilitação? — Ela percebeu, horrorizada, que ele estava falando sério. Era óbvio para todos que Douglas não tinha ideia do que estava fazendo quando os convidou para passar uns dias no iate. Embora suas intenções fossem boas, jovens o apavoravam.

— É claro que não — respondeu ela, com calma. — Eles estão bem. Não precisam de reabilitação. Só fazem isso às vezes, nas férias. E acho que estão se sentindo tão mal quanto você.

Foi a primeira vez que algum deles confessava quão desconfortáveis todos ali estavam, especialmente o anfitrião. Queriam que aquilo funcionasse, mas, infelizmente, não estava dando certo.

— Desculpe, Tanya. Acho que eu não estava preparado. Pensei que estivesse. — Sentia-se estressado, nervoso e desapontado consigo mesmo, e ela teve pena de Douglas.

— Foi gentil da sua parte tentar — disse ela, com tristeza, e ele assentiu, pois não sabia o que poderia dizer.

Os meninos acordaram em um estado deplorável, com uma ressaca terrível. Molly vomitou de novo, dessa vez em sua própria cabine, e estragou outro carpete, para tristeza de Tanya e de toda a tripulação. Douglas sequer ficou sabendo. Molly se sentiu muito culpada, pois estava ciente da tensão entre Douglas e sua mãe e sabia que ela e o irmão eram a causa do problema. Douglas agia como se detestasse a presença deles. Ela não conseguia entender por que foram convidados, a não ser para agradar sua mãe. Tanya estava uma pilha de nervos e tentava mantê-los felizes e longe de Douglas. Era óbvio, a essa altura, que ele só os convidara para deixá-la feliz. Não tinha intenção alguma de conhecê-los e não sabia como se relacionar com eles.

Douglas a levou para jantar novamente, mas não convidou os meninos. Não aguentava olhar para eles. Não sabia sobre o que conversar e estava nervoso demais para tentar. Sentia-se completamente incapaz de se conectar com os dois. Tanya não mencionou o assunto no jantar, depois do fiasco da noite anterior. Ela mal via os filhos, mas pelo menos eles se deram muito bem com a tripulação. Não se sentia de férias, preocupada com o crescente constrangimento e a animosidade entre Douglas e os meninos. Não eram esses os seus planos, nem os planos dele.

O pior ocorreu no Ano-Novo, quando Molly e Jason foram para a costa com vários tripulantes. Todos ficaram bêbados, e o grupo inteiro voltou escoltado pela polícia, que os entregou ao comandante em vez de levá-los presos. Tanya e Douglas estavam bebendo champanhe no deque e se beijando quando a viatura da polícia chegou com o grupo, que cantava, chamando atenção. Douglas não achou graça nenhuma na situação. Tanya pôs os filhos na cama e se desculpou mais uma vez.

— É a noite de Ano-Novo...

— Seus filhos estão corrompendo minha tripulação — reclamou Douglas, apesar de os outros estarem muito mais embriagados que os filhos de Tanya.

— Acho que todos se embebedaram juntos — disse Tanya, com calma.

Ela também não estava contente com a situação, mas a viagem era um desastre tão grande que não havia nada que pudesse fazer ou dizer para salvar a situação. Douglas não havia feito uma única refeição com os dois jovens e mal falara com eles. Era óbvio que estava arrependido de tê-los convidado. Era louco por Tanya, mas não pelos seus filhos, e as férias se transformaram em um tormento para ela. Tudo que queria era que todos se dessem bem, mas sabia que Jason e Molly estavam detestando cada minuto da viagem, da mesma forma que Douglas.

Mesmo a partida dos filhos foi difícil. Molly e Jason estavam com muita ressaca e tinham um ar soturno quando deixaram o iate para pegar o avião na manhã seguinte. Douglas os observou com uma expressão infeliz e disse que esperava que fosse melhor na próxima vez, murmurando que não sabia lidar com jovens. Eles agradeceram pela viagem e partiram. Douglas ficou incrivelmente aliviado assim que eles saíram, mas Tanya estava arrasada quando ele pôs as mãos em sua cintura, como que pedindo desculpas.

— Sinto muito, querida — disse ele, beijando-a e notando seu olhar triste. — Não sei o que dizer, Tanya. Acho que entrei em pânico. Estar com seus filhos a bordo foi mais difícil do que eu esperava.

Isso era evidente, mas Tanya não via como a situação poderia melhorar no futuro. Ele tinha aversão a crianças, como lhe avisara assim que a conhecera. Ela estava desapontada com o resultado da viagem, assim como Molly e Jason. As férias no iate de Douglas foram um pesadelo. Tanya não se conformava por ter exposto os filhos a isso. Seria quase impossível convencê-los de que Douglas era o homem certo para ela. Ela própria tinha sérias dúvidas sobre seu relacionamento. Era essencial que Douglas se desse bem com seus filhos, algo claramente impossível.

— Pode me perdoar por ter lidado tão mal com essa situação? — perguntou ele, com um olhar preocupado.

— É claro. Eu só queria que vocês se conhecessem e se dessem bem.

— Talvez seja melhor quando estivermos em Los Angeles. Eu morria de medo dos seus filhos se machucarem enquanto estivessem no barco.

— Eu compreendo — disse Tanya, querendo esquecer o assunto, mas sabendo que ouviria reclamações dos filhos durante um longo tempo. A viagem tinha sido uma decepção para todos.

Ela tentou relaxar depois que Jason e Molly foram embora, mas só após dois dias deixou de se preocupar com o abismo entre Douglas e eles. Sabia que levaria tempo, talvez muito tempo, para a situação ser resolvida.

Finalmente, tiveram quatro dias idílicos no iate, visitando uma ilha após a outra, nadando, comendo no deque, relaxando e fazendo amor. Eram as férias perfeitas que Douglas desejara. Eles tinham uma relação adulta, com pouco ou nenhum espaço para os filhos dela. E Tanya sabia que isso só mudaria se Douglas se aproximasse dos meninos. No período em que Molly e Jason estiveram a bordo, não houvera nenhum sinal de aproximação. Tanya se desculpou com os filhos por telefone em diversas ocasiões, e eles disseram que entendiam, embora nem mesmo ela soubesse se compreendia. Não era fácil compreender Douglas.

O restante da viagem correu tranquilamente, e eles embarcaram para Los Angeles no avião particular de Douglas. Ele dormiu enquanto ela trabalhava no roteiro. Quando chegaram, levou-a para o bangalô. Tanya estava triste. O convívio de seus filhos com Douglas fora um desastre. Os ótimos dias que passaram sozinhos no iate não haviam sido suficientes para fazer com que Tanya desejasse dividir a vida com ele. Seus filhos eram tudo para ela. Seu futuro com Douglas começou a preocupá-la seriamente. A perspectiva de uma relação séria fora drasticamente reduzida devido ao seu comportamento com Jason e Molly no iate e à sua incapacidade de se adaptar a eles.

— Vou sentir sua falta essa noite — declarou ele, dando-lhe um beijo antes de sair. Parecia ter esquecido o quanto ela estava chateada. Tinha parado de pensar nos seus filhos assim que eles partiram.

— Eu também — disse ela, baixinho.

Depois que Douglas saiu, sentou-se na cama e chorou. Havia muita coisa de que gostava em Douglas, mas um bom relacionamento entre ele e seus filhos era fundamental. Por qualquer que fosse o motivo, Douglas não conseguia ser gentil com eles. Não havia como fugir disso. Conforme disse quando a conheceu, ele tinha profunda aversão a jovens. Até mesmo aos seus filhos. Talvez especialmente aos seus. A única coisa que ele queria era estar sozinho com ela, mas, para Tanya, ela e os filhos eram um pacote só. Um pacote e uma dádiva que ele não queria nem conseguia aceitar, o que mudava tudo para Tanya.

Capítulo 19

Durante o resto do mês, Tanya tentou se esquecer dos eventos a bordo do iate. Seus filhos fizeram vários comentários, e ela se desculpou diversas vezes. Pediu que dessem outra chance a Douglas algum dia, dizendo que conversaria com ele e tentaria ajeitar as coisas.

Fora esse problema, a relação entre os dois era perfeita. Douglas era maravilhoso. Fazia todas as suas vontades, era atencioso, solícito e bondoso. Dava-lhe presentes, levava-a para jantar e respeitava seu trabalho. A única coisa que a preocupava era sua tendência a tomar decisões por ela. Ele achou que Tanya precisava de um filtro de ar no quarto e mandou instalá-lo sem lhe perguntar. Ela sabia que a intenção era boa, mas o barulho que o filtro fazia a incomodava enquanto escrevia. Ele planejou uma viagem na Páscoa, a bordo do iate. Não lhe perguntou nada. Simplesmente planejou e comunicou a ela. Tanya explicou que não podia deixar os filhos nessa época e que eles tinham planos de ir ao Havaí. Douglas falou que eles poderiam ir, e que Tanya poderia ficar com ele no iate. Os meninos não existiam para Douglas. Quando ela teve uma crise forte de sinusite em fevereiro, ele chamou seu médico e lhe deu um antibiótico sem perguntar se ela queria tomar. Tinha boas intenções, mas era controlador e dominador, e declarara uma guerra fria aos seus filhos. Isso não era um problema pequeno para Tanya. Ela se sentia constantemente estressada, embora alguns aspectos de sua relação lhe agradassem muito, como o espírito refinado dele, sua cultura e sua profunda admiração pelo que ela escrevia. Gostava de sua sensibilidade quando tocava piano. E da forma como faziam amor, que era bom e frequente. Ele era um amante extremamente atencioso, ainda mais que Peter, e o sexo era fabuloso. Ele tocava seu corpo como se fosse uma harpa. Porém, era um relacionamento totalmente adulto, que não incluía seus filhos de forma alguma.

E se tornava cada vez mais evidente para ela que jamais incluiria. Ele queria que Tanya vendesse a casa em Marin e se mudasse para sua casa em Los Angeles. Queria se casar naquele verão e passar dois meses em lua de mel na costa da França, em seu iate. Tanya perguntou o que ele achava que ela faria com os filhos durante esse tempo. Douglas empalideceu e sugeriu que mandasse os meninos para a casa do pai. Não compreendia que ela amava estar com os filhos também, e não só com ele. Não estava trocando uma coisa por outra. Precisava de todos.

Terminaram as filmagens no fim de fevereiro, e ela ficou em Los Angeles por mais dois meses para a pós-produção, conforme planejado. Tudo ficou pronto na semana do Oscar. O filme anterior, *Mantra*, tinha sido indicado para cinco categorias, incluindo melhor filme, embora não tivesse sido indicado por melhor roteiro. Douglas disse com certeza absoluta que o prêmio viria com seu segundo filme, *Desaparecida*.

Ela prometeu ir à cerimônia de premiação com ele e estava muito animada. Comprou um vestido Valentino, e ele mandou cabeleireiros e maquiadores do estúdio para cuidarem dela. Tanya estava espetacular quando saíram da limusine. Ela parecia uma deusa grega ao seu lado, em um vestido prateado. Sabia que seus filhos estariam assistindo pela televisão e deu um adeus para eles. Foi uma noite longa e cansativa, sentada durante a entrega de todos os prêmios, e Douglas ficou desapontado quando *Mantra* não ganhou o Oscar de melhor filme. Não demonstrou nada, mas ela viu os músculos de sua mandíbula se contraírem quando outro filme foi anunciado como vencedor. Ele ficou irritado durante o resto da noite. Não sabia perder.

Ela entendia agora o que Max lhe dissera no começo. Douglas era viciado em poder e controle. Essa era sua vida. Vivendo ao seu lado, ele a controlaria para sempre, tomaria decisões por ela e excluiria seus filhos. Tanya não poderia aceitar isso, por melhor que fosse todo o resto. Estava pensando nisso, de cabeça baixa, quando eles passaram pelo tapete vermelho na saída.

Tinham meia dúzia de festas para ir naquela noite, mas Douglas estava desanimado por não ter sido premiado. Havia se programado para a vitória e o sucesso. Qualquer coisa menos que isso era uma injúria narcisista que ele não podia tolerar. Douglas *tinha* de ganhar e tinha de ter poder e controle sobre tudo, até mesmo sobre Tanya. Ela ficou triste ao pensar sobre isso, porque gostava de muita coisa nele. Mas não era o suficiente. Mesmo com o ótimo sexo e mesmo ele gostando tanto dela a ponto de querer se casar, precisava de uma vida mais normal, uma vida que incluísse seus filhos, que Douglas não podia lhe oferecer. A vida dele nunca os incluiria. Estava claro para Tanya agora. E seus sentimentos por ele, quaisquer que fossem, começaram a morrer como flores na neve.

— Deprimente, não é? — comentou ele enquanto a levava para o hotel. Antes, Douglas queria que ela fosse para sua casa. Agora, não queria mais. Sem nenhum prêmio naquela noite, queria ficar sozinho. — Detesto perder — disse ele, cerrando os dentes quando estavam chegando ao Hotel Beverly Hills.

Ele a levaria até a porta do bangalô e voltaria para casa. Era um péssimo perdedor.

Acompanhou-a até a porta e a beijou, mas ela o olhou com tristeza. Tanya poderia esperar e se sentiu cruel dando-lhe mais um desgosto naquela noite, mas agora era muito clara a forma como aquele relacionamento funcionava. E como não funcionava. De certa maneira, ele a queria como um troféu. A grande roteirista que ele achou que ganharia o Oscar no próximo ano. E se não ganhasse? Para Douglas, ganhar era tudo.

— Douglas, não posso mais — declarou ela, como que pedindo desculpas.

Ele parecia tão irritado que quase a assustava. Estava transtornado por não terem saído vencedores. Ela vira Max durante a cerimônia, que pareceu desapontado também, mas conseguiu dar de ombros, sorrir e lhe dar um abraço caloroso. Havia vida além do cinema para ela, mas não para Douglas.

— Não pode o quê? — perguntou ele, com um olhar vazio, sem compreender o que Tanya queria dizer. Os dois tiveram muitas expectativas durante algum tempo, mas agora ela só queria sair dali e voltar para Marin, onde a vida era real. — Não pode o quê? Perder o Oscar? Nem eu. Não se preocupe, Tanya. No ano que vem ganharemos.

— Não foi isso que eu quis dizer — disse ela, olhando-o com tristeza. — Preciso de um relacionamento que inclua meus filhos. Nossa relação nunca terá isso.

Ele a olhou por algum tempo, quando o mundo pareceu parar.

— Está falando sério? Você disse que eles eram adultos.

— Eles têm 19 e 18 anos. Não estou pronta para deixá-los ainda. Vão ficar comigo por mais alguns anos, pelo menos nas férias. Eu gosto disso. Eles sempre serão uma parte importante da minha vida. Não posso excluí-los para ficar com você.

— O que está me dizendo? — perguntou ele, atônito.

Nunca lhe ocorrera que Tanya pudesse fazer uma coisa assim. Perguntou-se se ela faria o mesmo se ele tivesse ganhado o Oscar. Provavelmente, não, disse a si mesmo. Ganhar era tudo, e ela também sabia disso. Não havia nada pior que o cheiro da derrota em um homem.

— Estou dizendo que não posso mais continuar assim — reforçou ela, claramente, com uma voz baixa e triste. Estava tremendo, mas ele não notou. Aquilo era difícil para ela. — Essa relação não funciona nem para mim nem para meus filhos.

Ele assentiu, afastou-se, cumprimentou-a, virou-se e saiu sem dar uma palavra. Ela o observou, triste por Douglas e ainda mais triste por si própria. Sabia que ele não tinha compreendido. Talvez a tivesse amado o quanto podia, mas, mesmo que isso fosse verdade, nunca amaria seus filhos. E isso era mais importante para ela que um Oscar ou um homem.

Entrou no bangalô. Suas malas estavam prontas. O filme tinha sido terminado. Ela havia ficado um pouco mais para ir à premiação da Academia com Douglas. Dentro de duas semanas, seus filhos voltariam para passar as férias de verão. No dia seguinte, pela segunda vez em um ano, ela saiu do Bangalô 2. Era hora de recolher a lona do circo e voltar para casa.

Capítulo 20

A casa parecia mais deprimente quando ela chegou em Marin. O sofá estava gasto e o tapete, velho. Ela notou algumas infiltrações em volta das janelas, ocasionadas pelas tempestades de inverno. O tempo estava lindo e quente. Fez uma lista das coisas que precisava consertar. Queria deixar tudo pronto para quando os filhos chegassem.

Douglas não ligara para ela, e Tanya sabia que nunca ligaria. O que ela lhe dissera havia sido pesado demais para engolir, e a perda do Oscar o deixaria paralisado por algum tempo. Douglas nunca teria incluído os filhos de Tanya em sua vida. Admitisse ele ou não, os dois sabiam que aquela relação não funcionaria. Suas vidas e seus valores eram muito diferentes, e nada mudaria. Tanya voltara para casa permanentemente. Tinha certeza de que ele não a convidaria para fazer outro filme. E ela não queria. O que mais desejava era voltar a escrever contos, ter sua vida tranquila em Marin e estar com os filhos sempre que viessem para casa. Tinha pensado em escrever outra antologia de contos. Estava louca para ficar em casa e poder usar calças jeans e camiseta, esquecendo até de pentear o cabelo. Seria ótimo. Ela havia passado vinte meses fora, na loucura de Hollywood. Era hora de voltar para o lar. Terminara sua relação com Los Angeles.

Os filhos chegaram duas semanas depois. Pretendiam trabalhar nas férias de verão, ver os amigos e ir a churrascos. Tanya escrevia pela manhã, ainda cedo, e ficava com os filhos quando eles ficavam em casa. Ela e Megan tinham voltado a ter uma boa relação. Alice tentara se intrometer entre ela e seu pai, e Megan se sentira traída. Tanya conhecia bem as traições de Alice.

Peter e Alice se casaram naquele verão, em uma cerimônia no monte Tam. Os filhos de Tanya compareceram, e ela passou o dia em Stinson Beach, olhando o mar, pensando nos anos que passara com Peter e no dia de seu casamento. Parecia que uma parte sua havia morrido, como se finalmente tivesse enterrado o que estava morto havia muito tempo. De uma forma estranha, foi um alívio.

Eles foram para Lake Tahoe em agosto. No fim do verão, todos voltaram para a universidade, e Tanya começou a trabalhar em seu livro com afinco. Uma semana depois, seu agente telefonou, dizendo que tinha uma oferta fantástica, e ela riu.

— Não — respondeu, sorrindo ao desligar o computador.

Não tinha interesse algum em qualquer coisa que ele pudesse dizer. Não queria mais nada com Los Angeles. Tinha escrito dois roteiros, aprendido algumas coisas, tido um romance com um dos maiores produtores de Hollywood e voltado para casa. Não deixaria Marin outra vez por nada nem por ninguém, e certamente não por um roteiro. Já havia feito isso. Para ela, bastava. Tanya respondeu ao agente em termos bem claros.

— Não faça isso, Tanya... Deixe-me pelo menos dizer o que é — pediu ele, ao telefone.

— Não. Eu não me importo. Não vou fazer outro roteiro. Fiz um a mais do que disse que faria. Agora, acabou. Estou sentada aqui escrevendo um livro. — Ela parecia calma, feliz e contente.

— Muito bem. Que maravilha. Estou orgulhoso de você. Agora, ouça-me por um instante. Gordon Hawkins. Maxwell Ernst. Sharon Upton. Shalom Kurtz. Happy Winkler. Tippy Green. Zoe Flane. E Arnold Win. Absorva tudo isso, minha querida. — Ela se interessou, mas não sabia aonde ele queria chegar. Eram os nomes de algumas das maiores estrelas de Hollywood.

— E? — perguntou ela, em tom *blasé*.

— E? Já ouviu falar de um elenco com mais estrelas? São os atores do filme que querem encomendar para você. Algum maluco em Hollywood se apaixonou pelo seu trabalho e mandou dizer para você dar seu preço. Além do mais, é uma comédia. Você é boa nessa merda. Vai ser divertido escrever o roteiro. E eles vão fazer o filme rápido. Não é um épico sobre suicídio em que os atores sangram durante dezoito horas no estúdio. Querem fazer o filme em dois meses. Vão começar em dezembro. A pré-produção terá apenas duas semanas. Mais um mês para os retoques finais. Em fevereiro, você estará livre. E vai se divertir muito, ganhar uma grana preta. Assim como eu, com sua comissão, muito obrigado — disse ele, fazendo-a rir. — Todas as despesas serão pagas, e você pode ficar no Bangalô 2. Falei que era parte do acordo, e eles concordaram. Eu não sou bom para você?

— Que merda, Walt. Não quero voltar para Los Angeles. Estou feliz aqui. — Talvez não estivesse feliz, mas estava em paz e trabalhando bastante.

— Até parece. Você está deprimida. Posso notar pela sua voz. Seu ninho está vazio. Seu marido foi embora. Sua casa é grande demais para uma pessoa só. Você não tem um namorado, pelo que eu saiba. Está escrevendo histórias deprimentes. Que droga, fico deprimido só de pensar! Será uma boa terapia escrever uma comédia em Los Angeles. Além do mais, ninguém escreve comédias tão bem quanto você.

— Sem essa, Walt... — retrucou ela, hesitante.

Seria uma bobagem fazer isso. Sua vida real era ali. Essa outra vida em Hollywood não era verdadeira.

— Olhe só, eu preciso do dinheiro. E você também.

Ela riu. A única coisa que a animava era o elenco, com nomes incríveis, e era divertido escrever comédias. A filmagem seria rápida, mas, mesmo assim, não lhe agradava voltar para Los Angeles, ainda que fosse para o Bangalô 2, que se tornara seu segundo lar. Agora, ela tinha mais amigos em Los Angeles que em Marin. Todos em Ross agiam como se ela viesse de outro planeta. Tornara-se uma alienígena, como Douglas previra. Ninguém a convidava para nada, pois todos estavam acostumados à sua ausência. Comentavam que ela era muito chique, que não pertencia mais àquele lugar. Peter e Alice se apossaram de toda a sua vida social. Ela estava totalmente isolada, muito mais que em Los Angeles. Pelo menos veria gente por lá e se divertiria um pouco. Walt tinha razão.

— Que merda — disse Tanya, rindo. — Não posso acreditar que você esteja fazendo isso comigo. Eu disse que não queria mais fazer filmes.

— E eu digo que não quero mais conhecer loiras. No ano passado, eu me casei com outra. E ela está grávida de gêmeos. Algumas coisas não mudam.

— Odeio você.

— Ótimo. Eu também odeio você. Então, faça esse filme. Você vai se divertir. No mínimo, será bom conhecer o elenco. Quero visitar o estúdio durante essa filmagem.

— Por que você tem tanta certeza de que vou fazer o filme?

— Reservei o Bangalô 2 para você hoje, por precaução. E então?

— OK, OK, eu faço... Quando vou receber as linhas gerais do roteiro?

— Amanhã. Mandei por Fedex hoje.

— Não dê uma resposta a eles até eu ver o material. — Ela era uma profissional agora.

— É claro que não — disse ele, parecendo um homem de negócios. — Que tipo de agente você pensa que eu sou?

— Um agente abusado. Ouça bem, Walt, esse é o último filme que vou fazer. Depois, só vou escrever livros.

— OK, OK. Pelo menos vai se divertir. Ainda estará rindo quando voltar para Marin.

— Obrigada — disse ela, olhando para a cozinha.

Não podia acreditar que estava prestes a concordar em fazer outro roteiro para o cinema, mas, quando notou o silêncio na casa, soube que Walt tinha razão, não havia mais nada para ela ali. O motivo de sua vida em Marin tinha desaparecido havia muito. Peter estava com Alice, e seus filhos viviam por conta própria. Não restava nada para ela em Ross.

No dia seguinte, recebeu e leu as linhas gerais do roteiro. A história era hilariante, e ela se viu rindo alto na cozinha. E o elenco era inacreditável. Ligou para Walt assim que terminou de ler.

— OK, vou aceitar. Pela última vez. Entendeu bem?

— OK, OK, Tan. A última vez. Vá em frente! Divirta-se!

Tanya apareceu no Hotel Beverly Hills duas semanas depois, sendo instalada no Bangalô 2. Sentia-se como um bumerangue, voltando sempre para o mesmo lugar, como um dado viciado que dá sempre o mesmo resultado. Ajeitou os móveis como gostava, espalhou as fotos dos filhos, entrou na jacuzzi e sorriu para si mesma. Sentia-se bem, como se estivesse voltando para casa.

No dia seguinte, chegou ao estúdio às nove, e a diversão começou. Parecia que todos os integrantes do elenco eram malucos. Todos estavam reunidos para as anotações no roteiro. Eram os melhores comediantes, de todas as raças, sexos, formas e tamanhos diferentes. Só falar com eles já era engraçado. Nenhum conseguia se concentrar por mais de cinco minutos, fazendo graça para ela constantemente. Tanya não podia imaginá-los decorando as falas que escrevia. Sentiu-se como se tivesse aceitado um emprego em um manicômio, mas com loucos tão engraçados que a faziam rir sem parar. Não se divertia assim havia muito tempo. Todos os atores tinham vindo conhecê-la naquele dia, com exceção de um, que chegaria da Europa à noite e viria ao estúdio no dia seguinte. Era o ator principal, um homem lindo e bastante engraçado. Ela o encontrara uma vez, com Douglas, e ele lhe parecera simpático.

Era estranho estar em Los Angeles e não ver Douglas. Não tinha notícias suas havia cinco meses e seria estranho ligar para ele. Então, não ligou. O namoro tinha acabado mal.

Tanya trabalhou no roteiro naquela noite e achou que a história fluía bem. Era divertido escrever as falas. Podia imaginar cada ator em seu papel. Seria um dos filmes mais engraçados do ano. Quem se importava se ela ganharia um Oscar? Tanya realmente se divertiria fazendo esse filme. Dois atores lhe telefonaram à noite, fazendo-a gargalhar. Ela ria sozinha enquanto escrevia. Mal podia esperar para passar as falas para eles no dia seguinte. Seu encontro com Gordon Hawkins, a grande estrela, fora marcado para dez da manhã.

Tanya estava na sala de conferência, tomando chá, com os pés sobre a mesa, quando ele entrou. Conversava e ria com outro ator. Hawkins foi até ela e sentou-se ao seu lado.

— Que bom que não está se matando de trabalhar — disse ele, parecendo sincero. Tomou um gole de seu chá e fez uma careta. — Está precisando de açúcar. Acabo de voltar de Paris. Estou cansado, enjoado e despenteado. Não me sinto nada engraçado. Não estão me pagando o suficiente para fazer reuniões ainda sob efeito de *jet lag*. É melhor eu ir para o hotel. Vejo você amanhã. Sou muito mais divertido depois de dormir. Até lá, entrego minhas anotações. — Levantou-se, bebeu outro gole do chá que Tanya estava tomando, balançou a cabeça, jogou a bebida fora e saiu da sala. Ela riu.

— Imagino que essa seja nossa estrela. Onde está hospedado?

— No Beverly Hills, Bangalô 6. Ele sempre fica lá. Tem o nome dele na porta.

— Então, somos vizinhos — comentou ela para uma assistente de produção. — Estou no Bangalô 2.

— Cuidado. Ele é um garanhão.

Eram feitas apostas para ver com quem Gordon iria para a cama. Ele se envolvia com as atrizes em todos os filmes que fazia. E era fácil entender o motivo. Era um dos homens mais bonitos que Tanya já vira. Tinha 45 anos, cabelo preto, olhos azuis, um corpo escultural e um sorriso permanente nos lábios.

— Acho que estou a salvo — argumentou Tanya enquanto falavam sobre ele. — Segundo as revistas, a última mulher com quem ele saiu tinha 22 anos.

— Nenhuma mulher está a salvo com Gordon. Ele fica noivo a cada filme, mas ainda não se casou. Dá muito material para as revistas de fofoca e anéis maravilhosos para suas noivas.

— Elas devolvem os anéis?

— Imagino que sim. Acho que são emprestados.

— Puxa, pensei que talvez eu pelo menos conseguisse um — brincou Tanya, rindo e olhando em volta. — Que droga, ele jogou meu chá fora.

Alguém trouxe outra xícara de chá, e a reunião continuou a partir dali. Foi um dia de risos, tentando dividir as falas entre os atores. Depois, ela voltou para o bangalô para escrever mais. Ainda estava trabalhando à meia-noite, falando consigo mesma, quando ouviu uma batida na porta. Quando abriu, tinha um lápis prendendo o cabelo e outro entre os dentes. Era Gordon Hawkins, trazendo-lhe uma xícara de chá.

— Tente esse chá. É uma marca que sempre carrego comigo e que não faz mal aos nervos. Compro em Paris. Aquela coisa que você estava bebendo era uma droga. — Tanya deu um risinho e tomou um gole enquanto ele entrava. — Por que seu bangalô é maior que o meu? — perguntou Gordon, olhando em volta. — Eu sou muito mais famoso que você.

— É verdade. Talvez meu agente seja melhor que o seu — sugeriu ela, enquanto ele se esparramava no sofá e ligava a televisão. Era obviamente maluco, mas ela gostou. Parecia um irlandês selvagem, com aqueles olhos azuis e os cabelos pretos, balançando os pés fora do sofá. Programou a gravação de dois dos seus programas favoritos, e Tanya riu. Era muito folgado, mas engraçado. Ela ria só de olhar para Gordon. Seu rosto era inexpressivo, mas seu olhar era divertido.

— Virei assistir a meus programas com você — avisou ele, confortavelmente. — Não tenho TiVo no meu quarto. Acho que vou ter que despedir meu agente. Quem é o seu?

— Walt Drucker.

Gordon assentiu.

— Ele é bom. Vi uma novela que você escreveu. Era uma bobagem, mas me fez chorar. Não quero chorar nesse filme. — Ele parecia ter 35 anos e agia como se tivesse 14.

— Não vai chorar, prometo. Eu estava trabalhando no roteiro quando você chegou. A propósito, obrigada pelo chá. — Ela bebeu mais um gole. Tinha gosto de baunilha, e o rótulo era francês.

— Já jantou? — perguntou ele. Tanya balançou a cabeça. — Nem eu. Estou em outro fuso horário. Acho que café da manhã seria mais adequado para mim. — Ele verificou as horas. — É. São nove e meia da manhã em Paris. Estou faminto. Quer tomar café da manhã comigo? Podemos mandar cobrar no seu quarto.

Ele olhou as opções do serviço de quarto, ligou e pediu panquecas. Sugeriu que ela pedisse rabanadas ou omelete, para dividirem os pratos. E Tanya se viu fazendo o que ele dizia. Gordon tinha algum efeito sobre ela. Era tão maluco que qualquer um queria brincar com ele, mas Tanya sabia que também era um ótimo ator. Estava animada para trabalharem juntos.

Os dois comeram panquecas, rabanadas, doces com massa folheada, salada de frutas e suco de laranja. Foi a refeição mais louca que ela já tinha feito, enquanto ele expunha as vantagens do Burger King em relação ao McDonald's.

— Vou muito ao McDonald's em Paris — explicou. — Eles chamam de MacDo. E me hospedo no Ritz.

— Faz anos que não vou a Paris.

— Você devia ir. Acho que lhe faria bem. — Recostou-se no sofá de novo, exausto com o banquete, ergueu a cabeça e a olhou com interesse. — Você tem namorado?

Tanya não sabia se ele estava curioso ou se estava interessado nela.

— Não.

— E por que não?

— Sou divorciada e tenho três filhos.

— Também sou divorciado e tenho cinco filhos, todos de mães diferentes. Relacionamentos longos me cansam.

— Ouvi dizer.

— Ah, então você foi avisada. O que disseram? Provavelmente que fico noivo a cada filme. Às vezes, faço isso só por publicidade. Você sabe como é.

Ela assentiu, imaginando se ele era tão louco assim. Estava ficando com sono. Eram quase duas da manhã, e Gordon estava com todo o gás, desperto e no horário de Paris. Ela estava no horário de Los Angeles e quase dormindo. Quando a viu bocejar, ele se levantou.

— Está cansada?

— Um pouco — admitiu. — Teremos reuniões amanhã cedo.

— OK. — Ele se levantou, parecendo um menino alto demais e desengonçado. Procurou um pé do sapato, perdido por ali, e o encontrou. — Vá dormir.

Quando chegou à porta, acenou para ela e voltou para seu próprio bangalô. Tanya ficou parada, com um sorriso largo no rosto. O telefone tocou logo depois. Era Gordon.

— Obrigado pelo café da manhã — disse ele, gentilmente. — Estava delicioso, e é divertido conversar com você.

— Obrigada. Com você também. E o café da manhã foi bom.

— Na próxima vez, podemos tomar café no meu quarto — sugeriu ele, e Tanya riu.

— Você não tem TiVo.

— Que droga. É verdade... Vou reclamar com meu agente amanhã. Pode me acordar, por favor? A que horas você se levanta?

— Às sete.

— Então me chame quando estiver saindo.

— Boa noite, Gordon — despediu-se ela, com firmeza. Ele poderia ter pedido para a telefonista acordá-lo. Ela deveria ter lhe dito isso, mas era difícil resistir ao seu charme. Tanya teve a impressão de ter adotado um menino.

— Boa noite, Tanya. Durma bem. Até amanhã.

Tanya ainda estava sorrindo quando apagou as luzes, vestiu a camisola e se deitou. Estava pensando nele quando caiu no sono. Seria divertido fazer aquele filme. Dessa vez, Walt tinha razão.

Capítulo 21

O estúdio em que Tanya estava trabalhando vivia em uma eterna confusão. Com uma dúzia de comediantes, uma história engraçada e um roteiro cômico, eles mal conseguiam se manter sérios para dizer suas falas. Havia um milhão de improvisos ainda mais engraçados que o roteiro. O diretor era hilário e o produtor era um bom sujeito. Os cinegrafistas eram divertidos. E Tanya se entreteve muito fazendo o roteiro, que quase se escreveu por conta própria. Adorava ir ao trabalho todos os dias e contar tudo para os filhos. Molly foi visitá-la uma vez e adorou. Achou Gordon Hawkins maravilhoso, como todos achavam. Tanya e ele já eram ótimos amigos depois da segunda semana de filmagem. Ela o via examinando todas as mulheres, tentando decidir qual lhe agradava mais. Os estúdios de filmagem eram um verdadeiro supermercado para ele. Não havia grandes beldades nesse filme. Havia mulheres bonitas e inteligentes, mas que não queriam se envolver com ele. Gordon estava sem sorte dessa vez, algo que nunca lhe acontecia.

Ele estava deitado no sofá de Tanya, certa noite, vendo televisão, enquanto ela fazia mudanças no roteiro. Tinha acabado de devorar dois hambúrgueres e um milk-shake. Apesar de comer assim, era relativamente magro. Um saco sem fundo. Gastava as calorias na academia.

— Eu pareço mais velho, Tanya? — perguntou, preocupado.

— Mais velho? — Ela estava ocupada e não prestou atenção. Gordon falava muito. E estava sempre no seu sofá. Cansava-se de ficar sozinho e gostava de Tanya.

— Mais velho do que eu costumava parecer — explicou, mudando os canais pela quinquagésima vez em uma hora. Sempre que ela via alguma coisa que valia a pena assistir, o canal desaparecia instantaneamente. Parecia até que eram casados.

— Eu não sei. Não conheço você há muito tempo. Não sei se antes parecia mais jovem ou mais velho.

— Isso é verdade. Não há nenhuma mulher decente nesse filme. É muito deprimente. Deviam ter contratado uma para mim.

— Pelo que ouvi dizer, você não tem problemas com isso.

Ele fez que não com a cabeça veementemente.

— Isso é mentira. Sempre me envolvo com mulheres com quem trabalho. Não consigo conhecer ninguém fora do estúdio.

— Talvez você precise fazer um esforço extra dessa vez — comentou ela, desligando o computador. Era difícil trabalhar com ele ali na sala. Além do mais, Gordon era uma companhia divertida.

— Que saco. E você? Você é muito bonita.

— Obrigada. — Tanya considerou aquele elogio com ceticismo. Dizia-lhe regularmente que ele vivia falando bobagem, e ele admitia que tinha razão.

— Você gosta de mim? — perguntou ele, com um ar inocente, e ela riu.

Tornavam-se amigos rapidamente, e ela esperava que a amizade não acabasse com o fim das filmagens. Gostava dele de verdade. Gordon era um bom sujeito e muito divertido, mesmo bobo. Era inofensivo e, debaixo daquela loucura, uma boa pessoa. E parecia amar seus filhos, assim como suas ex-mulheres e ex-namoradas. Mais importante que tudo, eles o amavam.

— Eu gosto muito de você — respondeu ela, com franqueza. — Está tendo algum tipo de crise de insegurança? Devo ligar para seu analista?

— Meu analista está de férias no México. Devo estar pagando demais a ele. Eu também gosto de você. Talvez devêssemos namorar durante o filme.

— Está doido? Eu tenho o dobro da idade das mulheres que você namora. Além do mais, não quero ficar noiva a não ser que possa ficar com o anel.

— Que pena — disse ele, pensativo. — Podíamos namorar sem ficarmos noivos. Seria melhor para mim.

— Ou só dizer que estamos namorando — brincou ela.

Gordon se sentou, de repente, no sofá, como se tivesse sido atingido por um raio.

— Meu Deus, acho que estou a fim de você, Tanya. Verdade. Isso acabou de me ocorrer.

— Você provavelmente só está com fome. Ligue para o serviço de quarto.

— Não, estou falando sério. Você me deixa excitado. Acabei de perceber. E é engraçada, inteligente e muito sexy.

— Não sou, não.

— É, sim. Adoro mulheres inteligentes.

— Eu não sou seu tipo — retrucou ela, sem se impressionar com sua descoberta.

Ele estava falando da boca para fora, mas era divertido ouvi-lo. Tanya gostava de sua companhia. E Gordon certamente era um colírio para os olhos.

— Não, você não é meu tipo — concordou. — Em geral, eu me encanto por mulheres mais burras e com peitos maiores. E eu? Sou seu tipo? — perguntou, interessado.

— De jeito algum. Gosto de homens mais velhos e mais sérios. Estilo intelectual. Meu ex-marido é advogado.

— Então, definitivamente não sou seu tipo — concluiu ele, ao mesmo tempo pasmo e satisfeito. — Sabe o que isso quer dizer?

— Sei. Que não vamos namorar — disse ela, rindo. — Não sou tão burra.

— Não, que vamos nos casar. Quando os tipos combinam, têm um caso ardente e depois estragam tudo. Gente que não faz seu tipo é o ideal para casar. Nenhuma das minhas esposas era meu tipo — declarou ele, como que para provar sua teoria.

— E você não está mais casado com elas. Pense bem.

— Mas ainda amo minhas ex-esposas, e elas me amam. São incríveis.

— Você finalmente me convenceu, Gordon: você é louco de pedra. Devia se aposentar por insanidade.

— Estou falando sério! Quero namorar você. Não temos que ficar noivos nem nos casar, se você não quiser. Vamos tentar para ver o que acontece.

— Meus filhos me matariam se eu me casasse com você — comentou ela, rindo.

Na verdade, Molly o achara fantástico e o homem mais engraçado que ela já conhecera. Tanya estava inclinada a concordar, mas isso não queria dizer que deveria namorá-lo. Só gostava de sua companhia.

— Meus filhos adorariam você — disse ele, sério. — Então, o que acha?

— Acho que é melhor você voltar para o seu quarto. Deve estar na hora do seu remédio. Se ficar mais tempo aqui, com essas ideias malucas, eu é que vou precisar ser medicada.

Com isso, Gordon se levantou do sofá, foi até ela e a beijou com delicadeza, um beijo de verdade. Ela o olhou atônita, como se ele tivesse feito uma coisa chocante, o que era o caso. Gordon era tão persistente e tão sexy que ela se viu também dando-lhe um beijo e se perguntando por que estava fazendo aquilo. E como ele beijava bem.

— Entende o que quero dizer? Você não é meu tipo, mas me deixa loucamente excitado, Tanya.

— Você também me deixa excitada. Olhe, Gordon, isso não é uma boa ideia. Não vamos fazer uma bobagem. Vamos ser amigos.

— Vamos nos apaixonar. É mais divertido — sugeriu ele.

— Isso vai causar confusão.

— Não, não vai. A gente podia até se casar.

— *Não!*

— OK, OK, desculpe. Não vou mais falar em casamento. Vamos para a cama — chamou ele, pondo o braço em sua cintura e a beijando.

Era bom demais para parar. Os dois estavam adorando a situação. Gordon era o homem mais bonito e divertido que ela já conhecera. Uma combinação imbatível, a qual era quase impossível resistir, embora estivesse tentando, sem resultado algum. Ele não parava de beijá-la.

— *Não* vou para a cama com você — retrucou ela, com ar de ofendida.

Gordon não discutiu, mas, meia hora depois, estavam na cama. Tanya ficou horrorizada, sem acreditar no que tinha feito.

— Você é um lunático, Gordon Hawkins — comentou ela, abraçada a ele na cama. Havia sido bom. Ele era meigo e disse que amava seu corpo. Era um homem fabuloso na cama.

— Você é maravilhosa, Tanya — disse ele, aninhando-se junto dela. Gordon era tão delicado e amoroso que tornara aquele momento delicioso. Ela adorava estar com ele e o sexo foi extremamente bom.

— Vá para o seu quarto, Gordon — mandou Tanya, tentando parecer sincera. Ele não se moveu.

Ficou ali, abraçado a ela a noite toda. Fizeram amor mais duas vezes e dormiram como crianças. Acordaram com raios de sol entrando no quarto e tomaram uma ducha juntos. Pediram o café da manhã no quarto de Tanya. Depois, ele foi para o próprio bangalô para se vestir. Saíram juntos para o estúdio. Tanya olhava, pasma, para ele. Não podia acreditar que tinha dormido com Gordon, mas não estava triste, mesmo achando que deveria estar.

— O que é isso? — perguntou ela a caminho do estúdio. — Um caso enquanto durar a filmagem? Que coisa mais louca.

— Talvez seja para sempre — declarou ele, esperançoso. — Nunca se sabe. Gostaria que fosse. Gosto muito de você, Tanya.

— Eu também gosto de você, Gordon — disse ela, baixinho, pensando no que estava fazendo. Não tinha ideia. O que quer que fosse, eles não estavam fazendo mal a ninguém, e ela estava se divertindo. Quão ruim poderia ser?

Capítulo 22

Seu caso com Gordon enquanto trabalhavam juntos no filme foi uma das coisas mais loucas que Tanya já havia feito, mas ela nunca se divertira tanto. E o roteiro fluía como água.

Ele ia para o bangalô de Tanya à noite e via televisão, e ela compartilhava suas ideias. Gordon achava que algumas eram engraçadas, outras não, mas sempre lhe dava ótimas sugestões. Tanya estava encantada com o roteiro e mais encantada ainda com ele. Agora entendia por que se casara tantas vezes e tinha tantas namoradas. Gordon era maravilhoso com as mulheres e realmente gostava de estar com elas. Não tinha ressentimento de nada nem raiva de ninguém. Era uma boa pessoa e gostava de estar com Tanya. Quando Megan e Jason vieram visitá-la no estúdio, Gordon foi maravilhoso, e os dois o adoraram. Pediram que ela o convidasse para ir a Marin nas férias.

— Tenho certeza de que ele tem coisas melhores para fazer — disse Tanya, tentando desencorajá-los.

Não havia nada sério naquela relação, e ela não queria que os filhos se ligassem muito a ele. Quando finalmente teve coragem de sugerir a visita a Marin, Gordon achou que era uma ótima ideia. Sugeriu que passassem uns dias juntos em Marin e depois fossem esquiar. Disse que passar uma semana com Tanya e os meninos era o que mais queria.

Tanya não podia acreditar quando o viu em Marin. Seu cabelo estava bagunçado, e ele usava calça jeans e uma camisa de gola rulê, trazendo quatro malas gigantescas cheias de apetrechos de esqui. Estava radiante, sorrindo de orelha a orelha, e a girou no ar pela cozinha enquanto os filhos os olhavam, parecendo encantados. Ele parecia estar se mudando para lá, o que os deixaria muito felizes.

Gordon levou todos para jantar naquela noite: Tanya, os filhos e mais meia dúzia de amigos. Fez pipoca para eles depois e, finalmente, quando todos foram para seus quartos, ajudou Tanya a limpar a cozinha e subiu para seu quarto.

— Adorei essa casa — comentou ele, muito feliz. — E seus filhos são ótimos.

Ela estava começando a se perguntar se tinha encontrado o homem dos seus sonhos ou se ele vinha de outro planeta. Talvez as duas coisas fossem verdade.

Na manhã seguinte, foram ao supermercado e riram sempre que alguém parava para olhar para ele e o reconhecia.

— Meu Deus, acho que é Gordon Hawkins — cochichou uma mulher para outra enquanto ele fazia malabarismo com as latas de *chilli* que Tanya havia comprado para Jason.

Ele se divertia com tudo que fazia e com todos com quem estava. Era a pessoa mais tranquila que ela já tinha conhecido. Quando chegaram a Lake Tahoe para esquiar, Tanya se perguntou se estava apaixonada por ele. Era impossível não estar. Não havia nada em Gordon que alguém pudesse não gostar, e ele era incrivelmente gentil com ela e com seus filhos.

Era também um excelente esquiador. Ele e Jason desceram as montanhas inúmeras vezes, pelas trilhas mais difíceis. Mostrou às meninas algumas técnicas novas, e elas esquiaram por algum tempo com Tanya. Parecia que Gordon sabia fazer tudo. E causava sensação nos restaurantes quando saíam à noite. Todos o reconheciam, pediam autógrafos, paravam para falar com ele e, quando se afastavam, tinham a impressão de terem feito um novo amigo. Tanya sabia que ele era bastante famoso, mas só entendeu realmente o que isso significava quando começaram a assediá-lo e pedir para tirar fotos com eles.

— Meu Deus, Gordon, todas as pessoas do mundo conhecem você.

— Espero que sim — disse ele, rindo. Tanya estava tão feliz quanto ele, e os meninos também. — Se não me conhecessem, eu perderia meu emprego. Nunca teriam me contratado para o filme em que estamos trabalhando, e eu nunca teria conhecido você nem seus filhos. É uma ótima coisa que tanta gente me reconheça. — Seu pensamento fazia sentido.

Todos detestaram ir embora depois de cinco dias, especialmente os meninos. Foram férias muito diferentes daquelas que Tanya, Molly e Jason passaram no iate de Douglas. Que pesadelo tinha sido para eles. E como aquela viagem fora divertida para todos. Especialmente porque Gordon também aproveitara muito. Estava sempre de bom humor e gostava de todos que conhecia e de tudo que fazia. Era impossível manter o mesmo ritmo. Tanya havia parado de se perguntar o que aquela relação significava ou aonde iria parar. Estava se divertindo demais e deixou as coisas rolarem. Gordon também. Tinha até parado de dizer que ela não era seu tipo. Todos ficaram tristes quando as férias terminaram e tiveram de fechar a casa em Marin e seguir para o sul.

Tanya e Gordon estavam tristes quando chegaram ao bangalô naquela noite.

— Estou com saudade dos seus filhos — falou ele. — Eles são ótimos.

— Eu também.

Telefonaram para os três e para alguns filhos dele. Tanya ainda não os conhecia, mas ele prometeu apresentá-la em breve. Eram mais novos que os dela, de 5 a 12 anos. Gordon vivia ocupado visitando suas cinco crianças, cada uma de uma mulher diferente, como lhe disse desde o início, mas mantinha boas relações com todas as mães. Todos amavam Gordon, mesmo depois que os romances terminavam. Mesquinharia não fazia parte de sua natureza.

O filme terminou em fevereiro, conforme programado. Gordon não tinha planos definidos e ficou no Bangalô 2 até o fim de março, descansando e visitando amigos enquanto Tanya trabalhava na pós-produção.

Depois, ela passou mais uma semana em Los Angeles, por conta própria, para que pudessem ir juntos à premiação do Oscar. Ela havia sido indicada pelo roteiro de *Desaparecida*, como Douglas tinha previsto. O filme fora indicado em nove categorias. Gordon nunca ganhara nenhum Oscar, mas ficou contente por ela e entusiasmado por ir à cerimônia. Tanya conseguiu ingressos para os filhos, e os cinco se sentariam juntos. Era um momento importante para Tanya. Gordon foi comprar um vestido com ela e a convenceu a levar um Valentino rosa claro, que era decotado e incrivelmente sexy. Ela parecia uma estrela de cinema. As gêmeas foram fazer compras em Los Angeles para o evento.

Na noite da premiação, Tanya usou o vestido Valentino e sandálias prateadas Manolo Blahnik. As meninas também estavam muito bonitas, com vestidos delicados em tons pastel que encontraram na Marc Jacobs, parecendo princesas de contos de fadas. Gordon e Jason estavam lindos em smokings. Formavam um belo grupo quando saíram para sua odisseia no tapete vermelho. Tanya entrou com Gordon, e um monte de fotógrafos os parou imediatamente para tirar fotos. Pela primeira vez, Tanya se sentiu como uma estrela. Ela deu um sorriso tímido para os filhos quando acenaram para ela, obviamente orgulhosos, até mesmo Megan. Ela terminara a amizade com Alice e voltara às boas com a mãe. Alice provou não ser tão aliada e amiga quanto Megan pensava, usando as irmãs para ficar com Peter. Por causa disso, a relação das filhas com o pai estava prejudicada. Molly confessou que ele não parecia muito feliz. Tanya não pôde deixar de imaginar se ele estaria arrependido, mas agora era tarde demais.

O percurso pelo tapete vermelho pareceu infinito. Fotógrafos os paravam, cinegrafistas iluminavam seus rostos com luzes brilhantes e entrevistadores queriam saber o que Gordon achava do evento e como Tanya se sentia.

— Você acha que tem chance? — Essa era a pergunta favorita deles.

— Como vai se sentir se ganhar? Ou perder?

— Como você se vê nunca tendo levado um Oscar para casa? — perguntaram a Gordon.

As perguntas não terminavam. Finalmente, chegaram ao auditório e se sentaram. Lá dentro, o tempo demorava ainda mais a passar, e Gordon foi fotografado bocejando várias vezes. Quando isso acontecia, ele acenava para os fotógrafos. Beijou Tanya diversas vezes, brincou com os meninos e aplaudiu os vencedores. Finalmente, chegou o momento crucial. Os cinco roteiristas foram apresentados em uma tela gigantesca enquanto se contorciam na plateia, tentando em vão parecer calmos. Foram mostrados trechos dos filmes e, então, Steve Martin e Sharon Stone apareceram para abrir o envelope e anunciar o vencedor. Tanya apertava a mão de Gordon e, apesar de se sentir uma tola, percebeu que aquilo era importante para ela. Era o que mais desejara em toda sua vida. Tinha notado que Douglas estava sentado algumas fileiras à sua frente. Ele não percebeu quando ela entrou. Fazia exatamente um ano que não se viam. Eles terminaram o namoro na noite da cerimônia de entrega do Oscar. Ela mencionou para Gordon que teve um relacionamento com o produtor, mas ele não se importou. Tinha namorado metade das mulheres de Hollywood.

Steve passou o envelope para Sharon, que estava linda em um clássico vestido Chanel. A atriz disse o nome do roteirista vencedor. Tanya ouviu, mas não identificou o som. Eram meras palavras batendo em seus ouvidos sem nenhuma clareza. Então, ouviu Megan gritar.

— Mãe! Você *ganhou*!

Gordon a olhou, sorridente, mas ela não entendeu. Ele a levantou gentilmente, e só então Tanya percebeu o que tinha acontecido. As palavras que não identificara formavam seu nome. Tanya Harris. Vencedora do Oscar de melhor roteiro pelo filme *Desaparecida*. Tanya se levantou, estonteada, passou por Gordon e foi entregue a um acompanhante, que a levou até o palco. Ela caminhou até o pódio, onde parou, observando todas as luzes. Queria ver seus filhos e Gordon, mas não conseguiu, sentindo os olhos ofuscados. Ficou parada ali, tremendo da cabeça aos pés, agarrada à estatueta que todos queriam tanto. Ficou impressionada com o peso. Depois, ajeitou o microfone enquanto Sharon e Steve desapareciam.

— Eu não sei o que dizer... Nunca pensei que ganharia... Não consigo me lembrar de todos a quem gostaria de agradecer... Meu agente, Walt Drucker, por ter me convencido a fazer o filme... Douglas Wayne, por ter me dado essa chance... Adele Michaels, uma diretora incrível que fez *Desaparecida* ser o que é... A todos que trabalharam com afinco durante as filmagens e aguentaram minhas mudanças no roteiro a cada dia... Obrigada por terem me ajudado e me ensinado tanto. Acima de tudo, gostaria de agradecer aos meus filhos maravilhosos pelo seu apoio e por terem aberto mão de tanta coisa para que eu pudesse vir trabalhar em Los Angeles. Obrigada, eu amo muito vocês. — A essa altura, as lágrimas escorriam pelo seu rosto. — Obrigada a você também, Gordon... Eu te amo! — Ditas essas palavras, ela ergueu a estatueta e saiu do palco. Um instante depois, descia pelo corredor para se encontrar com Gordon e os meninos. Ao passar por Douglas, ele se levantou, beijou-a no rosto e apertou sua mão.

— Meus parabéns, Tanya — declarou ele, com um sorriso.

— Obrigada, Douglas — respondeu ela, olhando-o nos olhos. Era um agradecimento sincero. Ele lhe dera a chance de fazer seus dois primeiros filmes. Deu-lhe um beijo no rosto e seguiu em frente para se sentar com Gordon e seus filhos. As meninas choravam, e os três a beijaram. Então, Gordon a beijou com paixão. Ele estava deslumbrante e parecia prestes a explodir de orgulho.

— Estou tão orgulhoso de você... Eu te amo — disse ele, dando-lhe um beijo mais uma vez. Então, o restante das categorias foi anunciado. A noite não parecia mais tão longa.

Desaparecida venceu em todas as categorias: ator, atriz, filme, roteiro e diretor. Tratava-se de um filme importante sobre suicídio. Tanya sorriu ao ver Douglas subir ao palco, em êxtase. Lembrou-se de como ele ficara infeliz no ano anterior. Nesse ano, suas expectativas foram superadas, mas Douglas queria ganhar sempre. Fez um discurso muito sério e comovente, que ela sabia ter sido preparado.

Houve várias entrevistas depois, com Tanya agarrada ao seu Oscar. Em seguida, foram à festa da revista *Vanity Fair* e a várias outras. Eram três da manhã quando voltaram ao bangalô. Havia sido uma noite incrível. Todos dormiram lá. Jason dormiu em um colchonete colocado no quarto das meninas, e Gordon dormiu com ela.

Formavam uma família feliz, e Tanya ainda sorria quando ela e Gordon foram dormir. Ela colocou a estatueta na mesinha de cabeceira.

— Que noite! — comentou Gordon, abraçando-a.

Ela estava feliz por ter recebido o Oscar nesse ano, e não no anterior. Era muito melhor celebrar sua vitória com Gordon e os filhos do que com Douglas.

Adormeceu em minutos. Gordon sorriu para ela, beijou seu pescoço e apagou a luz.

Capítulo 23

Os dias seguintes à cerimônia foram um anticlímax. Os meninos voltaram para a universidade, e, como Gordon e Tanya não tinham trabalho, ele sugeriu que fossem a Paris.

Ficaram no Ritz e se divertiram a valer. Passaram uma semana comendo, passeando e fazendo compras. O tempo estava maravilhoso, a cidade parecia cada vez mais bonita, e os dois estavam felizes. Passaram uns dias em Londres e pararam em Nova York no caminho para casa. Tanya não tinha planos, e Gordon só filmaria novamente em agosto. Ela o convidou para ficar em Marin durante maio, junho e julho. Teve medo de que Gordon se entediasse, mas ele adorou a ideia. Tinha um pequeno apartamento em Nova York, mas não queria ficar lá, e adorou passar um tempo com Tanya e os meninos antes de ir filmar novamente em Los Angeles.

Os filhos de Tanya gostavam de vê-lo em casa quando voltavam da universidade. Tanya escrevia e Gordon gostava de cuidar do jardim. Iam à cidade e alugaram uma casa em Stinson Beach em um fim de semana, que ele adorou.

— Sabe de uma coisa? Eu poderia viver assim — comentou ele com Tanya, certa noite, deitado no sofá enquanto ela passava os dedos pelo seu cabelo. Estava relaxado e feliz, e Tanya achava que não se sentia tão bem havia anos.

— Acho que você ficaria entediado — disse ela, tentando não ficar triste. Tinha prometido a si mesma não pensar no futuro. Estavam juntos havia sete meses. Era a relação mais longa que ele tinha em anos. Quando chegasse a hora de Gordon voltar para Los Angeles, em agosto, estariam juntos há quase um ano.

— Acho que poderia funcionar — retrucou ele, pensativo. — É um bom lugar. E você é uma ótima mulher, Tanya. Seu marido foi um idiota ao sair de casa para viver com outra. — Ele conhecera Peter e Alice e não se impressionara com nenhum dos dois. — Aliás, ainda bem que ele fez isso.

— É mesmo. — Ela estava feliz com Gordon. Ele era meio maluco às vezes, mas era sempre bom e amoroso.

Passaram junho e julho em Marin, e Gordon passou a primeira semana de agosto com eles em Tahoe. Depois, teve de voltar para Los Angeles para trabalhar. Era o ator principal em outro filme, com um elenco fantástico. E, dessa vez, com uma linda coadjuvante. Ele disse que, pela primeira vez, não se importava com isso. Após muitos anos, tinha encontrado o que queria. Disse que sua vida com Tanya era perfeita.

Ela ficou com os filhos em Tahoe até o final de agosto. Quando voltaram, ajudou-os com os preparativos para retornarem à universidade. Recebeu vários convites para escrever roteiros de filmes importantes, mas nenhum lhe agradou. Não tinha certeza se queria escrever mais um roteiro. Já havia feito três filmes, e talvez fosse o bastante. Ainda queria terminar seu livro de contos e estava pensando em começar um romance. Era bom ter uma vida tranquila por algum tempo. Tinha prometido a Gordon que se encontraria com ele em Los Angeles assim que os meninos voltassem para a universidade. Ele estava hospedado no Bangalô 2, onde ficariam juntos.

Megan e Jason foram embora pela manhã, e Tanya voou para Los Angeles com Molly. Deixou-a na universidade e foi para o hotel. Era um domingo, e ela quis fazer uma surpresa. Gordon só a esperava no dia seguinte, mas ela terminou tudo mais cedo e viajou com Molly um dia antes.

Chegando ao hotel, passou pelo caminho familiar que levava ao seu bangalô. Tinham lhe dado a chave na portaria e desejado boas-vindas, como sempre faziam. Tanya sorria para si mesma quando entrou no quarto. Gordon parecia ter saído, e o apartamento estava uma bagunça. Decerto encomendara um enorme café da manhã e ainda não tinham retirado as bandejas. O sinal de Não Incomodar estava na porta. Ele detestava ser incomodado pela camareira e pelos empregados que vinham verificar o frigobar.

Tanya entrou no quarto para tomar uma ducha. Sua primeira reação foi sorrir quando o viu dormindo na cama. Ele parecia, como sempre, um menino gigante. De repente, notou que havia uma mulher deitada ao seu lado, em um sono profundo, enrolada nos lençóis, de cabelos loiros lindos e um corpo escultural. Era como se tivesse levado um tiro. Eles acordaram quando ela deu um grito sufocado. A garota se sentou, sem saber o que dizer, e Gordon se virou e viu Tanya. Ela estava no meio do quarto, olhando para os dois, sem saber para que lado ir.

— Ah, meu Deus... Sinto muito — disse ele, arfando.

Gordon pulou da cama e olhou para ela com aflição. Pela primeira vez na vida, não conseguiu pensar em nada engraçado para dizer. A garota correu para o banheiro e voltou enrolada em um robe. Suas roupas estavam na sala, e ela tentou pegá-las discretamente para dar o fora dali. Tanya viu que era a estrela do novo filme de Gordon.

— Acho que algumas coisas não mudam — comentou Tanya, em tom triste, enquanto Gordon pegava sua calça jeans e se vestia.

— Olhe, Tanya... Isso não quer dizer nada... Foi uma burrice... Bebemos muito na noite passada e ficamos meio loucos.

— Você sempre faz isso... Dormir com a estrela do filme, quero dizer... Se elas não fossem tão feias no filme que fizemos juntos, você terminaria com uma delas, e não comigo. — Os dois ouviram a atriz coadjuvante fechar a porta do bangalô. Ela não tinha a menor intenção de participar dessa discussão.

— É claro que não. Eu te amo. — Ele não sabia o que mais poderia dizer.

Tinham ficado juntos durante quase um ano. Era uma eternidade para Gordon, tempo suficiente para ambos pensarem que seria real. Tempo suficiente para Tanya pensar que eles poderiam se casar.

— Eu também te amo — declarou ela, em um tom triste, e se sentou. Queria sair correndo, mas não conseguia se mexer. Ficou sentada ali, olhando para ele, sentindo-se uma idiota quando as lágrimas começaram a escorrer pelo seu rosto. — Você sempre vai fazer isso, Gordon. Sempre que trabalhar em um filme.

— Não vou. Eu mudei. Adoro sua vida em Marin. Eu te amo... E amo seus filhos.

— Nós também te amamos.

Ela se levantou e olhou em volta do quarto, sabendo que nunca mais queria ver aquele bangalô. Acontecera coisa demais ali. Tinha estado com homens demais naquele quarto. Peter, Douglas e Gordon.

— Aonde você vai? — perguntou ele, em pânico.

— Para casa. Eu não pertenço a esse lugar. Nunca pertenci. Quero uma vida real, com alguém que queira as mesmas coisas que eu, não com alguém que durma com todas as estrelas com quem trabalha.

Gordon a fitou e não disse nada. Estava dormindo com aquela garota desde a segunda semana de filmagem. Não fazia sentido mentir para Tanya. Ambos sabiam que isso aconteceria novamente. Para ele, era uma distração.

Tanya não disse mais uma palavra. Foi até a porta e pegou sua bolsa. Gordon não a deteve. Virou-se para olhá-lo, mas o ator se manteve calado. Não disse que a amava. Ambos sabiam que ele realmente gostava dela, mas isso não mudava nada. Gordon era assim. Ela saiu do Bangalô 2 e fechou a porta com calma, deixando Gordon livre para ser quem realmente era.

Capítulo 24

Molly ligou para Tanya em Marin dois dias depois. Havia telefonado para o hotel e se surpreendido quando Gordon dissera que sua mãe voltara para Ross.

— Aconteceu alguma coisa? — perguntou quando falou com ela. — Gordon estava com uma voz estranha. Ou melhor, não tão estranha. Ele parecia triste. Vocês tiveram uma briga?

— Mais ou menos. — Tanya não queria falar com a filha sobre isso, como não falou quando Peter teve seu caso com Alice. — Na verdade, nós terminamos — explicou ela, quase sem conseguir falar.

Ele não lhe telefonara. Estava fazendo o que sempre fazia: tendo um caso com sua coadjuvante. Ela era seu tipo. Tanya não. Talvez por isso o namoro durara tanto. Eles tinham aproveitado muito. Entendia o que acontecera, mas ela ficara triste por ter terminado. Era como as coisas aconteciam em Los Angeles.

— Sinto muito, mãe — disse Molly, realmente triste por ela. Todos gostavam de Gordon. — Talvez ele volte.

— Não. Estou bem. Gordon não é o tipo de homem que fica por muito tempo.

— Pelo menos, você teve nove ótimos meses com ele — comentou Molly, tentando animá-la.

Tanya achava patético que adultos que se amavam conseguissem ficar juntos por apenas nove meses. Ela e Peter duraram vinte anos, mas mesmo isso não havia significado nada quando ele se envolvera com Alice. Nada durava mais. Promessas não eram mais cumpridas, e sim quebradas. Para Tanya, isso parecia uma triste verdade sobre as pessoas. Ninguém sabia o que queria. E, quando dizia saber, estragava tudo. Essa conclusão a deixou deprimida.

Tanya conversou com a filha por algum tempo; depois, os outros dois ligaram. Molly contara a eles. Sentiam muito por ela e Gordon. Tanya não explicou o que havia acontecido.

Ela passou uma semana com saudade dele, mas depois voltou a escrever seus contos na casa vazia em Ross. O local parecia um celeiro sem os meninos.

Trabalhou incansavelmente durante meses, sem procurar ninguém, e terminou o livro de contos pouco antes do Dia de Ação de Graças. Foi um outono longo e solitário. No dia em que os meninos voltariam para casa para o feriado, Walt ligou. Ficou contente ao saber que ela terminara o livro e disse que tinha um editor para publicar seus contos. Precisou respirar fundo antes de dizer que tinha também um filme para ela. Já sabia qual seria sua reação. Tanya já lhe dissera, em termos bastante claros, meses atrás, para não ligar com a oferta de outro roteiro. Já havia trabalhado em Los Angeles e não voltaria sob nenhuma circunstância. Havia feito três filmes, ganhado um Oscar e passado quase dois anos fora de casa. Era o bastante. Dali em diante, só queria escrever livros. E estava determinada a começar um romance. E a continuar morando em Ross.

— Diga a eles que não estou interessada — respondeu Tanya, secamente.

Nunca mais voltaria a Los Angeles. Não gostava da maneira como as pessoas viviam. E muito menos da forma como se comportavam. Não tinha vida social alguma em Marin, mas não se importava. Não via mais seus antigos amigos, que agora pertenciam a Peter e Alice. Só estava interessada em escrever e esperar os filhos. Seu agente não gostava desse modo de vida, mas tinha de admitir que seus textos atuais eram ótimos. Eram mais ricos, mais fortes, mais profundos. Era fácil perceber o quanto ela sofrera, mas, a seu ver, ela merecia viver melhor aos 44 anos.

— Posso pelo menos dizer de que se trata o filme? — perguntou Walt, exasperado. Sabia como Tanya era teimosa. Tinha fechado a porta para a indústria cinematográfica e não queria nem ouvir o que ele tinha a dizer. Depois do Oscar, ele ligara com ofertas de roteiros pelo menos umas dez vezes.

— Não. Não estou interessada. Não vou escrever roteiros e nunca mais vou trabalhar em Los Angeles.

— Você não precisa trabalhar em Los Angeles. O produtor e diretor do filme é independente. Quer fazer um filme em São Francisco, e você vai gostar da história.

— Não. Diga a ele para procurar outra pessoa. Quero começar um romance.

— Pelo amor de Deus, Tanya. Você ganhou um Oscar. Todo mundo quer você. Esse sujeito tem uma grande ideia. Ganhou vários prêmios, mas nunca um Oscar. Pode escrever o roteiro de olhos fechados.

— Não quero escrever outro roteiro e detesto cineastas. Eles não têm nenhuma integridade ou moral. São insuportáveis e sempre me dou mal quando chego perto deles.

— E sua vida está ótima aí, por acaso? Você se tornou uma reclusa e está escrevendo coisas muito deprimentes. Preciso tomar antidepressivos quando leio seus textos.

Ela sorriu. Aquilo era verdade, mas o trabalho era bom, e Walt sabia disso, mesmo que não gostasse do gênero.

— Então, arranje uma receita médica, porque o romance que penso em escrever não é nada divertido.

— Pare com essa merda depressiva. Além do mais, o filme que esse sujeito quer fazer é sério. Você poderia ganhar outro Oscar. — Estava tentando convencê-la, mas sem muito sucesso.

— Já ganhei um, não preciso de outro.

— É claro que precisa. Se tiver dois, pode usá-los como apoios de livros. De todos os livros depressivos que vai escrever reclusa em seu castelo. — Tanya riu.

— Eu te odeio.

— Eu gosto quando você diz que me odeia. Isso quer dizer que estou chegando perto. O produtor é inglês e quer conhecer você. Só vai estar em São Francisco essa semana.

— Meu Deus, Walt. Não sei por que ainda escuto o que você diz.

— Porque sabe que estou certo. Só ligo quando tenho coisas boas. E essa é boa. Sinto que é. Conheci o sujeito em Nova York e gostei dele. Ele faz bons filmes. Sua lista de créditos é excelente. Além de ser muito respeitado na Inglaterra.

— OK, OK, vou conhecê-lo.

— Obrigado. Não se esqueça de baixar a ponte levadiça sobre o pântano — brincou ele, fazendo-a dar um risinho.

Phillip Cornwall lhe telefonou no fim da tarde e agradeceu por ela concordar com o encontro. Não disse, porém, que seu agente avisara que a possibilidade de Tanya aceitar ser apresentada a ele era quase nula.

Eles se encontraram em um Starbucks em Mill Valley. O cabelo de Tanya estava mais comprido, e ela não usava maquiagem havia seis meses. O ano que passara com Gordon havia trazido muita alegria e diversão, mas ela pagara o preço quando tudo terminara. Nos últimos anos, ela havia se desapontado várias vezes e tinha perdido muitos homens. Não tinha vontade de tentar de novo. Quando a conheceu, Phillip notou que coisas ruins aconteceram a ela. Seus olhos denotavam tristeza e dava para sentir isso em seus textos.

Ele descreveu a história do filme que queria fazer enquanto ela tomava chá e ele, um cappuccino. Tanya achou seu sotaque reconfortante. E gostou de Phillip querer filmar em São Francisco. A história era sobre uma mulher que morria durante uma viagem, e o filme voltava ao inicio da trajetória que levou à sua morte, em consequência de seu falecido marido ter sido bissexual e contraído AIDS. Era uma história complicada, mas com temas simples. Ela gostou e ficou intrigada com as ideias de Phillip. Não prestou muita atenção em seu aspecto físico. Gostou de seu espírito criativo e de sua mente complexa. Embora Phillip fosse jovem e bonito, não se viu atraída por ele. Essa parte de sua vida estava completamente adormecida. Ou morta, pensou.

— Por que eu? — perguntou ela, com calma, bebendo seu chá.

Pela sua biografia, sabia que ele tinha 41 anos, fizera meia dúzia de filmes e ganhara vários prêmios. Ela gostou de sua forma direta de falar. Não tentou lisonjeá-la nem conquistá-la. Sabia que Tanya provavelmente não aceitaria sua proposta. Queria que o mérito do material a convencesse, não seu charme. Gostou disso nele. Há muito tempo deixara de ser vulnerável ao charme. Mesmo que ela não fizesse o roteiro, Phillip queria sua opinião e seus conselhos.

— Eu soube que tinha que trabalhar com você assim que assisti a *Desaparecida*. É um filme fantástico. — Com uma mensagem poderosa, como o roteiro que ele queria que Tanya escrevesse.

— Obrigada — agradeceu ela. — E o que você vai fazer agora? — Queria saber quais eram seus planos.

— Vou voltar para a Inglaterra. — Phillip sorriu, e ela notou que ele estava cansado. Parecia ao mesmo tempo jovem e velho. Prudente, mas ainda capaz de sorrir. Sob certos aspectos, eram semelhantes. Ambos aparentavam cansaço e, de certo modo, desgastados pela vida, mas não estavam velhos. — Mais tarde, espero juntar minhas economias, trazer meus filhos e viver aqui por um ano. E fazer meu filme, se tiver sorte... Ficarei muito feliz se você puder escrever o roteiro. — Foi o único charme que se permitiu fazer, e Tanya sorriu. Ele tinha olhos castanhos calorosos e profundos, que indicavam que vira muito na vida e passara por momentos difíceis.

— Não quero mais escrever roteiros — declarou ela, francamente.

Não disse o motivo, e ele não perguntou. Respeitou seus limites assim como sua capacidade. Tanya era como um ícone para Phillip, uma pessoa com enorme talento. Não se importou por ela ser distante e fria. Aceitou-a como ela era.

— Foi o que seu agente me disse. Eu esperava convencê-la.

— Acho que não vai conseguir — avisou ela, com sinceridade, embora tivesse gostado muito da história.

— Foi o que ele disse. — Phillip tinha quase perdido as esperanças, mas valera a pena tentar.

— Por que está trazendo seus filhos para cá? Não seria mais fácil deixá-los na Inglaterra enquanto você trabalha? — Era um detalhe, mas ela ficou curiosa.

Seus olhos castanhos e suaves na pele clara a olhavam com milhares de perguntas que ele não ousava fazer. Tanya foi mais corajosa que ele.

Phillip respondeu da forma mais simples possível, sem dar muitos detalhes.

— Estou trazendo meus filhos porque minha esposa morreu há dois anos em um acidente quando cavalgava. Ela era louca por cavalos e muito teimosa. Quebrou o pescoço ao tentar pular por cima de um arbusto. Era um terreno difícil. Ela foi criada caçando com cães. Por isso preciso trazer meus filhos. Não tenho ninguém com quem deixá-los. — Phillip falou de forma natural, sem mostrar pena de si mesmo, o que a tocou muito. — Além disso, eu ficaria muito infeliz sozinho aqui. Essa é a primeira vez que me separo deles depois que minha esposa morreu. Vim só por uns dias, para conhecer você. — Era difícil não se sentir lisonjeada ou comovida.

— Que idade eles têm? — perguntou Tanya, interessada. Isso explicava por que ela vira tristeza e força nos seus olhos e no seu rosto. Gostou da mistura desses sentimentos e do que ele falara sobre os filhos. Ele não era nada parecido com as pessoas de Hollywood. Tudo em Phillip parecia real.

— Eles têm 7 e 9 anos. Uma menina e um menino. Isabelle e Rupert.

— Muito britânico — comentou ela, sorrindo.

— Vou precisar alugar uma casa. Você conhece algum lugar bem barato?

— Talvez — disse Tanya, com calma, olhando o relógio. Seus filhos chegariam da faculdade naquele dia, mas ainda era cedo. Ela reservara bastante tempo para conversar com Phillip. Hesitou, mas depois decidiu arriscar. Não sabia por que estava fazendo isso, a não ser por pena dele. Phillip tinha muito com o que se preocupar e não se queixava do que havia lhe acontecido. Fazia o melhor possível, mantinha suas crianças por perto e tentava trabalhar. Merecia crédito por isso. — Vocês podem ficar comigo até encontrarem um lugar. Tenho uma casa antiga e confortável, e meus filhos estudam fora. Vão chegar essa noite, mas, em geral, só vêm aqui no Natal e no verão. Então, vocês podem ficar por um tempo até encontrarem um bom lugar. As escolas aqui são boas.

— Obrigado. — Ele ficou comovido com a oferta e não conseguiu falar por um instante. — Meus meninos são educados. Estão acostumados a viajar comigo, por isso se comportam bem.

Era o tipo de coisa que um pai diria, mas, sendo ingleses, devia ser verdade. A presença das crianças traria um pouco de vida à sua casa até encontrarem algum lugar para morar. Tanya queria fazer alguma coisa para ajudá-lo, mesmo sem escrever o roteiro. Ele teria de procurar outra pessoa para isso, mas Tanya não se importava que a família ficasse com ela por um tempo.

— Quando você volta? — perguntou ela, preocupada.

— Em janeiro. Quando eles terminarem o ano letivo. Em torno do dia 10.

— Perfeito. Meus filhos estarão de volta à faculdade a essa altura e só voltarão para casa no início da primavera. Quando você viaja?

— Essa noite. — Seu manuscrito estava na mesa entre eles. Tanya o pegou, e ele prendeu a respiração. Depois de algum tempo, seus olhos se encontraram.

— Vou ler e falo com você, mas, de qualquer forma, podem ficar na minha casa. Não tenha muita esperança. Não pretendo escrever outro roteiro, mas posso dar minha opinião. — Ela estava impressionada com ele e com o que dissera até então. Levantou-se, segurando o manuscrito. — Entro em contato com você, mas não garanto nada. Seria preciso muita coisa para eu querer fazer um roteiro. Vou começar a escrever um romance. Não quero mais saber de filmes, por melhor que seja a ideia.

— Espero que essa faça você pensar diferente — disse ele, levantando-se também.

Era muito alto e magro. Eles mal sorriram um para o outro. Phillip deixara o número de seu celular e o número de sua casa no manuscrito. Tanya agradeceu por ele ter vindo conhecê-la. Achou isso uma loucura, mas ele disse que estava contente por ter vindo, mesmo que ela não escrevesse o roteiro. Despediram--se com um aperto de mãos e ele foi embora.

Phillip entrou em seu carro alugado e partiu. Ela foi para casa e colocou o manuscrito em sua mesa de trabalho. Não sabia quando o leria, mas eventualmente encontraria tempo.

Duas horas depois, os filhos chegaram, e a casa se encheu de vida novamente. Era muito bom ver todos juntos, e, com isso, só se lembrou do manuscrito depois do fim de semana de Ação de Graças. Ao vê-lo sobre a mesa, ela suspirou. Não queria ler aquilo, mas tinha prometido e achava que devia pelo menos isso a Phillip.

Começou a ler na noite de domingo, depois que os meninos foram embora, e terminou à meia-noite. Eram oito da manhã na Inglaterra. Ele estava preparando o café da manhã para as crianças quando o telefone tocou. Queria odiá-lo por ter feito aquilo com ela, mas não conseguiu. Sabia que teria de escrever aquele roteiro e que seria o último, mas era um trabalho que tinha vontade de fazer. Escreveu inúmeras anotações enquanto lia e já tinha um milhão de ideias. A história era brilhante. Limpa, clara, pura, simples, forte e, ao mesmo tempo, complexa e fascinantemente intrincada. Ela precisava escrever o roteiro.

— Eu topo — disse ela, ouvindo as vozes dos filhos dele ao fundo e todos os ruídos e conversas que eram ouvidos em cafés da manhã com crianças. Sons que lhe davam saudade.

Seria bom se eles ficassem em sua casa, fosse só por alguns dias ou por mais tempo. Ela mal podia esperar para começar a trabalhar no roteiro.

— Desculpe... O que você disse? — Rupert havia gritado com o cachorro quando ela falara. O cachorro começou a latir.

— Não entendi. Está muito barulhento aqui.

Ela sorriu.

— Eu disse que topo. — Tanya falou com calma e, dessa vez, ele ouviu. Fez-se um longo silêncio na linha enquanto o cachorro latia e as crianças gritavam.

— Verdade?

— Sim, verdade. E juro que vai ser o último. Acho que vai ser um lindo filme. Eu me apaixonei pela sua ideia. O manuscrito me fez chorar.

— Eu escrevi para minha esposa — explicou ele. — Ela era uma mulher interessante. Era médica.

— Achei que fosse sobre ela. — A história fora um pouco alterada, pois sua esposa morrera enquanto cavalgava, não por causa da AIDS. — Vou começar a trabalhar no roteiro agora. Eu queria começar um romance, mas isso pode esperar. Quando escrever algo que faça sentido, mando por fax para você.

— Tanya, obrigado — disse ele, com a voz embargada.

— *Eu* é que agradeço.

Duas pessoas que quase não sorriam havia muito tempo estavam subitamente exultantes. Tanya não tinha dúvida alguma de que seria um filme muito, muito bom. E, se tudo desse certo, faria um ótimo roteiro. Ela daria tudo de si.

Começou a escrever no dia seguinte. Levou três semanas fazendo um esboço das cenas e dando fluidez ao roteiro. Na semana do Natal, mandou algum material para ele. Phillip leu tudo em uma noite e ligou para Tanya na manhã seguinte. Era meia-noite no horário local, mas ela estava trabalhando quando ele telefonou.

— Adorei o que você escreveu — elogiou ele, radiante. — É absolutamente perfeito. — Era ainda melhor do que esperava. Tanya estava transformando seu sonho em realidade.

— Também gostei — disse ela, sorrindo e olhando pela janela na escuridão. — Acho que vai funcionar. — Ela havia chorado várias vezes enquanto escrevia, o que era um bom sinal. Ele também chorara quando tinha lido.

— Achei brilhante!

Eles conversaram bastante discutindo alguns problemas. Havia alguns pontos obscuros no manuscrito, com as quais ela não conseguira trabalhar ainda. Tudo ainda estava no primeiro estágio, mas eles trocaram ideias e solucionaram cada problema. Tanya ficou surpresa ao notar que tinham conversado durante duas horas.

Phillip chegaria em 10 de janeiro. Queria contratar atores locais. Conhecia um excelente cinegrafista em São Francisco, um sul-africano com quem estudara. Faria o filme com um orçamento mínimo. Ofereceu a Tanya tudo que podia pagar pelo roteiro. Ela pensou bem e respondeu que ficaria com uma porcentagem do lucro depois de todas as despesas pagas. Não queria nenhum adiantamento. Achava que valia a pena investir nesse projeto. Estava mais interessada em fazer o filme que em ganhar dinheiro.

Começou a trabalhar com afinco depois do Natal, e o roteiro fluía quase por conta própria. Ela escrevia tudo que sentia, e ele ficou encantado.

Seus filhos vieram para casa e tiveram ótimas férias de Natal. Jason foi esquiar com uns amigos. Megan tinha arranjado um namorado na UCSB e Molly falava em ir estudar em Florença por um tempo. Tanya contou sobre a produção independente em que tinha começado a trabalhar. Elas ficaram intrigadas com o que ouviram. Falou um pouco sobre Phillip Cornwall, mas estava entusiasmada mesmo com a história. Escrevia desde o feriado de Ação de Graças e não pensava em outra coisa. Phillip foi o agente catalisador, mas agora estava apaixonada pela história, que tinha vida própria, como todas as boas histórias.

Phillip chegou no dia marcado com Isabelle e Rupert. Já havia começado a procurar um apartamento e prometeu que não ficaria muito tempo com ela. Ele foi acomodado no quarto de Molly, e as crianças, no quarto de Megan, onde ela arrumou uma cama extra. Eram crianças adoráveis e incrivelmente britânicas. Eram extraordinariamente educados e comportados, parecendo crianças de cinema. Além de tudo, eram bonitos e meigos, com olhos azuis e cabelos loiros. Phillip disse que se pareciam muito com a mãe. Quando entraram na casa com o pai, olharam para Tanya com aqueles olhos enormes, e ele se sentiu muito orgulhoso. Nos cinco primeiros minutos, Tanya logo percebeu que Phillip era um ótimo pai e que os três se adoravam. Eram muito ligados uns aos outros.

Na Inglaterra, seria hora do chá quando eles chegaram, exaustos após o longo voo. Tanya preparou sanduíches e chocolate quente com chantilly e serviu morangos fatiados, geleia, pãezinhos e coalhada comprados em uma delicatéssen inglesa. As crianças gritaram, felizes, quando viram a mesa posta. Adoraram os pãezinhos, e Isabelle estava tão animada que acabou lambuzando o nariz inteiro com coalhada. Phillip riu enquanto limpava a filha com o guardanapo.

— Você parece uma porquinha, Srta. Izzy. Vai ter que tomar um banho.

Era maravilhoso ouvir vozes de crianças na casa. Tanya as ouviu rindo no quarto ao conversarem com o pai. Quando passou pelo cômodo naquela noite, ouvi-o lendo uma história para os filhos dormirem. Só uma hora depois ele desceu para a cozinha. Ela estava trabalhando no roteiro, e Phillip avisou que as crianças finalmente pegaram no sono.

— Estavam exaustas depois da viagem — disse ele. Tanya ergueu os olhos do trabalho e sorriu.

— Você também deve estar.

Seus profundos olhos castanhos pareciam cansados, mas felizes. Ele estava louco para começar a trabalhar.

— Não tanto — disse ele, sorrindo. — Estou entusiasmado com minha vinda para cá.

Planejava matricular as crianças na escola no dia seguinte e se encontrar com o cinegrafista durante a semana. Eles tinham muitos planos e assuntos para conversar. De certa forma, foi bom recebê-lo em casa para poderem trabalhar juntos. Conversaram durante horas, tomando várias xícaras de chá. Finalmente, ele sentiu o cansaço causado pelo *jet lag* e foi dormir.

Na manhã seguinte, Tanya preparou o café da manhã para todos, emprestou o carro para Phillip e o ensinou a chegar à escola. Ele voltou duas horas depois. As crianças haviam sido matriculadas, e ele estava pronto para trabalhar. Focaram no roteiro sem parar durante toda a semana. O projeto estava sob controle e caminhava bem, mais depressa e melhor do que esperavam. Estavam se tornando uma boa equipe, trocando ideias para enriquecer o roteiro dia após dia.

Tanya passou o fim de semana com Phillip e as crianças, mostrando-lhes a cidade, e cuidou de Isabelle e Rupert enquanto ele procurava apartamento. Fez *cupcakes* e bonecos de papel machê com eles, como havia feito com seus filhos anos antes. Quando Phillip voltou, a cozinha estava uma bagunça, mas as crianças estavam encantadas com sua nova amiga. Tinham feito bichinhos e bonecos, e Isabelle fizera uma máscara.

— Meu Deus, o que aconteceu por aqui? Que bagunça terrível! — exclamou Phillip, rindo, ao ver Tanya com o queixo coberto de massa de papel machê. Ao notar isso, ela esfregou o queixo.

— Nós nos divertimos muito — disse ela, com um sorriso.

— Espero que sim. Vai levar uma semana para limpar essa sujeira.

Então, eles colocaram os bichinhos e bonecos das crianças para secar e arrumaram tudo. Os pequenos foram brincar no quintal, nos mesmos balanços que seus filhos usaram. Tanya disse que era bom vê-los sendo aproveitados. Isabelle e Rupert traziam vida para a casa, e ele também. Phillip havia trazido um toque diferente e novo para seu trabalho. Os dois estavam aprendendo muito um com o outro.

Phillip disse que encontrara um apartamento em Mill Valley, e ela ficou triste ao ouvir isso. Gostava de vê-los ali. Ele se desculpou por ter de ocupar sua casa por mais uma semana até se mudar.

— Para mim, está ótimo — falou ela, sorrindo. — Vou sentir falta de vocês. É tão bom ter as crianças por aqui. — Ficou tentada a pedir que ficassem, mas ele precisava ter sua casa e sua vida. Não poderiam morar no quarto dos filhos dela durante seis meses, embora fosse bom para ela. — Espero que venham me visitar. Elas são umas gracinhas.

Os dois tinham falado sobre a mãe com um ar muito solene, e Rupert explicara que ela havia morrido ao cair de um cavalo.

— Eu sei — disse Tanya, muito séria. — Senti muita pena dela quando me contaram.

— Ela era muito bonita — acrescentou Isabelle, e Tanya assentiu.

— Deve ter sido mesmo.

Para distraí-los, Tanya lhes deu blocos de papel e lápis de cor e sugeriu que desenhassem para seu pai. Ele ficou encantado com o que fizeram e comovido ao vê-la cuidando tão bem das duas crianças. Ela levou todos para jantar naquela noite. Os meninos pediram hambúrguer e batatas fritas, e ela e Phillip comeram filés. Tanya se sentiu em uma família novamente quando voltaram para casa, com Phillip dirigindo e as crianças conversando animadamente no banco de trás. Elas disseram a Tanya que tinham gostado da nova escola, mas que no próximo verão voltariam à Inglaterra, quando o pai terminasse seu filme.

— Eu sei — disse ela, entrando em casa. — Vou trabalhar no filme com ele.

— Você é uma atriz? — perguntou Rupert, interessado.

-— Não, sou escritora — explicou Tanya, ajudando Isabelle a tirar o casaco. A menininha a olhou com um sorriso que derreteu seu coração. Isso não era muito difícil.

Phillip e Tanya continuaram trabalhando juntos no roteiro na semana seguinte. Na prática, faziam uma pré-produção em pequena escala. Estavam organizando tudo. Uma semana depois, ele e as crianças se mudaram. Ela detestou vê-las ir embora e fez com que Phillip prometesse trazê-las para visitá-la em breve. Na verdade, ele as levava à casa de Tanya depois do colégio, para brincarem na cozinha e fazerem os deveres de casa enquanto ele e Tanya trabalhavam no roteiro.

Phillip contratou atores locais e uma jovem atriz de Los Angeles. Começaram as filmagens em abril e terminaram no fim de junho. Àquela altura, Tanya e ele tinham trabalhado juntos, dia e noite, durante quase seis meses. Isabelle e Rupert se sentiam perfeitamente à vontade com ela. Tanya os levava para jantar com frequência e comprava comidinhas familiares na delicatéssen inglesa da cidade. Era divertido sair com eles. Em um sábado que não estavam filmando, levou-os ao zoológico. Entregou as crianças a Phillip na hora do jantar, com os rostos sujos do algodão doce que tinham comido no carrossel na volta para casa. No verão, ela e Phillip os levaram à praia. Era como uma reprise para Tanya, que disse que seus filhos não faziam mais esses programas por estarem muito crescidos e viverem ocupados com suas próprias vidas.

Ter Tanya por perto era um alívio para Phillip. Ele levava os filhos à casa dela mais do que pretendia, mas Tanya sempre dizia que era um prazer e as crianças pediam a toda hora para visitá-la em Ross. Gostavam daquela casa antiga que dera tanta alegria aos filhos dele também. Ao longo dos vários meses de trabalho intenso, Tanya e Phillip se tornaram amigos. Trocavam muitas confidências sobre suas vidas passadas, seus filhos e cônjuges, até mesmo sobre sua infância. Ela dizia que suas lembranças a ajudavam a escrever. Saber sobre outras pessoas sempre dava mais profundidade ao seu trabalho.

As crianças tinham vindo passar o fim de semana com Tanya, e seus próprios filhos estavam em casa, de férias, quando eles finalmente terminaram o filme, no último dia de junho. Molly e Megan acharam Isabelle e Rupert simplesmente adoráveis e saíam com eles quando tinham de fazer alguma coisa na rua. Isabelle era muito séria, e Rupert tinha muito senso de humor. Eram crianças doces, e Tanya ficou preocupada quando percebeu o quanto estava ligada aos dois. Quando Phillip disse que voltariam para a Inglaterra em julho, ela teve vontade de lhe pedir para não ir. Não conseguia imaginar como seria depois que eles partissem e a casa voltasse a ficar silenciosa. Não suportava pensar sobre isso. Ele ficou comovido quando ela lhe disse isso durante um jantar. Estavam na fase de pós-produção, e Tanya ficou aliviada por as coisas estarem andando devagar. Eles foram extremamente cuidadosos em todos os aspectos do filme. Phillip estava muito orgulhoso, e Tanya sentia o mesmo por ele. Ele fizera um trabalho fantástico e estava muito animado com o roteiro.

Até então, o relacionamento entre os dois fora estritamente profissional. Phillip era um homem formal e muito britânico, que só se soltava quando via Tanya com seus filhos, o que sempre o deixava comovido.

— Você poderia ficar mais um ano aqui — brincou ela na noite em que as duas famílias jantaram juntas.

— Só se você fizer outro filme comigo — brincou ele também.

— Deus me livre — disse Tanya, revirando os olhos.

Jurara que aquele seria seu último filme. Fora muito trabalhoso, mais do que esperavam ou planejavam, mas estavam convencidos de que os resultados tinham sido positivos. Phillip queria editar o filme sozinho, quando chegasse à Inglaterra, e alugou o estúdio de um amigo.

No fim de julho, tinha feito tudo que queria nos Estados Unidos. Tanya não participaria do processo final de edição, mas fez o máximo que pôde para facilitar essa etapa. Ele estava planejando passar as duas últimas semanas viajando pela Califórnia, e Tanya ficou surpresa ao ser convidada para acompanhá-los. Isabelle e Rupert imploraram para ela ir. Dali a exatamente duas semanas, ela estaria levando seus próprios filhos para Tahoe. Então, teve uma ideia.

— Por que vocês não vêm para Tahoe conosco depois da viagem? Nós adoraríamos. Depois, vocês podem ir embora.

Ele já tinha entregado seu apartamento, e ela os convidou para ficar em sua casa mais uma vez. O verão ficaria mais animado com todos juntos. Ele concordou em ir para Tahoe, e ela aceitou acompanhá-los na viagem pela Califórnia. Era uma coisa diferente para fazer, e Molly e Megan acharam que era uma ótima ideia. Viviam preocupadas em ver a mãe trabalhando tanto, com um ar triste durante o ano inteiro, desde que seu romance com Gordon foi rompido. Encontrá-lo na cama com a atriz coadjuvante foi demais para ela. Era bom vê-la mais relaxada e saber que ela e Phillip haviam se tornado amigos. Até Megan aprovou. Seu coração se tornara bem menos rígido naquele ano.

Tanya, Phillip e as crianças começaram a viagem por Monterey. Foram ao aquário e deram uma volta por Carmel. Foram a Santa Barbara, onde visitaram Jason, que fazia um curso de verão na UCSB, e a Los Angeles. Passaram dois dias na Disney, que Isabelle e Rupert adoraram. Tanya os levou a todos os brinquedos enquanto Phillip tirava fotos das crianças. Estavam exaustos, porém felizes, quando assistiram ao desfile e a um show de luzes na última noite. Ela se virou e olhou para Phillip enquanto Isabelle segurava sua mão. Phillip sorriu para ela. Queria lhe agradecer, mas não sabia o que dizer. Então, tomaram o trem que os levaria de volta ao hotel. Ao entrarem, ele pôs o braço em seu ombro. Isabelle dormia com Tanya, e Rupert com Phillip. Isabelle tinha pedido para dormir com Tanya, e ela ficara contente. Ele entrou no quarto para pôr a filha na cama e lhe dar um beijo. Então, virou-se para Tanya com um olhar caloroso.

— Obrigado por ser tão boa com meus filhos — sussurrou ele enquanto Isabelle adormecia, sorrindo, abraçada à Minnie Mouse que Tanya comprara para ela. Rupert havia ficado obcecado com os Piratas do Caribe e entrara no brinquedo duas vezes com ela.

— Eu os adoro — disse Tanya. — Não sei o que vou fazer quando vocês voltarem.

— Nem eu — acrescentou ele, baixinho. Quando saía do quarto, virou-se, como se fosse dizer alguma coisa, mas hesitou. — Tanya... Esses foram os melhores meses dos últimos anos da minha vida... — Phillip sabia que tinham sido meses felizes para seus filhos também, os meses mais felizes desde a morte de sua mãe.

— Para mim também — sussurrou ela.

As crianças tinham sido seu melhor presente. Haviam conquistado seu coração. Escrever o roteiro do filme tinha sido um bônus. Ele assentiu, deu um passo em sua direção e, sem pensar, ajeitou o cabelo dela. Tanya não se olhava no espelho desde aquela manhã e não se importava. Tinha se concentrado em Isabelle e Rupert, feito tudo que eles queriam, passado de um brinquedo para outro, e ficado na fila para ver o Mickey e o Pateta e para comprar comida. Fora seu maior momento de diversão em anos. Gostava de participar da família dele como gostara de participar de seu filme. Era estranho pensar na vida sem Phillip agora e era uma agonia pensar na vida sem os meninos. Eles tinham se tornado amiguinhos preciosos, e Tanya se habituara aos três. A partida para a Inglaterra em poucas semanas seria uma grande perda para ela. Phillip olhou para Tanya e viu o sofrimento nos seus olhos. O mesmo sofrimento que ele sentia por deixá-la. Não disse uma palavra, pois não saberia o que dizer. Fazia muito tempo que não se sentia assim. Puxou-a para seus braços e a beijou, fazendo o tempo parar para os dois. Quando enfim a afastou, não tinha ideia do que fazer ou dizer nem sabia se havia cometido um grande erro.

— Você me odeia? — perguntou ele, baixinho.

Pensara em beijá-la antes, mas dissera a si mesmo que seria uma loucura. Não quisera misturar as coisas enquanto estavam trabalhando juntos. E agora era tarde demais. Estava na hora de partir. Tinham compartilhado o trabalho mais importante de sua vida. E gostava muito dela como amiga.

Tanya fez que não com a cabeça lentamente.

— Eu não odeio você. Já estou sentindo sua falta, e você nem foi embora ainda.

A vida podia ser muito estranha às vezes. As pessoas entravam e saíam de sua vida, às vezes com cuidado, às vezes com crueldade, e sempre com pesar. Ela sentiria imensamente a falta dos três. Olhou nos olhos de Phillip, imaginando o que aquele beijo significara.

— Eu não quero ir embora — declarou ele, com calma. As emoções que guardara durante meses jorravam sobre ele, quase o afogando agora que as paredes tinham vindo abaixo.

— Então não vá — pediu ela, baixinho.

— Venha conosco.

Seus olhos imploravam, mas ela meneou a cabeça.

— Não posso. O que eu faria lá?

— A mesma coisa que fizemos aqui. Podemos começar outro filme juntos.

— E quando o filme terminasse? Eu teria que voltar. Meus filhos vivem aqui, Phillip.

— Mas eles são quase adultos. Nós precisamos de você, Tanya... Eu preciso de você — disse ele, com lágrimas nos olhos.

Não sabia o que dizer a ela, mas não queria que tudo terminasse. Essa viagem. Esse tempo juntos. A vida que ele compartilhara com Tanya e que estava a ponto de terminar para sempre quando eles fossem embora.

— Está falando sério? — perguntou ela. Ele assentiu e a beijou de novo. — E o que vamos fazer? — perguntou, um tanto desesperada. Por que isso acontecera agora, tão perto do fim? Parecia tarde demais. Eles tinham de partir, e ela tinha de ficar ali. Sua vida ficaria vazia sem eles.

— Muito sério — respondeu ele, apertando-a em seus braços. — Eu me apaixonei por você no dia em que nos conhecemos, mas não queria atrapalhar as coisas enquanto estivéssemos trabalhando juntos.

Era o oposto do que Gordon fazia em todos os filmes em que trabalhava. Phillip fora profissional até o fim. Talvez até demais. Eles desperdiçaram meses que poderiam ter vivido juntos. Tanya também sentiu alguma coisa por ele, mas resolveu ignorar o que quer que fosse até agora. Concentrara-se em Isabelle e Rupert e no filme, mas agora não podia mais ignorar seus sentimentos por Phillip. Tudo que ele queria fazer era abraçá-la e impedir a passagem do tempo. Estavam nos últimos dias. Depois, cada um tomaria seu rumo.

— Vamos falar sobre isso amanhã — sugeriu ela, baixinho, e ele assentiu. Seus olhos sorriam agora, com uma centelha de vida. Alguma parte sua estava voltando à vida, e ele podia ver isso nos olhos dela. — Somos completamente malucos? — perguntou, preocupada.

— Sim, mas não sei se temos escolha. Não acho que eu poderia agir de outra forma.

Ela também não sabia. Sentia-se levada pelas marés do que ele lhe dizia e do que sentiam um pelo outro. Tudo estava mudando entre os dois. Ela queria parar e agir com sensatez para tomar decisões razoáveis, mas as decisões estavam sendo tomadas por conta própria. Sentiu-se perdendo o controle de seu destino quando olhou para ele.

Phillip a beijou novamente e saiu, deixando-a acordada a noite inteira ao lado de Isabelle. Puxou a menina para mais perto e pensou em Phillip. Que estranho destino ligara todos eles? E por que isso havia acontecido se teriam de se separar? Ela não queria amar mais uma pessoa que não pudesse ter nem mais uma pessoa que tivesse de deixar. Eles partiriam em três semanas. Percebeu que estava apaixonada por ele, ou que sempre estivera. Não só por ele mas também pelos seus filhos. E não havia como ir morar na Inglaterra. Tinha de haver outro caminho. O segredo estava em encontrá-lo. Se as coisas estivessem destinadas a acontecer, disse a si mesma, eles encontrariam uma solução. Caso contrário, não encontrariam. Precisavam ser corajosos o bastante para procurar a melhor saída. E mais corajosos ainda para confiar na vida de novo.

Capítulo 25

O resto da viagem pelo sul da Califórnia se tornou uma estranha jornada para Phillip e Tanya. Eles passavam a maior parte do tempo olhando um para o outro e sorrindo. Haviam encontrado alguma magia durante a viagem. Algo que sempre esteve ali, mas que não notaram. Agora era impossível resistir, e nem eles queriam. Não dava mais para voltar atrás ou esconder o que encontraram e finalmente admitiram. Estava tudo à vista, cegando-os com sua luz.

Faziam longos passeios pela praia em San Diego, caminhando atrás das crianças, observando-as molhar os pés na água e pegando conchas para elas.

— Eu te amo, Tanya — declarou ele, baixinho, com o sotaque que lhe era tão familiar agora. Ela pensara que nunca mais ouviria essas palavras da boca de um homem, nem que iria querer ouvi-las.

— Eu também te amo. — Tanya não tinha ideia do que fazer com aquilo. Ambos pensavam sobre o assunto durante a volta para casa.

As meninas pareciam não ter notado a transformação em ambos. Depois que Jason chegou, foram todos para Lake Tahoe. Só quando chegaram à casa de verão é que os irmãos perceberam algo diferente entre sua mãe e Phillip. Até então, estavam firmemente convencidos de que os dois eram colegas de trabalho. Gostavam dele, embora aquela situação parecesse complicada para todos. Phillip voltaria para a Inglaterra com as crianças dali a duas semanas. Ele lhe perguntou novamente, certa noite, se ela se mudaria para sua terra, e Tanya repetiu que não podia, pois tinha filhos e uma vida nos Estados Unidos.

— Não posso deixar meus filhos.

Ele também não podia ficar ali por mais tempo, pois só tinha visto de trabalho para aquele filme. E o filme estava terminado. Phillip precisaria voltar. Estariam separados por dez mil quilômetros. Era uma virada cruel do destino.

Então, durante um jantar, enquanto Molly falava sobre estudar em Florença por um semestre, Phillip e Tanya se entreolharam. Tiveram a mesma ideia ao mesmo tempo. Ele esperou as crianças irem dormir para falar com ela. Tanya já sabia o que ele diria.

— Você moraria na Itália comigo por um ano enquanto tentamos descobrir o que estamos vivendo?

Um ou ambos teriam de se mudar, e ainda era muito cedo para tomar essas decisões. Eles se conheciam bem, mas havia muito que não sabiam e precisavam descobrir. Coisas que tinham esquecido e que acharam que queriam mesmo esquecer.

— Meus filhos só vão voltar para casa no Dia de Ação de Graças — explicou Tanya. — Eu poderia passar dois meses com você na Inglaterra depois que eles voltarem para a faculdade. Talvez, quando estivermos por lá, possamos procurar uma casa em algum lugar perto de Florença. Se Molly resolver estudar lá por um semestre, estaremos perto dela. Ela poderia até morar conosco. Pode ser que Megan queira ir também. — Jason tinha muito menos interesse em estudar na Europa e era menos dependente da mãe. Poderia visitá-la nas férias, o que não o atrapalharia tanto. — Você e as crianças poderiam passar o Natal aqui, Phillip?

— Não vejo por que não. Tenho algumas milhas aéreas sobrando.

Seus olhos se iluminaram. Eles estavam encontrando soluções, como se tentassem encaixar as peças de um quebra-cabeça nos devidos lugares. Parecia um milagre, mas os pedacinhos de céu e de árvores começavam a se encaixar, mesmo que não fizessem sentido dias atrás.

— Se você ficar na Europa de setembro até o fim de novembro... E nós formos procurar uma casa na Itália... Volto para passar o Dia de Ação de Graças e o Natal com vocês... Em janeiro, quando Molly começar o semestre em Florença, iremos para a Itália... E ficaremos até o verão ou pelo resto do ano, se gostarmos do lugar. É uma colcha de retalhos, não é? Mas acho que pode dar certo. Teremos um ano para ver o que acontece. A essa altura, saberemos o que queremos fazer... Não é?

Phillip a olhou com cautela, e Tanya riu.

— Creio que resolvemos muito bem o próximo ano de nossas vidas. Talvez possamos fazer outro filme juntos. Talvez muita coisa aconteça nesse próximo ano, Phillip. Uma coisa consideravelmente grande já aconteceu. Nós nos apaixonamos e reconhecemos o que ocorreu meses atrás, quando estávamos ocupados com o trabalho. Acabamos de encontrar uma forma de passar o próximo ano juntos, ou talvez um ano e meio. Eu diria que estamos solucionando os problemas com bastante criatividade.

Ainda havia algumas lacunas a resolver, como encontrar uma casa na Itália e visitar Megan em Santa Barbara se ela não quisesse estudar na Europa com Molly. Não era perfeito, mas poderia funcionar. Era uma solução sujeita a riscos, como tudo na vida. Mas e se desse certo? O que mais alguém poderia pedir? Na vida, não se sabe como as coisas vão acontecer. Não havia garantia de que não enfrentariam um desastre ou uma tragédia, mas, juntos havia uma boa chance de tudo funcionar. Com amor, paciência e coragem, não havia nada que não pudessem fazer. Particularmente se ambos estivessem dispostos a tentar, e eles estavam. Phillip pôs os braços em volta dela e a abraçou. Tanya se sentiu aconchegada perto dele, como sempre.

— Não posso acreditar que isso esteja acontecendo, Tanya. Nunca pensei que me apaixonaria novamente.

— Nem eu — disse ela, baixinho. — Acho que não queria me arriscar.

— E agora? — perguntou ele, preocupado, olhando-a com ternura.

— Parece que não temos escolha. Dessa vez, a decisão foi tomada por si só. A única coisa a fazer é segui-la e confiar nela. Às vezes, não vemos o final do caminho no começo da jornada. Só nos resta segui-lo.

Ambos estavam envolvidos nisso, correndo os riscos juntos. Solucionar os problemas, transpor os obstáculos e enfrentar os desafios, um dia de cada vez.

— Tenho a sensação de estar fazendo a coisa certa, Tanya.

Ela pensava da mesma maneira. Não podia explicar nem mesmo justificar nada, mas tudo parecia se encaixar incrivelmente pela primeira vez em anos. Tudo fazia sentido para os dois.

Não havia nenhuma evidência sólida de que aquilo daria certo. Nenhuma garantia. Eles só podiam ter fé. E tinham decidido ter fé exatamente ao mesmo tempo. Era espantoso que tivessem se apaixonado e se declarado um para o outro e encontrado uma solução para seus problemas. Teria sido mais fácil encontrar uma agulha no palheiro. Mesmo assim, eles encontraram, ou começaram a encontrar. O resto aconteceria à medida que o tempo passasse. Só precisavam de coragem para continuar o que tinham começado e um pouco de sorte no meio do caminho. Nada era impossível. Qualquer coisa pode ser feita quando se quer o bastante. O filme que produziram era a prova disso. Assim como quase tudo na vida dos dois.

Tinham sobrevivido a tragédias e decepções. A decepção do casamento de Tanya, a morte da esposa de Phillip. Eles haviam passado por isso e sobrevivido. O resto seria fácil.

Contaram os planos para seus filhos no dia seguinte, e todos aprovaram. Megan gostou da ideia de ir para a Itália com Molly. Seria melhor ainda se Tanya e Phillip tivessem uma casa por perto. Jason não se importou que fossem embora. Disse que os visitaria nas férias da primavera e no verão. Queria viajar pela Europa com uns amigos. Todos ficaram entusiasmados, mas um pouco assustados, quando souberam do relacionamento entre Phillip e Tanya, porém, quanto mais pensavam, mais gostavam da novidade. Achavam que Phillip era um ótimo sujeito.

Isabelle resumiu o sentimento geral quando soube que Tanya ficaria com eles na Inglaterra até o feriado de Ação de Graças.

— Que bom! Assim você vai poder pentear meu cabelo antes do colégio, como mamãe fazia. Meu pai não sabe fazer.

— Vou tentar — prometeu Tanya.

Todos os sete se entreolharam, conversaram animadamente sobre os planos e se sentaram para jantar, falando sobre a casa que esperavam encontrar na Itália, os planos de Megan e de Molly para a universidade, o cabelo de Isabelle e o filme que Phillip e Tanya iriam fazer. Rupert se aproximou de Jason com um risinho. Via o rapaz como um irmão e gostava da ideia de passar mais tempo com ele.

— Parece loucura, não é? — comentou Rupert, filosoficamente, mas demonstrando alegria. — Acho que vai dar certo.

— Eu também — concordou Jason, sorrindo para ele. Rupert era um menino lindo e tinha razão. Não havia motivo para isso não funcionar. Na verdade, com bastante amor e sorte, tinha tudo para dar certo.

Capítulo 26

Tanya e Phillip adiaram a ida para a Itália até o fim de janeiro. Molly e Megan não começariam os estudos no país antes dessa data. Em outubro, encontraram uma casa nas redondezas de Florença. Estava mobiliada e em perfeitas condições, e era grande o suficiente para acomodar todos eles. Só precisavam chegar, virar a chave e entrar. Phillip e seus filhos passaram o Natal com Tanya e a família em Marin. Isabelle e Rupert ainda acreditavam em Papai Noel, e o Natal teve um novo significado para todos. As meninas ajudaram a preparar biscoitos com leite para o bom velhinho e cenoura com sal para suas renas. No último minuto, Rupert decidiu acrescentar uma cerveja.

A escola na Inglaterra havia sido gentil em permitir que passassem um mês inteiro de férias, desde que levassem seu material escolar para a Califórnia e fizessem os deveres de casa. Jason voltou para a universidade em janeiro, e as gêmeas passaram o mês se preparando para o semestre em Florença. Tanya mandou as filhas para um curso de italiano na escola Berlitz, para que conseguissem se virar um pouco melhor quando chegassem lá. E ela mesma fez várias aulas também. Phillip preferiu não se preocupar com isso.

A verdadeira razão do adiamento da viagem era que queriam estar presentes na cerimônia de entrega do Globo de Ouro. Era o prêmio concedido pela imprensa estrangeira a filmes para televisão e de cinema. E, embora não fosse uma regra, muitas vezes o filme que ganhava o Globo de Ouro acabava levando o Oscar no mesmo ano. O filme que fizeram, em homenagem à falecida esposa de Phillip, fora lançado no fim de dezembro e indicado para o prêmio de melhor filme. Phillip e Tanya queriam estar lá e todos os seus filhos também iriam.

Diferente da cerimônia do Oscar, essa tinha mesas para doze pessoas, como em festas beneficentes, e não como em um show. Era sempre divertido ver quem ganharia os renomados prêmios. Era a primeira vez que Phillip e Tanya participavam daquela festa. Foi incrivelmente importante para eles terem o filme indicado. Era o ponto mais alto da carreira de Phillip, mais que para Tanya, que recebera o Oscar no ano anterior. Mesmo assim, estava tão animada quanto ele, torcendo por sua vitória.

Voaram para Los Angeles com os filhos na manhã do dia marcado para a cerimônia. Jason se encontrou com eles lá. Como sempre, todos ficaram no Hotel Beverly Hills. Estavam muito animados. Tanya e as filhas compraram seus vestidos em São Francisco, e Phillip comprou um smoking para o evento. Tanya escolheu um terno Brooks Brothers para Rupert e um vestido de veludo preto para Isabelle, que ela adorou. A menina provou a roupa uma centena de vezes com sapatos de verniz preto que trouxera da Inglaterra.

Tanya havia reservado dois bangalôs, um para os filhos e outro para o casal. Pediu especificamente que não fosse o Bangalô 2, mas houve uma confusão com a reserva, e os filhos ficaram na suíte presidencial enquanto Tanya e Phillip foram alocados no Bangalô 2. A equipe do hotel se comportou como se estivesse fazendo um favor a Tanya. Não podiam trocar com as crianças, pois o bangalô não era grande o suficiente para acomodar cinco pessoas, e ela queria dar a eles três quartos, para que não ficassem se esbarrando na hora de se arrumarem para a cerimônia. Isabelle quis dormir com Rupert, e Jason preferiu dormir sozinho.

Tanya estava nervosa quando entrou no bangalô. Pensava apenas na última vez em que estivera ali, quando tinha visto Gordon e sua coadjuvante na cama, e na cena infeliz que se seguiu. Seu relacionamento com Douglas terminara na porta do bangalô e o casamento com Peter desabara quando ele a visitara em Los Angeles, ou possivelmente antes. Ainda se lembrava, com toda a clareza, de que ele olhara ao redor com um ar infeliz e previra que ela nunca voltaria para casa depois de ter vivido naquela cidade. Na verdade, Peter estava errado, e foi ele quem a abandonara.

Tanya voltou para casa, e agora estava finalmente saindo de lá mais uma vez. Talvez para sempre, mas para uma vida diferente, que esperava dividir com Phillip na Itália e, talvez um dia, na Inglaterra. Ainda não haviam decidido onde viveriam. Tinham de testar suas asas, embora tudo estivesse indo extremamente bem depois de dois meses com ele na Inglaterra e três meses juntos em Marin. Alugaram a casa em Florença por um ano. A jornada tinha começado.

Tanya não queria ficar no bangalô com ele porque tinha estado ali com muitos homens. Havia escrito três filmes ali, chorara quando Peter a abandonara, terminara o namoro com Douglas e se divertira muito com Gordon, pelo menos por um tempo. Tinham aproveitado, mas o romance não durou. Ela não queria ficar com Phillip em um quarto onde já estivera com três outros homens. Parecia infeliz quando entrou naquele ambiente. Sentiu-se atacada por fantasmas. Tinha passado por muitos estágios de sua vida nesse bangalô, mas o hotel insistia que não tinha outra suíte ou bangalô para lhes dar. Era sua única opção. Phillip notou imediatamente a expressão em seu rosto. Primeiro, Tanya pareceu pensativa;

depois, quando o empregado do hotel colocou suas bagagens no quarto, preocupada.

— Você já ficou hospedada aqui? — perguntou, olhando ao redor e para ela. Sentiu sua relutância ao entrar ali; uns minutos antes, estivera alvoroçada com a perspectiva da cerimônia que ocorreria naquela noite e com seus possíveis resultados. Tanya queria desesperadamente que ele ganhasse o prêmio.

— Já — respondeu ela, baixinho, sem se importar em ajeitar os móveis da forma como gostava. Não se via mais como dona daquele lugar nem se sentia em casa. — Morei aqui durante dois anos. Foi onde escrevi meus três primeiros roteiros.

— Morou sozinha? — perguntou ele, com cuidado, ao ver as sombras nos seus olhos. Sombras de fantasmas antigos.

— Quase sempre. Eu estava casada quando vim para cá e foi nesse quarto que chorei a perda de Peter.

— Chorou pelos outros também?

Ela assentiu. Nunca entrara em detalhes sobre os homens de sua vida. Achava que ele só precisava saber que ela tivera um caso com um produtor e com um ator e que os relacionamentos tinham terminado antes de se conhecerem. Para Phillip, parecia haver uma multidão naquele quarto, deixando o espaço mal-assombrado para os dois.

— Não quer ficar aqui?

— Era o único lugar vago. — Ela deu de ombros e o beijou. — Tudo bem. São capítulos antigos da minha vida. Está na hora de esquecer.

Tanya já esquecera. Talvez fosse bom estar ali com ele e exorcizar o passado. Tinham um belo futuro pela frente, um longo caminho pela estrada. Aquele era o último resquício de sua vida antiga. Dias de decepção, de promessas quebradas e de sonhos perdidos. Agora, começava uma nova vida para ambos, cheia de esperança. Sentiu-se boba por se deixar perturbar pelo bangalô. O importante era que estava ali com Phillip. O passado não importava mais.

No fim da tarde, as meninas se vestiram e ajudaram Rupert e Isabelle a se arrumarem. Jason chegou de Santa Barbara e colocou seu smoking. Então, os cinco foram ao bangalô em busca dos respectivos pais. Phillip calçava os sapatos, e Tanya estava quase pronta. Tinha colocado a calcinha e o sutiã, sandálias altas e joias e terminara a maquiagem e o cabelo. Enfim, pôs o vestido, e as meninas ajudaram-na a fechar o zíper.

— Nossa, mãe, você está linda — comentou Megan, em tom de admiração.

Phillip sorriu e assobiou para ela. Tanya usava um vestido vermelho longo e sexy, que marcava seu corpo.

— Vocês também estão muito bonitos — disse ela, dirigindo-se a todos. Depois, virou-se para Phillip e o beijou, com um olhar que denotava todo o amor que sentia por ele. Sua vida finalmente voltara à paz, e tudo à sua volta parecia certo.

Todos entraram em uma limusine pouco depois. Quando chegaram ao Beverly Hilton, onde ocorreria a cerimônia, tiveram de passar pelo tapete vermelho. Centenas de fotógrafos os pararam, tiraram fotos e a chamaram pelo nome, pondo microfones diante do seu rosto. Era exatamente como a premiação da Academia. Phillip nunca estivera em nenhuma cerimônia de premiação e estava desnorteado quando conseguiram chegar do outro lado do tapete, onde pararam Tanya e pediram uma breve entrevista. Ela sorriu, disse uma frase qualquer e se juntou aos outros.

— Eles não brincam em serviço, não é? — comentou Phillip quando pegaram os cartões para acompanhantes e começaram a procurar sua mesa.

Levaram meia hora para conseguir atravessar aquele mundo de pessoas, muitas das quais conheciam Tanya e a cumprimentaram efusivamente. Então, encontraram sua mesa e se sentaram. Uma hora depois, o jantar foi servido, ainda antes da cerimônia. Finalmente, começaram a anunciar os prêmios de televisão.

Eles estavam fascinados e alvoroçados com tantas estrelas ao redor. Os filhos de Tanya já haviam participado de cerimônias parecidas nos últimos dois anos e não era mais uma enorme novidade para eles. Os filhos de Phillip eram pequenos e não sabiam quem estavam vendo ou para onde deviam olhar. Tanya pôs o guardanapo no colo de Isabelle e a ajudou a cortar o frango enquanto explicava a Phillip, em voz bem baixa, quem eram as pessoas que passavam de mesa em mesa para conversar. Apresentou-o a todos que pararam para cumprimentá-la, inclusive a Max, que a abraçou calorosamente e disse que sentia sua falta. Estava com uma mulher mais velha e muito atraente.

Pareceu uma eternidade até chegarem aos filmes de cinema. Tanya não havia sido indicada por melhor roteiro, mas Phillip fora indicado como produtor do melhor filme. Ela apertou a mão dele e prendeu a respiração quando anunciaram os nomes dos candidatos a melhor filme. Como sempre, mostraram um rápido clipe de cada produção indicada. O trecho do filme de Phillip deixou a plateia ansiosa, chegando ao fim quando a personagem principal estava prestes a morrer. Ouviu-se um suspiro geral quando o clipe terminou. Então, Gwyneth Paltrow pegou o envelope, abriu-o, sorriu, fez uma pausa durante um segundo cheio de agonia e leu o nome de Phillip. Tanya se sentiu atordoada por um instante, como quando ganhara o Oscar. Dessa vez, recuperou-se mais depressa e olhou para ele com olhos arregalados. Phillip olhava fixamente para ela, incapaz de acreditar no que ouvira. Levantou-se, vacilante, beijou-a, beijou seus filhos e subiu ao palco.

— Acho que vou ser terrivelmente incoerente — disse ele, com um forte sotaque britânico, enquanto Tanya secava as lágrimas que escorriam pelo seu rosto. — Não posso imaginar o que fiz para merecer isso, a não ser um filme que significou muito para mim. — Ele agradeceu ao cinegrafista, a todos os atores, à equipe de produção e aos filhos. Então, fez uma pausa para não deixar transparecer sua emoção. — Quero também agradecer à mulher que inspirou esse filme e a quem ele é dedicado. Ela foi uma pessoa extraordinária... Minha falecida esposa Laura... E também à mulher que me amou e apoiou desde então, Tanya Harris, autora do brilhante roteiro do filme. É ela quem deveria estar ganhando o prêmio, não eu... Eu te amo... Obrigado...

Phillip ergueu o Globo de Ouro, secou as lágrimas, desceu do palco, sorrindo, e voltou para sua mesa, onde todos o abraçaram. Rupert e Isabelle pulavam nas cadeiras. Tanya o beijou assim que ele se sentou.

— Estou muito orgulhosa de você... Meus parabéns... — disse ela, sorrindo.

— Foi uma obra sua... Não minha... — insistiu ele.

Ela meneou a cabeça e sorriu.

— Não. Foi *você* quem fez esse filme e quem me convenceu a participar dele. Você é brilhante... Agora, vai ganhar o Oscar.

Tanya estava convencida de que ele ganharia. Eles teriam de voltar de Florença para a cerimônia. Phillip estava completamente deslumbrado.

Ao fim da noite, todos os repórteres se agruparam à sua volta. Ele foi entrevistado, fotografado, puxado e parabenizado enquanto Tanya vinha logo atrás, parecendo orgulhosa.

Finalmente, eles voltaram para o hotel e levaram as crianças até a suíte. Todos estavam orgulhosos dele. Jason carregou Isabelle, que dormia profundamente. Rupert parecia um sonâmbulo quando o levaram para seu quarto, tiraram sua roupa e o puseram na cama. Tanya cuidou de Isabelle, e os filhos dela abraçaram Phillip mais uma vez.

— Parabéns! — disseram eles, em uníssono, antes de darem um beijo na mãe.

Pouco depois, Tanya e Phillip voltaram para o bangalô. Ela lhe serviu uma última taça de champanhe enquanto ele desabava no sofá.

— Nunca pensei que isso pudesse acontecer. Achei que estavam loucos quando fomos indicados e não esperava ganhar nada essa noite.

Ele soltou o nó da gravata, tirou os sapatos e sorriu para ela. Tanya se sentou ao seu lado, beijou-o e disse que o mérito era todo *dele*.

— É a sua vitória, querido. Saboreie e aproveite essa noite. Você deveria estar muito orgulhoso de si mesmo. Eu estou.

— Estou orgulhoso do seu roteiro, que levou o filme ao que é, e pela mulher extraordinária que você é — comentou ele, baixinho.

Ficaram conversando por meia hora, lembrando-se de detalhes da noite. Depois, escovaram os dentes, despiram-se e foram para a cama.

Fizeram amor naquela noite, e ela esqueceu que tinha estado naquela cama antes. Tudo era novo. O passado havia desaparecido. Eles renasceram como pessoas com vidas novas.

Acordaram na manhã seguinte, e ela pediu café da manhã pelo serviço de quarto. O garçom lhe era familiar, mas ele não disse nada. Ela não demonstrou que havia estado ali antes. O Bangalô 2 não era mais sua casa nem seu quarto. Ela não era mais a pessoa que ficara ali pela primeira vez durante a filmagem de *Mantra* ou pela segunda vez, quando namorou Douglas e escreveu *Desaparecida*. Seus dias com Gordon pertenciam ao passado. Ele ainda faria uma infinidade de filmes e dormiria com todas as estrelas com quem contracenasse. E Peter estava com Alice. Todos tinham novas vidas, e ela também. Já era tempo.

O Bangalô 2 era apenas parte de um hotel agora, não sua casa. Outras pessoas se hospedariam ali. Viveriam momentos felizes e infelizes e teriam decepções devastadoras, como Tanya tivera com Gordon. Também realizariam seus sonhos, como estava fazendo com Phillip.

Combinaram de sair do hotel ao meio-dia e de encontrarem com os filhos no saguão. Com exceção de Jason, todos tomariam o avião para São Francisco e iriam para Florença em dois dias. Uma vida nova começava.

Phillip estava ao seu lado, sorrindo, orgulhoso e agradecido por tudo que Tanya havia feito por ele. Ela sorriu também. Depois, virou-se para a mesa da recepção para devolver a chave do quarto. Olhou para ela por um instante e a entregou ao gerente.

— Estamos saindo do Bangalô 2 — avisou.

Tinha estado lá muitas vezes e por muito tempo. Não se arrependia de nada. Pegou a mão de Phillip, saiu do saguão com todos os filhos, despediu-se de Jason e entrou na limusine que os esperava. Seu filho mais velho iria visitá-los em Florença durante as férias da primavera. Os outros ficariam com eles. E, em algum lugar do mundo, fosse onde fosse, construiriam um lar. Tanya sorriu para Phillip, que estava sentado ao seu lado no carro, sabendo, agora e sempre, que nunca mais voltaria ao Bangalô 2.

Aquele bangalô cumprira seu papel e fora sua casa por mais tempo do que ela esperava. Não precisava mais dele. Sua casa era com Phillip e seus filhos, onde quer que estivessem, fosse na Inglaterra, na Itália ou de volta a Marin. Nenhum dos dois tinha certeza de como seria o mapa de sua vida ou aonde iriam parar, mas sabiam que seria o lugar certo se estivessem juntos. Conforme paisagens familiares desapareciam, um mundo novo e lindo esperava por todos eles. Quando se afastaram, o sol de inverno da Califórnia brilhou sobre eles como uma bênção. Para Tanya e Phillip, era apenas o começo da história, e não o final.

Este livro foi composto na tipologia Adobe Garamond
Pro Regular, em corpo 11,5/15, e impresso em papel
off-set 75g/m^2 no Sistema Cameron da
Divisão Gráfica da Distribuidora Record.